# Ligeiramente
# MALICIOSOS

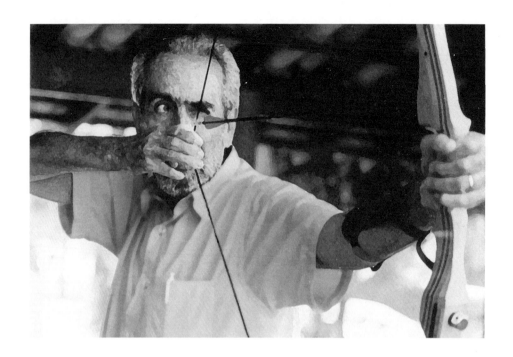

# O Arqueiro

GERALDO JORDÃO PEREIRA (1938-2008) começou sua carreira aos 17 anos, quando foi trabalhar com seu pai, o célebre editor José Olympio, publicando obras marcantes como *O menino do dedo verde*, de Maurice Druon, e *Minha vida*, de Charles Chaplin.

Em 1976, fundou a Editora Salamandra com o propósito de formar uma nova geração de leitores e acabou criando um dos catálogos infantis mais premiados do Brasil. Em 1992, fugindo de sua linha editorial, lançou *Muitas vidas, muitos mestres*, de Brian Weiss, livro que deu origem à Editora Sextante.

Fã de histórias de suspense, Geraldo descobriu *O Código Da Vinci* antes mesmo de ele ser lançado nos Estados Unidos. A aposta em ficção, que não era o foco da Sextante, foi certeira: o título se transformou em um dos maiores fenômenos editoriais de todos os tempos.

Mas não foi só aos livros que se dedicou. Com seu desejo de ajudar o próximo, Geraldo desenvolveu diversos projetos sociais que se tornaram sua grande paixão.

Com a missão de publicar histórias empolgantes, tornar os livros cada vez mais acessíveis e despertar o amor pela leitura, a Editora Arqueiro é uma homenagem a esta figura extraordinária, capaz de enxergar mais além, mirar nas coisas verdadeiramente importantes e não perder o idealismo e a esperança diante dos desafios e contratempos da vida.

# Ligeiramente MALICIOSOS

MARY BALOGH

Os Bedwyns 2

Título original: *Slightly Wicked*

Copyright © 2003 por Mary Balogh
Copyright da tradução © 2015 por Editora Arqueiro Ltda.
Tradução publicada mediante acordo com Dell Books, selo da Random House,
divisão da Random House LLC.
Todos os direitos reservados. Nenhuma parte deste livro pode ser utilizada ou
reproduzida sob quaisquer meios existentes sem autorização por escrito dos editores.

*tradução*: Ana Rodrigues

*preparo de originais*: Victor Almeida

*revisão*: Carolina Rodrigues e Flora Pinheiro

*diagramação*: Ilustrarte Design e Produção Editorial

*capa*: Raul Fernandes

*imagem de capa*: © Metra Stelmahere / Trevillion Images

*impressão e acabamento*: Lis Gráfica e Editora Ltda.

CIP-BRASIL. CATALOGAÇÃO NA PUBLICAÇÃO
SINDICATO NACIONAL DOS EDITORES DE LIVROS, RJ

| | |
|---|---|
| B143l | Balogh, Mary |
| | Ligeiramente maliciosos/Mary Balogh; tradução de Ana Rodrigues. São Paulo: Arqueiro, 2015. |
| | 288 p.; 16x23 cm. |
| | Tradução de: Slightly wicked |
| | ISBN 978-85-8041-393-9 |
| | 1. Ficção galesa I. Rodrigues, Ana. II. Título. |
| 15-19833 | CDD: 823.92 |
| | CDU: 821.111(410)-3 |

Todos os direitos reservados, no Brasil, por
Editora Arqueiro Ltda.
Rua Funchal, 538 – conjuntos 52 e 54 –Vila Olímpia
04551-060 – São Paulo – SP
Tel.: (11) 3868-4492 – Fax: (11) 3862-5818
E-mail: atendimento@editoraarqueiro.com.br
www.editoraarqueiro.com.br

# CAPÍTULO I

Momentos antes da diligência virar, Judith Law estava imersa em uma divagação que a fez se esquecer da natureza desagradável de sua vida.

Pela primeira vez em seus 22 anos, ela viajava de diligência. Logo depois dos primeiros quilômetros na estrada, entretanto, abandonou a ideia romântica de que aquele fosse um modo aventureiro de viajar. Estava imprensada entre uma mulher, cuja circunferência exigia um assento e meio de espaço, e um homem magro e inquieto que, agitando constantemente seus cotovelos à procura de uma posição mais confortável, acertava-lhe de forma nada agradável em lugares muitas vezes embaraçosos. Um homem corpulento roncava sem parar à sua frente, o que aumentava de modo considerável o nível de barulho da viagem. A mulher a seu lado lamentava sua vida para alguém desafortunado ou tolo o bastante para ter feito contato visual com ela. O homem quieto do lado oposto ao de Judith exalava um cheiro insuportável, uma singular fragrância de cebola e alho. A diligência sacudia, vibrava e estremecia a cada pedra ou buraco que encontrava pelo caminho. Ao menos, era o que parecia a Judith.

Mesmo com todos os desconfortos do caminho, ela não estava ansiosa para completar a jornada. Havia deixado para trás toda uma vida em Beaconsfield e não esperava retornar por um longo tempo, se é que algum dia voltaria. Seu destino era a casa da tia Effingham. A vida como conhecera havia terminado. Embora nada tivesse sido explicitado na carta que a tia escrevera para o pai de Judith, ficara muito claro que a moça não seria uma hóspede estimada e paparicada em Harewood Grange, mas sim uma parente pobre, que deveria se esforçar para garantir a hospedagem, dispondo-se a fazer o que a tia, o tio, os primos e a avó julgassem apropriado. Sendo realista, Judith só poderia esperar monotonia e trabalho árduo em seu futuro. Nenhum pretendente ou casamento, casa ou família. Estava prestes a se tornar uma dessas mulheres apagadas, abundantes na sociedade, mas que viviam nas sombras. Mulheres que dependiam dos parentes e não passavam de criadas que trabalhavam de graça para eles.

O pai de Judith agradecera a irmã pela enorme gentileza de convidar a sobrinha para morar com ela. No entanto, tia Effingham, que fizera um casamento extremamente vantajoso com o viúvo Sir George Effingham, mesmo não tendo mais todo o frescor da juventude, não era conhecida pela bondade ou gentileza.

E tudo isso por culpa de Branwell, o demônio, que merecia levar um tiro, ser enforcado, afogado e então esquartejado por suas extravagâncias impensadas. Havia semanas que Judith não era capaz de ter um único pensamento gentil em relação ao irmão mais novo. Isso porque ela era a filha do meio, a que não tinha uma posição determinada na família que a tornasse indispensável em casa. Não era a primogênita, já que Cassandra era um ano mais velha. Também não era a beldade da família – essa era a irmã mais nova, Pamela. E não era a caçulinha. Hilary, de 17 anos, tinha essa duvidosa vantagem. Judith ocupava apenas a posição embaraçosa da esquisita, da feia, da sonhadora que sempre estava animada.

Dessa maneira, todos se voltaram para ela quando o pai entrara na sala de estar e lera a carta da tia em voz alta. Passando por sérias dificuldades financeiras, ele escrevera para a irmã pedindo ajuda, mas a oferta dela exigia algo em troca. Todos sabiam o que isso significava: a escolhida se mudaria para Harewood. Judith se oferecera. A família protestara a princípio, e as irmãs também haviam se oferecido… mas Judith foi categórica.

Ela passara a última noite na casa paroquial pensando em requintadas torturas para castigar Branwell.

O céu, visto através das janelas da diligência, estava cinza, com nuvens baixas e pesadas. O cenário era sombrio. Uma hora antes, o dono da estalagem onde haviam parado por alguns minutos os avisara de que caía uma chuva torrencial mais para o norte e provavelmente teriam que atravessá-la, além de encarar as estradas lamacentas. O cocheiro da diligência rira diante da sugestão de que permanecessem na estalagem. Agora, como previra o estalajadeiro, o caminho ficava mais lamacento a cada minuto, embora a chuva diminuísse.

Judith bloqueou tudo de ruim – o ressentimento opressivo que sentia, a terrível saudade de casa, o tempo lúgubre, as condições desconfortáveis da viagem, a desagradável perspectiva do que a aguardava – e deixou a mente devanear, inventando uma aventura extraordinária, com direito a um herói fantástico e ela mesma como a improvável mocinha. Isso lhe garantiu uma distração bem-vinda até momentos antes do acidente.

Sua história era sobre bandoleiros. Para ser mais precisa, um em especial. Ele não era, é claro, como os bandoleiros do mundo real – ladrões cruéis, sórdidos, amorais e rudes, assassinos degoladores de viajantes indefesos. Não. O bandoleiro dos devaneios de Judith era belo, espirituoso e risonho, tinha dentes brancos e perfeitos e olhos sagazes por trás da abertura na estreita máscara negra. Ele galopava por um campo muito verde, sob a luz do sol, até alcançar a estrada e controlava com apenas uma das mãos, sem esforço, seu corcel negro e magnífico, enquanto apontava o revólver – descarregado, é claro – para o peito do cocheiro.

O bandoleiro ria e brincava com os passageiros enquanto recolhia seus pertences. Não, melhor, ele devolvia os bens das pessoas que não poderiam arcar com a perda. Não… não, ele devolveria *todos* os pertences a *todos* os passageiros, já que não era um bandoleiro de verdade, mas um cavalheiro determinado a se vingar de um vilão em especial, que passaria a cavalo por aquela estrada.

Era um nobre herói mascarado, fingindo ser um bandoleiro, com nervos de aço, um espírito livre, o coração de ouro e uma aparência capaz de causar palpitações em todas as passageiras. Palpitações que não tinham nenhuma relação com medo.

Quando o bandoleiro voltou os olhos na direção de Judith, a sensação era de que todo o universo havia parado e as estrelas cantavam no céu. Rindo, ele declarava que ficaria com o colar que pendia sobre o peito *dela*, mesmo sabendo que a joia não tinha qualquer valor financeiro. Era algo que a *mãe* de Judith lhe dera em seu leito de morte e que a moça prometera levar para o túmulo sem nunca tirá-lo do pescoço. Sem piscar, ela joga a cabeça para trás e encara os olhos risonhos do falso bandoleiro. "Não darei nada, mesmo que isso me custe a vida", brada em voz alta e clara, sem vacilar.

Ele ri de novo, enquanto o cavalo escoiceia e empina, sempre sob controle do dono. Então, como se reconhecesse que não poderia ter o colar *sem* Judith, o bandoleiro se aproxima dela. Grande, belo e ameaçador, ele se inclina na sela, agarra-a pela cintura com suas poderosas mãos e ergue-a para cima do cavalo sem esforço. Bem, Judith ignorou em seu devaneio o problema da pistola, que atrapalharia aquele ato impetuoso do falso vilão. Supostamente ele a estaria empunhando em uma das mãos, mas esse detalhe podia ser perdoado.

A jovem sentiu um frio na barriga ao perder contato com o chão e... foi trazida de maneira abrupta de volta à realidade. A diligência derrapara na estrada lamacenta, perdera o rumo e agora balançava e sacudia, fora de controle. Houve tempo o bastante – na verdade, tempo de mais – para que todos sentissem um terror cego, antes que o veículo derrapasse pela lateral da estrada, colidisse com a encosta gramada, virasse de volta na direção da estrada, balançasse de maneira ainda mais alarmante e, finalmente, tombasse dentro de um pequeno fosso, parando meio de lado, meio emborcada.

Quando Judith voltou a si, notou que todos gritavam ou choravam. Ela, porém, não fazia nem uma coisa nem outra. Em vez disso, mordia os lábios. Logo descobriu que os seis passageiros da diligência estavam amontoados uns sobre os outros, contra uma das laterais do veículo. Os xingamentos, gritos e gemidos atestavam que a maioria, se não todos, estavam vivos. A jovem ouviu berros vindos do lado de fora, assim como o relinchar assustado dos cavalos. Duas vozes, mais claras do que quaisquer outras, se comunicavam na mais profana das linguagens.

*Estou viva*, pensou Judith, um pouco surpresa. Também estava ilesa, concluiu depois de algumas averiguações, embora se sentisse bastante abalada. De algum modo, acabara no topo da pilha de pessoas amontoadas. Ela tentou se mover, mas no momento em que o fez, a porta se abriu e o cocheiro a encarou.

– Senhorita, me dê sua mão – instruiu ele. – Vamos tirar todos vocês daí em um instante. E pelo amor de Deus, mulher, pare com esses guinchos – disse o homem, sem o mínimo de compaixão, para uma senhora histérica.

Levou bem mais de um instante, mas finalmente todos estavam de pé na encosta gramada ou sentados sobre malas empilhadas, encarando, desalentados, a diligência, que não seria capaz de levá-los a seus respectivos destinos tão cedo. Até para os olhos pouco treinados de Judith era evidente que o veículo sofrera danos consideráveis. Não havia sinal de nenhuma habitação naquele local. As nuvens estavam baixas e a chuva ameaçava cair a qualquer momento. O ar estava úmido e frio. Era difícil acreditar que ainda era verão.

Por algum milagre, os passageiros que viajavam do lado de fora da diligência também tinham escapado sem maiores ferimentos, embora dois estivessem cobertos de lama e nenhum satisfeito com o que acontecera. Vozes se erguiam e punhos eram mostrados. Alguns exigiam saber por que um cocheiro experiente seguira viagem, expondo-os ao perigo, mesmo tendo sido aconselhado a esperar um pouco na última parada. Outros se manifestavam oferecendo sugestões do que deveria ser feito. Por último, havia os que reclamavam de cortes, contusões ou outro tipo de ferimento. A mulher histérica sangrava em um dos pulsos.

Judith não reclamou. Escolhera continuar a viagem, mesmo tendo escutado o aviso de que deveria esperar por outra diligência. Também não tinha nenhuma sugestão a fazer. E não se ferira. Sentia-se apenas infeliz com a situação e procurava algo que ocupasse sua mente, para não pensar que estava parada no meio do nada, com a chuva prestes a cair. Começou a cuidar dos que estavam machucados, embora seus ferimentos fossem mais imaginários do que reais. Ela sabia desempenhar a tarefa com confiança e certo talento, pois costumava acompanhar a mãe em visitas aos pacientes. Judith envolveu cortes e contusões com ataduras, usando o material que tinha à mão. Ouviu a descrição do acidente por cada pessoa, vezes sem conta, murmurando palavras tranquilizadoras enquanto procurava assento para os mais instáveis e abanava os que pareciam prestes a desmaiar.

Em pouco tempo, retirou a touca que usava e que, naquele momento, só a atrapalhava, jogando-a dentro da diligência ainda tombada. Seus cabelos se soltaram e Judith não perdeu nem um segundo tentando arrumá-los. Descobriu que a maior parte das pessoas se comportava muito mal em uma crise, embora aquela situação não fosse tão desastrosa quanto poderia ter sido.

O humor dela, entretanto, não estava muito ruim. Afinal, pensou Judith, aquilo fora a última gota. A vida não poderia ficar mais terrível. Ela chegara ao fundo do poço. De certo modo, talvez fosse consolador. As coisas só podiam melhorar de agora em diante.

– Como consegue se manter tão animada, querida? – perguntou a mulher que ocupara um assento e meio.

Judith sorriu para ela.

– Estou viva – respondeu. – E a senhora também. Como *não* ficar animada?

– Posso pensar em um motivo ou dois... – retrucou a mulher.

Mas, antes que completasse seu pensamento, a atenção delas foi desviada por um grito de um dos passageiros, que apontava para a estrada. Alguém se aproximava, um homem a cavalo. Vários passageiros começaram a chamá-lo, ainda que ele estivesse longe demais para ouvir. Pela empolgação, era como se um grande herói estivesse vindo em seu auxílio. Judith não conseguia imaginar o que eles achavam que apenas um homem poderia fazer para melhorar aquela situação. Certamente eles também não saberiam responder se alguém perguntasse.

Judith voltou a atenção para um dos desafortunados cavalheiros ensopados, que, encolhendo-se de dor, secava o sangue de um corte no queixo com um lenço enlameado. Talvez, pensou ela, e precisou se esforçar para não deixar escapar uma gargalhada, o estranho que se aproximava fosse o bandoleiro alto, moreno, nobre e risonho de seu devaneio. Ou pior: um bandoleiro de verdade prestes a roubá-los, ali parados como patinhos. Talvez houvesse, *sim*, como descer mais fundo no poço.

Embora estivesse fazendo uma longa viagem, lorde Rannulf Bedwyn estava a cavalo. Ele evitava ir de carruagem sempre que possível. Esta, que levava sua bagagem e seu valete, vinha em algum lugar atrás dele. O valete, uma alma tímida e cautelosa, decidira parar na estalagem, cerca de uma hora antes, quando ouvira o aviso de chuva que o estalajadeiro dera com a intenção de melhorar os negócios.

Provavelmente caíra um aguaceiro naquela parte da estrada havia pouco tempo. E, naquele momento, era como se as nuvens estivessem recuperando o fôlego antes de desabarem de novo. A estrada estava tão molhada que o caminho se tornara um atoleiro cintilante com alguns montes de lama espaçados. Rannulf sabia que poderia voltar, mas era contra sua natureza recuar com o rabo entre as pernas diante de algum desafio, humano ou de qualquer espécie. No entanto, pararia na primeira estalagem por que passasse. Podia ser descuidado consigo mesmo, mas precisava pensar no cavalo.

Não tinha a menor pressa de chegar a Grandmaison Park. A avó exigira sua presença e ele a estava atendendo, como normalmente acontecia. Tinha um grande carinho por aquela mulher, mesmo antes de ela torná-lo herdeiro de sua enorme propriedade e fortuna, embora Rannulf tivesse dois irmãos mais velhos e um mais novo – além das duas irmãs, é claro. A razão para a falta de pressa era outra. Mais uma vez, a avó anunciara que havia encontrado uma noiva adequada para ele. Era sempre necessária uma combinação de tato, humor e firmeza para dissuadi-la da ideia de organizar a vida pessoal de Rannulf. Ele não tinha a menor intenção de se casar. Acabara de completar 28 anos. Quando estivesse pronto, *ele* escolheria a própria noiva.

No entanto, não seria o primeiro na família a se deixar prender. Aidan, seu irmão mais velho, sucumbira e se casara secretamente algumas semanas antes, para pagar uma dívida de honra com o irmão da dama, subordinado dele na Guerra Peninsular. Por algum estranho milagre, o casamento apressado, por conveniência, parecia ter se transformado em uma história de amor. Rannulf conhecera Eve, Lady Aidan, dois dias antes. Para ser mais exato, partira da casa deles naquela manhã. Aidan vendera sua patente e apreciava a vida do campo, com a mulher e os dois filhos adotivos. Um idiota apaixonado. Mas Rannulf aprovou a nova cunhada.

Na verdade, era um alívio saber que *era* um casamento com amor. Os Bedwyns tinham a reputação de serem indomáveis, arrogantes e até mesmo frios. Mas também havia a tradição de se manterem fiéis aos cônjuges depois que enfim se casavam.

Rannulf não conseguia imaginar como seria amar uma mulher por toda a vida. Permanecer fiel a alguém para sempre lhe parecia deprimente. Sua esperança era a de que a avó não tivesse mencionado a ideia de compromisso à mulher em questão. Ela fizera isso uma vez e Rannulf passara por momentos terríveis persuadindo sua "noiva" de que *ela* não queria se casar com ele.

De repente, sua atenção foi atraída para um ponto mais adiante, destacado em meio à lama. A princípio, pensou que era alguma construção, mas logo percebeu que era um grupo de pessoas e uma grande diligência tombada, com um eixo quebrado. A maioria dos passageiros se reuniu na encosta relvada, acima da diligência, mantendo os pés longe da lama. Muitos gritavam, acenavam e gesticulavam, como se esperassem que Rannulf erguesse o veículo arruinado nos ombros e o colocasse de volta à estrada, consertando magicamente o eixo no processo, antes de seguir cavalgando em direção ao pôr do sol.

Mas é claro que Rannulf sabia que seria grosseiro de sua parte não parar, mesmo que não pudesse oferecer nenhuma ajuda prática. Ele puxou as rédeas e sorriu quando quase todos do grupo tentaram falar ao mesmo tempo. Rannulf ergueu uma das mãos para silenciá-los e perguntou se havia alguém gravemente ferido. Não era o caso.

– O melhor que posso fazer por vocês, então – disse ele, quando o burburinho voltou a se acalmar –, é galopar o mais rápido que puder e pedir ajuda na cidade mais próxima.

– Há uma cidade a mais ou menos 5 quilômetros à frente, senhor – informou o cocheiro.

Era um cocheiro bastante incompetente, julgou Rannulf. Perdeu o controle do veículo e não cogitou mandar um mensageiro em um dos cavalos em busca de ajuda. Além disso, o homem mostrava claros sinais de ter se mantido aquecido contra o frio e a umidade graças ao conteúdo da garrafa que levava em um dos bolsos de seu sobretudo.

Um dos passageiros, uma mulher, não se juntara aos outros para cumprimentá-lo. Ela estava curvada, pressionando uma atadura improvisada contra o queixo de um cavalheiro coberto de lama, sentado em um caixote de madeira. O homem pegou a atadura das mãos da mulher e ela endireitou o corpo e se virou para encarar Rannulf, que os observava.

Era jovem e alta. A capa verde que vestia estava um pouco úmida e enlameada na bainha. Aberta na frente, revelava um vestido leve de musselina e um colo que, no mesmo instante, aumentou em alguns graus a temperatura corporal de Rannulf. A moça não usava touca e seus cabelos estavam desalinhados, cascateando pelos ombros. Eram de um impressionante louro-acobreado, tom que nunca vira antes. O rosto era oval e estava ligeiramente ruborizado. Seus olhos cintilavam, verdes, com uma expressão encantadora. A moça retribuiu o olhar de Rannulf com aparente desdém. O que ela esperava que ele fizesse? Que pulasse na lama e fizesse o papel do herói?

Um sorriso preguiçoso se abriu no rosto de Rannulf.

– Eu poderia levar uma pessoa comigo – disse ele, sem desviar os olhos da moça. – Uma dama, talvez? Madame, que tal a senhora?

As outras passageiras reclamaram de sua escolha, mas Rannulf as ignorou. A bela ruiva o encarava e, pela expressão reprovadora no rosto da moça, ele poderia apostar que ela recusaria a oferta. Rannulf estava certo disso quando um dos passageiros, um homem magro, de voz aguda e nariz adunco, que poderia ser um pároco, deu sua opinião sem que ninguém pedisse.

– Uma meretriz! – disse ele.

– Espere um minuto! – adiantou-se uma das mulheres, uma senhora grande, rechonchuda, com as maçãs do rosto muito vermelhas e o nariz ainda mais vermelho. – Preste atenção a quem sai chamando de meretriz, homem! Não pense que não percebi o modo como olhava para ela, seu velho pervertido... se remexendo todo no assento para poder encostar mais na moça. E com um livro de orações na mão! Deveria se envergonhar! Vá com ele, querida. Eu iria se ele me convidasse, o que o rapaz não faria pelo simples fato de que eu partiria o cavalo dele ao meio.

Finalmente a ruiva sorriu para Rannulf, enquanto a cor voltava a seu rosto.

– Será um prazer, senhor – disse ela em uma voz agradável e rouca, que pareceu subir pela espinha dele como uma mão calçada em luvas de veludo, lhe causando um arrepio.

Rannulf se adiantou com o cavalo até a lateral da estrada, na direção dela.

O homem não se parecia em nada com o bandoleiro do devaneio, pensou Judith. Não era ágil, moreno, belo nem estava mascarado. E, embora sorrisse, havia um toque de zombaria em sua expressão, mais do que de liberdade.

Era um homem sólido. Não gordo, mas... sólido. Os cabelos sob o chapéu eram claros, ondulados, e mais longos do que a moda ditava. O rosto era moreno, as sobrancelhas escuras, o nariz grande. Os olhos eram azuis. Não era de forma alguma um homem bonito, mas havia alguma coisa nele... inegavelmente atraente... embora essa não parecesse uma palavra poderosa o bastante.

Ela estava em uma situação perigosa.

Aqueles primeiros pensamentos passaram como um raio pela cabeça de Judith no momento em que levantou os olhos para o homem. Ele não era bandoleiro, apenas mais um viajante, oferecendo-se para buscar ajuda e levar alguém junto.

Ela.

O segundo pensamento de Judith foi de choque, indignação, ultraje. Como ele ousava! Quem aquele homem achava que era para esperar que ela concordasse em montar um cavalo com um estranho e sair galopando sozinha com ele? Era filha do reverendo Jeremiah Law, cujas expectativas do mais estrito decoro e moral em relação a seu rebanho só eram excedidas por suas expectativas em relação às próprias filhas... principalmente ela.

O terceiro pensamento a cruzar a mente de Judith foi que a uma distância muito curta – o cocheiro informara cerca de 5 quilômetros – havia uma cidade e o conforto de uma estalagem. Talvez ambos pudessem ser alcançados antes de a chuva cair. Se ela aceitasse a oferta do estranho, é claro.

Então Judith se lembrou de seu devaneio, da fantasia tola e adorável de um bandoleiro espirituoso que a carregaria para uma maravilhosa e inesperada aventura, libertando-a de todas as obrigações em relação à família e ao passado, libertando-a de tia Effingham e da tediosa vida de labuta que a aguardavam em Harewood. Um sonho que se estilhaçara quando a diligência tombara. Judith tinha agora a chance de experimentar uma aventura de verdade, mesmo que bem rápida. Por 5 quilômetros, talvez o equivalente a uma hora, ela poderia cavalgar na mesma sela daquele estranho atraente. Poderia fazer algo impróprio, como deixar a segurança e o decoro da presença de várias pessoas ao redor para seguir sozinha com um cavalheiro. Se soubesse de tal coisa, o pai dela a trancaria no quarto a pão e água e com a Bíblia nas mãos, por uma semana. E tia Effingham provavelmente decidiria que um mês no quarto nas mesmas condições ainda não seria o suficiente. Mas quem descobriria? Portanto, que mal poderia haver? Bem, o homem ossudo a chamou de meretriz. Curiosamente, Judith não se sentiu indignada. A acusação era tão absurda que ela quase riu. Mas foi como um desafio. E a mulher rechonchuda a encorajara. Ela, Judith, seria uma criatura tão patética a ponto de desperdiçar aquela pequena chance?

Judith sorriu.

– Será um prazer, senhor – disse, ouvindo com alguma surpresa que não falava com a própria voz, mas com a voz de uma mulher inventada, que ousaria fazer uma coisa daquelas.

O homem guiou o cavalo mais para perto, mantendo os olhos presos aos dela.

– Pegue minha mão e pouse o pé sobre minha bota – instruiu ele.

Judith fez o que lhe foi dito e, de repente, era tarde demais para mudar de ideia. Com uma força que aparentemente não exigiu nenhum esforço e a deixou mais ofegante do que alarmada, o homem a ergueu e virou o corpo dela, de modo que, antes que percebesse, fora erguida do chão e estava sentada de lado, na frente do homem, os braços dele envolvendo-a, garantindo uma ilusão de segurança. Havia muito barulho ao redor deles. Algumas pessoas riam e a encorajavam, enquanto outras reclamavam de serem deixadas para trás e imploravam ao estranho que se apressasse e mandasse ajuda antes que a chuva caísse.

– Alguma dessas malas é sua, madame? – perguntou o estranho.

– Aquela. – Judith apontou. – Ah, e a bolsinha ao lado dela.

Embora guardasse apenas uma pequena quantia em dinheiro, que o pai conseguira juntar para que tomasse o chá e talvez comprasse pão e manteiga durante a viagem de um dia, Judith ficou horrorizada com seu descuido de quase deixar a bolsa para trás.

– Jogue a bolsa para mim, homem – pediu o cavaleiro ao cocheiro. – A mala da dama pode ser levada junto com as outras, mais tarde.

Despediu-se tocando a aba do chapéu, pegou a bolsa e colocou o cavalo para trotar. Judith riu. Sua grande e, ao mesmo tempo, pateticamente pequena aventura começara. Ela desejou que os 5 quilômetros se estendessem até o infinito.

Por algum tempo, Judith se preocupou com o fato de estar tão longe do chão, sobre o cavalo – nunca fora uma grande amazona. Esse pensamento logo ficou em segundo plano quando tomou consciência da intimidade da posição em que estavam. Ela podia sentir o calor do corpo do estranho se espalhando pelo lado esquerdo do dela. As pernas dele, que pareciam muito fortes protegidas por calções justos e botas altas, estavam próximas demais de seu corpo. Os joelhos de Judith tocavam uma das pernas do estranho e ela podia sentir a outra roçando em seu traseiro. Judith sentia o cheiro de cavalo, couro e colônia masculina. Os perigos da viagem perderam importância diante de outras sensações, desconhecidas.

Judith estremeceu.

– Está frio para um dia de verão – comentou o cavaleiro.

Ele passou um dos braços ao redor dela e puxou-a até que o ombro e o braço de Judith estivessem firmemente apoiados contra o peito dele e ela não tivesse escolha a não ser apoiar a cabeça no ombro do homem, o que lhe era chocante... e um pouco excitante. Percebeu, de repente, que não usava a touca. Não apenas isso, parte do cabelo havia se soltado e caía sobre seus ombros.

Como estaria a sua aparência? O que aquele homem estaria pensando dela?

– Ralf Bedard, a seu dispor, madame – apresentou-se o homem.

De que modo poderia se apresentar como Judith Law? Não estava se comportando de forma alguma de acordo com a criação que tivera. Talvez devesse fingir ser outra pessoa...

– Claire Campbell – disse, unindo os dois primeiros nomes que lhe passaram pela cabeça. – Como vai, Sr. Bedard?

– No momento, muito bem – retrucou ele com a voz rouca, e os dois riram.

Ele estava flertando com ela, pensou Judith. Que escandaloso! Seu pai colocaria o cavalheiro em seu devido lugar com palavras contundentes... e sem dúvida a castigaria por ficar se expondo daquela maneira. Ao menos daquela vez, ele teria razão. Mas Judith não estava disposta a estragar sua preciosa aventura pensando no pai.

– Para onde estava indo? – perguntou o Sr. Bedard. – Por favor, não me diga que há um marido esperando para ajudá-la a desembarcar da diligência. Ou um namorado.

– Nenhum dos dois – retrucou Judith, rindo de novo por nenhum motivo em particular. Iria aproveitar aquela breve aventura até o último instante. Não desperdiçaria tempo, energia ou oportunidades. – Sou solteira... e é assim que prefiro ficar.

Mentirosa. Ah, mentirosa.

– Minha alma agora está tranquila – assegurou ele. – Quem a está esperando no fim da viagem então? Sua família?

Judith se encolheu por dentro. Não queria pensar no fim da viagem. O bom das aventuras é que não são reais nem eternas. Para aquele estranho, ela poderia dizer, fazer e ser o que bem entendesse. Era como ter um sonho e um pouco de realidade ao mesmo tempo.

– Não tenho família – respondeu Judith. – Ninguém responsável por mim, de qualquer modo. Sou atriz. Estou a caminho de York, para interpretar um novo papel. O papel principal.

Pobre papai. Ele teria um ataque do coração. Mas a verdade era que aquele sempre fora o sonho mais louco e mais antigo dela.

– Uma atriz? – repetiu o Sr. Bedard, a voz baixa e rouca contra o ouvido dela. – Eu deveria ter percebido assim que coloquei os olhos na senhorita. Uma beleza tão vívida quanto a sua brilharia em qualquer palco. Por que nunca a vi em Londres? Deve ser porque raramente vou ao teatro. Sem dúvida preciso corrigir esse mau hábito.

– Ah, Londres – disse Judith em um tom zombeteiro e despreocupado. – Gosto de *atuar*, Sr. Bedard, não de ser admirada. Gosto de escolher os papéis que desejo representar. Prefiro teatros do interior. Sou bem conhecida neles, acredito.

Judith percebeu que ainda falava com a voz que usara na beira da estrada. E, por incrível que pudesse parecer, o homem acreditara na história dela. Isso ficava evidente em suas expressões – divertida, apreciativa, maliciosa. Branwell, depois de ter ido para a universidade e conhecido mais do mundo, contara às irmãs que as atrizes de Londres quase sempre completavam sua renda sendo amantes de ricos e nobres. Estava navegando por águas perigosas, pensou Judith. Mas era apenas por 5 quilômetros, apenas uma hora.

– Gostaria de poder vê-la atuando – comentou o Sr. Bedard, e o braço dele estreitou-se mais ao redor dela, enquanto erguia o queixo de Judith com as costas das mãos enluvadas.

Então ele a beijou. Na boca.

Não foi um beijo longo. Afinal, ele estava conduzindo um cavalo por estradas traiçoeiras, com uma passageira atrapalhando tanto seus movimentos quanto os do cavalo. Sr. Bedard não podia se dar ao luxo de se deixar distrair por um abraço mais longo.

Mas durou tempo o bastante. Ainda mais para uma mulher que nunca fora beijada antes. Os lábios dele estavam abertos e Judith sentiu o calor úmido de sua língua contra a dela. Segundos, ou talvez apenas uma fração de segundo, antes de seu cérebro conseguir registrar choque ou ultraje, cada parte do corpo de Judith reagiu. Seus lábios pareciam queimar com a sensação que se espalhou por sua boca. Seus seios pareceram inchar e uma espécie de dor aguda e poderosa desceu pelo interior de suas coxas.

– Oh – disse Judith, quando o beijo terminou.

Mas antes que pudesse expressar sua indignação diante de tamanha liberdade e insolência, ela se lembrou de que era Claire Campbell, famosa atriz provinciana. E das atrizes, mesmo as que não eram amantes dos ricos e nobres, esperava-se que soubessem uma ou duas coisas sobre a vida. Judith olhou dentro dos olhos do Sr. Bedard e deu um sorriso sonhador.

*Por que não?*, pensou, impulsiva. Por que não viver aquela fantasia mais um pouquinho, para ver aonde poderia levar? Aquele primeiro beijo, afinal, provavelmente também seria o último. Sr. Bedard sorriu de volta, uma expressão preguiçosa e zombeteira nos olhos.

– Oh... – repetiu.

# CAPÍTULO II

Que diabo ele estava fazendo? Deixando-se envolver por um beijo, enquanto a cada passo Bucephalus corria o sério risco de escorregar e jogar os dois no chão irregular e lamacento? Rannulf balançou a cabeça.

Ela alegava preferir atuar em papéis importantes a ser apreciada por olhos cobiçosos em um teatro da moda. Ao mesmo tempo, exibia aqueles cabelos engenhosamente desarrumados que, se seus olhos não o enganavam, eram naturais, e não demonstrava nenhuma relutância em pressionar todas aquelas curvas quentes e voluptuosas contra a parte da frente do corpo dele. O rubor nas maçãs do rosto também era natural. Tinha um modo particular de abaixar os cílios escuros sobre os impressionantes olhos verdes, em uma expressão sem dúvida convidativa. E a voz dela ainda o acariciava como uma mão calçada em luvas de veludo.

Ele estava jogando, não? Ora, é claro que estava. Por que mais teria dado um nome falso? E por que não faria isso, ainda mais quando o futuro lhe prometia semanas de castidade na casa da avó? Rannulf tinha um apetite sexual vigoroso e não declinaria do convite dela. Mesmo assim... beijar montado a cavalo? Em uma estrada enlameada?

Rannulf riu por dentro. Parecia estar vivendo uma fantasia. Uma *deliciosa* fantasia.

– E qual é *seu* destino? – perguntou ela. – Está indo para casa encontrar uma esposa? Ou uma namorada?

– Nenhuma dessas opções – respondeu ele. – Sou solteiro e sem compromissos.

– Fico feliz em ouvir isso – comentou a dama. – Detestaria imaginar o senhor tendo que confessar um beijo para alguém.

Ele riu.

– Estou indo passar algumas semanas com amigos – disse Rannulf. – São casas o que estou vendo mais à frente?

Ela virou a cabeça para checar.

– Sim – disse. – Acho que está certo.

A chuva recomeçaria a qualquer instante. Sem dúvida, seria bom sair da estrada lamacenta e entrar em um abrigo, mas avisar sobre a carruagem acidentada era mais urgente. Rannulf lamentava um pouco que estivesse se aproximando da cidade. Mas nem tudo estava perdido. Seria impossível para qualquer um dos dois seguir viagem naquele dia, por mais próximos que estivessem de seu próprio destino.

– Em alguns minutos – disse Rannulf, abaixando a cabeça de modo que sua boca estivesse bem próxima ao ouvido dela –, estaremos a salvo em uma estalagem e logo mandarão ajuda para aqueles pobres passageiros desamparados. A senhorita poderá descansar em um quarto quente e seco, e eu, em outro. Ficará feliz?

– Sim, é claro – respondeu ela em uma voz brusca, diferente da que vinha usando até então nas conversas entre eles.

Ah. Ele entendera mal os sinais, então? Um leve flerte sobre um cavalo era uma coisa, mas algo além não estava nos planos dela? Rannulf se concentrou em guiar o cavalo pelos poucos metros que levavam ao que parecia uma estalagem de bom tamanho, no extremo de uma pequena cidade.

– Não – corrigiu ela, alguns instantes depois, a voz baixa e rouca novamente. – Não, eu não ficarei feliz.

Ah.

Estava quente, cheio e seco dentro da estalagem, mas, pela primeira vez em várias horas, Judith se sentia fisicamente segura. O pátio do lado de fora estava em alvoroço e as pessoas se aglomeravam dentro da estalagem – algumas observavam o céu pela janela, outras decidiam se valeria a pena passar a noite ali.

Judith tinha um problema. Não possuía dinheiro suficiente para pagar por um quarto. Quando mencionou o fato ao Sr. Bedard, ele sorriu, zombeteiro, e não disse nada. Agora ele estava parado no balcão da recepção falando com o estalajadeiro. Ele teria a intenção de lhe pagar um quarto? E ela permitiria? Como devolveria o dinheiro a ele?

Judith desejava que aquela breve e gloriosa aventura não terminasse. Sabia que reviveria as últimas horas várias vezes durante os dias e as semanas que se seguiriam. Relembraria aquele beijo para sempre. Pobre solteirona desesperada, pensou, repreendendo-se mentalmente. Mas sua energia parecia esmagada sob as solas lamacentas de suas botinas. Judith se sentia mais deprimida naquele momento do que uma hora atrás, antes de o Sr. Bedard entrar em sua vida.

Ele era um homem alto, de constituição sólida. Os cabelos, como Judith podia ver agora que ele tirara o chapéu, eram realmente ondulados, além de grossos e claros, e quase tocavam os ombros dele. Se alguém acrescentasse uma barba e um elmo com chifres àquele rosto, seria possível imaginá-lo parado na proa de um navio viking à frente de um ataque a algum vilarejo saxão sem sorte. A própria Judith seria uma habitante desse vilarejo, corajosa e desafiadora...

Sr. Bedard se afastou do balcão e cruzou a distância que o separava de Judith.

– Muitos viajantes buscaram refúgio aqui – explicou ele, em voz baixa. – E os passageiros da diligência também vão precisar de quartos. A estalagem estará lotada esta noite. No entanto, há outro lugar, menor e mais tranquilo, perto do centro da cidade, perto da feira livre. É mais usado em dias de feira, mas me asseguraram que é muito limpo e confortável.

A expressão nos olhos dele não era divertida ou zombeteira... Judith não conseguiu interpretar bem o que queria dizer, mas sentiu um arrepio percorrê-la da cabeça aos pés. Ela umedeceu os lábios.

– Como eu lhe disse, Sr. Bedard – lembrou Judith –, não tenho mais do que algumas poucas moedas comigo, já que esperava viajar direto para York, sem pausas. Permanecerei aqui. Sentarei no refeitório, ou perto da janela, até que outra diligência passe e eu possa seguir meu caminho.

Na verdade, pensou, não estava muito longe de Harewood Grange. Afinal, já estavam em Leicestershire, não estavam? Sr. Bedard sorriu e, mais uma vez, seu rosto assumiu uma expressão zombeteira.

– O estalajadeiro daqui enviará sua mala para a outra estalagem assim que chegar – disse ele. – A diligência teve um eixo quebrado. A espera por outra será longa, provavelmente até amanhã. A senhorita poderá esperar com conforto.

– Mas não posso pagar... – começou a dizer Judith, mais uma vez. Sr. Bedard pousou um dos dedos sobre os lábios dela, surpreendendo-a.

– Ah, mas *eu* posso – comentou. – Posso arcar com os custos de *um* quarto.

Por um instante de profunda estupidez, Judith não entendeu o que ele queria dizer. Então compreendeu. Surpreendeu-se por não estar em chamas, tamanho o rubor que a dominou. Também se espantou por seus joelhos não cederem e ela desabar no chão. E ainda se perguntou por que não dava uma bofetada naquele homem com toda a força de seu ultraje.

Mas Judith não fez nenhuma dessas coisas. Em vez disso, escondeu-se atrás da máscara de Claire Campbell, enquanto sentia a tentação dominar seu corpo. A vontade de continuar aquela aventura, aquele sonho roubado, era quase incontrolável. Sr. Bedard estava sugerindo que compartilhassem um quarto na outra estalagem. Com certeza pretendia muito mais do que dividir uma cama. Tinha a intenção de que os dois tivessem relações conjugais... embora *conjugais* fosse uma palavra equivocada naquele caso.

Naquele dia. Naquela noite. Em poucas horas.

Judith apresentou seu sorriso de Claire Campbell e sabia muito bem que não era necessária outra resposta. Podia se abster de tomar qualquer decisão real. Mesmo assim, estava consciente de que *tomara* uma decisão. Caso contrário, Claire Campbell não teria sorrido. Apenas uma vez na vida, *precisava* fazer algo ousado, chocante, ultrajante e... atípico.

Talvez nunca mais tivesse outra chance.

– Vou resgatar meu cavalo, antes que ele se acomode no estábulo – disse ele, afastando-se. Ele contemplou Judith dos pés à cabeça e se virou na direção da porta.

– Sim – concordou Judith.

Além do mais, nada era definitivo. Ela não iria até o fim. Quando chegasse a hora, se desculparia e explicaria que ele a compreendera mal, que não era aquele tipo de mulher. Então dormiria no chão, em uma cadeira ou em *qualquer lugar* onde ele não estivesse. Sr. Bedard era um cavalheiro, não a forçaria a nada. Ela apenas estenderia um pouco mais a aventura que estava vivendo. Não cometeria nenhum ato depravado irreversível.

*Ah, sim, você cometerá*, disse uma vozinha intrometida dentro de si. A voz tinha o tom brusco de Judith Law em sua versão mais sensata.

Rum & Puncheon era uma estalagem pequena e sem hóspedes, embora a taverna estivesse bem cheia. "Sr. e a Sra. Bedard" foram recebidos com uma hospitalidade jovial e ficaram com a melhor acomodação da estalagem: um quarto limpo e amplo, um fogo ardendo na lareira, uma proteção contra a chuva que batia nas janelas e uma bacia de água bem quente no lavatório atrás de um biombo. O jantar do casal seria servido na pequena sala de jantar anexa ao quarto de dormir. Ficariam aconchegados e a sós ali, informou a esposa do estalajadeiro, sorrindo para os dois como se acreditasse que eram mesmo casados.

Claire Campbell jogou para trás o capuz da capa assim que ficaram sozinhos no quarto e foi olhar pela janela. Rannulf despiu a própria capa, jogou-a sobre uma cadeira e olhou para a mulher à sua frente. Os cabelos dela haviam perdido a maior parte dos grampos e pareciam bastante desalinhados. A capa verde, escura nos ombros por causa da umidade, estava levemente enlameada na bainha. A intenção dele fora jogar Claire Campbell na cama assim que chegassem ao quarto, para que pudessem aplacar parte do desejo que os consumia. Mas o momento não parecia certo. Ele podia ser um homem com um apetite sexual saudável, mas não era dominado por suas paixões. Afinal, sexo era, além de uma função fisiológica, uma arte. E a arte do sexo exigia a atmosfera certa.

Toda uma noite se estendia diante deles. Não havia pressa.

– Gostaria de se refrescar? – perguntou Rannulf. – Vou tomar um caneco de cerveja na taverna e voltarei quando o jantar estiver pronto. Pedirei que lhe mandem um bule de chá.

Claire Campbell se virou para ele.

– Seria uma grande gentileza da sua parte – falou.

Ele quase mudou de ideia. O rosto dela estava corado, e as pálpebras, levemente abaixadas em um convite. Os cabelos revoltos davam a impressão de que acabara de acordar. Rannulf teve vontade de levá-la para a cama naquele momento, se enfiar entre suas coxas e mergulhar fundo em seu convidativo corpo.

Em vez disso, fez uma mesura zombeteira e ergueu uma das sobrancelhas.

– Gentileza? Está aí uma coisa da qual não sou acusado com frequência, madame.

Rannulf passou uma hora na taverna, bebendo e aproveitando a hospitalidade de alguns homens da cidade que o incluíram na conversa, pedindo a opinião dele sobre o tempo e a condição das estradas, enquanto fumavam seus cachimbos, bebiam seus canecos de cerveja e concordavam uns com os outros que, agora, iriam pagar por todo o tempo quente de verão que aproveitaram nas últimas semanas.

Rannulf subiu para a sala de jantar particular quando o estalajadeiro avisou que a comida estava prestes a ser servida. Claire já encontrava-se lá, parada na porta entre os dois cômodos, observando a criada arrumar a mesa.

– É torta de carne e rim – anunciou a moça com um sorriso, fazendo uma cortesia antes de sair da sala e fechar a porta. – A melhor em 15 quilômetros, devo declarar. Aproveitem. Toquem a campainha quando quiserem que eu venha retirar os pratos.

– Faremos isso. Obrigada – agradeceu Claire.

Rannulf quase sentiu medo de olhar para ela até estarem sozinhos. Havia visto apenas relances do vestido de musselina sob a capa. Agora via que era uma roupa de estilo simples, surpreendentemente discreta para uma mulher da profissão dela. Bem, Claire estava viajando de diligência. Provavelmente precisava usar uma roupa que não atraísse muita atenção. O vestido, entretanto, não conseguia esconder as maravilhas de seu corpo. Claire não era magra, embora suas longas pernas pudessem dar essa impressão. Na verdade, tinha um corpo curvilíneo e tentador: cintura fina e quadris mais amplos, convidativos. Os seios eram cheios e firmes, o sonho de todo homem tornado realidade.

Ela não prendera os cabelos para cima, como ele esperara que fizesse. Estavam escovados, para trás, e caíam em ondas brilhantes sobre seus ombros, até o meio de suas costas. Tinham um tom maravilhoso de vermelho, quase chocante, com mechas douradas que cintilavam sob a luz do fim da tarde. O rosto longo e oval era pálido e delicado como porcelana. Os olhos de um verde espantoso. E, por Deus, havia algo inesperado no rosto dela, algo que a tornava mais próxima dos reles mortais. Rannulf cobriu a distância que os separava e correu um dedo de leve sobre o nariz de Claire, indo de uma maçã do rosto à outra.

– Você tem sardas... – comentou. – Bem de leve.

Claire voltou a ruborizar.

– Foram o tormento de minha infância – contou. – E infelizmente nunca desapareceram por completo.

– São encantadoras – comentou Rannulf.

Quando entrou no quarto, quase sentiu medo de que Claire fosse uma deusa. Ele sempre admirara deusas, mas nunca fora para a cama com uma. Gostava de mulheres de carne e osso.

– Tenho que cobri-las com bastante maquiagem quando estou no palco.

– A senhorita *quase* roubou meu apetite para a comida – provocou Rannulf, o olhar descendo até a boca de Claire.

– *Quase* – retrucou ela na mesma voz brusca que ele ouvira apenas uma vez até ali. – Mas isso não aconteceu. Seria uma tolice, Sr. Bedard, quando seu jantar o aguarda na mesa e o senhor está tão faminto.

– Ralf – disse ele – É melhor me chamar de Ralf.

– *Ralf* – repetiu ela. – É hora de jantar.

Mais tarde, eles se permitiriam uma sobremesa, pensou ele, enquanto se sentava à mesa, de frente para Claire. Uma doce iguaria que saboreariam durante toda a noite. O sangue correu mais rápido nas veias dele, em antecipação a uma boa noite de sexo. Rannulf não tinha dúvida de que seria muito bom. Nesse meio-tempo, o corpo dele precisava ser abastecido.

Rannulf falou sobre Londres, a pedido de Claire, já que ela nunca estivera lá. Falou sobre os acontecimentos durante a temporada social: os bailes, a multidão, os concertos, o Hyde Park, a Carlton House e os Jardins de Vauxhall. Ela, por sua vez, falou sobre o teatro, os atores e os diretores com quem trabalhava. Descreveu tudo devagar, com olhos sonhadores e um sorriso nos lábios. Parecia apreciar bastante sua profissão.

Rannulf ficou surpreso quando, cerca de uma hora depois, olhou para a mesa e viu que a maior parte da comida servida já fora consumida e que a garrafa de vinho estava vazia. Eles comeram bem, mas ele mal conseguia se lembrar do gosto de nada, embora sentisse uma sensação de bem-estar... e uma permanente fagulha de expectativa.

Rannulf se levantou, foi até a lareira e puxou a corda da campainha. Pediu que os pratos fossem retirados e pegou outra garrafa de vinho.

– Mais? – perguntou Rannulf, enquanto ele inclinava a garrafa sobre o copo dela.

– Ah, eu não deveria aceitar.

– Mas aceitará. – Ele olhou bem fundo em seus olhos.

Claire sorriu.

– Aceitarei.

Rannulf se recostou na cadeira depois de encher os copos e dar um gole no próprio vinho. Aquele talvez fosse o momento. A luz suave do dia finalmente se apagava atrás das cortinas. A chuva que continuava a cair e o fogo crepitando na lareira acrescentavam ao ambiente uma sensação de aconchego e intimidade que não era comum no verão. Mas havia alguma coisa a mais.

– Quero vê-la atuar – pediu ele.

– *O quê?* – As sobrancelhas dela se ergueram e a mão que segurava o vinho parou a meio caminho dos lábios.

– Quero vê-la atuar – repetiu Rannulf.

– Aqui? Agora? – Claire pousou o copo na mesa. – Que absurdo. Não há palco, cenário, roteiro nem outros atores.

– Uma atriz talentosa e experiente com certeza não precisa de um roteiro para algumas cenas – contestou ele. – Nem palco ou cenário. Há vários monólogos que não requerem a presença de outros atores. Represente um deles para mim, Claire. Por favor?

Ele ergueu o copo na direção dela em um brinde silencioso.

Claire o encarou, o rubor tomando conta de seu rosto mais uma vez. Com certa surpresa, Ralf percebeu que ela estava constrangida perante a possibilidade de fazer uma apresentação particular para um homem que estava prestes a se tornar seu amante. Talvez fosse difícil pensar em um papel dramático naquelas circunstâncias.

– Bem, suponho que eu poderia apresentar o famoso discurso de Pórcia…

– Pórcia?

– De *O mercador de Veneza* – explicou Claire. – Com certeza conhece o discurso da "Natureza da Graça"?

– Recorde-me.

– Shylock e Antônio estão no tribunal – disse ela, inclinando-se levemente sobre a mesa, na direção dele –, para que seja decidido se Shylock tem o direito de levar uma libra da carne do corpo de Antônio. Não há dúvida de que ele tem esse direito, já que isso foi estabelecido anteriormente no acordo entre ambos. Mas então chega Pórcia, com a intenção de salvar seu amigo querido e defensor de Bassânio, amor da vida dela. Pórcia se disfarça com a toga de um magistrado e fala em defesa de Antônio. A princípio, ela apela para os bons sentimentos de Shylock, em seu famoso discurso sobre a graça.

– Estou lembrando agora – comentou Rannulf. – Represente Pórcia para mim, então.

Claire ficou de pé e olhou ao redor.

– Este é o tribunal – avisou. – Não é mais a sala de jantar de uma estalagem, e sim um tribunal, no qual está em jogo a vida de um homem nobre. É uma situação desesperadora. Parece não haver esperança. Estão todos aqui, todos os principais personagens do drama. Shylock está sentado nessa cadeira. – Ela apontou para a cadeira que Rannulf ocupava. – Sou Pórcia, mas estou disfarçada como um rapaz.

Rannulf deu um meio sorriso divertido enquanto Claire afastava os cabelos para trás, prendendo-os na nuca enquanto desaparecia por um instante no quarto de dormir. Quando voltou, abotoava a capa com capuz ao redor do corpo. Estava longe de parecer um homem, mas Rannulf quase se encolheu diante da expressão dura e controlada no rosto de Claire quando ela o encarou.

– "A natureza da graça não comporta compulsão" – falou Claire, em uma voz que combinava com a expressão de seus olhos.

Por um breve e tolo instante, ele pensou que era ela, Claire Campbell, que endereçava aquela frase a ele, Rannulf Bedwyn.

– "Gota a gota ela cai, tal como a chuva benéfica do céu" – continuou ela, aproximando-se mais dele, a expressão um pouco mais suave, como que implorando.

*Maldição*, pensou Rannulf. Ela era Pórcia e ele era o vilão desgraçado, Shylock.

– "É duas vezes abençoada."

Não era um discurso muito longo, mas, quando Claire terminou, Rannulf sentia-se envergonhado e pronto para perdoar Antônio, até mesmo se ajoelhar e implorar perdão por sequer ter considerado a possibilidade de cortar uma libra da carne do corpo dele. Claire inclinou-se sobre ele, os lábios cerrados e os olhos ávidos, esperando a resposta.

– Por Deus – disse Rannulf –, Shylock devia ser feito de aço...

Ele sentiu o início de uma ereção dentro das calças. Ela era muito boa. Conseguia dar vida a um papel sem qualquer dos recursos teatrais exagerados que associava a todos os mais famosos atores e atrizes que já vira no palco.

Claire endireitou o corpo e sorriu para ele, enquanto desabotoava a capa.

– O que mais pode apresentar? – perguntou Rannulf. – Julieta?

Ela fez um gesto com a mão afastando a possibilidade.

– Tenho 22 anos – disse. – Julieta era nove anos mais nova e uma simplória. Nunca compreendi o apelo dessa peça.

Ele riu. Ela não era uma romântica, então.

– Ofélia? – sugeriu Rannulf.

Claire pareceu aborrecida.

– Acho que os homens gostam de assistir a mulheres fracas – falou ela, com o que pareceu ser desprezo na voz. – E não poderia haver nenhuma mais fraca do que a tola Ofélia. Ela só precisaria estalar os dedos diante do rosto de Hamlet e mandá-lo enfiar a cabeça em uma tina de óleo quente.

Rannulf jogou a cabeça para trás em uma gargalhada. Claire estava enrubescida e parecia arrependida quando ele voltou a encará-la.

– Farei Lady Macbeth – disse ela. – Era tola e não conseguia sustentar a própria maldade, mas com certeza não era fraca.

– A cena em que ela está sonâmbula? – perguntou ele. – Quando lava as mãos no sangue?

– Essa mesma. Está vendo? – Claire pareceu aborrecida mais uma vez, enquanto gesticulava na direção dele. – Acho que essa é a cena preferida dos homens. A mulher má finalmente se entrega à loucura. Afinal, uma mulher típica não consegue ser eternamente forte, não é mesmo?

– No final, Macbeth também não poderia ser descrito como são – recordou ele. – Eu diria que Shakespeare era imparcial em seu julgamento da relativa força de espírito do homem e da mulher.

– Farei Lady Macbeth persuadindo Macbeth a assassinar Duncan – escolheu Claire.

E ele, supôs Rannulf, seria um silencioso Macbeth.

– Mas primeiro – disse ela – vou terminar meu vinho.

O copo de Claire estava dois terços cheio. Ela virou todo o vinho em um gole só e pousou o copo vazio na mesa. Então, soltou o nó que prendia os cabelos na nuca e sacudiu-os.

– Macbeth acabou de dizer à esposa: "Não iremos mais longe nesse assunto" – explicou Claire. – Ele está desistindo da ideia do assassinato, mas ela o incita a seguir em frente.

Rannulf assentiu. Claire se virou de costas por um instante e ficou completamente imóvel. Então ele a viu cerrar os punhos e se virar para ele. Rannulf quase se levantou para se proteger atrás da cadeira. Os olhos verdes o perfuravam com um brilho frio e reprovador.

– "Encontra-se embriagada a esperança que até há pouco vos revestia?" – perguntou ela em voz baixa. – "Adormeceu, decerto, desde então, e acordou agora, pálida e verde, a contemplar o que ela própria começara tão bem?"

Rannulf resistiu à vontade de se defender.

– "Desde este instante para mim teu amor vale isso mesmo."

Ela também recitou as falas dele, inclinando-se sobre Rannulf e falando em voz baixa, dando a impressão de que era ele quem as dizia, sem mover os lábios. Quando voltou a assumir o papel de Lady Macbeth, Claire o açoitava com sua energia, seu descontentamento e seus argumentos ardilosos. Quando ela terminou, Rannulf conseguiu finalmente compreender por que Macbeth cometera a imbecilidade tamanha de matar seu rei.

Claire ofegava ao fim de sua argumentação. Parecia fria, triunfante... e um tanto louca.

Rannulf se viu muito próximo de arquejar de desejo. Conforme a identificação dela com o papel que desempenhara começava a se apagar de seus olhos e de seu corpo, os dois ficaram se encarando, o ar entre eles soltando faíscas.

– Nossa... – comentou ele em voz baixa.

Ela deu um meio sorriso.

– Você precisa levar em consideração que estou um pouco enferrujada. Não atuo há três meses e estou sem prática. – esclareceu Claire

– Que Deus nos ajude – comentou Rannulf, ficando de pé – se você estivesse *com* prática. Era possível que eu saísse em disparada, na chuva, para tentar encontrar o assassino disponível mais próximo para matar o rei.

– Então, o que achou? – perguntou ela.

– Acho – disse ele – que está na hora de ir para a cama.

Por um instante, Rannulf achou que ela recusaria. Claire o encarou, umedeceu os lábios, respirou fundo, como se estivesse prestes a dizer alguma coisa, então assentiu.

– Sim – disse ela, por fim.

Ele inclinou a cabeça e a beijou. Estava pronto para jogá-la no chão e possuí-la ali mesmo, mas por que submetê-los ao desconforto se havia uma cama que parecia tão confortável no quarto ao lado?

– Apronte-se – falou Rannulf. – Vou descer por uns dez minutos.

– Sim – concordou Claire.

Um instante depois, a porta do quarto se fechava atrás dela. Aqueles dez minutos, pensou Rannulf, seriam uma desconfortável eternidade.

Ela sabia atuar.

# CAPÍTULO III

Judith ficou parada, com as costas apoiadas na porta do quarto, e fechou os olhos. Sua cabeça girava, seu coração palpitava e ela estava sem ar. Havia tantas razões para aqueles três sintomas que ela não conseguia controlá-los.

Em primeiro lugar, bebera vinho demais. Foram quatro copos ao todo. Nunca tomara mais do que meio copo de vinho em um dia e, ainda assim, isso acontecera apenas três ou quatro vezes em sua vida. Não estava bêbada – conseguia pensar com clareza e caminhar em linha reta –, mas havia, *sim*, consumido todo aquele vinho.

Além disso, teve a intoxicante experiência de atuar diante de uma plateia – mesmo que essa plateia fosse de apenas uma pessoa. Atuar sempre fora uma parte muito secreta da vida de Judith, algo que fazia apenas quando tinha certeza de que estava sozinha. Nunca pensara no que fazia como *atuar*, mas como trazer à vida outro ser humano através das palavras que o dramaturgo criava. Sempre tivera a habilidade de entrar no corpo e na mente de um personagem e sabia exatamente qual era a sensação de ser aquela pessoa sob determinadas circunstâncias.

Às vezes, Judith usava essa habilidade para escrever histórias, mas não era na escrita que repousava seu talento. Ela precisava criar e recriar personagens com o próprio corpo, com a própria voz. Quando atuou como Pórcia, ou como Lady Macbeth, Judith *se tornou* as personagens. Naquela noite, atuar fora mais inebriante do que o vinho. Atuara melhor do que jamais fizera antes. Ela fora Shylock e Macbeth, mas, ao mesmo tempo, também era Ralf Bedard. E se sentira estranhamente empolgada, agitada, por causa dele. Era como se o ar estivesse agitado por uma energia invisível.

Judith se apressou na direção do biombo, no outro extremo do quarto. Tinha apenas dez minutos para se preparar... menos de dez, na verdade. Ela viu com alívio que sua mala havia chegado e fora levada para o quarto. Teria uma camisola para usar.

Quando já se abaixava para abrir a mala, parou abruptamente. *Apronte-se*? Para o quê? Ele acabara de beijá-la de novo e voltaria em menos de dez minutos para levá-la para a cama. Para fazer *aquilo* com ela. Judith não sabia muito bem o que era *aquilo*, tinha apenas uma ideia vaga e superficial. Sentiu as pernas bambas e o ar lhe faltou de novo. Não iria deixar aquilo acontecer... iria?

Estava na hora de terminar a aventura, embora tenha sido esplêndida. E não haveria outras. Judith sabia que as mulheres que empobreciam e viviam na casa de membros mais ricos da família tinham pouca ou nenhuma chance de mudar suas condições de vida. Para ela, só haveria aquele momento, aquele dia.

Aquela noite.

Com certo nervosismo, Judith abriu a mala. Estava perdendo um tempo precioso. Como seria constrangedor se ele voltasse e a encontrasse mudando de roupa, ou antes que ela tivesse se aliviado, lavado ou penteado os cabelos! Pensaria mais tarde *naquilo*, sobre como evitar. Havia um banco de madeira no outro cômodo. Com um travesseiro, a capa dela e um dos cobertores da cama, seria um lugar bastante tolerável para dormir.

Ralf demorara mais de dez minutos para voltar. Judith estava parada diante do fogo, vestida decentemente em sua camisola de algodão, escovando os cabelos, quando ele bateu à porta e entrou, antes que ela pudesse atravessar o quarto ou falar qualquer coisa. Subitamente Judith se sentiu nua. Sabia que devia estar mais inebriada do que imaginara porque sentiu uma onda de desejo percorrê-la, em vez do horror que deveria sentir. Não *queria* terminar aquela aventura. Queria experimentar *aquilo* antes que sua juventude chegasse a um previsível fim. Queria tudo... com Ralf Bedard. Ele era atraente de um modo capaz de tirar o fôlego e Judith desejou que houvesse uma palavra mais forte e melhor para descrevê-lo. Ralf a apreciava com os lábios apertados, os olhos semicerrados descendo devagar pelo seu corpo até os pés descalços.

– Foi sua profissão ou seu instinto – perguntou ele por fim, sussurrando – que a ensinou a ser modesta em sua aparência? Nenhuma renda ou babado! Você é muito esperta. Sua beleza fala por si só.

Ela não concordava com ele. Era feia. Sabia disso. As pessoas, inclusive sua mãe, sempre compararam seus cabelos a cenouras quando ela era criança, e isso nunca fora um elogio. Sua pele sempre fora pálida demais, o rosto desfigurado pelas sardas, os dentes grandes demais. Então, por uma terrível crueldade do destino, quando os cabelos dela começaram a escurecer um tom, quando o pior das sardas começou a desaparecer e seu rosto e sua boca cresceram para dar menos destaque aos dentes, ela começara a espichar como um varapau. Ficara tão alta quanto o pai.

Judith sentira apenas um alívio temporário quando o varapau começou a tomar a forma de uma mulher. Pois, para piorar as coisas, aquela forma passou a ter seios muito cheios e quadris largos. Ela sempre foi um constrangimento para a família e, pior do que isso, para si mesma. O pai sempre a instruía a se vestir de maneira mais modesta, a cobrir os cabelos, e sempre a culpara pelos olhares lascivos que os homens costumavam lhe dirigir. Sempre fora um fardo muito pesado ser a feia da família.

Mas, naquela noite, Judith estava disposta a aceitar que, por alguma estranha razão – provavelmente o vinho, já que ele bebera mais do que ela –, Ralf Bedard a achava atraente.

Ela sorriu, sem afastar os olhos dos dele. O vinho provocara um efeito estranho. Era como se Judith estivesse a certa distância da realidade, como se observasse em vez de *ser*. Encontrava-se em um quarto de dormir, usando apenas sua camisola, sabendo que ele pretendia levá-la para a cama nos próximos minutos e, ainda assim, sorria para ele sem culpa. O juízo não fazia nada para intervir no lado da virtude e da respeitabilidade. E Judith não queria mesmo que isso acontecesse.

– Imagino que já tenham lhe dito mil vezes o quanto você é linda – disse Ralf, a voz deliciosamente rouca.

Pronto! Ele estava mesmo bêbado.

– Mil e uma vezes agora – retrucou Judith, ainda sorrindo. – E suponho que já tenham lhe dito mil e uma vezes como você é belo.

Era uma mentira. Ralf não era belo. O nariz era proeminente demais, as sobrancelhas muito escuras, os cabelos desalinhados, a pele muito morena. Mas ele era atraente e, naquele momento, isso parecia dez vezes mais sedutor do que ser belo.

– Mil e duas vezes agora.

Ralf caminhou na direção dela e Judith soube que o momento da decisão estava em suas mãos. Em vez de agarrá-la, entretanto, Ralf parou a alguma distância e estendeu a mão.

– Me dê a escova.

Judith fez o que ele pediu, esperando que Ralf fosse jogar a escova por cima do ombro, antes de continuar com o que pretendia fazer. Ela permitiria que ele continuasse? Judith sentiu a respiração acelerar.

– Sente-se – pediu ele. – Na beira da cama.

*Sentar?* Não deitar? Então ainda teriam alguns momentos para aproveitar, antes que ela fosse forçada a pôr um fim em tudo aquilo? Enquanto ainda estavam na sala de jantar, a cama fora preparada para a noite, assim como haviam alimentado o fogo e colocado a mala dela e água fresca atrás do biombo.

Judith se sentou, os pés pousados no chão e as mãos fechadas no colo, observando, enquanto Ralf despia o paletó bem cortado, o colete e a gravata. Ele se sentou em uma cadeira e tirou as botas antes de voltar a se levantar com os pés calçados em meias.

Oh, Deus, pensou ela, não deveria estar olhando aquilo. Mas era uma visão tão agradável… Ralf era um homem grande, mas Judith poderia jurar que não havia um grama sequer de gordura desnecessária naquele corpo de ombros largos, que se estreitava na cintura e nos quadris. As pernas eram longas e musculosas. Ele ficava muito bem usando só a camisa e os calções.

Ralf pegou a escova e deu a volta até o outro lado da cama. Judith sentiu o peso dele afundar o colchão atrás dela. E não se virou para olhar. Aquele era o momento em que deveria se levantar. Ah, mas Judith não *queria* fazer isso. Ela sentiu o calor do corpo dele contra suas costas.

E então ele a tocou… com a escova. Ralf pousou a escova acima da testa dela – Judith podia ver a camisa branca dele pelo canto dos olhos – e logo puxou-a para trás por toda a extensão dos cabelos dela. Ele estava ajoelhado atrás dela escovando seus cabelos! Assim que Judith percebeu que as intenções dele eram inocentes, inclinou a cabeça para trás e fechou os olhos.

Ela quase desmaiou com tamanho prazer que sentia. A escova fazia seu couro cabeludo vibrar. E podia ouvir os cabelos desembaraçando. De vez em quando, Judith sentia a mão livre dele afastar seus cabelos para trás da orelha ou dos ombros. Sem dúvida aquela era a sensação mais deliciosa do mundo, ter os cabelos escovados por outra pessoa... por um homem. Ela sentiu o calor do corpo, a respiração e o aroma da colônia de Ralf. Logo estava relaxada e lânguida e, ainda assim, estranhamente estimulada e alerta. Os seios dela pareciam mais firmes. E um latejar quase doloroso se fazia sentir entre suas pernas.

– É gostoso? – perguntou Ralf a ela depois de algum tempo, a voz baixa e rouca.

– Sim... – Judith não conseguiu reunir energia o suficiente para uma resposta mais eloquente.

Por mais alguns minutos, Ralf continuou a escovar lenta e cadenciadamente os cabelos de Judith. Até que ele jogou a escova de lado e ela percebeu sua aproximação. Os joelhos, afastados, estavam um de cada lado do corpo ela, de uma maneira que fez Judith desejar pousar as mãos sobre eles. O peito dele se colou às costas dela, e Ralf passou as mãos por baixo dos braços dela e pousou-as ao lado dos seios. Ela o ouviu suspirar alto.

Judith quase ficou em pé de um pulo, em pânico. Os seios dela não. Eram *tão* embaraçosos. Mas a leve embriaguez aplacou o choque e as reações dela. As mãos de Ralf eram quentes e gentis. E ele agora roçava os polegares sobre os bicos dos seios dela, que estavam estranhamente rígidos e sensíveis. Mas Ralf não a machucava. Ao contrário, o toque dele lhe provocava uma sensação intensa que subia até a garganta e voltava a descer em uma espiral até o meio das pernas de Judith.

Ele não parecia achar seus seios grotescos.

Judith fechou os olhos e inclinou a cabeça, até encostá-la no ombro de Ralf. Só mais um pouco. Só mais alguns instantes. Ela logo interromperia aquilo. Ele afastou os polegares dos mamilos dela e Judith sentiu os dedos masculinos abrindo os botões na frente da camisola dela e deixando que caísse para os lados, expondo-a dos ombros ao umbigo. Quando as mãos dele voltaram a circundar a pele nua dos seios de Judith, para erguê-los e acariciá-los, para beliscar e roçar os mamilos, ela teve certeza de que a aventura a que se entregara, seu sonho roubado, era perfeita.

Era aquilo o que Judith sempre quisera desde que se tornara uma mulher. Sentir um homem tocá-la, vê-la e não julgá-la inadequada. Permitir o toque. Deleitar-se com ele, sem medo ou vergonha. Judith desejava que aquilo nunca terminasse.

– Levante-se – murmurou Ralf no ouvido dela.

Embora relutasse em se afastar do toque dele, ela obedeceu e se levantou. A camisola deslizou até o chão. Judith sempre odiou se olhar no espelho, mas, curiosamente, naquele momento, não se sentia constrangida por seu corpo, iluminado pelo fogo que ainda queimava na lareira e pelas duas velas acesas no console.

Ao se sentar, percebeu que ele despira a camisa por cima da cabeça e a jogara no chão. Seu peito nu estava encostado, quente e sólido, nas costas de Judith. Ralf roçou as mãos com força nos seios dela e deixou que descessem pelos quadris até pousá-las na cintura e no abdômen dela. Judith jogou a cabeça para trás, fechou novamente os olhos e moveu-se contra ele. Havia pelos no peito de Ralf. Ele deslizou as mãos pelas pernas dela até os joelhos e voltou a subir. Judith, por sua vez, acariciou a parte externa das coxas dele, pousando as mãos sobre seus joelhos grossos.

Era para ela ter interrompido aquele ato assim que ele entrara no quarto, mas agora não importava mais. O bom senso, o decoro e a moralidade lhe mostrariam toda a extensão de seu erro à luz do novo dia. Aquela era a noite que daria calor e significado ao restante de sua vida. Judith tinha certeza disso. Seria uma mulher perdida... mas quem saberia? E quem se importaria?

A mão direita dele desceu até o meio das pernas dela para chegar a um lugar quente e secreto. Judith sabia que deveria ter ficado horrorizada. No entanto, se ouviu deixar escapar um som baixo e profundo de aprovação e abriu um pouco as pernas para permitir um acesso mais livre a ele.

Aquela parte de seu corpo estava muito quente. Percebia isso pelo contraste da temperatura da pele dela com a frieza dos dedos dele. Judith teve medo de estar úmida. Mas ele não recuou. Os dedos de Ralf a exploraram, a abriram, roçaram de leve a pele dela, encontrando as partes mais íntimas e indo um pouco mais para dentro. Judith ouvia o som da umidade de seu corpo contra as mãos dele, mas, naquele momento, já estava além de qualquer constrangimento.

Não demorou muito para perceber que Ralf sabia o que fazer. O desejo agora pulsava por todo o corpo dela. Ele fez alguma coisa com o polegar, um movimento tão sutil que Judith nem saberia dizer o que estava acontecendo com exatidão. De repente, o desejo se transformou em dor e logo foi além da dor, antes mesmo que ela conseguisse entender o que sentia. Judith arqueou as costas, cada músculo do corpo tenso, e gritou antes de deixar o corpo cair contra o dele, ofegante e trêmula.

O que... o que diabo *acontecera*?

– Sim – sussurrava Ralf ao ouvido dela, com um toque de exultação na voz. – Ah, sim.

A respiração dela saía em arquejos altos e trêmulos.

– Deite-se – pediu ele.

Judith nem sequer considerou a possibilidade de *não* se deitar com ele. O mundo parecia girar à sua volta, mas ela não sabia se era efeito do vinho ou do que acabara de acontecer.

Deitou-se enquanto ele despia o resto das roupas. Ralf parecia ainda mais magnífico nu, os músculos muito rígidos, o abdômen plano... Por alguns instantes, Judith se perguntou se deveria ficar assustada, mas logo percebeu que queria *aquilo*, queria desesperadamente. Queria *Ralf*. Ele se deitou em cima de Judith, pressionando os joelhos entre os dela e, assim, abrindo suas pernas.

Ela apoiou os pés no colchão para ter apoio. Ralf ergueu a parte de cima do corpo, apoiando-se nos antebraços, e abaixou a cabeça para beijá-la. Ele explorava a maciez de seus lábios, encontrando a língua dela, acariciando o céu da boca sensível, elevando a temperatura do desejo de ambos.

Quando Judith abriu os olhos, encontrou-o sorrindo aquele seu sorriso zombeteiro.

– Estou com medo – disse ele – que talvez possa explodir assim que penetrá-la, tão rapidamente quanto aconteceu com você. Mas temos o resto da noite para estendermos o nosso prazer. Estou perdoado por antecedência?

– Está perdoado. – Judith sorriu de volta, embora não houvesse entendido suas palavras.

Ralf voltou a abaixar o corpo contra o dela e Judith sentiu as mãos dele segurarem suas nádegas com firmeza. Sentiu-o rígido, pressionando a entrada mais íntima do corpo dela. Antes que pudesse recuperar o fôlego, Ralf a penetrou em uma única estocada. Se houve dor, Judith não estava em condições de perceber. Houve certamente choque, mas pouco tempo para absorvê-lo. A única coisa que sentia era a mais absoluta surpresa pelo fato de um homem poder ser tão grande, tão duro e, ainda assim, encaixar-se completamente no interior dela.

Ralf se mexeu dentro dela, quase saindo e logo voltando a arremeter, uma vez, outra, mais outra, cada vez mais rápido e com mais força... até que o corpo dele ficou muito tenso. Ele urrou de prazer e caiu sobre ela. Judith o abraçou, sentindo-o quente e escorregadio de suor.

Foi então que ela sentiu o choque. Sua virgindade se fora. Simples assim. E com o choque veio a consciência. Não apenas do que acontecia entre um homem e uma mulher, mas de como era a experiência. Fora desapontadora, mas não por completo. Uma parte de Judith estava exultante. Tivera relações sexuais com um homem. Não passaria pela vida sem conhecer a mais primal das experiências humanas. Ela permanecia deitada sob ele, os seios imprensados contra o peito dele, as coxas roçando em suas pernas fortes, o... aquela parte dele ainda dentro dela.

Mesmo que fosse o vinho falando, ela *não* se arrependia. Nunca se arrependeria. Ralf a tocara, lhe dera prazer e a fizera se sentir feminina como ninguém antes. Ela lhe dera prazer. Judith então percebeu que Ralf adormecera. Ele era pesado e ela estava com dificuldade para respirar. Além de dolorida por dentro, logo suas pernas estariam dormentes. Mas não queria que ele acordasse. Judith abraçou seu esplêndido sonho roubado.

Depois que Rannulf acordou e rolou de cima dela, desculpando-se por amassar cada osso de seu corpo, Claire Campbell pediu licença. Ele ouviu enquanto ela se lavava atrás do biombo, sorriu e entrelaçou os dedos atrás da cabeça. Uma amante difícil de satisfazer, mas logo ele a deixaria úmida e cheirando a sexo outra vez.

Claire era magnífica. Apenas o corpo e os cabelos dela já bastariam para manter qualquer homem com sangue nas veias em um estado de permanente ereção, mas havia mais do que aqueles atributos. Havia os olhos de Claire, as pálpebras semicerradas e convidativas, os dentes perfeitos, a voz baixa e sedutora, além do talento para atuar, os sorrisos e a gargalhada. E também o fato de ela conhecer o jogo que estavam jogando.

Uma atriz sedutora e experiente como ela poderia muito bem ter tentado guiá-lo na hora do sexo e, nesse caso, a primeira vez deles talvez se tornasse um duelo de vontades e conhecimentos, cada um tentando controlar e dominar o momento. Rannulf teria gostado disso – como alguém poderia não gostar de qualquer tipo de encontro sexual com alguém como Claire Campbell? –, mas não tanto quanto gostou do jogo que propusera e vinha aceitando. O jogo da sedução lenta e tranquila.

Claire havia se sentado na cama como uma virgem conservadora, enquanto ele escovava seus gloriosos e rubros cabelos e sentia o desejo percorrer seu corpo em um fluxo crescente que arrasaria tudo quando a represa estourasse.

Ela permitira que ele guiasse cada passo do caminho, embora Rannulf sentisse o calor, os mamilos rígidos e a umidade dela, provas de seu desejo. O orgasmo de Claire havia sido poderoso e lisonjeiro. Tantas mulheres fingiam atingir o ápice do prazer, achando que os amantes não perceberiam... A sinceridade do orgasmo dela dera permissão a Rannulf para buscar o próprio prazer mais rapidamente, sem se sentir inadequado, como um moleque apressado.

Claire surgiu de trás do biombo e deu a volta até o lado vazio da cama. Rannulf sentiu a boca seca apenas ao olhá-la. Só lamentava que aquele fosse um encontro de apenas uma noite. Precisaria de um mês ou mais para explorar aquele corpo e saciar seu apetite por Claire.

– Não se deite – disse ele. – Ajoelhe-se na cama.

Ela fez o que foi pedido e baixou o olhar para Rannulf, curiosa. O fogo na lareira se reduzira a meras brasas cintilantes. As duas velas permaneciam acesas.

– Vamos brincar – disse ele, tocando a mão dela.

– Muito bem – retrucou Claire, séria.

Ele riu.

– A Srta. Recatada já se foi – avisou Rannulf. – E foi fantástica, devo acrescentar. Posso lhe jurar que normalmente não sou tão... selvagem nesses momentos. Foi o efeito que sua aquiescência silenciosa teve sobre mim. Já tive a minha vez. Agora, é a sua. O que você gostaria de fazer?

Ela o encarou por um longo tempo. Até mesmo imóvel, com aquele olhar fixo, Claire conseguia excitá-lo.

– Não sei – falou, por fim.

– Seu arsenal é assim tão vasto? – Rannulf sorriu para ela. – Gostaria que esta noite durasse um mês para que você testasse todo ele comigo. Mas um mês seria o bastante? Escolha. Sou todo seu. Seu escravo. Faça o que quiser comigo. Faça amor comigo, Claire. Faça sexo comigo.

Ele abriu os braços e as pernas na cama.

Claire ficou ajoelhada onde estava por um longo tempo, sem se mover. Mas Rannulf observou enquanto seus olhos passeavam pelo corpo dele, as pálpebras baixas. Ela então umedeceu os lábios, a ponta da língua movendo-se devagar de um canto a outro da boca.

Claire era muito esperta e obviamente mais experiente do que havia esperado. Rannulf imaginara que ela cairia em cima dele e o sujeitaria a um amplo número de torturas sexuais requintadas que levariam ambos a uma loucura para chegar ao êxtase. Observara que a maneira de Claire se vestir era discreta, mas o comportamento dela também era. E Rannulf começou a sentir um calor agradável se espalhar por seu corpo, sob o olhar lento dela, a pele vibrando com a expectativa.

Então, Claire se inclinou sobre ele e o tocou com as pontas dos dedos, frias devido à água com que se lavara. Ela tocou a testa de Rannulf, deslizou os dedos pelos cabelos dele e desceu até o rosto, correndo o polegar pelo nariz proeminente – um legado de família que ele compartilhava com a maioria de seus irmãos – até chegarem muito levemente aos lábios de Rannulf.

Claire abaixou a cabeça e o beijou. Com o rosto envolvido pelos cabelos dela, Rannulf sentiu a língua de Claire se mover pela extensão de seus lábios e dentro de sua boca. Resistiu ao desejo de brincar com aquela língua. Seu papel era permanecer passivo por algum tempo – por um longo tempo, ele esperava. Não sabia o que Claire pretendia, mas gostava do que estava acontecendo até ali. Talvez ela estivesse retribuindo o que ele fizera na noite passada: seduzindo-o aos poucos. Se fosse isso… missão cumprida. Rannulf estava pronto para se contorcer de prazer.

As mãos e a boca de Claire desceram pelo corpo dele, parando sempre que Rannulf dava a mais leve indicação de prazer. Feiticeira! Conhecia bem todos os pontos de prazer masculinos. Ela sugou os mamilos dele até Rannulf quase levantar o corpo e acabar com a brincadeira antes que se aproximassem rápido demais do clímax que ela pretendia. Ele permaneceu imóvel, concentrando-se na própria respiração.

Ela cobriu cada centímetro do corpo dele com seu toque leve, delicado, erótico, a não ser por aquela parte que voltara a se enrijecer. Provocadora, todos os movimentos dela eram ao redor do membro dele. Respirar parecia cada vez mais difícil. Foi quando Claire o tocou lá, segurando-o entre as mãos frias, a princípio tão de leve que ele quase explodiu, então com mais segurança, fechando-as ao redor do membro rígido, acariciando-o, roçando o polegar sobre o topo sensível.

– Isso é bom? – perguntou ela, em uma voz baixa e rouca que quase o fez perder o controle.

– Bom demais – respondeu Rannulf.

Ela virou a cabeça para ele, sorriu, endireitou o corpo, ainda ajoelhada, e jogou os cabelos para trás dos ombros com as mãos. E ficou naquela posição por um longo tempo, o olhar fixo nos olhos dele.

– Não quero continuar a fazer isso sozinha – falou Claire, por fim.

Liberado das regras do jogo, Rannulf pegou-a pela cintura e ergueu-a sobre o próprio corpo, para que ela montasse nele. Então a segurou ali, as mãos correndo levemente pelos quadris enquanto ela continuava ajoelhada, com as pernas separadas, agora em cima dele.

– Venha – disse Rannulf. – Você gosta de cavalgar?

A expressão dela se tornou estranhamente grave e muito excitante.

– Gosto de cavalgar... com *você* – disse Claire. Ela sabia seduzir. Falava como se ele fosse alguém especial... Ou talvez soubesse que as pausas podiam ter um efeito tão erótico quanto os movimentos. Vários segundos se passaram antes que ela segurasse o membro dele com uma das mãos, se posicionasse e descesse o corpo lenta e delicadamente até estar empalada por ele. Rannulf viu e ouviu quando Claire inspirou fundo. Com qualquer outra mulher menos talentosa, ele teria suspeitado de uma intenção deliberada de elogiar o tamanho de seu membro. Com ela, Rannulf suspeitou de um prazer genuíno.

Claire se inclinou sobre ele, mais uma vez envolvendo-o com os cabelos. Ela o olhou dentro dos olhos e Rannulf espalmou as mãos com mais firmeza sobre seus quadris.

– Cavalgue-me, então – disse ele. – Serei a montaria obediente sob seu corpo. Cavalgarei em seu ritmo e passo. Você determina o destino e a distância antes de chegarmos. Que seja uma longa distância.

– Cem quilômetros – disse ela.

– Mil.

– Mais.

Claire o cavalgou devagar a princípio, sentindo-o, ajustando sua posição na sela, tensionando os músculos internos ao redor dele até conseguir o ângulo certo. Então seus movimentos se tornaram mais seguros, o ritmo mais determinado.

Rannulf nunca encontrara uma mulher tão experiente e, ao mesmo tempo, aparentemente inocente. Claire talvez o estragasse para outras mulheres, enquanto sentia o ritmo dela, acompanhando-o, arremetendo cada vez que ela descia o corpo, retraindo-se quando ela subia, balançando e girando um pouco o próprio corpo para mantê-la firme no lugar e para aumentar o prazer de Claire, as mãos espalmadas sobre os quadris dela.

Claire era quente, úmida, convidativa. Logo Rannulf ouviu os sons eróticos do encontro dos dois corpos… e a respiração acelerada de ambos. Ela sabia exatamente como usar os músculos internos de seu corpo, excitando-o, fazendo-o chegar cada vez mais perto do clímax sem acelerar demais o ritmo.

Rannulf esperou por ela. Esperou por um longo tempo… e poderia esperar para sempre se necessário. Era um jogo lento e requintado aquele que Claire escolhera jogar, e Rannulf estava disposto a participar dele a noite toda, estocada por estocada. Mas, por fim, Claire acabou jogando o corpo para trás, os olhos fechados, as pontas dos dedos tocando a barriga dele. Rannulf a observou e percebeu que ela estava próxima do clímax havia algum tempo, mas que não conseguia chegar lá. Ao contrário de muitas outras mulheres, Claire não fingiria um orgasmo apenas para lisonjeá-lo, ou como desculpa para terminar o ato.

Rannulf tirou uma das mãos dos quadris dela, levou-a ao ponto onde o corpo dos dois se encontrava, deslizou um dedo até encontrar o ponto que procurava e acariciou-o delicadamente.

Claire jogou a cabeça para trás, os cabelos caindo em uma nuvem vermelho-dourada, todos os músculos do corpo tensos, e gritou. Ele agarrou os quadris dela com firmeza e arremeteu mais uma, duas vezes, em poderosas estocadas, e deixou escapar um gemido alto quando alcançou o próprio prazer.

– Pelo menos 2 mil quilômetros – disse Rannulf, quando Claire abaixou a cabeça e o encarou, como se naquele momento não soubesse direito quem era.

– Sim – retrucou ela.

Rannulf então a ergueu e deitou-a a seu lado na cama. Ele inclinou a cabeça e beijou-a com intensidade.

– Obrigado – falou Rannulf. – Você é magnífica.

– Você também – disse ela. – Obrigada, Ralf.

Ele sorriu. Gostava do som de seu nome nos lábios dela.

– Acho – comentou ele – que você conquistou o direito de dormir um pouco.

– Sim – concordou Claire –, mas não por muito tempo.

– Não?

– Quero brincar mais.

Se não estivesse tão exausto, Rannulf talvez tivesse ficado duro mais uma vez, naquele mesmo instante. Em vez disso, apenas riu.

– Bem, nesse quesito – falou ele –, estou sempre pronto para agradar, madame. Bem, *quase* sempre. Primeiro precisamos dormir… ou não haverá nada com que brincar.

Ela riu baixinho. Rannulf a abraçou, puxou as cobertas sobre eles, e adormeceu quase no mesmo minuto, com um sorriso nos lábios. A última coisa que percebeu antes de o sono dominá-lo foi a chuva tamborilando na janela.

# CAPÍTULO IV

A chuva caía na janela. Não havia parado durante toda a noite. Com certeza, seria impossível viajar naquela manhã. Talvez houvesse um pouco mais de tempo, afinal.

Judith não abriu os olhos. Estava deitada meio de lado da cama, com um braço quente sob seu pescoço e outro pousado em sua cintura. Suas pernas permaneciam entrelaçadas com outras duas pernas. Ele respirava profundamente, ainda adormecido. Ralf tinha cheiro de colônia, de suor, de homem. Era uma mistura agradável de aromas.

Ela realmente estivera embriagada na noite da véspera. Caso contrário, nunca teria chegado perto de fazer tudo o que fizera. Naquela manhã, entretanto, sóbria e com uma leve dor de cabeça – resultado de ter bebido mais do que deveria – conseguia compreender a enormidade do que fizera. Era agora uma mulher impura, o que não tinha a menor importância à luz do destino que a aguardava, como parente pobre e solteirona. O problema era que, agora, ela saberia o que estaria perdendo pelo resto da vida. Na noite passada, Judith pensara que as lembranças seriam o bastante. Naquela manhã, já não tinha tanta certeza.

Também pensara em outra coisa... Ah, realmente devia estar *muito* bêbada à noite. Talvez houvesse engravidado durante algum dos quatro encontros que haviam tido ao longo da noite. A ideia provocou um instante de pânico que Judith tentou afastar concentrando-se na própria respiração. Bem, logo saberia. As regras dela estavam previstas para os próximos dias. Se nada acontecesse...

Pensaria nisso mais tarde.

Mas fora uma noite realmente maravilhosa. O fato de Ralf ter acreditado que ela era uma atriz e uma cortesã experiente a haviam estimulado a atuar como nunca antes. Sem dúvida, aqueles quatro copos de vinho ajudaram. Judith mal podia acreditar nas coisas que fizera, nas coisas que ele fizera com ela, nas coisas que os dois fizeram juntos, o enorme prazer de tudo aquilo. E o prazer sensual requintado.

Ela nunca suspeitara que Judith Law poderia ser capaz de superar toda uma vida de treinamento moral rígido para se tornar uma libertina. Agora, ouvia a chuva cair e desejava que não parasse de chover. Ainda não. Ralf suspirou em seu ouvido e se espreguiçou sem afastar o corpo do dela.

– Hummm – disse ele. – Estou muito feliz por descobrir que tudo não foi apenas um sonho delicioso.

– Bom dia.

Judith se virou para encará-lo e logo se deu conta da absurda formalidade de suas palavras.

– Muito bom dia. – Ralf a encarou com uma expressão preguiçosa nos olhos azuis. – É chuva esse barulho que estou ouvindo contra o vidro?

– Ouso dizer que nenhuma diligência se arriscará a tentar viajar em uma estrada aberta se essa chuva continuar. Você pretende arriscar a segurança de seu cavalo… ou a sua?

– De forma alguma. – Agora havia felicidade nos olhos dele. – Suponho que isso queira dizer que estaremos presos aqui por todo esse dia e provavelmente pela próxima noite, de novo, Claire. Pode imaginar um destino mais terrível?

– Se eu tentar com muito empenho, talvez consiga… – retrucou ela e observou um sorriso se abrir nos lábios dele.

– Morreremos de tédio – comentou Ralf. – Como iremos preencher esse tempo?

– Teremos que pensar muito nesse problema – falou Judith, a voz muito séria. – Talvez, juntos, possamos encontrar uma solução.

– Se nada mais nos ocorrer – disse ele, com um suspiro –, não teremos escolha a não ser permanecer na cama, tentando nos distrair até que a chuva pare e as estradas comecem a secar.

– Vai ser duro… – Judith seguiu com a brincadeira.

Os olhos dele prenderam os dela.

– *Muito duro* – comentou Ralf, a voz muito baixa. – Sim, realmente…

Judith de repente compreendeu o que ele queria dizer, ficou muito ruborizada e riu.

– O jogo de palavras não foi intencional.

– Que jogo de palavras?

Ela riu de novo.

– No entanto – disse Ralf, retirando o braço de debaixo da cabeça dela e sentando-se na beira da cama –, a parte mais dura do dia terá que esperar. Quero meu café da manhã. Poderia comer um boi. Você está com fome?

Ela estava. Com muita fome. Desejou ter mais dinheiro. Ralf pagara pelo quarto e pelo jantar da véspera. Ao que parecia, estava disposto a fazer o mesmo durante aquele dia. Não poderia esperar que continuasse a assumir as contas dela.

– Apenas uma xícara de chá está bom para mim – falou.

Ralf levantou da cama e virou-se para olhar para ela, enquanto se espreguiçava, ao que parecia sem o menor constrangimento em relação à própria nudez. Mas por que se sentiria constrangido? Estava em ótima forma. Judith não conseguia evitar que seus olhos se banqueteassem com ele.

– Isso não é muito lisonjeiro – comentou Ralf, baixando os olhos para ela com um sorriso zombeteiro. – Sexo deveria deixar a pessoa faminta. Mas tudo o que você quer é uma xícara de chá?

Aquela palavra – *sexo* – nunca fora falada em voz alta na casa paroquial, ou em qualquer grupo do qual Judith tivesse feito parte. Era uma palavra que sempre evitava, até mesmo em seus pensamentos, preferindo escolher eufemismos. Ralf pronunciava a palavra como se fosse parte de seu vocabulário do dia a dia.

E provavelmente era.

– *Foi* bom. – Judith se sentou na cama, tomando cuidado em manter as cobertas sobre os seios, presas sob os braços, e encolher os joelhos. – Sabe disso.

Ele a encarou por um longo tempo.

– Sua bolsa está vazia, não é? – perguntou.

Judith sentiu-se ruborizar de novo.

– Entenda, eu não esperava ter que parar no meio da viagem – explicou. – Trouxe apenas o que julguei necessário para uma jornada sem paradas. Afinal, sempre há o risco de encontrarmos ladrões no caminho.

– Como uma atriz de seu calibre pode estar sem trabalho há três meses? – perguntou ele.

– Oh, não estou sem trabalho – assegurou ela. – Parei por algum tempo, de propósito, porque estava... com saudade de casa. Faço isso de vez em quando. E *tenho* dinheiro. Só não está aqui comigo.

– Onde mora? – Ralf quis saber.

Os olhos de ambos se encontraram.

– Em algum lugar – disse Judith. – É segredo. Meu refúgio. Nunca conto a ninguém onde é.

– Deixe-me imaginar – falou ele. – Você é uma mulher orgulhosa e independente que não permite que nenhum homem a proteja e a sustente.

– Exatamente – retrucou ela.

Se ao menos aquilo fosse verdade...

– Essa ocasião então terá que ser uma espécie de exceção – disse Ralf. – Não vou me oferecer para pagar por seus serviços. Acredito que o desejo que sentimos um pelo outro e nosso prazer em satisfazê-lo têm sido mútuos. Mas pagarei por sua estadia enquanto estivermos aqui. Você não precisa passar fome, se contentar apenas com chá e água.

– Você tem condições de arcar com essa despesa? – perguntou Judith.

– O ladrão que resolver me atacar não deve ter uma cabeça muito boa – retrucou Rannulf. – Porque, caso queira mesmo tentar algo, fatalmente a perderá. Eu *não* viajo com a bolsa vazia. Posso pagar seu café da manhã e todas suas outras refeições enquanto permanecermos aqui.

– Obrigada.

Judith sabia que não poderia sugerir devolver o dinheiro a ele em alguma data futura. Ela nunca teria dinheiro o bastante para isso.

– Agora, diga-me que fui bom o bastante na noite passada para deixá-la com muita fome essa manhã.

– Estou faminta. – Judith sorriu para ele. – E você foi *muito* bom, como sabe muito bem.

– Vejam só! – brincou ele, inclinando-se mais para cima dela – Outro traço de humanidade. Você tem uma covinha no canto direito da boca.

Aquilo fez Judith ficar séria. Agora ele conhecia o trio de pragas de sua infância: os cabelos cor de cenoura, as sardas e a covinha.

– É muito charmosa – comentou Ralf. – Vou me lavar, me vestir e descer, Claire. Você pode se encontrar comigo quando estiver pronta. Podemos comer no refeitório comum esta manhã e ver um pouco do mundo. Este será um longo dia.

Judith esperava que aquele dia durasse uma eternidade. Ela abraçou os joelhos com força quando ele desapareceu atrás do biombo.

Rannulf reconhecia a bela ajuda do destino. Em uma situação normal, ficar preso em uma pequena estalagem por causa do tempo inclemente seria um pesadelo. Sob outras circunstâncias, já estaria irritado e planejando algum modo de levar a si mesmo e seu cavalo, em segurança, para a casa da avó, apesar do perigo. Rannulf sabia que devia estar a, no máximo, 30 quilômetros de distância de Grandmaison Park.

Mas as circunstâncias eram diferentes.

Ajudava saber que a avó não tinha a menor ideia de que ele estava a caminho, embora sempre esperasse que o neto atendesse prontamente a seus chamados. Rannulf poderia adiar sua chegada por uma semana ou mais, se desejasse, sem que todos os homens da lei do mundo fossem chamados para procurar por ele.

Quando apareceu nas escadas do refeitório, Claire Campbell usava um vestido verde-claro de algodão, ainda mais simples do que o de musselina da véspera. Ela penteara os cabelos para trás, trançara-os e os prendera na nuca. Rannulf já se acostumara com a discrição dela em relação a seus encantos. Era uma atriz com classe, pensou ele, enquanto se levantava e se curvava de modo cortês.

Sem pressa, comeram um substancial café da manhã, conversando sobre banalidades, até que o estalajadeiro trouxe mais torradas e ficou para discutir a situação dos campos de cultivo e a bênção que aquela chuva era depois de semanas quentes e secas. A esposa dele trouxe água recém-fervida para esquentar o chá e também ficou por alguns minutos, para conversar sobre como aquele tempo terrível resultava em trabalho extra para as mulheres. Afinal, tinham que esfregar o chão constantemente porque seus homens e filhos *insistiam* em sair na chuva, mesmo quando não era necessário, e acabavam trazendo toda a umidade e lama para os pisos limpos, não importava a frequência com que os repreendessem ou os perseguissem com a vassoura. Na verdade, disse ela, caçá-los com a vassoura só tornava a situação pior, porque saíam correndo para *dentro* de casa, e não pra fora. Bem, mesmo que corressem para fora, acabariam voltando e toda a história recomeçaria.

Claire riu e se compadeceu da situação.

Não se passou muito tempo e o estalajadeiro e sua mulher já haviam puxado duas cadeiras e se acomodado na mesa deles. A esposa se servira de uma xícara de chá, o estalajadeiro de um caneco de cerveja e os dois pareciam dispostos a esticar a conversa.

Rannulf achou bastante divertido se ver sentado, confraternizando com a plebe, em uma estalagem que nem com muita boa vontade poderia ser descrita como elegante. Seu irmão, o duque de Bewcastle, teria congelado os dois com um único olhar. Teria reprimido as intenções de aproximação do estalajadeiro com um mero levantar de dedo ou de sobrancelha. Na verdade, ninguém abaixo do título de barão sonharia em erguer o olhar do chão diante de uma reprimenda de Bewcastle.

– Por que a Sra. Bedard estava na carruagem e o senhor estava a cavalo? – perguntou o estalajadeiro de repente.

– É, ficamos nos perguntando... – explicou a esposa.

Rannulf encontrou os olhos de Claire do outro lado da mesa. O rosto dela estava ruborizado.

– Ah, meu Deus – disse ela. – *Você* conta a eles, Ralf.

*Ela* era a atriz. Por que não inventava uma história convincente? Rannulf continuou a encará-la por algum tempo, mas Claire parecia tão na expectativa quanto o outro casal da mesa. Rannulf pigarreou.

– Não levei em consideração a delicadeza e a sensibilidade de minha esposa na festa de nosso casamento – disse ele, sem tirar os olhos dela. – Alguns de nossos convidados haviam bebido vinho demais e uns poucos deles, meus próprios primos, na verdade, fizeram comentários rudes. Fiquei constrangido, mas ri. Minha esposa, entretanto, não achou graça. Ela pediu licença e só mais tarde descobri que tinha fugido da própria noite de núpcias.

O rubor aumentou no rosto dela.

– Está vendo – comentou a esposa do estalajadeiro, cutucando as costelas do marido com um cotovelo poderoso. – Eu disse a você que eles eram recém-casados.

– Ontem, finalmente consegui alcançá-la – continuou Rannulf, observando Claire morder o lábio inferior. – Fico feliz em informar que fui perdoado por minha risada inapropriada e que está tudo bem agora.

Os olhos dela se arregalaram. A mulher do estalajadeiro virou a cabeça e sorriu com ternura para Claire.

– Não se preocupe, meu bem. A primeira vez é a pior. E como não ouvi nenhum soluço de choro e não vejo traços de lágrimas esta manhã, ouso dizer que não foi tão ruim quanto você temia. Espero que o Sr. Bedard saiba como fazer as coisas adequadamente.

A mulher e Claire riram em tom conspiratório. Rannulf relanceou um olhar tímido para o estalajadeiro, que devolveu o olhar com a mesma timidez.

Rannulf pediu licença para sair. Queria ver seu cavalo, se certificar de que fora bem-cuidado e não se machucara na véspera. Queria acariciá-lo e alimentá-lo ele mesmo naquela manhã. Ficou bastante surpreso quando Claire pediu para acompanhá-lo. Ela calçou as botas, vestiu a capa e cobriu a cabeça com capuz, e os dois atravessaram correndo o pátio descoberto, tentando pisar nos tufos de relva e evitar o pior da lama e do esterco.

Ela se sentou em uma pilha limpa de feno, o capuz agora jogado para trás, as mãos cruzadas sobre os joelhos, enquanto Rannulf trabalhava.

– Foi uma história e tanto – comentou Claire.

– Sobre você como uma noiva tímida e nervosa? Também achei.

Ele sorriu para ela.

– A estalajadeira vai arrumar nosso quarto e garantir que o fogo esteja aceso. Deve ser uma grande honra contar com os serviços dela, em vez dos da criada. Parece tão injusto enganá-los, Ralf.

– Você teria preferido que lhes contássemos a verdade? – perguntou ele.

O cavalo parecia bem, embora deixasse escapar alguns relinchos inquietos. O animal queria sair e se movimentar.

– Não – respondeu Claire. – Isso também não seria justo. Rebaixaria a hospedaria deles.

Rannulf ergueu as sobrancelhas, mas não fez nenhum comentário.

– Qual é o nome de seu cavalo?

– Bucephalus – respondeu ele.

– É uma beleza.

– Sim.

Eles ficaram calados até Rannulf terminar de escovar o cavalo, tirar o feno velho do estábulo e espalhar feno novo, então dar água e comida ao animal.

Com a notável exceção de Freyja, sua irmã, a maior parte das mulheres que Rannulf conhecia gostava de tagarelar. O silêncio entre os dois era confortável... e surpreendente. Rannulf não se sentia constrangido sob o olhar atento e silencioso dela.

– Você ama cavalos – comentou Claire quando ele terminou e se recostou contra uma viga de madeira. – E tem mãos gentis.

– Tenho? – Ele deu um meio sorriso para ela. – Você não gosta de cavalos?

– Não tenho muita intimidade com eles – admitiu Claire. – Acho que tenho certo medo.

Antes que pudessem se envolver mais na conversa, um dos cavalariços apareceu e informou que a mulher do estalajadeiro esperava por eles no refeitório, com um bule de chocolate quente. Os dois voltaram pelo pátio, correndo e tentando evitar as poças mais uma vez. A chuva diminuía de intensidade.

Eles se sentaram e conversaram por duas horas, até o almoço ficar pronto. Falaram sobre livros que ambos tinham lido e sobre a guerra que havia terminado recentemente, depois que Napoleão Bonaparte fora vencido e capturado. Rannulf contou sobre seus irmãos e irmãs, sem mencionar os nomes completos. Contou sobre Wulfric, o mais velho; sobre Aidan, o oficial da cavalaria que voltara de licença havia pouco tempo, se casara e decidira vender a patente; sobre Freyja, que quase ficara noiva duas vezes do mesmo homem, mas acabara perdendo-o para outra mulher no ano anterior e estava sempre irritada desde então; sobre Alleyne, o belo irmão mais jovem; e sobre Morgan, a caçula, a irmã que era mais encantadora do que qualquer outra moça poderia ser.

– A não ser – acrescentou Rannulf – que ela tivesse cabelos vermelhos da cor de um fogo dourado, olhos verdes e pele de porcelana. – E o corpo de uma deusa, ele acrescentou para si mesmo. – Conte-me sobre sua família.

Claire contou então sobre as três irmãs: Cassandra, a primogênita, Pamela e Hilary, a caçula. Comentou também sobre o irmão mais novo, Branwell. O pai era ministro da igreja, fato que explicava por que ela não se dava com a família. O que levara a filha de um ministro da igreja à vida de atriz? Rannulf não fez a pergunta e ela não se propôs a explicar.

Quando eles terminaram de almoçar, a chuva se transformara em um chuvisco. Se parasse de chover na próxima hora, as estradas deveriam estar transitáveis no dia seguinte. A ideia de algum modo o deprimia. O dia parecia estar passando rápido demais.

– Como podemos nos divertir nesta cidade? – perguntou Rannulf à estalajadeira quando ela apareceu para retirar os pratos.

Os dois, ao que parecia, eram importantes demais para serem servidos pela criada. A moça servia cerveja a alguns homens da cidade na taverna anexa.

– Não há muito para se fazer em um dia como este – respondeu a mulher, endireitando o corpo, pousando a mão nos quadris e franzindo a testa em concentração. – Não é dia de feira. Há apenas a igreja, que não é nada demais.

– Algum comércio? – Rannulf quis saber.

– Bem, há o armazém do outro lado da praça – respondeu ela, sorrindo –, a chapelaria ao lado e o ferreiro logo depois. Não que vocês fossem precisar dos serviços *dele*.

– Vamos tentar o armazém geral e a chapelaria – disse ele. – Estou pensando em comprar uma nova touca para minha mulher desde que ela fugiu sem nenhuma.

A touca de Claire, a única que levara, havia se perdido dentro da diligência.

– Ah, não! – protestou Claire. – Eu não poderia permitir...

– Aceite o que lhe for oferecido, meu bem – recomendou a esposa do estalajadeiro, com uma piscadela. – Ouso dizer que você merece por conta da noite passada.

– Além do mais – completou Rannulf –, as esposas não devem questionar como seus maridos gastam o dinheiro deles, devem?

– Não, desde que seja gasto com elas.

A mulher deu uma gargalhada e desapareceu com os pratos.

– Não posso permitir que você... – Claire começou a dizer.

Ele se inclinou e pousou a mão sobre a dela.

– É muito provável que todos os chapéus na chapelaria sejam abomináveis, mas vamos até lá ver. Quero lhe comprar um presente. Não tem nada a ver com você ter feito por merecer ou não. Um presente é apenas um presente.

– Mas eu não tenho dinheiro o bastante comigo para também lhe comprar um – retrucou ela.

Rannulf ergueu uma sobrancelha e se levantou. De fato, ela era uma mulher orgulhosa. Provavelmente levaria à loucura vários protetores em potencial se algum dia ocupasse os camarins de Londres.

Todos os chapéus na vitrine da chapelaria eram realmente abomináveis. No entanto, qualquer esperança que Judith pudesse ter de evitar o constrangimento de ganhar um presente de Ralf se esvaiu quando a Srta. Norton desapareceu nos fundos da loja e voltou com outra touca.

– Esta – disse ela com um olhar avaliativo para Ralf – venho guardando para um cliente especial.

Judith se apaixonou à primeira vista pela touca. Era de palha, com uma pala pequena e fitas vermelhas. Na lateral acima da pala, onde se juntava ao resto da touca, fora preso um pequeno punhado de flores secas nas ricas cores do outono. Mas não era uma touca excessivamente sofisticada. A simplicidade da peça era seu maior encanto.

– Combina com a madame – observou a Srta. Norton.

– Experimente – pediu Ralf.

– Oh, mas...

– Experimente.

Ela fez o que ele dizia, com a ajuda das mãos competentes da Srta. Norton, que amarrou as fitas largas na lateral do queixo de Judith e logo voltou com um espelho para que ela se visse.

Ah, era tão lindo... Judith podia ver os cabelos sob a touca, tanto na frente quanto atrás. Todos os chapéus que já tivera na vida haviam sido escolhidos pela mãe com o propósito de esconder o máximo possível os cabelos vermelhos... com a plena concordância de Judith.

– Vamos levar – disse Ralf.

– Ah, mas... – Judith se virou para encará-lo.

– Não irá se arrepender, senhor – comentou a Srta. Norton. – A touca é o complemento perfeito para a beleza de sua mulher.

– É verdade – concordou ele, tirando uma bolsa cheia de dinheiro do bolso do paletó. – Vamos levá-la. Ela já vai usando-a.

Judith sentia-se constrangida. Uma dama não tinha permissão para aceitar presentes de um cavalheiro que não fosse seu noivo. E mesmo assim...

Que absurdo! Que completo absurdo, depois da noite da véspera, estar pensando no que uma dama faria. E a touca era a coisa mais bonita que já possuíra na vida.

– Obrigada – respondeu.

E só então percebeu a enorme quantidade de notas que ele entregava à Srta. Norton. Judith fechou os olhos, horrorizada, mas se permitiu sentir o prazer contraditório de possuir algo novo, caro e adorável.

– Obrigada – disse ela novamente quando os dois saíram da loja e Ralf abriu sobre eles o enorme e antigo guarda-chuva que o estalajadeiro insistira que levassem. – É muito linda!

– Embora seja ofuscado por completo por quem a está usando – elogiou ele. – Vamos ver o que o armazém tem a oferecer?

Havia um pouco de tudo no armazém, na maioria produtos baratos, exagerados, de péssimo gosto. Mas eles olharam tudo, as cabeças juntas, abafando o riso diante dos itens horrorosos. Então o dono do lugar engatou uma conversa com Rannulf sobre o tempo que por fim começava a clarear. O sol estaria brilhando pela manhã, previu o homem.

Judith pegou a bolsa de dinheiro e contou rapidamente suas moedas. Sim, havia o bastante. Ela teria que torcer para que a diligência em que embarcaria no dia seguinte a levasse direto para a casa da tia, sem mais atrasos, porque não sobraria nada para um lanche ou refresco. Mas Judith não se importava. Ela pegou uma pequena caixa de rapé em uma prateleira e levou-a até o balcão. Os dois riram daquela caixa por ser particularmente feia, com uma cabeça de porco entalhada na tampa. Judith pagou pela caixa enquanto Ralf fechava o guarda-chuva, já que não precisariam dele quando atravessassem a praça para voltar à estalagem.

Judith deu o presente a Ralf do lado de fora do armazém. Ele abriu o papel que embrulhava a caixa e deu uma gargalhada.

– *Essa* é a medida de sua estima por mim? – perguntou.

– É para que se lembre de mim sempre que der um bom espirro – explicou Judith.

– Ah – disse Ralf, abrindo a capa e guardando a caixa com cuidado no bolso –, eu me lembrarei de você, Claire. E vou guardar seu presente com carinho. Você gastou seus últimos tostões nele?

– Não, é claro que não – assegurou ela.

– Mentirosa. – Ralf passou o braço dela pelo dele. – Já estamos na metade da tarde e o tédio ainda não nos levou de volta para a cama. Mas acho que é o que está prestes a acontecer. Acha que iremos achar *tedioso* o tempo que passaremos lá?

– Não – respondeu ela, sentindo-se subitamente ofegante.

– Também tenho essa sensação – comentou ele. – O estalajadeiro e sua esposa nos alimentaram bem. Vamos ter que arrumar um jeito de abrir o apetite de novo, para que possamos fazer justiça ao jantar que sem dúvida irão preparar para nós. Consegue imaginar alguma maneira de fazermos isso?

– Sim – disse Judith.

– Apenas uma?

Ele estalou a língua e ela sorriu. Sentia-se bonita com sua touca nova, o presente que dera a Ralf estava no bolso dele e os dois caminhavam juntos até a estalagem, com a intenção de voltarem para a cama. Ainda tinham todo o resto da tarde e a noite que se seguiria. Ela faria com que isso representasse uma eternidade.

Judith levantou os olhos para o céu. Já havia espaços entre as nuvens onde se podia ver o céu azul. Não olharia mais. Ainda lhe restavam algumas horas antes que a manhã chegasse.

# CAPÍTULO V

— Já teve uma visão mais linda? – perguntou ela, a voz cheia de encantamento.

Claire estava diante da janela da sala particular deles, os dois cotovelos apoiados no parapeito e o queixo sobre as mãos, observando o sol se pôr sob um céu laranja, dourado e rosa. Ela usava um vestido listrado de seda, em tons de creme e dourado, em que Rannulf já reconhecia o estilo simples e elegante de Claire.

Ele se surpreendia constantemente com ela. Quem teria esperado que uma atriz fosse se maravilhar com um pôr do sol? Ou que fosse mostrar um prazer tão evidente por ganhar uma touca muito bonita, mas de forma alguma ostentosa ou cara? Ou que riria por causa de uma caixa de rapé feia e barata e gastaria nela os últimos tostões que guardara para a viagem? Ou que faria amor com uma entrega tão absoluta?

– Ralf? – Claire virou a cabeça e estendeu a mão para ele. – Venha olhar.

– Eu *estava* olhando – disse ele. – Você é parte do quadro.

– Ah, não precisa ficar me adulando – falou ela. – Venha olhar!

Ele pegou a mão estendida e ficou ao lado dela, na janela. O problema com o pôr do sol é que todos eram seguidos pela escuridão. Assim como o problema com o outono era que o inverno vinha logo atrás.

Ela o estava tornando sentimental.

– O sol estará brilhando amanhã – comentou Claire.

– Sim.

A mão dela apertou a dele.

– Estou feliz que tenha chovido – disse. – Estou feliz por a diligência ter tombado.

– Eu também.

Rannulf deu a mão a ela e passou o braço por seus ombros. Claire se recostou contra ele e os dois observavam o sol desaparecer atrás de um campo distante.

Ele queria levá-la novamente para a cama. Pretendia fazer isso naquele momento e quantas vezes sua energia permitisse durante a noite, mas já não sentia a urgência que sentira na véspera, ou a exuberância vigorosa da tarde. Agora se sentia quase... melancólico. E não estava acostumado a esse tipo de humor.

Em lençóis limpos, eles se permitiram duas intensas rodadas de sexo depois das compras, dormiram um pouco e jantaram a sós. Ela representara Viola e Desdêmona para ele. Então, o pôr do sol chamara a atenção de Claire.

Estava ficando tarde. O tempo passava e Rannulf lamentava não poder dar sequência ao romance deles até que chegasse a seu final natural, talvez em alguns dias, talvez dali a uma semana ou mais.

Ela suspirou e se virou para olhar para ele. Rannulf beijou-a. Gostava do modo como Claire beijava, a boca relaxada, respondendo a ele sem exigir o controle. Claire tinha sabor de vinho, embora só houvesse bebido um copo naquela noite.

Foi durante o beijo que Rannulf teve a ideia. Uma ideia brilhante. Óbvia.

– Vou com você, amanhã – avisou ele, erguendo a cabeça.

– O quê? – Ela levantou os olhos ainda semicerrados para ele.

– Vou com você – repetiu Rannulf.

– Na diligência? – Claire franziu o cenho.

– Vou contratar uma carruagem particular – disse ele. – Deve haver alguma disponível em algum lugar daqui. Vamos viajar com conforto. Nós...

– Mas seus amigos... – lembrou ela.

– Eles não vão mandar uma equipe de busca atrás de mim – retrucou Rannulf. – Nem sabem quando eu chegaria. Irei com você até York. Tenho um enorme desejo de vê-la atuar em um palco de verdade, com outros atores. E ainda não terminamos um com o outro, terminamos?

Ela o encarou.

– Ah, não... Não poderia permitir essa inconveniência para você. Uma carruagem particular custaria uma fortuna.

– Minha bolsa está cheia o bastante – disse ele.

57

Claire balançou a cabeça devagar e um pensamento súbito ocorreu a Rannulf.

– Há alguém esperando por você? – perguntou ele. – Outro homem?

– Não.

– Outra pessoa, então? – perguntou ele. – Alguém que poderia ficar ofendido se eu a acompanhasse?

– Não.

Mas ela continuou a balançar a cabeça. Rannulf considerou outra possibilidade mais humilhante.

– Está tudo *acabado* entre nós? – perguntou. – Ou estará depois de mais uma noite juntos? Você ficará feliz por se ver livre de mim?

Ele ficou aliviado ao ver que ela continuava a negar com a cabeça.

– Quero mais de você, Claire – disse Rannulf. – Mais de seu corpo, mais de *você*. Quero vê-la atuar. Não ficarei para sempre, apenas por uma semana mais ou menos, até que ambos estejamos satisfeitos. Você é uma mulher independente, que não gosta de ficar presa a um homem, posso ver isso. Mas amanhã é cedo demais. Além disso, você não pode estar ansiosa para voltar a subir naquela diligência de novo e sentar-se ao lado de um ministro da igreja ossudo.

Ela parou de balançar a cabeça e, por um momento, um meio sorriso se abriu em seu rosto.

– Diga que quer mais de mim – pediu ele, aproximando mais os lábios dos dela.

– Quero mais de você.

– Então está combinado! – Rannulf deu um beijo rápido em Claire. – Vamos partir daqui juntos amanhã. Irei até York e a verei atuar. Vamos passar mais alguns dias na companhia um do outro, talvez uma semana. Talvez mais. O tempo que acharmos necessário.

Ela voltou a dar um meio sorriso e tocou o rosto dele com a ponta dos dedos.

– Seria muito bom – disse Claire.

Rannulf pegou a mão dela entre as suas e beijou a palma. Quem teria imaginado na manhã da véspera, quando ele partira da casa de Aidan em direção a Grandmaison, que estaria indo direto para os braços de uma nova amante, de um tórrido caso de amor? Havia amaldiçoado a lama na estrada e a chuva que ameaçava cair, mas ambas acabaram se tornando bênçãos.

– Pronta para ir para a cama? – perguntou ele.

Claire assentiu.

Rannulf se sentia exausto. Quatro vezes na noite anterior e duas naquela tarde haviam cobrado um preço alto à energia dele e, sem dúvida, também à dela. Mas, agora, a noite não precisaria ser tão frenética quanto imaginara. Não precisariam ficar acordados a madrugada inteira para aproveitar cada momento. Dias e noites os aguardavam pela frente, tantos quanto precisassem.

– Vamos, então. – Rannulf pegou a mão dela de novo e a levou na direção do quarto de dormir. – Vamos fazer amor longa e lentamente e então dormir, o que acha?

– Sim – respondeu Claire, a voz baixa e rouca envolvendo-o com uma promessa quente e sensual.

Já estava claro do lado de fora, embora ainda fosse muito cedo. O estalajadeiro comentara que a diligência deveria partir da estalagem às 8h30, embora tivesse presumido que o Sr. e a Sra. Bedard não viajariam nela.

E realmente não viajariam. Mas Judith Law iria se pudesse.

Não poderia seguir viagem com Ralf. Para onde eles iriam?

A aventura estava terminada. O sonho roubado dela se esvaziara. Uma dor profunda lhe apertava como uma mão pesada. Logo, Judith acordaria Ralf e sugeriria que ele fosse contratar uma carruagem particular, tentando não parecer muito ansiosa. Não tinha coragem de contar a verdade a ele nem de inventar outra mentira. Era covarde demais para negar o pedido de Ralf e dizer que continuaria a viagem sozinha, na diligência.

Contar a verdade seria a coisa mais honrada a fazer e talvez a mais gentil.

Mas ela não conseguia suportar a ideia de dizer adeus a Ralf.

Ele dormira profundamente depois que terminaram de fazer amor. Ela ficara deitada a noite toda ao lado dele, olhando para cima, fechando os olhos às vezes, mas sem conseguir dormir, então observando a janela em busca de sinais do amanhecer, desejando que a noite durasse uma eternidade para prolongar a agonia dela.

Era difícil de acreditar que apenas duas manhãs atrás ela fora Judith Law. Agora, ela já não sabia mais quem era.

– Já acordada? – perguntou Ralf, ao lado dela, e Judith virou a cabeça e sorriu para ele. Queria se embriagar com a visão daquele homem, colecionar lembranças. – Dormiu bem?

– Sim – respondeu ela.

– Eu também. – Ele se espreguiçou. – Dormi como um anjo. Você com certeza sabe como esgotar um homem, Claire Campbell. Da melhor maneira possível, é claro.

– Vamos partir cedo?

Ele jogou as pernas pela lateral da cama e foi até a janela.

– Não há uma nuvem no céu – comentou ele, depois de afastar as cortinas. – E dificilmente haverá uma poça sequer no pátio lá embaixo. Não há razão para nos demorarmos. Talvez eu devesse sair em busca de uma carruagem para alugar, assim que estiver vestido e barbeado. Podemos tomar café mais tarde, antes de partirmos.

– Parece um bom plano – comentou Judith.

Ele desapareceu atrás do biombo e ela o ouviu derramando água da jarra na bacia. Queria que se apressasse, mas também queria que o tempo não passasse.

– Já fez sexo em uma carruagem, Claire? – perguntou Ralf.

Ela percebeu o riso na voz dele.

– Com certeza não. – Apenas dois dias antes, aquela pergunta a teria chocado profundamente.

– Ah, então posso lhe prometer uma nova experiência hoje.

Alguns minutos mais tarde, Ralf reapareceu completamente vestido, com camisa, colete e paletó, os calções de montar e botas altas, os cabelos úmidos penteados para trás e recém-barbeado. Ele foi até o lado dela da cama, se inclinou e lhe deu um beijo rápido.

– Com os cabelos espalhados pelo travesseiro assim e os ombros nus – comentou Ralf –, você tentaria o mais casto dos santos, entre os quais não me incluo. Mas… primeiro os negócios, depois o prazer. Uma carruagem pode ser uma… cama muito interessante, Claire. – Ele endireitou o corpo, sorriu para ela e se foi.

Simples assim.

Se foi.

O silêncio que Ralf deixou para trás era ensurdecedor.

Por um momento, Judith sentiu-se tão devastada que não conseguiu se mover. Então, partiu para a ação. Saltou da cama e correu para trás do biombo. Menos de quinze minutos depois, descia as escadas, carregando a bolsinha em uma das mãos e a mala pesada na outra.

O estalajadeiro, que limpava uma mesa na taverna, endireitou o corpo e olhou para ela, os olhos fixos na mala.

– Preciso pegar a diligência – disse Judith.

– É mesmo? – perguntou ele.

A mulher dele apareceu na porta, à esquerda de Judith.

– O que aconteceu, meu bem? Ele foi rude com você, foi? Falou palavras grosseiras? Não ligue. Homens falam sem pensar. Você precisa aprender a arrumar um modo de voltar às boas graças dele. E vai conseguir com facilidade. Vi o modo como ele olha para você. O homem a idolatra!

Judith forçou os lábios a se abrirem em um sorriso.

– Preciso partir – disse. Mas então teve uma ideia súbita. – Teria papel, pena e tinta que eu pudesse usar?

O estalajadeiro e a esposa se encararam em silêncio por alguns momentos, então ele foi para trás do balcão e pegou o que Judith pedira.

Estava perdendo minutos preciosos, pensou Judith, sentindo um frio de pânico no estômago. Ralf poderia voltar a qualquer momento e ela teria que dizer a ele o que pretendia fazer. Não suportaria fazer isso. *Não poderia*. Judith escreveu apressadamente, parou por um instante, então inclinou a cabeça e acrescentou mais uma frase. Assinou o bilhete como Claire, secou o papel e dobrou-o em quatro.

– Poderia entregar isto ao Sr. Bedard quando ele voltar?

– Farei isso, madame – prometeu o estalajadeiro quando Judith se abaixou para pegar a mala. – Pode deixar que mandarei o cavalariço para levar isso.

– Não tenho dinheiro para pagar a ele – disse Judith, enrubescendo.

A estalajadeira estalou a língua.

– Vamos acrescentar isso à conta *dele*. Eu poderia acertar a cabeça do homem com um rolo de pastel, por assustá-la assim.

Mais momentos preciosos foram perdidos enquanto chamavam o cavalariço, mas finalmente Judith saiu apressada na direção da diligência. Ia de cabeça baixa, usando a touca nova. E esperava muito, muito mesmo, não esbarrar com Ralf no caminho.

Ainda assim, meia hora depois, quando uma diligência diferente da primeira, com outro cocheiro e outros passageiros de modo geral, partiu em direção à estrada norte, Judith pressionou o nariz contra a janela, procurando por Ralf. A dor de cabeça que sentira de manhã cedo voltara com força. Estava tão deprimida que imaginou se era essa a sensação do mais puro desespero.

Rannulf voltou para a estalagem quarenta minutos mais tarde, depois de conseguido contratar uma carruagem razoavelmente elegante, com dois cavalos, a um preço exorbitante. Estariam com tudo pronto em uma hora. Teriam tempo para tomar o café da manhã primeiro. Ele estava faminto. Esperava que Claire não estivesse mais na cama... estava excitado e ela parecera tão convidativa quando ele saiu do quarto...

Rannulf subiu as escadas dois degraus por vez e abriu a porta do quarto. A cama estava vazia e Claire não se encontrava atrás do biombo. Ele abriu a porta da sala particular. Ela também não estava ali. Maldição, Claire não esperara por ele, já descera para o café da manhã. Mas, quando voltou ao topo da escada, parou de repente, franziu o cenho e voltou. Entrou no quarto de novo e olhou ao redor.

Nada. As roupas, os grampos de cabelos, a bolsinha, nada estava ali. Nem a mala. Ele cerrou os punhos ao lado do corpo e sentiu a fúria começar a dominá-lo. Era óbvio: Claire fora embora, o deixara. Sem uma palavra. Nem sequer tivera a coragem de dizer que estava partindo.

Rannulf desceu as escadas e se viu cara a cara com o estalajadeiro e a esposa. O homem o encarava com aparente simpatia; a mulher tinha os lábios cerrados e uma expressão de raiva no olhar.

– Ela partiu na diligência?

– Jovens esposas são ariscas – comentou o estalajadeiro. – Até serem devidamente domadas.

– Mulheres não são cavalos... – disse a esposa dele, com severidade. – Imagino que tenham brigado e que você tenha dito algumas palavras grosseiras para ela. Espero apenas que não tenha batido nela...

– Não bati nela – retrucou Rannulf, sem conseguir acreditar que estava se defendendo para plebeus.

– Então é melhor cavalgar atrás da diligência e se humilhar um pouco – aconselhou a mulher. – Mas não a repreenda, ouviu? Diga a ela que está arrependido. E fale gentilmente com sua esposa pelo resto de sua vida.

– Farei isso – falou Rannulf, sentindo-se tolo... e muito, muito furioso. Ela não tivera nem a decência...

– Ela lhe deixou um bilhete – avisou o estalajadeiro, virando a cabeça na direção do balcão.

Rannulf seguiu o olhar do homem e viu um pedaço de papel dobrado sobre a madeira da mesa. Ele atravessou a taverna, pegou o papel e desdobrou-o.

"Não posso ir com você", dizia o bilhete. "Lamento não ter tido a coragem de dizer isso pessoalmente. *Há* outra pessoa, entenda. Respeitosamente sua, Claire." Ela havia sublinhado três vezes a palavra *outra*.

Então ele levara para a cama e se divertira com a amante de outro, era isso? Rannulf balançou a cabeça algumas vezes, um sorriso zombeteiro brincando em seus lábios. Ao que parecia, *realmente* fora ingênuo da parte dele acreditar que uma mulher com a aparência e a profissão de Claire não estava sob a proteção de um homem abastado. Amassou o bilhete e enfiou-o no bolso do paletó.

– Vai querer seu cavalo, senhor – informou o estalajadeiro. – Para ir atrás dela.

Maldição! Na verdade, ele queria era o *café da manhã*.

– Sim – respondeu Rannulf. – Vou querer o cavalo.

– Já está tudo pronto – informou o homem. – Tomei a liberdade, depois que sua senhora partiu...

– Sim, sim – interrompeu-o Rannulf. – Me dê a conta e logo estarei a caminho.

– E ela era uma donzela apenas duas noites atrás... – disse a mulher do estalajadeiro. – Troquei os lençóis, senhor, como deve ter notado. Vocês não iriam querer se deitar em lençóis sujos de sangue, certo?

Rannulf estava de frente para o balcão, abrindo a bolsa de dinheiro, de costas para a mulher. Ele ficou imóvel por um momento.

Lençóis sujos de sangue?

– Sim, eu percebi – retrucou ele, tirando da bolsa o valor cobrado, mais uma generosa gratificação. – Obrigado.

Rannulf recitou cada obscenidade, cada blasfêmia em que pôde pensar enquanto saía a cavalo da estalagem, minutos depois, para ir atrás de sua arisca "esposa".

– Diabo – falou ele, em voz alta. – Ela era *virgem*.

Quando Judith chegou à cidade de Kennon, em Leicestershire, à tarde, não foi surpresa descobrir que não havia uma charrete ou criado de Harewood Grange a esperando. Ela foi informada que a casa ficava a 5 quilômetros de distância e que não havia um lugar seguro para deixar a mala. Teria que levá-la.

Cansada, faminta e triste, Judith caminhou os 5 quilômetros com dificuldade, parando com frequência para pousar a mala e trocá-la de mão. Tinha muito pouca bagagem, não havia muito mesmo para levar, mas era incrível como poucos vestidos, sapatos, roupas de dormir e escovas podiam ser pesados. O dia estava quente e o sol inclemente em um céu sem nuvens. Logo, a sede se tornou um problema maior do que a fome.

O caminho que subia até a casa parecia interminável, mesmo serpenteando sob a copa de árvores altas, que garantiam uma sombra bem-vinda. Quando a casa finalmente surgiu à vista, Judith pôde ver que era uma mansão... mas ela já esperava por isso. Tio Effingham era um homem muito rico. Aliás, fora por isso que tia Effingham se casara com ele... ou ao menos fora o que a mãe de Judith dissera, irritada, depois de receber uma carta que julgara condescendente.

Um criado atendeu à batida de Judith na porta e olhou-a de cima abaixo com o nariz empinado, como se a moça fosse uma lesma trazida pela chuva. Então guiou-a até um salão anexo ao hall coberto de mármore e fechou a porta. Judith esperou ali por cerca de uma hora, mas ninguém apareceu ou sequer lhe ofereceu algo para beber e comer. Ela sentiu vontade de abrir a porta e pedir um copo de água, mas estava completamente intimidada pelo tamanho da casa e pelas demonstrações de riqueza ao redor.

Finalmente tia Effingham apareceu, alta e magra, com cachos negros emoldurando a lateral da aba da touca que usava. Parecia muito diferente de oito anos atrás, quando Judith a vira pela última vez.

– Ah, é você, não é, Judith? – disse tia Effingham, aproximando-se e beijando o ar próximo do rosto da sobrinha. – Sem dúvida, não se apressou. Eu esperava por Hilary, já que é a mais nova de vocês, e provavelmente a mais obediente, mas você terá que servir. Como está meu irmão?

– Ele está bem, obrigada, tia Louisa – respondeu Judith. – Mamãe mandou...

– Santo Deus, menina, seus cabelos! – exclamou a tia, de repente. – São tão berrantes quanto eu me lembrava. Que terrível aflição, que provação para meu irmão, que sempre foi o decoro e a respeitabilidade em pessoa. O que sua mãe estava pensando quando comprou essa touca, que atrai ainda mais atenção para seus cabelos? Você trouxe outras para usar dentro de casa? Eu talvez encontre alguma.

– Na verdade, tenho... – Judith começou a dizer, mas o olhar da tia se desviara da touca ofensiva e dos cabelos para a capa da sobrinha, que fora aberta para que ela se refrescasse um pouco. As sobrancelhas da mulher se ergueram, em uma expressão horrorizada.

– *O que* minha cunhada estava pensando ao mandá-la vestida *assim*? – exclamou a mulher novamente.

Sob a capa, Judith usava o vestido simples de musselina com o decote modesto e a cintura alta que estava na moda. A moça abaixou os olhos para a própria roupa com certo desconforto.

– *Esse vestido* – disse a tia em voz alta – é indecente. Você parece uma *meretriz*.

Judith percebeu que ruborizava. Durante duas noites e um dia, haviam feito com que ela se sentisse bonita e desejável, mas as palavras da tia a trouxeram de volta à realidade. Era feia, como o pai sempre deixara claro, embora ele nunca tivesse usado palavras tão cruéis quanto as de tia Effingham. Mas talvez ela *realmente* parecesse uma meretriz. Talvez tenha sido por isso que Ralf Bedard a achara atraente.

A ideia era dolorosa.

– Terei que inspecionar suas roupas – avisou tia Effingham. – Se todas forem assim, terei que mandá-las para as costureiras para que sejam reformadas em modelos mais discretos. Espero que Effingham não seja forçado a lhe pagar novos vestidos. Ao menos não este ano, quando ele já teve tantos gastos com a apresentação de Julianne à rainha e à alta sociedade. Além disso, estamos contando em ter despesas adicionais com o vestido de noiva e o enxoval para ela.

Julianne era a prima de 18 anos de Judith, a quem não encontrava havia oito anos.

– Como está vovó? – perguntou Judith.

A avó morava com tia Effingham. Judith não a via desde que era criança e, por isso, tinha apenas vagas lembranças de uma senhora vestida de forma exuberante, coberta de enfeites, que falava muito, ria alto e abraçava os netos sempre que tinha uma oportunidade, além de lhes contar histórias e ouvir suas tagarelices. Judith adorara a avó, até ficar claro que a mãe e o pai achavam a senhora uma provação e motivo de certo constrangimento.

– Com o grande número de hóspedes que estamos esperando aqui nos próximos dias, você poderá se mostrar útil fazendo companhia a ela – respondeu tia Effingham de forma brusca. – Você não terá muito mais o que fazer, já que nunca debutou ou foi apresentada à alta sociedade. Não se sentiria à vontade participando das atividades festivas na casa. E, é claro, você fará tudo o que puder para mostrar sua gratidão a Effingham por lhe oferecer um lar aqui.

Judith dificilmente precisaria ser lembrada de que estava em Harewood como uma parente pobre, para servir à família. Ao que parecia, ela deveria ser a acompanhante da avó. Judith sorriu, mas logo desmaiaria se não bebesse ou comesse alguma coisa. Mas como poderia sequer pedir por um copo de água?

– Você pode subir e cumprimentar sua avó – disse tia Effingham. – Ela já tomou o chá nos próprios aposentos, já que Julianne e eu estávamos fazendo visitas. Não consigo imaginar por que meu irmão demorou tanto para mandá-la e, assim, se aliviar um pouco do peso financeiro.

– A diligência em que eu estava tombou na lama, dois dias atrás – explicou Judith. – Fui atrasada pela chuva.

– Ora, mesmo assim, foi muito inconveniente que não estivesse aqui. Poderia ter sido mais útil.

A porta se abriu e uma jovem muito bonita entrou na sala. Oito anos haviam transformado Julianne de uma criança pálida e desinteressante em uma jovem esguia, mas bem-feita de corpo, com o rosto em forma de coração, grandes olhos azuis e cachos louros macios.

– Quem é essa? – perguntou a moça, examinando Judith dos pés à cabeça. – Ah, você é Judith, a de cabelos cor de cenoura. Esperávamos que o tio mandasse Hilary... e dias atrás! Mamãe ficou terrivelmente aborrecida porque Tom foi mandado ao centro da cidade para pegá-la e só voltou quatro horas depois. Mamãe o acusou de ficar bebendo na estalagem, mas ele negou. Mamãe, quero meu chá. Não vai vir *nunca*? Um dos criados pode levar Judith até a vovó.

*Também estou feliz em vê-la, Julianne*, pensou Judith. Também era evidente que ela não seria incluída nos planos para o chá.

A nova vida seria muito parecida com o que imaginara...

Rannulf parara a fim de almoçar. Durante a última refeição, a carruagem com a bagagem e o valete finalmente o alcançaram. Já era fim de tarde quando ele atravessou os portões de Grandmaison Park, passou por uma casa menor, logo na entrada, e seguiu pelo caminho reto e amplo que levava à casa principal. Logo foi levado à sala particular da avó. Ela ficou de pé e levantou os olhos para encará-lo quando Rannulf entrou na sala, ainda usando as roupas de montaria.

– Ora, já estava na hora, Rannulf. Seus cabelos precisam de um corte. Me dê um abraço. – E estendeu os braços abertos.

– Fui atrasado por uma chuva infernal – explicou ele. – Meus cabelos cresceram 10 centímetros enquanto eu esperava, por conta da umidade. Tem certeza de que não vou esmagar todos os ossos de seu corpo?

Rannulf envolveu a cintura muito fina nos braços, ergueu a avó do chão e deu dois beijos estalados nela antes de colocá-la novamente de pé.

– Garoto abusado – disse ela, endireitando o vestido. – Está morrendo de fome e de sede? Dei instruções para que trouxessem comida e bebida cinco minutos depois que chegasse.

– Faminto como um urso – garantiu Rannulf. – E poderia beber toda a água do mar, mas nem sequer uma única xícara de chá, por favor!

Ele esfregou as mãos e examinou a avó. Como sempre, estava muito elegante. Mas parecia menor e mais esguia do que nunca. Os cabelos, em um penteado elegante, eram tão brancos quanto a touca de renda que usava.

– E como estão seus irmãos e irmãs? – perguntou ela. – Me disseram que Aidan se casou com a filha de um mineiro de carvão, é verdade?

Rannulf sorriu.

– Isso mesmo, mas mesmo com a ajuda de seu *lorgnon*, vovó, não conseguirá detectar nem um traço de poeira de carvão sob as unhas dela. A moça foi criada e educada como uma dama.

– E Bewcastle? Mostrou algum sinal de que pretende levar a filha de *alguém* ao altar?

– Wulf? – falou Rannulf. – Não, ele não. E que Deus se apiede da mulher por quem ele se interessar. Ela congelaria entre os lençóis.

– Até parece! – exclamou a avó. – Isso é o que *você* pensa sobre o encanto de homens como Wulfric. E Freyja? Ainda está aborrecida por causa daquele visconde?

– Ela me deu um soco no queixo quando sugeri que ainda estava aborrecida por isso, mas foi há um ano, quando o noivado dele com a Srta. Edgeworth era novidade, antes de ele se casar com a moça. Kit e sua viscondessa estão à espera de um interessante evento para os próximos meses, o que pode ou não ser doloroso para Freyja. Mas ela não demonstra o que sente.

– E como está Alleyne? – perguntou ela. – Belo como sempre?

– É o que as damas parecem achar – respondeu Rannulf, sorrindo.

– E Morgan? Wulfric vai fazer com que debute logo?

– Ano que vem, quando ela fizer 18 anos – informou Rannulf. – Embora ela já tenha declarado que prefere a morte.

– Garota tola – comentou a avó e fez uma pausa na conversa quando a criada entrou com uma bandeja e os serviu.

A bebida *não* era chá, percebeu Rannulf com certa satisfação. Ele se serviu e voltou a sentar, depois da avó ter indicado com um gesto de mão que não iria beber ou comer nada. Ah, o momento da verdade chegara, pensou Rannulf, com um suspiro interno de resignação, compreendendo que as cortesias preliminares haviam terminado e que ela estava prestes a chegar aonde pretendera desde o início.

– Aidan é que é esperto – disse a avó –, embora tenha escolhido a filha de um mineiro. Ele deve ter 30 anos agora e já estava mais do que na hora de começar a encher um quarto de crianças. E você tem 28 anos, Rannulf.

– Ainda tenho tempo então, vovó. – Ele sorriu para ela.

– Encontrei alguém muito apropriada para você – anunciou ela. – O pai é apenas um baronete, é verdade, mas é de uma família antiga e respeitável. A moça é linda e foi apresentada à alta sociedade na primavera passada. Está pronta para um casamento vantajoso.

– Acaba de ser apresentada à alta sociedade? – Rannulf franziu o cenho. – Quantos anos ela tem?

– A jovem tem 18 anos – respondeu a avó. – A idade certa para você, Rannulf. É jovem o bastante para que a molde à sua vontade e tem a maior parte dos anos férteis ainda por vir.

– Dezoito anos! Uma criança. Preferia escolher alguém mais próximo da minha idade.

– Mas sua idade está tão avançada – comentou ela, com sarcasmo – que qualquer mulher próxima a ela já teria praticamente passado da metade de seus anos férteis. Quero ter certeza de que minha propriedade seguirá em suas mãos e na sua linhagem, Rannulf. Você tem irmãos e todos contam com meu profundo afeto, mas resolvi há muito tempo que você era meu escolhido.

– Ainda tenho muitos anos para atender ao seu desejo – retrucou ele. – E a senhora ainda é uma menina, vovó.

– Menino atrevido! Eu não tenho a vida toda, Rannulf. Na verdade, tenho bem pouco dela.

Ele olhou com atenção para ela, o copo a meio caminho dos lábios.

– O que está dizendo? – perguntou.

– Nada com que precise se preocupar – respondeu ela bruscamente. – Apenas um probleminha que, sem dúvida, acabará me levando alguns anos mais cedo do que eu teria que esperar.

Rannulf pousou o copo e estava de pé antes que ela pudesse detê-lo com a mão erguida, muito firme.

– Não – disse a avó. – Não quero pena, palavras doces ou qualquer tipo de conforto. É minha vida e será minha morte. Eu mesma cuidarei de ambas, muito obrigada. Apenas quero vê-lo casado antes de partir, Rannulf. E, quem sabe, se você for *muito* dedicado e se eu tiver muita sorte, talvez eu ainda veja seu primeiro filho no berço.

– Vovó…

Ele passou os dedos pelos cabelos. Odiava pensar nos membros da família como meros mortais. Na última vez, fora o pai, quando Rannulf tinha apenas 12 anos. Ele fechou os olhos, tentando não assimilar o que a avó sugerira.

*Ela estava morrendo.*

– Você vai gostar de Julianne Effingham – disse a avó. – É uma menina linda. É bem seu tipo. Sei que veio até aqui disposto a rejeitar minhas intenções de arrumar uma noiva para você, Rannulf. Sei que acredita ainda não estar preparado para o casamento. Mas poderia ao menos levar em consideração a possibilidade? Por mim? Só peço que prometa tentar, não precisa se casar com ela. Você promete?

Ele abriu os olhos, abaixou-os para a avó, claramente mais magra do que na última vez em que a vira, e suspirou.

– Prometo – respondeu. – Eu prometeria a terra, o sol e a lua se a senhora desejasse.

– A promessa de conhecer e cortejar a Srta. Effingham já é suficiente – falou ela. – Obrigada, meu rapaz.

– Mas a senhora também precisa me prometer uma coisa…

– O quê?

– Não morrer tão cedo.

Ela sorriu carinhosamente para ele.

# CAPÍTULO VI

De acordo com a mãe, o *début* de Julianne Effingham foi um retumbante sucesso. Era verdade que ela não conseguira realizar o sonho de toda jovem dama: conquistar um belo e rico marido já em sua primeira temporada social em Londres. Mas a situação estava longe de ser desesperadora. Julianne atraíra uma horda de admiradores, vários deles jovens cavalheiros muito adequados, e fizera amizade com muitas jovens damas de posição social superior à deles.

A lista de amigos e admiradores fora cuidadosamente avaliada por Julianne e sua mãe. A partir daí, uma lista de convidados fora produzida e os convites para uma temporada festiva de duas semanas em Harewood Grange tinham sido enviados. Quase metade deles aceitou e o número desejado de convidados fora alcançado mandando uma segunda leva de convites para as listas de segundas e terceiras opções.

Os convidados deviam chegar quatro dias depois de Judith, fato que, ela logo percebeu, não era coincidência. Mesmo que sua principal designação fosse tomar conta das necessidades da avó, havia mais mil e uma maneiras de manter as mãos e os pés de Judith ocupados nos dias frenéticos antes da chegada dos convidados.

Tia Effingham e Julianne não falavam de mais nada além da temporada festiva, dos bons partidos que estariam presentes e da perspectiva de casamento. Tio Effingham não falava nada. Raramente abria a boca, a não ser para colocar comida e bebida dentro dela, ou para responder alguma pergunta dirigida a ele. A avó de Judith falava muito, sobre uma ampla variedade de assuntos, e estava sempre pronta para rir de qualquer coisa que a divertisse minimamente. Logo ficou evidente para

Judith que, além dela mesma, ninguém parecia dar muita atenção ao que a avó dizia.

Ela estava muito mais rechonchuda e indolente desde a última vez que a vira. Reclamava de uma sucessão de doenças, reais e imaginárias. Passava as manhãs em seu aposento, na maior parte do tempo se arrumando com elaborados penteados, com o uso não muito sutil de cosméticos e perfumes, roupas muito coloridas e uma montanha de joias. À tarde, a velha dama se transferia para a sala visitas, onde costumava ficar até a noite. Quase nunca saía, a menos que precisasse visitar vizinhos e amigos, em uma carruagem fechada. E comia demais, com uma queda especial por bolos com creme e bombons. Judith a amou desde o primeiro momento. Era uma mulher de boa natureza e ficara sinceramente encantada ao ver a neta.

– Você está aqui! – disse, animada, no dia em que Judith chegara, envolvendo a neta em um abraço caloroso, com aroma de violetas, os braceletes de prata tilintando em ambos os pulsos. – E é *Judith*! Estava querendo tanto que fosse você. Mas doente de preocupação que toda essa chuva a levasse embora. Deixe-me dar uma boa olhada em você. Sim, sim! Louisa, pode descer para tomar seu chá, mas peça para Tillie subir com uma bandeja para Judith, por gentileza. Me arrisco a dizer que ela não comeu muito durante a viagem. Oh, meu amor, você se transformou em uma beleza rara, como eu sabia muito bem que aconteceria.

Cuidar da avó era trabalhoso, embora os sorrisos, desculpas e agradecimentos dela tornassem as tarefas desnecessárias menos irritantes. Sempre que estava no andar de cima, precisava de alguma coisa do andar de baixo. E se estivesse no andar de baixo, precisava de alguma coisa que ficara em seus aposentos. Se estava a pouco mais de 1 metro de um prato de bolo ou de uma caixa de bombons, precisava que alguém pegasse o quitute para ela, já que suas pernas estavam particularmente doloridas naquele dia. Era fácil entender por que tia Effingham estivera tão disposta a aceitar uma das filhas do irmão quando o pai de Judith escrevera para ela falando de suas dificuldades financeiras.

Cumprindo o que prometera, tia Effingham examinou todas as roupas que Judith levara e decretara que todos os vestidos eram impróprios. Uma criada soltara as costuras de modo que os vestidos agora caíam soltos, disfarçando o corpo voluptuoso e curvilíneo de Judith e fazendo-a parecer apenas rechonchuda e sem formas.

Tia Louisa também encontrou outra touca para que Judith usasse durante o dia. O modelo era do tipo usado por damas mais velhas, que era amarrado sob o queixo e escondia os cabelos dela. A touca e os vestidos reformados faziam Judith parecer ter, no mínimo, 30 anos.

Ela não protestou. Por que faria isso? Estava vivendo em Harewood graças à caridade do tio. A avó, sim, protestou. Judith às vezes fazia a vontade dela e, quando as duas estavam sozinhas na sala de estar, tirava a touca.

– É porque você é tão linda, Judith, e Louisa sempre teve medo de seu tipo de beleza.

Judith apenas sorriu. Sabia que não era verdade.

Grande parte das conversas da família durante os dias que antecederam à chegada dos convidados tinha como objetivo orientá-la, embora raramente alguém se dirigisse a ela pelo nome. Alguns dos convidados esperados eram nobres ou descendentes de cavalheiros nobres. Todos eram importantes na escala social. A maior parte era rica, loucamente apaixonada por Julianne e muito perto de se declarar. Mas Julianne não estava certa se aceitaria qualquer um deles. A jovem achava que talvez preferisse outra pessoa... se ele recebesse sua aprovação.

– Lorde Rannulf Bedwyn é irmão do duque de Bewcastle, mamãe – explicou tia Louisa quando estavam na sala de visitas, na segunda noite depois da chegada de Judith. – Ele é um terceiro filho, mas ainda é o segundo herdeiro, já que o duque nem lorde Aidan Bedwyn têm filhos. Lorde Rannulf é o segundo herdeiro de um ducado!

– Vi o duque de Bewcastle em Londres nesta primavera – disse Julianne. – Ele é altivo, arrogante e tudo o que poderia se esperar de um duque. E imagine só! O irmão dele veio visitar Lady Beamish, avó deles e nossa vizinha.

– Sei que ela estava ansiosa pela chegada de lorde Rannulf – comentou a avó, erguendo uma mão cheia de anéis pesados e cintilantes, que estava pousada no braço da poltrona. – Ela me contou quando a visitei há alguns dias. Posso incomodá-la pedindo que me passe mais uns bolinhos, Judith, minha querida? A cozinheira os fez pequenos hoje. Você deveria dar uma palavrinha com a moça, Louisa. Bastam três mordidas e o bolo já acabou.

Mas Julianne não terminara seu discurso.

– E Lady Beamish deseja apresentar lorde Rannulf a *mim*. Ela aceitou animada a sugestão de mamãe para que ele participasse das atividades da temporada festiva. E convidou a nós e nossos hóspedes para uma festa ao ar livre, em Grandmaison.

– É claro que ela faria isso, meu amor – retrucou tia Effingham, dando um sorriso afetado de orgulho. – Lorde Rannulf Bedwyn é o herdeiro de Lady Beamish, além de possuir uma considerável fortuna própria. É natural que ela deseje vê-lo em um bom casamento. E que escolha mais adequada do que uma jovem dama com berço e fortuna, que também é vizinha dela? Será uma aliança esplêndida para você, não será, Effingham?

Tio George, que estava lendo um livro, grunhiu em resposta.

– E agora você pode ver, Julianne – continuou a mãe –, por que foi inteligente da sua parte aceitar meu conselho e não encorajar os primeiros cavalheiros que a procuraram em Londres.

– Ah, sim – concordou Julianne. – Eu poderia ter me casado com o Sr. Beulah, que é entediante, ou com Sir Jasper Haynes, que nem mesmo é bonito. Mas *talvez* também não me case com lorde Rannulf Bedwyn. Verei o que acho dele. Afinal, é um tanto velho.

Judith foi mandada para o andar de cima a essa altura para guardar os brincos da avó na caixa de joias – eles estavam beliscando os lóbulos das orelhas dela, como sempre acontecia quando os usava por mais de um hora –, e para trazer os de rubi em formato de coração.

Coração! O dela estava tão pesado, enquanto subia as escadas. Felizmente, logo ficara aliviada em relação à sua maior preocupação: suas regras haviam descido no dia seguinte à chegada a Harewood. Mas Judith desconfiava que nenhuma notícia a aliviaria da profunda depressão que teria por um longo tempo. Não conseguia pensar em nada além de Ralf Bedard. Revivia cada momento, toque e sensação. Não queria deixar as lembranças escaparem nem por um momento, com medo de que elas se apagassem por completo. Ao mesmo tempo, se perguntava se não seria mais gentil consigo mesma se esquecesse de tudo.

Às vezes, Judith sentia que seu coração realmente se partiria. Como fora tola! Ainda assim, agarrava-se às lembranças como a uma boia salva-vidas.

No fim da manhã do dia anterior à chegada dos hóspedes, enquanto Tillie fazia cachos nos cabelos grisalhos da avó e Judith preparava o remédio matinal da senhora, que garantia que os tornozelos dela não inchassem demais, Julianne entrou correndo no quarto de vestir, quase não se contendo de empolgação.

– Ele chegou, vovó! – anunciou a jovem. – Chegou alguns dias atrás e nos fará uma visita hoje à tarde.

Ela levou as mãos ao peito e quase deu uma pirueta no tapete.

– Será um prazer recebê-lo – disse a avó. – Um pouco mais alto no lado esquerdo, eu acho, Tillie. Mas *quem* está vindo?

– Lorde Rannulf Bedwyn – disse Julianne, impaciente. – Lady Beamish mandou um recado esta manhã, anunciando sua intenção de nos visitar à tarde com o propósito de apresentar lorde Rannulf. Acho que 28 anos não é *muito* velho, é? Acha que ele é bonito, vovó? Torço para que não seja feio. *Você* pode ficar com ele se for feio, Judith. – Ela riu, animada.

– Ouso dizer que se é filho de um duque, no mínimo terá uma aparência distinta – comentou a avó. – É o que costuma acontecer, ou ao menos era assim no meu tempo. Ah, obrigada, minha querida Judith. Estou sentindo um pouco de falta de ar, um sinal de que minhas pernas vão inchar.

– Devemos estar todas na sala de visitas, usando nossas melhores roupas. Ah, vovó... o filho de um *duque*. – Ela inclinou a cabeça, beijou o rosto da avó e atravessou rapidamente o quarto de vestir para sair. Mas então parou, com a mão na maçaneta. – Ah, Judith, quase me esqueci. Mamãe disse que você deve usar a touca que ela lhe deu. É melhor não deixar que ela a veja sem.

– Passe-me os bombons, Judith, por gentileza – pediu a avó, depois que Julianne saiu. – Não consigo suportar o gosto desse remédio. Louisa deve ter moinhos de vento na cabeça, insistindo para que você use aquele tipo de touca dentro de casa quando é apenas uma criança. Mas acho que ela não quer que seus cabelos ofusquem os cachos louros de Julianne. Louisa não precisa se preocupar. A menina é bonita o bastante para virar a cabeça de qualquer homem tolo. O que devo usar esta tarde, Tillie?

Pouco tempo depois, Judith mudou de roupa e optou por seu vestido de musselina verde-claro, um de seus favoritos, embora agora estivesse largo e quase sem cintura, e amarrou as fitas da touca sob o queixo.

Deus, ela parecia uma tia solteirona, pensou com uma careta, antes de se afastar decidida do espelho. De qualquer modo, ninguém a olharia naquela tarde. Judith se perguntou se Julianne aceitaria lorde Rannulf Bedwyn mesmo que se visse diante de um homem de 1 metro de altura, corcunda, com rosto de gárgula. O palpite de Judith era que a prima não seria capaz de resistir ao encanto de se tornar Lady Rannulf Bedwyn, não importava qual fosse a aparência ou o comportamento do homem.

Rannulf passara todo o primeiro dia em Grandmaison na companhia da avó, conversando nos jardins em estilo francês, onde ela se recusou a se apoiar no braço dele. Rannulf contou a avó sobre as recentes atividades dos irmãos e compartilhou suas primeiras impressões sobre Lady Aidan, sua nova cunhada. E também respondeu a todas as perguntas dela.

A avó estava mais lenta do que antes e parecia cansada na maior parte do tempo, mas o orgulho e a dignidade a mantinham empertigada e ativa, por isso não reclamou sequer uma vez, nem aceitou a sugestão dele para que se recolhesse a fim de descansar.

Rannulf se vestiu com esmero para a visita a Harewood Grange e permitiu que o valete o enfiasse em seu paletó azul mais justo e elegante, com os botões de metais grandes e um elaborado nó de gravata. Ele usou calções claros e justos, além de botas de montaria, de cano até o joelho, com uma barra branca no topo. Como seus cabelos estavam longos demais para o penteado da moda, ou para qualquer outro em voga, Rannulf prendeu-os na nuca com uma fita, ignorando o comentário aflito do valete de que parecia ter saído de um retrato de família de duas gerações atrás.

Estava prestes a cortejar uma jovem. Rannulf se encolheu ao fazer essa confissão silenciosa. Iria visitar uma provável noiva. E, dessa vez, não sabia como faria para fugir da situação. Havia prometido à avó. Ela estava doente. Não era um truque. Por outro lado, prometera apenas que consideraria a possibilidade de se comprometer com a moça, não que se casaria com ela. A avó fora o mais justa possível com ele.

Mesmo assim, sabia que estava em uma armadilha. Preso nela por seu próprio senso de honra e pelo amor que sentia pela avó. Dissera que daria o sol e a lua se a avó desejasse, mas tudo o que ela queria era vê-lo casado antes que morresse, talvez com um filho no ventre da esposa, ou até já no berço. Rannulf não iria conhecer a moça apenas para ver se o agradava. Estaria cortejando-a. Seria possível se casar até o verão se ela o aceitasse. E ele não duvidava de que a moça aceitaria. Rannulf não tinha ilusões sobre ser um bom partido, principalmente para a filha de um mero baronete de linhagem impecável e fortuna de bom tamanho.

Ao lado da avó, seguiu em uma carruagem aberta até Harewood Grange, desejando que ela não tivesse afastado a possibilidade de fazer de Aidan seu herdeiro simplesmente porque ele tinha uma carreira bem-estabelecida na cavalaria. Mas Rannulf sabia que a principal questão era que ele amava a avó... e ela estava morrendo. E pensar que ele quase atrasara sua chegada ali por uma semana ou mais... Se Claire Campbell não houvesse fugido, ele estaria em York com ela, enquanto a avó esperava, cada dia aproximando-a do fim. Rannulf ainda não conseguia pensar em Claire sem sentir raiva, humilhação e culpa. Como não havia percebido?

Mas ele mudou com firmeza os rumos de seu pensamento. Claire fora parte de um leve incidente no passado. E acabara lhe fazendo um favor ao fugir daquele jeito.

– Aqui estamos – disse a avó, quando a carruagem saiu da cobertura escura das árvores, entrando em um caminho longo e sinuoso. – Vai gostar dela, Rannulf, eu prometo.

Ele pegou a mão da avó e levou-a aos lábios.

– Espero de coração gostar, vovó – disse ele. – Já estou meio apaixonado pela moça apenas porque a *senhora* a recomendou.

– Rapaz tolo! – disse ela, com a voz rouca.

Alguns minutos mais tarde, os dois entraram em um hall amplo com piso e paredes de mármore, subiram uma escada curva e elegante e foram anunciados à porta da sala de visitas por um mordomo empertigado, de expressão azeda.

Havia cinco pessoas na sala, mas não era difícil perceber a única que realmente importava. Quando se inclinou e murmurou cumprimentos polidos a Sir George e Lady Effingham e a Sra. Law, a mãe de Lady Effingham, Rannulf percebeu com certo alívio que a única jovem dama presente, a quem foi apresentado por fim, era adorável. Ela era baixa – ele duvidava que o topo da cabeça da moça chegasse a seus ombros –, esguia, loura, de olhos azuis e pele rosada. A moça sorriu e fez uma cortesia quando a mãe a apresentou Rannulf inclinou o corpo em cumprimento e encarou a moça com apreciação.

Era uma sensação estranha saber com alguma certeza que estava olhando para sua futura noiva... e que isso não demoraria a acontecer.

Maldição! Maldição!

Seguiram-se risadas e uma conversa animada. Sra. Law apresentou Rannulf e a avó a sua acompanhante, a quem ele não notara até então. Era uma parente distante, uma mulher rechonchuda, sem formas, de idade indeterminada, que baixou a cabeça e ajeitou levemente a cadeira para ficar atrás da Sra. Law quando todos se sentaram.

Sra. Law convidou Lady Beamish para se sentar a seu lado no sofá, para que as duas pudessem entabular uma conversa confortável. Ofereceram a Rannulf o lugar ao lado da avó. Srta. Effingham sentou-se estrategicamente perto, em um pequeno sofá próximo. Lady Effingham foi quem mais falou, mas, sempre que pedia a filha para contar a lorde Rannulf sobre algum evento a que comparecera em Londres durante a temporada social, a garota obedecia. Srta. Effingham falava com graciosidade, em uma voz baixa e doce, sempre sorrindo.

Rannulf percebeu que a moça estava satisfeita por tê-lo como possível pretendente. Assim como a mãe dela. Ele sabia que devia representar o ganho de uma vida para as duas, é claro. Rannulf sorriu, conversou de maneira amável e sentiu o grilhão se fechar ao redor de seu tornozelo. Também notou que Effingham quase não contribuiu para a conversa.

A bandeja do chá fora colocada na mesa, perto de onde Rannulf estava sentado. O prato de delicados sanduíches de pepino foi passado, assim como o de bolinhos. Mais chá foi servido e, depois disso, a criada foi dispensada com um aceno de cabeça de Lady Effingham. O apetite da Sra. Law, entretanto, não estava satisfeito. O vestido de seda dela farfalhou sobre as formas redondas e as joias em seu pescoço e suas orelhas, assim como os anéis e braceletes, cintilaram quando virou o corpo para a mulher atrás dela.

– Judith, meu amor – falou a Sra. Law –, faria a gentileza de trazer os bolinhos de volta? Estão particularmente saborosos hoje.

A acompanhante insípida e disforme ficou de pé, passou por trás do sofá em que Rannulf estava sentado e pegou o prato. A atenção dele estava voltada à lista de convidados para a festa que a Lady Effingham recitava com tanta empolgação.

– Ah, passe o prato por todos, meu amor, se puder – disse a velha dama, quando a acompanhante voltou. – Lady Beamish não pegou nenhum da última vez.

– Também estamos esperando meu enteado – Lady Effingham dizia para Rannulf –, embora nunca se possa ter certeza com Horace. Ele é um jovem encantador e sua presença é sempre exigida em todas as festas do verão.

– Não, obrigada, Srta. Law – disse a avó de Rannulf, em voz baixa, recusando os bolinhos. – Estou satisfeita.

Rannulf ergueu a mão para também recusar os doces quando a mulher parou diante dele, a cabeça tão baixa que a touca escondia o rosto de vista. Não que ele fosse olhar, de qualquer modo. Mais tarde, Rannulf não saberia dizer o que o fez parar de repente. Ela era apenas uma das mulheres invisíveis que tendiam a abundar nas casas dos ricos. E nunca eram notadas.

No entanto, parou. E a mulher ergueu milimetricamente a cabeça, o suficiente para que os olhos dos dois se encontrassem. Então ela voltou a abaixar a cabeça e se afastou antes que Rannulf pudesse completar o gesto para dispensar os bolinhos.

Olhos verdes. Um nariz salpicado com levíssimas sardas.

Law. Srta. Law. Judith. Judith Law.

Por um instante, ele se sentiu completamente desorientado.

Claire Campbell.

– Como? – perguntou ele a Lady Effingham. – Não, acredito que não tenha tido o prazer de conhecê-lo, madame. Horace Effingham... Não, realmente não. Mas talvez o conheça de vista.

Ela voltou a passar por trás dele e, dessa vez, Rannulf a *notou*. Ele nem sequer relanceou o olhar na direção dela, embora tivesse certeza de que não havia se enganado. Afinal, não andava procurando olhos verdes e narizes com sarda em todo lugar que ia. Não mesmo. Não queria voltar a vê-la nem esperava que isso acontecesse. Além do mais, estava convencido de que ela partira para York.

Mesmo assim, havia se visto diante de uma verdade bizarra demais.

Então Claire Campbell, a atriz, não existia? Até mesmo *isso* foi uma mentira astuciosa? Ela era Judith Law, alguma parente da família. Uma parente *pobre*. Por isso a bolsa de dinheiro vazia... e também o fato de ter escolhido viajar de diligência. Ela se permitira uma aventura sensual com ele quando a oportunidade apareceu. E sacrificara a própria virtude e a virgindade imprudentemente, arriscando-se a sofrer todas as terríveis consequências disso.

As consequências.

Rannulf não tinha a menor ideia do que haviam lhe dito, ou o que respondera, durante os cinco minutos que se passaram do momento em que a avó se levantou até já estar sentado na carruagem com ela. Recostou a cabeça para trás e fechou os olhos, mas apenas por um breve instante.

– E então? – perguntou a avó quando a carruagem se colocou em movimento.

– Ela é muito bonita, mais até do que a senhora me levou a acreditar.

– E também é muito bem-comportada – comentou a avó. – Se há algum excesso, é mera tolice da juventude e logo amadurecerá com as exigências do matrimônio e da maternidade. Ainda mais se contar com a paciência de um bom marido. Ela será uma boa esposa para você. Talvez não seja brilhante, mas acredito que nem mesmo Bewcastle protestará muito.

– Nunca foi dito que Wulf escolheria minha noiva, vovó – retrucou Rannulf.

Ela riu.

– Mas eu poderia apostar que Bewcastle quase teve uma apoplexia quando descobriu que Aidan havia se casado com a filha de um mineiro de carvão.

– Depois desse choque – comentou Rannulf –, estou confiante de que ele irá aprovar alguém tão adequado quanto a Srta. Effingham.

– Você irá cortejá-la a sério? – perguntou a avó, pousando a mão sobre a manga do paletó dele.

Rannulf percebeu como a pele fina e pálida dela estava esticada sobre os ossos e cobriu a mão da avó com a sua.

– Concordei em voltar lá amanhã para jantar, não concordei?

– É verdade. – A avó suspirou. – Esperava que você fosse ser mais arisco. Não vai se arrepender, eu prometo. Os Bedwyns sempre relutam em casar, mas você sabe que acabam fazendo casamentos que se transformam em belas relações de amor. Sua pobre e querida mãe nunca recuperou a saúde depois do nascimento de Morgan e acabou morrendo muito mais cedo do que deveria, mas era muito, muito feliz com seu pai, Rannulf, e ele a adorava.

– Eu sei – disse Rannulf, dando um tapinha carinhoso na mão dela. – Eu sei, vovó.

Mas a mente dele estava dominada por pensamentos sobre Judith Law. Ou seria Claire Campbell? Como iriam se evitar durante as próximas semanas? Pelo menos agora entendia por que ela fugira. Ele tinha sugerido seguir viagem com ela para poder vê-la *atuar* e não havia percebido que tudo o que vira, desde o primeiro momento, era uma atuação.

Rannulf não estava menos furioso com ela agora. A mulher o havia enganado. Mesmo com todos os excessos em sua vida, jamais sonhara em

80

seduzir uma moça de família. E era exatamente assim que sentia naquele momento... como um sedutor de inocentes. Um vilão lascivo.

A vida dera voltas para pior desde que ele recebeu a carta da avó, em Londres.

– Ele é muito *grande*, mamãe – disse Julianne, ainda assim levando as mãos ao peito, em êxtase.

Tio George descera para acompanhar Lady Beamish e lorde Rannulf Bedwyn até a porta e não voltara à sala de visitas.

– Mas é um homem elegante – comentou tia Effingham.

– Ele não é exatamente belo, não é mesmo? – continuou a jovem. – E tem um nariz tão grande.

– Mas tem os olhos azuis e bons dentes – disse a mãe. – E todos os Bedwyns têm aquele nariz, Julianne, minha querida. É o que se conhece como nariz aristocrático. Muito distinto.

– E os cabelos dele! – lembrou Julianne. – São *longos*, mamãe! E ele os *amarrou para trás*!

– Devo confessar que isso é um pouco estranho – comentou tia Effingham. – Mas cabelos sempre podem ser cortados, querida, principalmente quando uma dama da qual ele gosta pede. Ao menos o homem não é *careca*.

As duas riram animadas.

– No meu tempo – disse a avó –, cabelos longos estavam na moda para homens, embora muitos deles raspassem as cabeças e usassem perucas. Mas não seu avô. Os cabelos dele eram mesmo dele. Acho cabelos longos muito atraentes.

– Argh! O que *você* achou de lorde Rannulf Bedwyn, Judith? Achou o lorde bonito? Acha que devo ficar com ele?

Judith tivera mais de meia hora para se recompor. Quando o vira entrar na sala, achou que iria desmaiar. Simplesmente não era *possível*, pensara por um breve instante. Seus olhos e sua mente deviam estar lhe pregando uma peça. Mas não havia dúvida... Ralf Bedard e lorde Rannulf Bedwyn eram a mesma pessoa. Todo o sangue pareceu fugir de sua cabeça. Judith se vira suando frio, os ouvidos tilintando e tudo diante dos seus olhos pareceu girar, como em uma estranha realidade.

Ralf – Rannulf. Bedard – Bedwyn.

Parecido, mas diferente o bastante para manter oculta a verdadeira identidade dele de uma atriz potencialmente exigente e ambiciosa. E diferente o bastante para que ela não percebesse a semelhança até ser confrontada com o homem em pessoa. Judith se esforçara para não desmaiar, o que acabaria atraindo uma atenção indesejada para ela. Mas ainda se sentia tão abalada que desmaiaria, caso se permitisse.

– Bonito? – repetiu Judith. – Não, acho que não, Julianne. Mas, como disse tia Louisa, ele tem uma aparência distinta.

Julianne riu.

– Ele é muito atencioso, não é? – perguntou a jovem. – Ouviu cada palavra que falei e não pareceu condescendente ou entediado como acontece com tantos cavalheiros quando alguém fala. Devo aceitá-lo, mamãe? Devo, vovó? Você não desejaria estar em meu lugar, Judith?

– Primeiro, ele terá que conversar com seu pai – adiantou tia Effingham, levantando-se. – Mas lorde Bedwyn ficou encantado com você, querida, e está claro que Lady Beamish tem toda a intenção de apoiar o enlace. Ela deve ter uma influência considerável sobre o neto. Acredito que podemos ser otimistas.

– Judith, meu amor – disse a avó –, você faria a bondade de me ajudar a ficar de pé? Não sei por que estou tão letárgica esses dias. Tenho que visitar o médico, Louisa. Ele precisa me passar mais remédios. Vamos subir. Judith, pode chamar Tillie para mim, por favor? Acho que vou me deitar por uma hora.

– Ah, então você estará livre, Judith – adiantou-se tia Effingham. – Junte-se a mim na biblioteca daqui a alguns minutos. Há cartões de mesa a serem escritos, que serão usados no jantar de amanhã, e várias outras pequenas tarefas a serem realizadas. Você não deve ficar ociosa. Estou certa de que seu pai lhe disse que o diabo encontra trabalho para mãos ociosas.

– Descerei assim que acomodar a vovó – prometeu Judith.

– Julianne, querida – disse a mãe da jovem –, você deve descansar e não se exaurir. Precisa estar mais linda do que nunca amanhã.

A mente de Judith ainda girava. Ele era *lorde Rannulf Bedwyn* e fora até lá para cortejar e se casar com Julianne. Ou era nisso que a tia e a prima acreditavam. Ela, Judith, o veria todos os dias pelas próximas duas semanas. E os veria juntos.

Ele sabia? Será que a reconhecera? Por que ela levantou os olhos quando ele ergueu a mão para recusar o bolinho e logo parara? Os olhos dele haviam se encontrado. Ela logo abaixara a cabeça, antes de perceber qualquer expressão de reconhecimento nos olhos dele, mas pudera sentir.

*Ele a reconhecera?* A humilhação de ser vista daquele jeito, de ser conhecida como quem era, parecia insuportável. Se ele não a havia reconhecido naquela tarde, certamente o faria em algum momento durante as próximas duas semanas. Não poderia se esconder dele o tempo todo. Havia escutado a avó combinar uma visita a Lady Beamish na tarde do dia seguinte, quando todos os hóspedes já estivessem em Harewood. Ela seria requisitada para acompanhar a avó? *Ele* estaria lá?

Ela havia pensado que a vida não poderia ficar pior, mas estava errada. E sentia uma dor e uma tristeza profundas. Sonhos e realidade nunca se misturavam. Por que aquele sonho em particular, o mais glorioso de sua vida, acabara batendo de frente com a realidade que vivia?

Talvez porque não houvesse sido um sonho?

– Vou me apoiar em seu braço, Judith, se não for muito incômodo. Percebeu como Louisa se esqueceu de apresentar você a Lady Beamish e lorde Rannulf? Vi que baixou a cabeça, mortificada, e fiquei indignada por você, não me importo de dizer. Afinal, você é sobrinha dela e prima de Julianne. Mas esse é o modo como as pessoas sobem socialmente, nunca olhando para trás, negligenciando aqueles que estão abaixo. Talvez seja o medo de serem arrastados. Louisa sempre foi muito tola nesse sentido. Você perdeu peso desde que chegou aqui, meu amor? Seu vestido está tão largo, não está mostrando suas adoráveis formas, não a está valorizando. Precisamos pedir a Tillie para apertá-lo. Também vou cuidar para que você coma direito. Veja só, meus pés acabaram inchando de qualquer modo. Talvez o remédio que você preparou esta manhã não fosse forte o bastante.

– A senhora teve uma tarde cheia, vovó – disse Judith, em um tom tranquilizador. – Vai se sentir melhor depois de se deitar e colocar os pés para cima por algum tempo.

Não conseguiria suportar o que acabara de acontecer, pensou Judith. *Simplesmente não conseguiria suportar.*

# CAPÍTULO VII

A carruagem que conduziu a Sra. Law para Grandmaison Park no dia seguinte era coberta, e todas as janelas estavam bem fechadas, apesar do dia quente e ensolarado. O motivo, a avó explicou, era que uma corrente de ar poderia provocar um dos resfriados que esporadicamente a atingiam. Judith concordou com a avó, mas, por dentro, estava certa de que as duas acabariam derretendo de calor.

A avó, por sua vez, estava de ótimo humor e tagarelou durante todo o caminho. Lady Beamish fora a amiga mais próxima dela desde que se mudara para Harewood, quase dois anos antes. Às vezes, era bom sair de casa e fugir de Louisa, que estava sempre de mau humor.

Judith fora mantida ocupada durante toda a manhã, indo e voltando das cozinhas e de vários outros cômodos, além dos estábulos e da garagem das carruagens, enquanto tia Effingham tentava se assegurar de não ter se esquecido de nem um detalhe dos preparativos para a chegada dos hóspedes.

Enquanto isso, Julianne, que tinha o mesmo número de mãos e pés da prima, passou a manhã girando em exuberantes piruetas, quando não estava correndo para as janelas a fim de ver se alguém havia chegado mais cedo, ou subindo apressada a escada para trocar os sapatos, a faixa do vestido ou as fitas dos cabelos. Enfim, exaurindo-se, como a mãe alertou carinhosamente a não fazer.

A esperança de Judith de que não seria chamada para acompanhar a avó na visita daquela tarde fora por água abaixo no fim da manhã. A tia observara irritada que a sobrinha estava ruborizada demais, que os olhos dela brilhavam de modo pouco natural e que uma mecha de cabelo teimava em surgir sob a touca. Julianne escolhera aquele momento para falar com a mãe.

– Lady Margaret Stebbins não é mais bonita do que eu, é, mamãe? – perguntou a moça, subitamente ansiosa. – Ou Lilian Warren, ou Beatrice Hardinge? *Sei* que Hannah Warren e Theresa Cooke não são, embora sejam moças doces e eu adore me distrair com elas. Mas eu *serei* a mais bonita aqui, não é?

Tia Effingham correra para abraçar a filha e lhe assegurara que era dez vezes mais adorável do que qualquer uma de suas queridas amigas prestes a chegar. Mas os olhos frios da tia estavam fixos em Judith enquanto falava, principalmente no cacho solto de cabelo sob a touca da sobrinha.

– Você realmente não precisa estar aqui esta tarde quando os hóspedes chegarem, Judith – informou a tia. – Não haverá nada útil que possa fazer e só vai ficar no caminho dos outros. Deve acompanhar mamãe a Grandmaison e Tillie ficará aqui, onde terá mais utilidade.

– Sim, é claro, tia Louisa – concordou Judith, perdendo as esperanças, enquanto Julianne a encarava com curiosidade.

– Pobre Judith, nunca debutou, mesmo sendo anos mais velha do que eu. Como deve ser inconveniente e desagradável para você não ser capaz de transitar na alta sociedade. Mamãe diz que seu caso não seria tão desesperador se o tio houvesse feito um casamento mais vantajoso. Como você tem *sorte* por ter sido convidada a morar aqui, onde pelo menos poderá ver pessoas de criação superior.

Judith não respondera. Nem teria a chance para isso, caso ousasse expressar sua indignação em defesa da mãe. Julianne se voltou para tia Louisa suplicando para que a mãe desse uma opinião sobre a escolha de seu vestido.

Mas agora Judith seguia de carruagem ao lado da avó, abanando-a por causa do calor e agarrando-se ao fato de que cavalheiros não costumavam fazer sala para damas idosas com muita frequência, principalmente quando outra dama idosa aparecia de visita. Lorde Rannulf Bedwyn com certeza não estaria com a avó naquela tarde.

Ela se enganara.

Depois de descer da carruagem e entrar no hall de Grandmaison, foram levadas a uma sala de estar espaçosa, de pé direito muito alto, no primeiro andar. As paredes cor de marfim com adornos dourados refletiam a luz e deixavam mais evidente a elegância e o requinte do lugar. Pinturas de paisagens em molduras também douradas acrescentavam beleza e profundidade ao cômodo. As longas janelas francesas no outro extremo da sala estavam abertas, trazendo o canto dos pássaros e o aroma das flores para dentro. Judith teria se apaixonado à primeira vista pela sala se não tivesse se dado conta no mesmo instante da presença de duas pessoas ali dentro, em vez de uma.

Lady Beamish se levantou da cadeira ao lado da lareira vazia. Lorde Rannulf Bedwyn já estava de pé, próximo a ela. Judith baixou o queixo e tentou se esconder atrás da avó enquanto as duas atravessavam a sala. Desejou ficar invisível, sentia-se profundamente humilhada e ainda mais feia do que de costume, enfiada em um dos vestidos de algodão recém-alterados, com a touca antiquada e simples, de pala larga, que fora de tia Louisa e que ela lhe dera por não ter mais uso para o adereço.

– Gertrude, minha querida – cumprimentou Lady Beamish, calorosa, beijando o rosto da avó de Judith –, como está? E trouxe a Srta. Law com você. Que prazer. Ela é uma das netas de quem havia me falado?

– Sim, é Judith – confirmou a avó, sorrindo com carinho para a neta. – É a segunda filha e sempre foi minha neta favorita. Eu tinha grandes esperanças de que Jeremiah a mandasse, em vez de uma das irmãs.

Judith encarou a avó com surpresa. A velha dama com certeza não conhecia as netas bem o bastante para ter uma favorita.

– Como vai, Srta. Law? – perguntou Lady Beamish em tom gentil. – Sente-se.

Nesse meio-tempo, lorde Rannulf inclinava-se em uma cortesia, primeiro para a avó de Judith e depois para a própria Judith, murmurando o nome dela ao fazer isso. Ela retribuiu a cortesia sem levantar os olhos e sentou-se na cadeira mais próxima. Mas, quando descalçou as luvas, percebeu o modo abjeto como se comportava e aceitou que seria impossível esconder sua identidade por muito mais tempo. Ela, então, ergueu a cabeça e olhou diretamente para lorde Rannulf.

Ele a encarava de volta, os olhos semicerrados. Judith ergueu o queixo um pouco mais alto, mesmo sentindo o rubor colorir seu rosto.

A conversa polida ocupou os minutos seguintes. Lady Beamish perguntou pela saúde da família de Judith e a avó perguntou pela família de lorde Rannulf Bedwyn. A aguardada chegada dos hóspedes em Harewood naquela tarde também foi assunto, assim como a intenção de lorde Rannulf de ir até lá para o jantar. Então, Lady Beamish falou com determinação:

– Gertrude e eu somos velhas amigas, Rannulf, e não há nada que gostemos mais do que passar uma hora juntas, conversando sobre assuntos que não dizem respeito a mais ninguém senão nós duas. Você está liberado do tédio de ser educado. Por que não leva a Srta. Law para ver os jardins? Talvez ela aprecie sentar-se um pouco no roseiral enquanto você resolve seus negócios.

Judith cruzou as mãos com força no colo.

– Parece que estamos atrapalhando aqui, Srta. Law – disse ele, dando alguns passos na direção dela e inclinando-se levemente, enquanto indicava as portas francesas com a mão. – Vamos lá para fora?

– Talvez, lorde Rannulf – disse a avó de Judith enquanto a neta se levantava com relutância –, o senhor pudesse ter a gentileza de fechar as portas quando sair... se você não fizer objeção, Sarah. Acredito que uma de minhas febres está ameaçando reaparecer. Judith teve que abanar meu rosto por todo o caminho.

Judith ignorou o braço que lhe foi oferecido e se apressou na direção das portas francesas. Lá fora, seguiu pelo terraço com piso de pedras. Já estava em uma trilha que se bifurcava no centro dos jardins formais antes de ouvir as portas francesas se fecharem mais atrás. Para onde estava correndo? E por que correria? Com toda certeza, nunca na vida se sentira mais constrangida do que naquele exato momento.

– Ora, Srta. *Judith Law* – disse ele baixinho e Judith percebeu com um sobressalto que o lorde já estava atrás dela. Havia um toque de veneno em sua voz.

Ela cruzou as mãos nas costas e se virou, encarando com determinação o rosto dele. Um rosto terrivelmente próximo e familiar.

– Ora, *lorde Rannulf Bedwyn* – retrucou ela.

– *Touché.* – Ele devolveu o olhar, com um conhecido brilho zombeteiro cintilando nos olhos. E indicou a trilha à frente. – Vamos dar um passeio? Estamos muito à vista da sala de estar.

Judith pôde ver que os jardins haviam sido planejados com precisão geométrica e as trilhas pavimentadas com pedras levavam, como raios de uma roda, à fonte no centro, onde um Cupido de mármore permanecia sobre um dos pés, a água saindo da ponta de sua flecha. Cercas vivas baixas e podadas com minúcia se alinhavam pelas trilhas, assim como canteiros de flores que garantiam um banquete de cores e beleza aos olhos, além de um doce perfume.

– Você me enganou – disse ele enquanto caminhavam.

– E *você me* enganou.

Judith desejava nunca ter descoberto a identidade dele. *Por que* aquilo tinha que acontecer? De todos os possíveis destinos na Inglaterra, eles seguiram para propriedades que não ficavam a mais de 8 quilômetros de distância uma da outra. E ele iria, na verdade, fazer parte dos festejos que aconteceriam em Harewood.

*Ele realmente se casaria com Julianne?* Havia planejado isso antes da viagem ao norte?

– Eu me pergunto se sua avó, sua tia e seu tio estariam interessados em saber que você é uma atriz e uma cortesã.

Ele a estava ameaçando?

– Eu me pergunto – retrucou Judith com sarcasmo – se ficariam interessados em saber que o homem que corteja minha prima se envolve em romances casuais com estranhas em suas viagens.

– Está mostrando sua ignorância do mundo, Srta. Law – acusou ele. – Os Effinghams com certeza estão cientes de que cavalheiros têm certos... *interesses* que perseguem a cada oportunidade, antes e depois do casamento. A senhorita é uma hóspede de honra na casa de seu tio?

– Sim. Fui convidada para viver em Harewood – respondeu ela.

– Então por que não está lá, agora à tarde, para encontrar os hóspedes que estão chegando? – perguntou ele.

– Minha avó necessita de minha companhia.

– A senhorita mente, Srta. Law – acusou mais uma vez lorde Rannulf. – Na verdade, mente muito bem. Não passa de uma parente pobre. Veio para Harewood para ser uma reles criada, a fim de aliviar sua tia da necessidade de cuidar de sua avó. O que houve? Seu pai não fez um casamento tão vantajoso quanto o de sua tia?

Eles haviam chegado à fonte e parado de caminhar. Judith sentiu as gotas frias da água da fonte salpicarem seu rosto.

– Minha mãe é de uma ótima família. E meu pai, além de ser ministro da igreja, é um homem de posses – retrucou ela com irritação.

– De *posses* – repetiu ele, com escárnio na voz. – Mas não de fortuna? E as posses devem ter sido depauperadas a um nível que seus pais se viram forçados a mandar uma das filhas para parentes abastados?

Judith deu a volta na fonte até a trilha do outro lado. Lorde Rannulf fez o mesmo movimento na direção contrária.

– Seu interrogatório é impertinente – reclamou Judith. – Minhas circunstâncias não são de sua conta. Nem as de meu pai.

– Você é filha de um cavalheiro – comentou ele em um tom suave.

– É claro que sou.

– E está furiosa.

Ela estava? Por quê? Porque era humilhante ser vista e conhecida como quem era? Porque seu único sonho roubado, que a sustentaria pelo resto de uma vida solitária, fora estilhaçado? Porque ele parecia tão composto e nem um pouco afetado pela horrível coincidência? Porque acabara de zombar dela e dos pais? Porque Julianne era jovem, bela e rica? Porque Branwell acabara com a pequena, mas até então bem-cuidada, fortuna do pai? Porque a vida não era justa? Quem dissera que deveria ser?

– E também é uma covarde – acrescentou lorde Rannulf, após um breve silêncio. – Nem teve a coragem de me olhar nos olhos e contar sua mentira sobre haver outro homem. Não teve coragem de me dizer adeus.

– Não – admitiu ela. – Não, eu não tive.

– E acabou me fazendo parecer um tolo – acusou ele. – Fui repreendido pela mulher do estalajadeiro por maltratá-la e recebi o conselho de correr atrás de você.

– Eu lamento.

– Lamenta? – Ele baixou os olhos para encará-la e Judith percebeu que os dois haviam parado de caminhar mais uma vez. – Eu teria ficado mesmo furioso se houvesse me dito a verdade. Não se deu conta disso? Eu a teria estabelecido como minha amante. E a teria sustentado, tomado conta da senhorita.

*Agora* Judith estava muito furiosa e sabia exatamente o motivo. *Por que* o único grande sonho da vida dela tinha que sofrer uma morte tão ignóbil, tão *dolorosa*? Ela odiou o lorde e desprezou-o por forçá-la a ver a sordidez do que acontecera entre eles.

– Deixe-me ver. – Judith bateu com o dedo nos lábios e olhou para cima, como se estivesse pensando. – Acho que isso teria durado alguns dias, talvez até mesmo uma semana. Até que cansássemos um do outro. Ou melhor, até que *você* se cansasse de *mim*. Não, obrigada, lorde Rannulf. Tive prazer em nosso encontro. Ele preencheu dias potencialmente tediosos enquanto esperávamos que a chuva parasse. Já havia me cansado do senhor quando ela cessou. Mas teria sido indelicado dizer isso, já que o senhor ainda precisava de mais alguns dias, ou talvez até uma semana, comigo. Assim, escapei enquanto estava fora. Perdoe-me.

Ele a encarou por um longo tempo, a expressão indecifrável.

– Se puder me mostrar onde é o roseiral, sentarei lá até minha avó mandar me buscar.

Lorde Rannulf falou abruptamente, ignorando a sugestão dela:

– Você está esperando um bebê? Ao menos já sabe disso?

Se um buraco fosse gentil o bastante para se abrir sob os pés de Judith, ela teria pulado nele com prazer.

– Não! – respondeu ela, o rosto quente. – É claro que não estou.

– É claro? – Com as sobrancelhas erguidas, ele tinha uma expressão zombeteira, presunçosa e aristocrática. – Bebês são resultado das atividades que nos permitimos, Srta. Law. Não sabia disso?

– É claro que eu sabia disso! – Se era possível se sentir mais envergonhada, Judith não conseguia imaginar sob que circunstâncias seriam. – O senhor não acha...

Ele ergueu uma das mãos para detê-la.

– Por favor, Srta. Law – falou, com um ar impaciente –, não faça o papel de mulher vivida. Com certeza será apenas mais uma atuação, como sua Lady Macbeth. Tem *certeza* de que não está grávida?

– Sim, estou absolutamente certa. Onde fica o roseiral?

– Por que está vestida dessa maneira horrorosa? – perguntou ele.

Judith o encarou com os lábios cerrados.

– Essa com certeza não é uma pergunta que um cavalheiro faça – retrucou, ao ver que esperava por uma resposta.

– Não estava vestida assim quando viajava – comentou ele –, embora eu me culpe por não ter percebido que era uma simples garota do campo brincando de ser atriz e cortesã. A senhorita é boa... em ambos os papéis. Mas de onde veio essa touca ridícula e o vestido de péssimo caimento?

– Suas perguntas são insolentes.

Mas os olhos e o meio sorriso dele zombavam dela... de um modo quase cruel.

– Meu palpite – continuou lorde Rannulf, interrompendo-a de novo –, na verdade é mais uma certeza do que um palpite, é de que sua tia deu uma boa olhada na senhorita quando chegou a Harewood, percebeu com certo desgosto que ofuscaria a filha dela e inventou o disfarce mais horroroso em que conseguiu pensar. Estou certo?

É claro que *não* estava certo. O homem era *cego*? Tia Louisa apenas insistia, ainda mais do que o pai dela, para que Judith escondesse seus traços mais feios.

– Ou até seus cabelos foram parte da encenação? – perguntou ele, os cantos da boca se erguendo em uma expressão ainda mais zombeteira. – É careca sob essa touca, Srta. Law?

– Está ficando cada vez mais tedioso e ofensivo, lorde Rannulf. Por favor, indique o caminho para o roseiral ou encontrarei um jardineiro que o faça.

Ele a encarou por mais um longo momento, as narinas dilatadas em uma expressão que poderia ser de raiva, então desviou o olhar e começou a caminhar de volta pela trilha que os levara até ali, passando pela fonte e seguindo por outra trilha que conduzia às treliças cobertas de rosas que deviam ser a parte externa do roseiral.

Era de uma beleza de tirar o fôlego... ou seria, sob outras circunstâncias. Fechado em três lados por treliças altas para proteger as flores do vento, o roseiral descia por platôs amplos em uma cascata de rosas. Havia rosas por toda parte, de todos os formatos, cores, tipos e tamanhos. O ar estava pesado com o perfume delas.

Judith sentou-se em um banco de ferro fundido no platô mais alto e cruzou as mãos no colo.

– Não precisa continuar a me fazer companhia. Ficarei muito feliz sozinha.

Ele ficou ao lado dela pelo que pareceu uma eternidade, sem dizer nada. Judith não levantou os olhos para ver se lorde Rannulf a olhava ou se admirava a vista, mas pôde ver a ponta de uma das botas hessianas batendo em uma das pedras ao lado. Judith queria que ele fosse embora. Não conseguia suportar estar tão próxima dele. Não conseguia suportar a realidade: seu sonho roubado fora arruinado para sempre.

Então lorde Rannulf saiu sem dizer uma palavra e ela se sentiu desolada.

Dentro de seus aposentos, Rannulf andava de um lado para o outro.

*Maldição*, ela era filha de um cavalheiro! Por que foi viajar sozinha, sem sequer uma criada para garantir certa respeitabilidade? O pai dela merecia levar um tiro por ter permitido aquilo. E a Srta. Law não deveria de forma alguma ter aceitado cavalgar com ele, usando aquela voz rouca, fingindo ser atriz. *Flertando* com ele. Permitindo que lhe roubasse um beijo sem arrancar a cabeça dele dos ombros por causa da impertinência.

Ela deveria conhecer as regras de um comportamento refinado tão bem quanto ele.

Ele conhecia as regras.

Rannulf apoiou as mãos no parapeito da janela, respirou fundo, prendeu o ar e soltou-o lentamente. Então olhou para baixo. Um empregado voltava para casa, vindo dos jardins formais. O copo de limonada que Rannulf pedira que levasse para ela fora entregue.

Srta. Law não tinha que ter aceitado a sugestão ultrajante de mudar para uma estalagem mais tranquila. Não deveria ter concordado em dividir um quarto com ele. Ou em jantar sozinha com ele. Ou em atiçá-lo atuando... Afinal, onde diabo aprendera a atuar daquele jeito? Por que usou aqueles cabelos de sereia soltos sobre os ombros?

Ela não tinha que ter ido para a cama com ele, maldição!

Deveria conhecer as regras.

Rannulf bateu com o punho no parapeito da janela e praguejou.

Ele conhecia as regras. O pai criara filhos obstinados e rebeldes que desprezavam as convenções e a opinião pública, mas eram honrados, sabiam as regras que não podiam ser quebradas.

Ele dissera a Judith Law que a levaria mesmo se ela tivesse contado a verdade. Teria mesmo feito dela sua amante? Provavelmente não...

Ela era filha de um cavalheiro.

Diabo, ela não fazia ideia do destino terrível de que havia escapado. A moça era uma mentirosa talentosa. Provavelmente também mentira sobre isso. Talvez, em menos de nove meses, desse à luz um filho bastardo.

Rannulf bateu com força o punho no parapeito e se afastou da janela, voltando a perambular pelo quarto, de um lado para o outro.

Maldição, maldição, maldição.

Finalmente, ele abriu a porta em um rompante e saiu pisando firme pelo corredor, sem pensar em mais nada. Ela estava sentada onde ele a deixara, as mãos pousadas no colo, uma sobre a outra, a palma para cima, o copo de limonada que mal parecia ter sido tocado pousado em uma pequena mesa de ferro fundido. Srta. Law admirava as flores e mal virou a cabeça quando Rannulf passou pela treliça e entrou no platô.

– Eu tentei me convencer de que a senhorita era a única culpada pelo que aconteceu. Mas isso simplesmente não é verdade.

Ela o encarou, surpresa, e Rannulf se viu preso aos seus olhos verdes.

– O quê? – perguntou ela.

– A senhorita era uma jovem dama inocente e inexperiente – disse Rannulf. – E estou longe de ter qualquer uma dessas características. Eu deveria ter visto além de sua representação.

– Está se culpando pelo que aconteceu entre nós? – Judith parecia bastante surpresa. – Que tolice! Não adianta nada culpar qualquer um dos lados. O que aconteceu foi mútuo, está acabado e é melhor que seja esquecido.

Se ao menos fosse tão fácil!

– Não está acabado – disse ele. – Tirei sua virgindade. Para colocar da forma direta, sem meias palavras, a senhorita agora é uma mercadoria avariada, Srta. Law, e não pode ser tão inocente a ponto de não ter percebido isso.

Com o rosto em fogo, ela virou a cabeça para a frente de novo e se levantou de repente.

– O que o faz pensar…

– Ah, não fui eu quem descobriu – confessou Rannulf. – Eu estava inebriado pelo vinho e por seus encantos. Depois que a senhorita fugiu, a estalajadeira me explicou por que trocara os lençóis da cama depois de nossa primeira noite juntos. Havia sangue neles.

Judith empalideceu.

– É uma moça de boa família, Srta. Law, embora não seja abastada ou com proeminência social. É de uma classe bem abaixo de qualquer uma que meus pares esperariam que eu escolhesse como noiva, mas minhas mãos estão atadas. *Não* que eu a culpe. Culpo a mim mesmo por ser tão cego diante da realidade. Mas agora é tarde demais para me arrepender. Me daria a honra de se casar comigo?

Por um longo momento, ele pensou que Judith não responderia.

– Não – disse ela, a voz absolutamente firme e determinada. Então se afastou dele, desceu cada um dos platôs amplos, passou por todas as rosas até parar na beira da água.

Talvez ele devesse ter feito o pedido usando palavras mais doces, tomando as mãos dela, mas Judith reconheceria a falsidade. Na pele de Claire Campbell, ele percebera que era uma mulher inteligente. E a conquistara.

– Por que não? – perguntou Rannulf.

– Não sou problema de ninguém, lorde Rannulf – disse ela. – Não serei o unguento para a consciência culpada de ninguém. Mas sua culpa é desnecessária. Eu o acompanhei de livre e espontânea vontade e... me deitei com o senhor. Era uma experiência que eu desejava ter e resolvi aproveitar quando surgiu a oportunidade. Está absolutamente certo sobre a razão para minha vinda a Harewood. Não é comum que uma mulher nas minhas circunstâncias seja tachada de impura ou *material avariado*. Mulheres como eu permanecem solteironas por toda a vida. Suponho que a chance de me casar, no fim das contas, devesse ser tentadora. Eu poderia me tornar Lady Rannulf Bedwyn e ser rica, mas não o farei. O senhor está se vendo forçado a fazer isso. Não me casarei porque a honra o obriga a me oferecer essa união tão inadequada e imprudente. Não se sentiria honrado se eu me casasse com o senhor, se sentiria um mártir.

– Perdoe-me – disse ele. – Não quis insinuar...

– Ah, não – Judith interrompeu-o –, não insinuou nada. O senhor *declarou*. Por quais das várias razões possíveis esperava que eu corresse para aceitar sua oferta, lorde Rannulf? Porque é filho de um duque e imensamente rico? Porque minhas esperanças de me casar são mínimas, ainda que eu ainda tivesse minha *virgindade*? Porque o decoro diz que devo me casar com meu sedutor, já que se ofereceu para reparar o dano... embora *não* tenha me seduzido? Porque seria uma *honra* se eu aceitasse? Minha resposta é não.

O alívio se misturou à incredulidade e à culpa. Fora a maneira relutante como ele fizera a proposta que a ofendera. Mas, se houvesse feito o pedido de forma adequada, Judith teria feito a coisa adequada?

– Perdoe-me. Achei que a senhorita não apreciaria palavras suaves e lisonjeiras. Me permita...

– Não. – Judith se virou para encará-lo, olhos nos olhos. – Foi uma experiência fugaz, lorde Rannulf. Não foi feita para durar. Eu estava curiosa e a curiosidade foi satisfeita. Não tinha desejo de continuar nosso relacionamento e, com certeza, não tenho desejo de me casar com o senhor. Por que deveria? Não sou tão inocente ou ignorante que não saiba como são homens de seu nível. Tive uma prova disso na estrada e suas palavras hoje confirmaram o que eu já sabia. O senhor não é inocente nem inexperiente. Mesmo se desejasse, não me casaria com o senhor. Por que faria isso sabendo que me tornaria uma esposa casada contra a vontade do marido, que seria deixada murchando em algum canto tranquilo e respeitável, enquanto ele levaria uma vida de flertes e libertinagem, como se ela simplesmente não existisse? Não vai ter que enfrentar a zombaria de seus pares e o descontentamento de seu irmão, o duque de Bewcastle. Bom dia, senhor.

Apesar do discurso fluente e sarcástico, da raiva mal controlada, das roupas sem graça e mal-cortadas, ela voltou a parecer fascinante para Rannulf, que se lembrou da enorme atração sexual que sentira durante os dias que haviam passado juntos. Até então, fora difícil aceitar que era a mesma mulher.

– Essa é sua última palavra?

– O que, de tudo o que eu falei, o senhor não entendeu, lorde Rannulf? – perguntou ela, ainda encarando-o diretamente.

Mas antes que ele pudesse dizer mais alguma coisa, percebeu que havia mais alguém no roseiral. Rannulf levantou os olhos e viu o mesmo criado de antes parado perto da treliça, pigarreando. Rannulf ergueu as sobrancelhas.

– Fui enviado para chamar a Srta. Law para voltar à sala de estar, milorde.

– Obrigado – disse Rannulf bruscamente.

Mas, quando se virou para oferecer o braço a Judith, ela subiu correndo os platôs, levantando as saias e ignorando a existência dele.

Rannulf não a seguiu. Ficou parado, vendo-a se afastar, inundado de alívio. Embora não soubesse por que sentia-se aliviado. De repente, lembrou-se de que iria se casar com *alguém* naquele verão.

Estava irritado e dominado pela culpa. E o pior: um pouco excitado. Maldição…

# CAPÍTULO VIII

Harewood Grange fervilhava de barulho e atividade quando a carruagem que trazia Judith e a avó entrou no terraço. Elas logo descobririam que todos os hóspedes esperados já haviam chegado. A maior parte deles estava na sala de visitas, tomando chá com tia Louisa, tio George e Julianne. Apenas alguns retardatários ainda encontravam-se em seus quartos, mudando de roupa.

– Estou cansada demais para me juntar à família e aos convidados agora, Judith – disse a avó. – Sinto que uma de minhas enxaquecas está a caminho. Mas você não deve perder a oportunidade. Pode me ajudar a subir para meu quarto, se tiver a gentileza, então, por favor, me prepare rapidamente uma xícara de chá e traga com um ou dois bolinhos... Depois disso, você deve colocar um belo vestido e se juntar a Louisa e Julianne na sala de visitas, para ser apresentada a todos os hóspedes.

Judith não tinha a menor intenção de fazer isso. Enxergava a possibilidade de ter sua primeira hora de real liberdade desde que chegara a Harewood. Depois de ter ajudado a avó, ela se apressou até o próprio quarto e mudou de roupa, escolhendo um dos poucos vestidos que ainda não tinham sido alterados: um antigo de algodão, cor de limão, do qual gostava muito.

Colocou a própria touca de palha e desceu apressada por uma escada nos fundos, que havia descoberto durante as várias idas e vindas até a cozinha nos últimos dias. Esgueirando-se pela porta dos fundos, se viu diante do jardim e da horta. Mais além, um gramado estendia-se até uma colina coberta por árvores. Judith caminhou naquela direção e logo apertou o passo, erguendo o rosto para a brisa leve.

Estaria louca por ter recusado um pedido de casamento? De um homem rico, com um título de nobreza? De um homem com quem já fora para a cama? Com cujas lembranças esperava preencher todos os sonhos pelo resto da vida? O casamento era o objetivo principal da vida de qualquer mulher, a esperança de segurança, filhos, conforto e companhia.

Ao longo dos últimos anos, Judith esperara encontrar um homem que o pai aceitasse e ela mesma tolerasse. Sempre fora sensata o bastante para não esperar que seus sonhos de romance se tornassem realidade. Mas naquele dia mesmo, pouco mais de uma hora antes, havia recusado *lorde Rannulf Bedwyn*.

Estava louca?

A colina não era alta. Mesmo assim, garantia uma bela vista dos campos ao redor. A brisa estava um pouco mais forte ali e ela levantou o rosto para o vento, fechou os olhos e jogou a cabeça para trás.

Não, não estava louca. Como poderia ter aceitado? Ele nem tentou esconder o ressentimento por ter sido forçado a fazer o pedido, deixou óbvio o desdém pela baixa posição social, confessou que o que acontecera entre os dois não fora uma ocorrência pouco comum na vida dele...

Como poderia se casar com um homem que, na verdade, desprezava?

Mesmo assim, foi um tanto imprudente ao recusar. O orgulho venceu o bom senso. A razão agora a lembrava que, mesmo se o casamento com lorde Rannulf *realmente* a levasse a permanecer escondida em algum canto esquecido, enquanto ele continuava com sua vida de devassidão, ao menos estaria *casada*. Teria se tornado a dona respeitável de sua própria casa.

Em vez disso, era uma agregada na casa de tio George, que mal sabia que ela existia, e desprezada por tia Louisa. Apenas a avó tornava a vida dela mais tolerável. Judith se repreendeu mentalmente ao se dar conta do rumo de autopiedade que seus pensamentos estavam tomando. Havia destinos piores. Poderia estar casada com um homem que não prestasse a menor atenção nela, que a negligenciasse, fosse infiel...

O lago na base da colina era encantador, cercado por relva alta, flores silvestres e poucas árvores. Parecia nunca ser usado ou sequer visitado.

Talvez, pensou Judith, aquele lugar pudesse se tornar seu pequeno refúgio. Ela se ajoelhou na margem e correu a mão pela água. Estava fresca e limpa, e quase tão fria quanto esperava. Judith pegou um pouco da água nas mãos em concha e abaixou o rosto para refrescá-lo.

Subitamente, se deu conta de que estava chorando. Quase nunca chorava, mas as lágrimas quentes, em contraste com a frieza da água, não mentiam, assim como o pesar no peito e os soluços que pareciam ter saído de controle.

A vida *era* injusta às vezes. Uma única vez na vida, ela se permitiu um breve e magnífico sonho roubado. Não esperara ou exigira que fosse prolongado. Quisera apenas que a lembrança daquele sonho durasse para o resto de sua vida.

Agora tudo se fora. As lembranças estavam manchadas. Lorde Rannulf sabia que ela não era a estrela brilhante, a atriz exuberante que achara atraente apesar de seus defeitos físicos. Seu príncipe tornou-se um ser desprezível.

Mas ele acabara de lhe propor *casamento*.

E ela recusara.

Judith se levantou. Deviam estar sentindo sua falta. Se fosse o caso, tia Louisa com certeza se certificaria de que a sobrinha não tivesse novas chances para o ócio.

Quando chegou de volta aos fundos da casa, Judith descobriu que alguém havia trancado a porta. Judith bateu, mas não teve resposta. Ela deu a volta até a frente da casa, esperando que todos ainda estivessem reunidos na sala de visitas, para que ela pudesse se esgueirar até o próprio quarto sem ser percebida.

Dois cavalos estavam sendo levados na direção dos estábulos quando ela passou pelo terraço da frente, e uma montanha de bagagem era descarregada de uma carruagem de transporte. Dois cavalheiros estavam de costas para Judith, um deles dirigindo as atividades, com impaciência, em um tom imperioso. Ela teria recuado e desaparecido por onde viera, mas o outro cavalheiro virou um pouco a cabeça e Judith pôde ver seu perfil. Ela encarou o homem, sem acreditar, então correu na direção dele, esquecendo completamente a relutância em ser vista.

– Bran? – chamou Judith. – Branwell?

O irmão se virou na direção dela, as sobrancelhas erguidas, então sorriu e se apressou em encontrá-la.

– Jude? Você também está aqui? Fantástico! – O rapaz tirou o chapéu, levantou a irmã em um abraço de urso e beijou o rosto dela. – Os outros também estão aqui? Gosto da touca… muito atraente.

Bran estava vestido na última moda, realmente belo e elegante, os cabelos claros soprados pela brisa, o rosto bonito, animado e travesso sorrindo para a irmã. Por um momento, Judith se esqueceu de que queria torturar cada parte do corpo dele, até as unhas dos pés.

– Só eu – disse ela. – Uma de nós foi convidada e eu fui a escolhida.

– Fantástico!

– Mas o que *você* está fazendo aqui, Bran?

Antes que ele pudesse responder, o outro cavalheiro veio se juntar aos dois.

– Ora, ora, ora – disse o homem, examinando-a com o tipo de olhar ousado que faria o pai repreendê-*la* depois se tivesse presenciado a cena. – Pode me apresentar, Law?

– Esta é Judith – falou Branwell. – Minha segunda irmã. Horace Effingham, Jude. Nosso primo por consideração.

Ah, então ele *viera*, o filho do primeiro casamento de tio George. Tia Effingham ficaria satisfeita. Judith nunca o encontrara antes. Era alguns anos mais velho que Branwell e alguns centímetros mais baixo. Também era um pouco mais robusto e tinha uma beleza morena… era quase belo. Seu sorriso revelava dentes muito grandes e brancos.

– Prima – cumprimentou Horace, pegando a mão dela entre as suas. – É um grande prazer. Subitamente estou encantado por ter sucumbido a insistência de minha madrasta e vindo para o que esperava serem dias de aborrecimento. Trouxe seu irmão comigo para aliviar um pouco desse tédio. Tomarei a liberdade de chamá-la de Judith, já que somos parentes próximos.

Ele levou a mão dela aos lábios e manteve-a ali por mais tempo do que o necessário.

– Effingham é um bom camarada, Jude – declarou Branwell, animado. – Ele tem me levado às corridas e me dado dicas muito úteis de como escolher um vencedor. Também me levou ao Tattersall's e me aconselhou sobre a melhor maneira de escolher cavalos. Ah, e ainda me convidou ao White's Club uma noite, onde fiz uma ronda nas mesas e ganhei 300 guinéus, antes de perder 350… Ainda assim, foram apenas 50 guinéus perdidos quando outros camaradas a meu redor perdiam centenas. E no White's. Você deveria ver, Jude… mas é claro que não pode porque é mulher.

Ela já havia se recuperado da surpresa – e do prazer – inicial de encontrar o irmão. Branwell, o único homem entre as quatro irmãs, sempre fora o queridinho de toda a família. Ele fora para o colégio, o que fizera o pai gastar uma grande soma de dinheiro, e voltara para casa com resultados medíocres. Mas tinha se destacado nos jogos ao ar livre e era o melhor amigo de todos.

Então, Branwell fora para Cambridge e passara raspando em todos os exames. Mas não tivera interesse em seguir uma carreira na igreja, nas leis, na política ou nos serviços diplomático ou militar. Não sabia o que queria fazer. Precisava estar em Londres, circulando com as pessoas certas, descobrindo exatamente onde seus talentos e habilidades poderiam ser melhor utilizados para lhe garantir fortuna.

Desde o ano em que deixara Cambridge, Branwell gastara tudo o que o pai destinara para seu uso... e, depois, o que fora separado para os modestos dotes das filhas. Agora ele estava determinado a acabar com o dinheiro que restava. Ainda assim, continuava a ser o queridinho da família, que considerava seus excessos uma fase que logo passaria. Até mesmo o pai deles, tão severo com as filhas, não conseguia ver nenhum grande problema em Branwell que não pudesse ser resolvido com tempo e experiência.

– É um prazer conhecê-lo, Sr. Effingham – disse Judith, retirando a mão que ele beijava. – E estou encantada em vê-lo novamente, Bran. Mas devo me apressar a entrar. Vovó deve estar acordando e tenho de ver se ela precisa de alguma coisa.

– Vovó? – disse Branwell. – Esqueci que a velhota estava aqui. Uma tirana velha, não, Jude?

Ela não gostou do modo desrespeitoso como ele falou.

– Tenho um imenso carinho por ela – retrucou Judith, com muita sinceridade. – Você vai querer cumprimentá-la assim que ela estiver pronta, Bran.

– Se Judith estiver com a avó, irei com você, Law – informou Horace Effingham com uma gargalhada.

Mas Judith já se afastava apressada, ciente do contraste entre sua situação e a do irmão. Ela estava ali na condição de criada. Bran chegava como hóspede. Mas era ele a causa do infortúnio dela... de *toda* a família dela, na verdade. Se não fosse por Bran, não teria viajado naquela diligência. E não estaria ali.

Mas não adiantava voltar a se entregar à autopiedade.

Com alívio, Judith percebeu que o hall e as escadas continuavam desertos. Enquanto subia apressada, podia ouvir o burburinho das conversas vindo da sala de visitas.

100

Rannulf, assim como o resto da família, nunca fora muito chegado a reuniões sociais, fossem em Londres, Brighton ou nas temporadas festivas que aconteciam a qualquer época do ano. Ele logo percebeu que a temporada festiva em Harewood seria particularmente sem graça, mas não havia o que fazer. Deveria passar as próximas duas semanas paparicando a Srta. Effingham. Durante essas duas semanas, teria que pedir a moça em casamento.

Dois pedidos de casamento para duas mulheres diferentes. Mas da segunda ele não tinha esperança de receber uma recusa.

Desde o momento em que chegara a Harewood para jantar, ficara óbvio que ele era o convidado de honra, embora não estivesse hospedado na casa como todos os outros. A mãe da moça o acompanhara até a sala de visitas, o apresentara aos convidados que Rannulf ainda não conhecia e convidara a filha para se juntar a eles. Então a Sra. Effingham pedira a Rannulf que conduzisse a moça até a sala de jantar, e ele se viu sentado ao lado da Srta. Effingham durante toda a refeição.

Achou interessante descobrir que um dos convidados era Branwell Law, provavelmente o irmão de Judith Law – Claire Campbell não o mencionara? Da própria Judith e da Sra. Law não havia sinal, fato pelo qual Rannulf ficou imensamente grato. Dizer que ficara constrangido depois do encontro dos dois no jardim seria subestimar o que sentira.

*Ela recusara o pedido dele.*

Srta. Effingham era jovem demais e, mais alarmante ainda, parecia não ter nada na cabeça. Não falava sobre nada além de festas e sobre como esse ou aquele convidado – em geral cavalheiros com títulos de nobreza – a havia elogiado, que supostamente já tinha prometido todas suas danças a outros cavalheiros. Ela achava que as danças deveriam vir em grupos de duas, em vez de três, para que houvesse mais delas durante a noite e mais cavalheiros pudessem dançar com a dama de sua escolha. O que lorde Rannulf pensava?

Lorde Rannulf *pensava* que aquela era uma sugestão muito inteligente e deveria ser levada ao conhecimento de algumas anfitriãs proeminentes de Londres, em especial do comitê de senhoras do clube Almack's.

– Como o *senhor* se sentiria, lorde Rannulf – perguntou ela, encarando-o com seus grandes olhos azuis, a colher suspensa acima da sobremesa –, se quisesse dançar com uma dama e ela estivesse com todas as danças comprometidas com outros cavalheiros, mesmo se quisesse *desesperadamente* dançar com o senhor?

– Eu a raptaria – respondeu ele e viu os olhos dela se arregalarem ainda mais, antes de soltar uma gargalhada leve.

– Ah, o senhor não faria isso. Causaria um terrível escândalo. Seria forçado a pedi-la em casamento.

– Não seria dessa forma – continuou Rannulf. – Entenda, eu a teria levado para Gretna Green, na Escócia, e me casaria com ela lá, como fazem atualmente todos os enamorados que fogem para se casar.

– Que *romântico* – comentou a Srta. Effingham com um arquejo animado. – Realmente faria isso, lorde Rannulf? Por alguém que admirasse?

– Apenas se ela não tivesse nenhuma dança restante para me oferecer.

– Ah. – A moça riu. – Se ela soubesse disso com antecedência, poderia se certificar de que não restasse nenhuma. Então seria arrebatada… mas não faria algo tão escandaloso, não é mesmo?

Havia uma leve sombra de dúvida nos olhos dela. Rannulf estava cansado daquele joguinho tolo.

– Eu me certificaria, caso fosse uma dama que eu admirasse, de chegar cedo o bastante ao baile para conseguir ao menos uma dança com ela.

Uma expressão amuada tomou conta do rosto da Srta. Effingham.

– Há muitas damas que admira, lorde Rannulf?

– No momento – respondeu ele, encarando-a –, só consigo ver uma, Srta. Effingham.

– Oh.

Ela devia saber que ficava ainda mais bonita com aquele biquinho. Por isso manteve a expressão por algum tempo, então abaixou a cabeça para o prato, ruborizada. Rannulf aproveitou a oportunidade para virar-se para a Sra. Hardinge, mãe da Srta. Beatrice Hardinge, e conversar um pouco. Logo depois, Lady Effingham se levantou, em um sinal para as damas de que estava na hora de seguirem-na até a sala de visitas para que os cavalheiros tomassem seu vinho do porto.

A primeira pessoa que Rannulf viu ao entrar na sala de visitas, meia hora mais tarde, foi Judith Law, que sentava-se ao lado da lareira, perto da avó. Ela usava um vestido de seda cinza-claro que parecia ser tão sem forma quanto o que usara mais cedo em Grandmaison. E mudara de touca. Essa era um pouco mais bonita do que a da tarde, embora também cobrisse completamente os cabelos dela. Rannulf viu que Judith segurava uma xícara e um pires para a dama mais velha que, por sua vez, segurava um prato e se dedicava a acabar com um bolinho de creme.

Ele ignorou as duas damas depois de acenar alegremente com a cabeça na direção da Sra. Law, que sorriu e acenou de volta. Era intrigante perceber que, para todos os outros na sala, Judith Law poderia muito bem ser invisível. Toda a beleza vívida e voluptuosa dela estava completa e definitivamente encoberta.

Sir George Effingham ofereceu a Rannulf um lugar na mesa de cartas, onde jogavam uíste, mas Lady Effingham o segurou com firmeza pelo braço e o levou na direção do piano. Lady Margaret Stebbins encantava a audiência com uma fuga de Bach.

– Você será a próxima, Julianne – disse a mãe, antes que Lady Margaret houvesse terminado. – Aqui está lorde Rannulf, pronto para virar as páginas da partitura para você.

Rannulf se resignou a passar a noite cortejando e bajulando um bando ruidoso de moças tagarelas e competindo com outro grupo de jovens presunçosos e tolos. Sentia-se com 100 anos.

Ele não pôde deixar de perceber que Judith Law era mantida ocupada pela avó. Ia e voltava do lugar onde estava sentada até a bandeja de chá. Também saíra duas vezes da sala para pegar alguma coisa. Na primeira, voltara com os óculos da velha dama, que foram deixados de lado. Na segunda, trouxera um xale de caxemira, que foi dobrado, colocado sobre o braço da cadeira da avó e esquecido. No entanto, Rannulf percebeu que as duas conversavam, sorriam e apreciavam a companhia uma da outra.

Ele sorriu e elogiou a Srta. Effingham, que terminara a segunda peça de piano e sugeria, sem muita sutileza, que ele pedisse para tocar outra. Enquanto isso, a respeitável Srta. Lilian Warren e sua irmã esperavam a vez para usar o instrumento.

Então houve uma comoção vinda da direção da bandeja de chá. Judith estava servindo uma xícara de chá quando alguém – Horace Effingham, como Rannulf pôde ver – esbarrara no cotovelo dela. O chá foi derramado na frente do vestido, escurecendo o tecido cinza, tornando-o meio transparente e moldando-o aos seios de Judith. Ela gritou e Effingham rapidamente sacou um lenço e tentava secar o vestido dela. Judith

103

afastava a mão dele, enquanto tentava descolar o tecido molhado do busto.

– Judith! – gritou Lady Effingham em um tom terrível. – Garota desajeitada e bruta! Retire-se *agora*!

– Não, foi tudo minha culpa, madrasta – disse Horace. – Deixe-me secar seu vestido, prima.

Rannulf percebeu que havia riso nos olhos dele... um riso lascivo.

– Oh, Deus – murmurou a Srta. Effingham –, Judith está fazendo um papelão.

Rannulf se pegou tensionando o maxilar e atravessando a sala para pegar o xale que estava sob o cotovelo da Sra. Law. Então se apressou na direção da bandeja de chá e jogou o xale sobre os ombros de Judith, sem chegar a tocá-la. Ela olhou ao redor, surpresa e grata, enquanto segurava as pontas do xale na frente do corpo.

– Obrigada.

Rannulf fez uma cortesia.

– Está queimada, madame? – perguntou.

Ninguém havia levado em conta que fora *chá quente* que ela derramara sobre si?

– Só um pouco escaldada – respondeu ela. – Não, não foi nada.

Judith saiu apressada da sala, mas Rannulf viu que ela mordia o lábio inferior com força. Ele se viu frente a frente com Horace Effingham, cujos olhos cintilavam.

– Que galante! – comentou Horace. – Encontrar um xale para esconder o... *embaraço* da dama.

Fora de propósito, Rannulf se deu conta de repente, semicerrando os olhos para o outro homem. Por Deus, fora de propósito.

– Ela poderia ter se queimado gravemente – disse Rannulf, muito sério. – Seria aconselhável ser mais cuidadoso quando estiver próximo a uma mesa de chá no futuro.

Então Effingham deu uma piscadela e murmurou em voz muito baixa:

– *Eu* estou com calor, mesmo se ela não estiver queimada – disse ele. – Assim como você está, Bedwyn, eu poderia apostar. Foi rápido em encontrar uma desculpa para se aproximar correndo.

Mas Lady Effingham havia erguido a voz novamente, embora dessa vez o tom fosse risonho e agradável.

– Continuem o que estavam fazendo – disse. – Peço desculpas por essa interrupção lamentável e indigna. Minha sobrinha não está acostumada a transitar na alta sociedade e temo que tenha enfiado os pés pelas mãos.

– Ah, tia, devo dizer que Jude nunca foi desajeitada. Foi apenas um acidente – comentou o jovem Law.

– Lorde Rannulf. – A Sra. Law puxou a manga do paletó dele e, quando Rannulf se virou para atendê-la, percebeu o quanto o incidente a aborrecera. – Muito obrigada por ter sido o único com presença de espírito para ajudar Judith e salvá-la de tanto constrangimento. Preciso me apressar a subir para ver se ela está muito machucada.

Ela apoiou as mãos rechonchudas no braço da cadeira para tentar se levantar.

– Permita-me, madame – falou Rannulf, oferecendo-lhe a mão.

– O senhor é muito gentil. – A velha dama se apoiou pesadamente sobre ele enquanto erguia o corpo pesado. – Acredito que deva ser o calor do verão que está deixando meus tornozelos tão inchados e me fazendo ficar tão ofegante.

Rannulf achou que os responsáveis pelos sintomas talvez fossem todos os bolos de creme que ela parecia consumir, além do estilo de vida indolente.

– Permita-me acompanhá-la, madame.

– Ora, se não for lhe dar muito trabalho – concordou ela. – Eu nem desejava uma xícara de chá, sabe? Só queria que Judith saísse do meu lado e se misturasse aos convidados. Ela é muito tímida e até insiste em jantar comigo toda noite, já que ando cansada demais para descer até a sala de jantar. Pensei que talvez alguém acabasse puxando conversa com ela e tudo corresse bem. Estou *tão* aborrecida com Louisa por se esquecer de apresentar Judith aos hóspedes depois do jantar. Acho que ela está com muita coisa na cabeça.

Rannulf não pretendia ir além do topo das escadas. Mas a senhora estava se apoiando tão pesadamente em seu braço que ele a acompanhou até o quarto. Ao menos achou que era o quarto da Sra. Law até ela erguer a mão cheia de anéis e bater na porta.

A porta foi aberta quase imediatamente. Judith havia despido o vestido e tirado a touca. Os cabelos dela, apesar de alguns grampos ainda presos, escapavam em longos cachos vermelhos e brilhantes que chegavam aos ombros e roçavam as têmporas. Vestia um roupão largo que segurava fechado com uma das mãos. Mesmo assim, um grande V de pele nua era visível dos ombros até o início da fenda entre os seios. Ali, a pele estava muito vermelha.

– Ah... – Logo o rosto dela ficou tão vermelho quanto a pele entre os seios. – Eu... achei que era alguém trazendo o unguento que pedi.

Ela olhava para a Sra. Law, mas Rannulf sabia que Judith tinha plena consciência da presença dele. Ela fechou o roupão com mais força.

– Você *está* queimada, Judith, meu amor – lamentou a Sra. Law, soltando o braço de Rannulf e se adiantando em um passo apressado, como ele nunca a vira se mover antes. – Ah, minha pobre menina.

– Não é nada, vovó – disse ela, mordendo o lábio. Mas Rannulf reparou nos olhos marejados e percebeu que ela sentia dor.

– Permita-me encontrar a governanta e me certificar de que o unguento seja mandado sem mais demora. Nesse meio-tempo, Srta. Law, um pano com água fria sobre a queimadura pode amenizar um pouco a dor – falou ele.

– Obrigada – disse Judith.

Eles ficaram se encarando por algum tempo, então ela se virou e a avó passou o braço por seus ombros. Rannulf se apressou, enquanto se distraía com visões de Horace Effingham se banhando em algo bem mais quente do que chá.

# CAPÍTULO IX

Judith permaneceu no quarto por dois dias, cuidando da queimadura. A avó, que esquecera os próprios infortúnios agora que tinha outra coisa para lhe ocupar a mente, a visitava com frequência, com doces, bombons e novidades sobre o resto da casa, além de orientar a neta a dormir um pouco. Tillie, sob as ordens da avó, levava bandejas de comida até o quarto de Judith e voltava em intervalos curtos para aplicar mais unguento no machucado.

Horace Effingham mandara um buquê de flores e um bilhete explicando que ele havia colhido os botões com as próprias mãos e que desejava uma pronta recuperação.

Branwell apareceu para visitar a irmã.

– Está aproveitando a temporada aqui? – perguntou Judith quando o irmão quis saber sobre sua saúde.

– Ah, estou me divertindo muito. Cavalgamos até a abadia de Clynebourne esta manhã. Há algumas ruínas antigas por lá, mas é tudo muito pitoresco. Antes, fomos a Grandmaison, para convidar Bedwyn a nos acompanhar. Acho que Julianne está interessada nele, mas, se quiser minha opinião, a menina terá o coração partido. Os padrões dos Bedwyns são altíssimos. O duque de Bewcastle, que é o chefe da família, é conhecido por ser muito frio e é pouco provável que aprove uma aliança com a filha de um mero baronete.

– Fico feliz por ter aproveitado a cavalgada.

Judith sorriu. O que Branwell diria, ela se perguntou, se soubesse que lorde Rannulf Bedwyn *a* pedira em casamento na véspera.

– Aliás, Jude... – Ele se levantou de repente da cadeira e andou até a janela do quarto, onde ficou olhando para fora, de costas para a irmã. – Você não teria, por acaso, como me emprestar algumas libras? Talvez 30?

– Não, com certeza não teria – retrucou ela. – Duvido que conseguisse juntar sequer um xelim se virasse minha bolsa pelo avesso e a torcesse. Por que precisa de 30 libras?

Era uma soma muito alta para ela. Branwell deu de ombros e se virou para encarar a irmã com um sorriso encabulado.

– Não é nada importante. É uma soma insignificante e Effingham disse para eu não me preocupar com isso, mas detesto ficar em débito. E papai anda extremamente mão-fechada nos últimos tempos... Ele está aborrecido com alguma coisa?

– A viagem até aqui custou *30 libras*? – perguntou Judith, bastante chocada.

– Você não sabe o que é ser um cavalheiro andando na companhia de outro, Jude – explicou ele. – É preciso se manter à altura do companheiro. Não se pode ter a aparência de um camponês, com paletós e calções mal-cortados e botas que pareçam ter sido feitas pelo aprendiz de um sapateiro. Também é preciso ficar em acomodações elegantes e ter um cavalo decente. E, a menos que queira ficar se pavoneando por aí sozinho, é preciso fazer o que os outros cavalheiros fazem e ir aonde vão.

– Bran – perguntou Judith, sem ter certeza de que realmente queria ouvir a resposta –, você deve dinheiro a outras pessoas?

Ele fez um gesto vago com a mão e sorriu para ela, embora sua expressão estivesse perturbada.

– Todos devemos dinheiro – retrucou. – Um cavalheiro seria visto como um excêntrico se não devesse meia fortuna a seu alfaiate ou sapateiro.

– E você também tem dívidas de jogo? – perguntou Judith antes que conseguisse se conter. Realmente *não* queria saber.

– Insignificantes. – Mais uma vez ele mostrou um sorriso perturbado. – Nada como acontece com alguns camaradas, que devem milhares de libras. Alguns homens perdem propriedades inteiras, Jude, em uma única mão de cartas. Nunca aposto o que não tenho condições de perder.

Ela era covarde demais para querer saber a extensão das dívidas de jogo do irmão.

– Bran, quando você vai se decidir por alguma carreira?

– Na verdade – respondeu ele, rindo e voltando a parecer com o rapaz que costumava ser –, venho pensando em me casar com uma moça rica. É uma pena que Julianne esteja de olho em Bedwyn, embora eu deva dizer que não acho que ela deva ter esperanças em ficar com ele. Mas as irmãs Warren têm um pai rico como Creso, pelo que ouvi, e ambas são bonitinhas. Não acho que papai se incomodaria muito com elas, concorda?

Ele falava como se estivesse brincando, mas Judith não tinha tanta certeza. Branwell obviamente estava cheio de dívidas. E ela não sabia se, dessa vez, o pai conseguiria tirar o filho do buraco sem se arruinar por completo... O que aconteceria com a mãe e as irmãs?

– Ah, vamos, Jude – disse Branwell, levantando-se e segurando as mãos da irmã –, não fique tão carrancuda. Vou resolver tudo. Não precisa se preocupar comigo. Sua queimadura foi *muito* séria?

– Estarei melhor em um ou dois dias.

– Ótimo. – Ele apertou as mãos dela. – Se, por acaso, *conseguir* algumas libras esta semana, talvez quando papai enviar sua mesada, poderia dar um jeito de me emprestar alguma coisa? Deve saber que sou bom em gastar, e não há muito em que você possa usar o dinheiro aqui, certo?

– Não estou esperando nenhum dinheiro – informou Judith.

– Entendo. – Ele franziu o cenho. – Você veio só para uma visita, não é, Jude? Papai não a mandou para cá para morar aqui, dependendo da generosidade de tio George? Isso seria um absurdo. Qual é o *problema* de papai?

*Você é o problema de papai, Bran*, pensou Judith. *E o de todos nós.*

Embora estivesse furiosa e disposta a partir para cima do irmão, foi contida pela chegada de Tillie, com mais unguento e uma dose de láudano.

– Você vai ter que me dar licença agora, Bran – pediu Judith. – Preciso descansar um pouco.

– É claro. Cuide-se, Jude. Não tem ideia do prazer que sinto de ter minha irmã aqui. Sabe que sinto saudades de todas vocês.

Se ao menos ele tivesse alguém para guiá-lo, pensou Judith, talvez seguisse um bom caminho. No entanto, ela não estava em condições de pensar nessa questão. Sentia muita dor. Quem teria imaginado que uma mera xícara de chá poderia ser tão devastadora?

No terceiro dia, Judith se aventurou a descer para o primeiro andar. Esperava evitar os hóspedes e ficar com a avó, mas o destino quis que a primeira pessoa que encontrasse fosse Horace Effingham.

– Judith! – exclamou. – Finalmente se recuperou. Peço milhares de desculpas por ter sido tão desajeitado na outra noite. Venha para a sala de visitas, por favor! Estamos tentando decidir o que fazer esta tarde, já que o chuvisco da noite passada foi embora e as nuvens que tomavam o céu de manhã clarearam. Venha dar sua opinião.

Ele ofereceu o braço a ela.

– Eu sinceramente preferiria não fazer isso – disse Judith. – Não conheço ninguém lá. Sabe onde está vovó, Horace?

– Você *não conhece* ninguém lá? – comentou ele. – Isso me espanta. Ninguém pensou em apresentá-la a todos os convidados?

– Isso não tem importância.

– Ah, tem, sim – insistiu Horace. – Não vou deixar que fuja de novo, depois de ter esperado pacientemente por três dias até que reaparecesse. Venha.

Ela aceitou o braço dele com relutância e se viu na mesma hora puxada de forma indecorosa contra a lateral do corpo do rapaz, enquanto ele a levava até a sala de visitas. Mas era bom que alguém houvesse pensado em apresentá-la a todos os convidados, admitiu Judith alguns minutos depois. Afinal, não era uma criada, e seria constrangedor passar a próxima semana e meia esbarrando o tempo todo com pessoas a quem não havia sido formalmente apresentada. É claro que a *aparência* dela era quase a de uma criada. Branwell sorriu para ela e perguntou como estava, a Sra. Hardinge lamentou o infeliz acidente e Julianne parecia feliz por ver a prima de pé, pois assim poderia poupar o resto deles das conversas tediosas e dos constantes pedidos da avó. Os convidados, no entanto, embora fossem educados ao serem apresentados a Judith, não fizeram nenhuma tentativa de conversar com ela.

Judith teria escapado da sala assim que as apresentações terminaram, mas foi impedida, ao menos por algum tempo, pela chegada de Lady Beamish e de lorde Rannulf Bedwyn.

– Ah, mais duas apresentações a serem feitas, prima – disse Horace, guiando-a até os recém-chegados.

– Já tive esse prazer – informou Judith, mas já era tarde demais para evitar um encontro cara a cara.

– Srta. Law – disse lorde Rannulf, inclinando-se em uma cortesia. – Espero que esteja bem.

Ela também fez uma cortesia, esforçando-se para não se lembrar da última vez em que o vira, do lado de fora da porta do quarto dela, aconselhando-a sobre como tratar a queimadura e olhando para ela com uma preocupação genuína nos olhos, antes de sair para apressar a chegada de uma criada com o unguento. Depois do que havia acontecido mais cedo, no dia em que se queimara, ela quisera apenas desprezar lorde Rannulf e esquecê-lo.

– Rannulf me contou sobre seu infeliz acidente – comentou Lady Beamish. – Espero que não tenha sofrido nenhum dano permanente, Srta. Law.

– Não, não foi o caso. Obrigada, madame – assegurou Judith. – Já estou completamente recuperada.

Julianne bateu palmas para chamar a atenção de todos. Ela cintilava e estava linda em um vestido de musselina amarelo, da cor de dentes-de-leão, os cachos louros balançando ao redor do rosto em formato de coração.

– Foi decidido que vamos passear lá fora por uma hora e depois fazer um piquenique nos gramados. Agora que lorde Rannulf chegou, não precisamos nos demorar mais.

Ela sorriu radiante para ele. Judith, que relanceou o olhar na direção de lorde Rannulf mesmo sem querer, viu quando ele fez uma cortesia, concordando, enquanto olhava para a prima dela com olhos apreciativos.

Doeu. Era uma estupidez, uma enorme estupidez, mas doeu.

– Precisamos pegar nossos chapéus e toucas e nos colocarmos a caminho.

Os planos dela pareciam contar com a aprovação geral. Todos conversavam animados enquanto a maior parte dos presentes na sala saía para se preparar para o passeio.

– Preciso encontrar a vovó – murmurou Judith, soltando finalmente a mão do braço de Horace.

Mas a avó aparecera na porta da sala de visitas com tia Effingham e ouvira o que a neta dissera.

– Não deve se incomodar comigo, meu amor – disse, sorrindo com carinho pra Judith. – Terei a companhia de Sarah. Agora que está de pé novamente, deve recuperar o tempo perdido e se divertir com outros jovens.

– O ar fresco lhe fará bem depois dos dias que passou trancada em casa, Srta. Law – comentou Lady Beamish com gentileza.

Tia Effingham, é claro, tinha outras ideias.

– Posso precisar de um pouco de sua ajuda, Judith – disse com brusquidão. – Foi lamentável que seu descuido tenha resultado em um período tão prolongado de ócio.

– Mas, madrasta – protestou Horace, sorrindo com simpatia para tia Effingham –, *eu* também preciso muito da ajuda de Judith… para me salvar do cruel destino de ficar sem par. Talvez não tenha percebido que nesta temporada aqui em casa, os cavalheiros excedem as damas em número.

– Isso aconteceu porque você não confirmou presença, Horace – disse ela, parecendo desapontada. – Ou que traria Branwell junto.

– Judith. – Horace fez uma cortesia. – Corra e pegue sua touca.

A vida em Harewood provava ser ainda mais difícil do que Judith esperara. Embora a mãe sempre mantivesse as filhas ocupadas em casa, e o pai fosse severo em relação ao comportamento das moças, ainda assim ela nunca se sentira tão impotente. Ou sem liberdade alguma. Ao menos na casa dos pais, as preferências e opiniões dela sempre foram solicitadas. Ali, não. Por certo, todos se surpreenderiam se soubessem que Judith preferia trabalhar a passear no campo, sentindo-se como uma intrusa e tendo Horace como par. Além de, na maior parte do tempo, ser obrigada a ver Julianne e lorde Rannulf juntos. Os dois já caminhavam de braços dados, enquanto ela tagarelava animadamente e ele inclinava a cabeça para ouvi-la. Em alguns momentos, riram juntos e Judith se lembrou, mesmo sem querer, das vezes em que lorde Rannulf havia rido com *ela*, em especial do lado de fora do armazém na cidade em que pernoitaram.

O passeio ao ar livre seguiu pelas árvores a oeste da casa e fora planejado com cuidado para ser o mais belo possível. Flores silvestres pontuavam todo o caminho e havia bancos espalhados aqui e ali, além de pequenas grutas, a maior parte delas no topo de elevações no caminho, garantindo vistas muito agradáveis da casa e do resto do parque. Era um caminho projetado para proteger quem caminhava ali do calor do sol no verão e do frio de um vento de outono.

Judith não foi capaz de apreciar tanta beleza, embora pensasse no caminho como um possível novo refúgio ao longo dos anos. Mas *àquela* hora, não estava aproveitando. Horace ignorava a todos para se concentrar apenas nela. Mas longe de serem lisonjeiras, as atenções dele eram aflitivas. Ele tentou passar o braço dela pelo dele, mas Judith cruzou as mãos com firmeza nas costas. Ele tentou diminuir o passo para que ficassem distantes do resto do grupo, mas ela se apressava cada vez que percebia a distância dos outros aumentar muito.

Na maior parte do tempo, Horace concentrava-se nela, e não na vista, em especial nos seios de Judith que, mesmo com a roupa larga, não conseguiam ser totalmente escondidos. Ele comentou sobre o modo como o vestido molhado pelo chá derramado se moldara ao corpo dela, revelando formas que deveriam estar vestidas de forma muito mais adequada.

– Mas me arriscaria a dizer que a madrasta tem alguma responsabilidade por seus vestidos – comentou Horace – e por suas toucas. Ela está determinada a casar Julianne este verão, de preferência com Bedwyn. Você percebeu como minha meia-irmã é muito mais bonita do que todas as outras moças convidadas? – Ele deu uma risadinha. – A madrasta não pode permitir concorrência alguma em um estágio tão crucial da vida de Julianne. Menos ainda a concorrência de uma prima.

Judith não conseguiu pensar em nenhuma resposta para uma declaração dessas e ficou calada. Ela apressou o passo para diminuir a distância entre eles e o Sr. Peter Webster e a Srta. Theresa Cooke, o casal mais perto à frente deles. Horace, no entanto, soltou uma exclamação aborrecida e parou. Havia uma pedra presa ao salto da bota dele, explicou, e apoiou a mão no tronco de uma árvore ao lado de Judith. Horace ergueu o pé para soltar a pedra, encurralando Judith entre a árvore e ele.

– Ah, pronto.

A proximidade dele era incômoda e, àquela altura, os dois já haviam ficado bem para trás dos outros.

– Sabe, Judith – comentou Horace, os olhos passando pelo rosto dela, mas fixando-se em seus seios. – Eu poderia tornar sua vida muito confortável em Harewood. E poderia ser induzido a visitar a casa com mais frequência do que tenho tido o hábito de fazer.

Ele ergueu uma das mãos com uma intenção óbvia. Judith bateu na mão dele e se adiantou para passar por Horace, mas como ele não recuou, ela apenas acabou ainda mais próxima.

– Estou muito confortável com minha situação aqui em Harewood – afirmou Judith. – Estamos ficando para trás.

Ele deu uma risada baixa e a mão encontrou o alvo, fechando-se ao redor do seio dela. Mas apenas por um breve instante. Horace logo abaixou a mão e deu um passo atrás quando o barulho de galhos denunciou a aproximação de alguém. Judith quase gritou de alívio ao ver Branwell.

– Ah, vejo que temos um problema aqui, não é?

– Quase tive que fazer sua irmã arrancar minha bota – retrucou Horace com uma risadinha. – Uma pedra ficou presa no salto e foi uma dificuldade enorme tirá-la.

– Ah – disse Branwell –, então Bedwyn estava enganado. Ele me mandou aqui porque pensou que talvez Jude não estivesse se sentindo muito bem e precisasse ser acompanhada de volta à casa. A pedra já saiu, certo?

– Eu a tirei – respondeu Horace e ofereceu o braço. – Judith? Vamos deixar Branwell retornar a seja qual for a dama que teve sorte o bastante para conquistar sua companhia? Sabia que seu irmão se tornou o queridinho de todas as damas?

Mas Judith não estava disposta a perder a oportunidade que batera em sua porta, por assim dizer.

– Vão sem mim. Não preciso que ninguém me acompanhe, mas *realmente* me sinto um pouco fraca depois de passar os últimos dois dias em meu quarto. É melhor eu voltar para fazer companhia a vovó e a Lady Beamish. Ou talvez eu suba para me deitar um pouco.

– Tem certeza, Jude? – perguntou Branwell. – Estou à disposição para voltar com você.

– Absoluta.

Poucos minutos depois, Judith voltava apressada para a segurança da casa. Sentia como se um réptil tivesse andado por sua pele. A mão de Horace parecia uma cobra. Ele se oferecera para tomá-la como *amante*! Os homens eram todos iguais?

Mas fora lorde Rannulf que mandara Branwell vigiá-la, lembrou Judith. Ele realmente achou que ela poderia estar se sentindo mal? Ou havia desconfiado da verdade? Mas como teria percebido que Horace e ela tinham se afastado do grupo?

Ainda não podia voltar para casa. Mesmo se conseguisse alcançar a privacidade do quarto, se sentiria confinada. Também sentia-se agitada demais, tanto para encontrar a bondade afetuosa da avó quanto a irritação rascante da tia.

Judith partiu então na direção dos fundos da casa e, poucos minutos depois, passou apressada pelo jardim da cozinha e pela horta, atravessou o gramado dos fundos e subiu a colina. Tivera a intenção de sentar-se um pouco ali, deixar o ar e a vista acalmarem seu espírito agitado. Mas o lago parecia tão convidativo, tão fresco e isolado... Judith estremeceu, sentindo aquela mão se fechar novamente sobre o seu seio. Sentia-se *suja*.

Depois de quase três dias na companhia da Srta. Effingham e seus convidados, Rannulf ansiava pela sanidade tranquila de Lindsey Hall, a casa de campo que ainda chamava de lar na maior parte do ano.

Nunca havia hordas de hóspedes por lá, e a maior parte dos convidados era escolhida a dedo entre pessoas que costumavam ter algo sensato para dizer.

Freyja e Morgan, suas irmãs, podiam ser pouco convencionais, cabeças-duras, difíceis e bem diferentes de outras jovens, mas Rannulf preferia mil vezes a companhia delas a damas como as Srtas. Warren, Hardinge e Cooke e Lady Margaret Stebbins. Eram todas amiguinhas da Srta. Effingham, que exibia Rannulf diante delas como se ele fosse um cachorrinho premiado recém-adquirido.

Não podia seguir adiante com aquilo, Rannulf pensava ao menos uma vez a cada hora. Não poderia casar e se condenar àquela tolice pelo resto da vida. Ficaria louco em um ano. Freyja e Morgan fariam picadinho da moça e Bewcastle a congelaria com um de seus olhares desdenhosos.

Mas logo voltava a lembrança da promessa que fizera a avó, de que ao menos tentaria considerar a moça como futura noiva. Ela ficaria terrivelmente desapontada se ele não pedisse a mão da Srta. Effingham em casamento naquele verão. E um desapontamento talvez a levasse para o túmulo. Não poderia fazer aquilo com a avó.

Então Rannulf perseverava, aceitando os flertes tolos da Srta. Effingham, sendo encantador com as amigas dela e agradável com todos os rapazes que continuavam a fazer com que ele se sentisse um octogenário, embora fosse apenas alguns anos mais velho do que a maioria deles.

Rannulf havia colocado de lado sua culpa por causa de Judith Law. O que acontecera entre os dois *não* fora sedução e ela não tivera vergonha de enganá-lo. Tentou fazer o que era direito e propusera casamento a ela. Não havia mais razão para se sentir responsável. Rannulf conhecia o tipo de Horace Effingham. E sabia que o incidente do chá derramado fora proposital. Ele perseguiria seus intentos lascivos na primeira oportunidade.

Logo se tornara claro para Rannulf ao longo da caminhada que Effingham tentava ficar sozinho com Judith Law e que ela resistia aos esforços dele. Por sorte, Branwell Law estava próximo e Rannulf não teve dificuldade em convencê-lo a voltar para ajudar a irmã.

Alguns minutos mais tarde, Law estava de volta, trazendo Effingham com ele e informando que a irmã se sentia fraca, mas que insistira em voltar para casa sozinha. No entanto, Rannulf, ao olhar para baixo, viu que ela não caminhava em direção à entrada da casa nem parecia fraca ou cansada. Judith Law corria para os fundos.

Quando terminaram a caminhada, o chá foi servido em forma de piquenique. Todos conversavam, riam e passeavam em grupos. Rannulf aproveitou a oportunidade para se livrar da conversa prepotente e vazia da Srta. Effingham ao menos por um curto espaço de tempo e recuou com seu prato até o terraço, onde a avó e a Sra. Law estavam sentadas uma ao lado da outra.

– Não sei onde está Judith – comentou a Sra. Law, procurando ver a neta.

– Branwell Law não a informou, madame? – perguntou Rannulf. – Ela se sentiu um pouco indisposta e voltou para casa para descansar.

– Mas ela está perdendo a hora do chá – lamentou a Sra. Law. – Preciso pedir a Tillie que leve uma bandeja para Judith. Faria a gentileza, lorde Rannulf...?

Ele ergueu a mão, interrompendo-a.

– Se me permite a ousadia, madame – disse ele –, posso sugerir que talvez seja melhor permitir que a Srta. Law descanse tranquila por mais algum tempo?

– Sim, é verdade – concordou ela. – Está absolutamente certo. Posso incomodá-lo pedindo que pegue aquele prato de doces, lorde Rannulf? Sua avó não aceitou nenhum, mas estou certa de que precisa experimentá-los.

Rannulf levou o prato, ofereceu à avó, que recusou, e à Sra. Law, que pegou três, antes que devolvesse o prato à mesa. Ninguém prestava atenção a ele, percebeu Rannulf, relanceando o olhar ao redor. Lady Effingham conversava com a Sra. Hardinge, e a Srta. Effingham estava rindo em um grupo junto com a Srta. Hannah Warren, lorde Braithwaite e Jonathan Tanguay.

Rannulf esgueirou-se pela lateral da casa, antes que alguém pudesse notá-lo, e deu a volta até os fundos. Não havia sinal dela. Para onde fora?, se perguntou. Já teria retornado. Talvez estivesse mesmo descansando no próprio quarto. Havia uma colina pontilhada de árvores a curta distância. Ele procurou, mas também não a viu ali. De qualquer modo, parecia um lugar tranquilo para se ficar. Rannulf apertou o passo e foi até lá.

Judith Law provavelmente retornara para casa, pensou ele, enquanto subia os últimos metros que levavam ao topo da colina e olhava ao redor admirando com prazer a vista. E era melhor assim. Ele não tinha esperança de encontrá-la, tinha? Para quê? Não pensara em se fazer aquela pergunta até aquele momento.

Havia um lago mais abaixo. Parecia abandonado, a vegetação ao redor alta demais, mas era um lugar encantador assim mesmo. Ele ficou surpreso por não estar ligado à trilha que seguiram no passeio pelo campo. Rannulf estava decidindo se descia ou não quando a viu. Ela acabara de aparecer sob os galhos longos de um salgueiro. Nadando. Estava de costas, batendo as pernas lentamente, os cabelos espalhados a seu redor como uma nuvem escura.

Ah. Judith Law fora até ali para ficar só.

Ele devia respeitar a privacidade dela...

Mas Rannulf percebeu que suas pernas já o carregavam colina abaixo, sem que houvesse se dado conta.

# CAPÍTULO X

Era mais uma sensação do que algo que ela vira ou ouvira... uma sensação de que não estava só. Judith abriu os olhos e virou a cabeça, com certo medo, receando descobrir que Horace a seguira até ali.

Por um instante, sentiu um alívio imenso ao ver que era lorde Rannulf que estava sentado ao lado da pilha de roupas dela, sob o salgueiro, uma das pernas estendidas diante do corpo, a outra dobrada com o braço apoiado no joelho.

As roupas dela! Judith se moveu rapidamente até que todo seu corpo estivesse sob a água, apenas a cabeça na superfície. Ela ergueu os braços para afastar os cabelos para trás e, percebendo que estavam nus, voltou a enfiá-los na água, agitando-os para não afundar.

Que tolice, *tolice* a dela se arriscar a nadar ali apenas com a roupa de baixo.

– Eu *não* vou sair correndo com suas roupas – disse lorde Rannulf em um tom baixo, a voz chegando até ela através da água. – Também não vou forçá-la a nada.

– O que quer? – perguntou Judith.

Estava profundamente constrangida, embora os dois houvessem passado um dia e duas noites juntos... Mas aquilo parecia ter acontecido em uma vida passada.

– Um pouco de tranquilidade – respondeu lorde Rannulf. – Ele lhe fez algum mal?

– Não.

Mas ela jogara água em si mesma por vários minutos, tentando desesperadamente ficar limpa.

– Eu me juntaria à senhorita – disse ele. – Mas minha ausência será deselegante se for muito longa. Por que não vem até aqui e se junta a mim?

Ela ficou espantada e alarmada ao se dar conta de quanto a sugestão era tentadora. Eles não tinham nada mais nada a dizer um ao outro, mas... ele a salvara de uma situação terrível durante a caminhada. E, apesar de lorde Rannulf ter admitido ser um galanteador, Judith sabia que poderia confiar nele para não forçá-la a aceitar atenções indesejadas. Ele acabara de afirmar isso.

– O problema está em vê-la em sua roupa de baixo? – perguntou lorde Rannulf quando ela demorou a se aproximar da margem. – Já a vi com menos.

Se pedisse a ele para ir embora, ele iria? Judith acreditava que sim. Ela queria que ele fosse? Não, a resposta sincera àquela pergunta era não.

Judith nadou devagar na direção dele, apoiou as mãos na margem e ergueu o corpo, pousando um dos joelhos sobre a relva assim que pôde. A anágua estava colada como uma segunda pele. Ela se virou e sentou-se, os pés balançando dentro da água.

– Talvez pudesse ser gentil e passar meu vestido, lorde Rannulf? – perguntou Judith, sem se virar.

– Apenas o deixaria molhado também – argumentou ele – e não ficaria muito mais coberta do que está agora. Seria mais inteligente esperar até estar pronta para voltar para casa e despir a anágua antes.

– Está sugerindo...?

– Não, não estou. Não vim aqui para seduzi-la, *Srta. Law.*

Por que ele estava ali? Para ter um pouco de tranquilidade, como alegara? Fora pura coincidência tê-la encontrado?

Judith viu lorde Rannulf se levantar e despir o paletó. Um instante depois, o paletó pousou sobre os ombros dela, um peso quente e agradável. Então ele se sentou ao lado dela e cruzou as pernas, parecendo muito informal e relaxado.

– Ele a incomodou entre o que aconteceu três noites atrás e esta tarde? – perguntou lorde Rannulf.

– Não. – Ela balançou a cabeça. – E não espero que volte a me incomodar. Acredito que me fiz bem clara hoje.

– É mesmo? – Judith sentiu que ele olhava para o perfil dela, embora não houvesse virado a cabeça para encará-lo. – Por que não se fez clara *comigo*?

– Quer reiniciar a discussão? O senhor me disse...

– Quando ofereci para que cavalgasse comigo – explicou ele. – Quando sugeri que dividíssemos um quarto na estalagem perto da feira livre.

Judith não conseguiu pensar em uma resposta adequada, embora ele estivesse esperando que falasse alguma coisa. Ela tirou os pés da água, abraçou os joelhos e abaixou a cabeça, descansando-a nos braços.

– Aquilo foi diferente – falou Judith, de modo nada convincente. – Eu queria viver a experiência.

Mas fora diferente *como*? Talvez por ter sentido, desde o primeiro momento, que ele não a teria pressionado se dissesse não? Mas como ela poderia saber? E era mesmo verdade?

– Você teria vivido a experiência com Effingham, então, se *ele* houvesse aparecido a cavalo em vez de mim? – perguntou lorde Rannulf.

Ela estremeceu.

– Não, é claro que não.

Ele ficou em silêncio por algum tempo e, quando finalmente falou, optou por mudar de assunto.

– Seu irmão é um jovem cavalheiro muito alinhado e transita em círculos muito elegantes. Até mesmo *levianos*, se julgarmos pela amizade dele com Horace Effingham. Seu irmão esta aproveitando a vida ociosa de um hóspede enquanto você está aqui como uma espécie de criada de luxo. Será que compreendi a história por trás desses detalhes contrastantes?

– Não sei – retrucou Judith, erguendo a cabeça, mas mantendo o olhar fixo na água. – *Compreendeu?*

– Ele é a ovelha negra de sua família? – perguntou lorde Rannulf. – Mas a senhorita o ama mesmo assim?

– É claro que o amo. Branwell é meu irmão e seria muito difícil não gostar dele mesmo que não fosse. Foi mandado para a escola e para a universidade, para receber a educação de um cavalheiro. É natural que queira andar com outros cavalheiros em base de igualdade. É natural que faça algumas extravagâncias até que descubra o que quer fazer da vida e se estabeleça em alguma carreira. Branwell não é mau. Ele é apenas…

– Imprudente e egoísta? – sugeriu lorde Rannulf, quando ela não conseguiu pensar em uma palavra adequada. – Ele sabe que é responsável pelo fato de a senhorita estar aqui?

– Ele não é… – Judith começou a dizer.

– A senhorita mente demais, sabia?

Ela virou a cabeça e o encarou indignada.

– Isso não é problema seu, lorde Rannulf – atacou ela. – Nada que tenha a ver com minha vida e com minha família é problema seu.

– Não, não é – concordou ele. – Suas irmãs sofreram uma sorte similar à sua?

– Elas ainda estão em casa – retrucou Judith, sentindo uma onda de saudade de casa tão súbita e intensa que teve que baixar a cabeça sobre os joelhos novamente.

– Por que a senhorita se ofereceu? Não posso imaginar que ninguém se sentisse ansioso para vir para cá receber a afeição e a bondade de sua tia.

Ela suspirou.

– Cassandra é a mais velha e é o braço direito de nossa mãe. Pamela é a terceira de nós e é a beldade da família. Não nasceu para isso, para não ser o centro da admiração de todos... E Hilary é jovem demais. Tem apenas 17 anos. Hilary ficaria de coração partido ao se ver obrigada a deixar nossos pais... e teria partido o coração de nós quatro, também.

– Mas o coração de ninguém se partirá por causa de sua ausência? – perguntou ele.

– Uma de nós precisava vir – retrucou Judith. – E todos derramaram lágrimas de tristeza quando parti.

– E ainda assim a senhorita defende aquele moleque extravagante que tem como irmão?

– Não preciso defendê-lo ou censurá-lo. Não para *o senhor*.

Mas ela não estava aborrecida com ele por se intrometer ou por compreender tão bem a situação. De uma forma traiçoeira, era bom ter alguém interessado o bastante na vida dela para fazer perguntas. Alguém que talvez compreendesse a extensão do sacrifício que fizera voluntariamente... embora, é claro, sabendo que teria sido escolhida mesmo que não houvesse se oferecido.

– Onde aprendeu a atuar? Sua família está envolvida com teatro amador na casa paroquial ou onde quer que você more?

– Casa paroquial – disse Judith, voltando a levantar a cabeça. – Ah, santo Deus, não. Papai teria um ataque. Ele é absolutamente contra teatro e diz que é obra do diabo. Mas eu sempre amei atuar. Costumava ir sozinha para as colinas, onde não poderia ser vista nem ouvida, e representar diferentes papéis que tinha memorizado.

– Parece ter memorizado muita coisa – comentou ele.

– Ah, mas não é difícil fazer isso – assegurou ela. – Quando atuamos como se realmente *fôssemos* o personagem, entende, então as palavras se tornam suas, as únicas que são lógicas para serem ditas naquelas circunstâncias particulares. Nunca decorei nenhum papel. Simplesmente *me torno* vários personagens.

Judith ficou em silêncio, um tanto constrangida pelo entusiasmo com que acabara de explicar sua paixão por atuar. Ela queria muito ser atriz quando crescesse, até descobrir que atuar não era uma carreira respeitável para uma dama.

Lorde Rannulf permaneceu sentado em silêncio ao lado dela, um dos pulsos apoiados sobre o joelho, a outra mão puxando a relva longa. Judith se lembrou de como o vira mais cedo, a cabeça inclinada sobre Julianne, ouvindo atentamente o que ela dizia.

– É divertido para o senhor brincar com os sentimentos de Julianne?

As palavras saíram antes que se desse conta de que as dissera em voz alta. A mão dele ficou imóvel.

– Ela tem sentimentos com que eu supostamente pudesse brincar? – perguntou ele de volta. – Acho que não, Srta. Law. A Srta. Effingham está atrás de um marido com um título de nobreza; quanto mais rico e com maior proeminência na alta sociedade, melhor. Acredito que o filho de um duque, com riqueza própria, parece uma ótima aquisição para ela.

– Então, não acredita que Julianne procura por amor – disse Judith –, ou ao menos *espera* encontrar o amor? Não acredita que tenha sentimento algum? Deve ser um cínico.

– De jeito nenhum – falou lorde Rannulf. – Pessoas de minha classe social não escolhem futuros maridos ou esposas por amor. O que aconteceria com o tecido da alta sociedade se começássemos a fazer isso? Nós nos casamos por riqueza e posição social.

– *Está* brincando com ela, então – afirmou Judith. – Meu tio é um mero baronete. A filha dele deve estar muito abaixo do padrão de uma pretendente que o *filho* de um duque levaria a sério.

– Está errada de novo – disse ele. – Títulos não contam a história toda. A linhagem de Sir George Effingham é impecável e ele é um homem abastado, tem bens. Minha avó acredita que o enlace será perfeitamente adequado.

Será?

– Vai se casar com Julianne, então? – perguntou Judith.

Até aquele momento, ela não acreditara na possibilidade, apesar do que tia Effingham e Julianne haviam dito.

– Por que não? Ela é jovem, bonita e encantadora. Além de rica e bem-nascida.

Judith não entendeu por que seu coração e sua mente ficaram tão abalados com a notícia. Tivera a chance ter lorde Rannulf para si e o recusara. Mas é claro que entendia... Não conseguia *suportar* imaginá-lo com Julianne. *Ela é jovem, bonita e encantadora.* E também cabeça-oca, vaidosa e egoísta. Mas lorde Rannulf merecia coisa melhor? Tudo o que dissera sobre si mesmo dizia que não. Ainda assim...

– É claro – continuou lorde Rannulf – que a Srta. Effingham e a mãe dela ficarão desapontadas se esperam que a moça se torne duquesa um dia. Sou o segundo na linha de sucessão, mas meu irmão mais velho se casou recentemente. No curso natural das coisas, é bastante provável que a esposa dele esteja esperando bebê. Se for um menino, serei o terceiro na fila.

Judith sabia muito bem qual expressão lorde Rannulf devia ter no rosto naquele momento e, como imaginava, quando olhou para ele, viu o conhecido ar zombeteiro.

– Talvez Lady Aidan cumpra seu dever tão bem que consiga ter doze meninos em alguns anos. Isso me deixaria quase sem esperança. Qual é o oposto da esperança? Desespero? Cada um dos filhos de Aidan me faria afundar mais no desespero.

Judith percebeu de repente que a intenção dele, mais do que zombar de si mesmo ou dela, era diverti-la. E ela *estava* se divertindo. Que imagem absurda ele pintara. Judith riu.

– Que triste destino o seu...

– E se acha meu drama desesperador – continuou lorde Rannulf –, imagine como será para Alleyne, meu irmão mais novo. Aidan ocupado fazendo filhos homens, eu com 28 anos e correndo o risco de me casar a qualquer momento e logo estar ocupado fazendo filhos também.

Judith riu de novo, olhando para ele.

– Assim é melhor – falou lorde Rannulf, com um brilho diferente nos olhos, que poderia ser de prazer. – A senhorita precisa sorrir com mais frequência.

Ele ergueu a mão e deixou o dedo correr suavemente pelo rosto dela por um instante, antes de retirá-lo. Então ajeitou o corpo, pigarreou e desviou o olhar para o lago.

Judith sentiu como se houvesse sido tocada por fogo líquido.

– O duque não se casará? – perguntou.

– Bewcastle? Duvido muito. Nenhuma mulher é boa o bastante para Wulf. Não, dizer isso é injusto. Desde que ele herdou o título e todas as responsabilidades agregadas, aos 17 anos, ele vem devotando a vida a cumprir os deveres de duque e a ser o chefe da família.

– E o que faz, lorde Rannulf? – perguntou ela. – Enquanto seu irmão se ocupa com os deveres dele, o que sobra para o *senhor* fazer?

Ele deu de ombros.

– Quando estou em casa, em Lindsey Hall, passo o tempo com meus irmãos e irmãs, cavalgando, caçando e pescando com eles e fazendo visitas. Meu amigo mais próximo, Kit Butler, o visconde Ravensberg, mora perto. Ainda somos próximos, apesar de uma briga feia que tivemos alguns anos atrás, e que deixou ambos machucados e ensanguentados, e do fato de ele estar casado agora. Também me dou bem com a mulher dele. Quando não estou em Lindsey Hall, gosto de estar em atividade. Evito Londres sempre que posso e logo me canso de lugares como Brighton, onde tudo é ócio e frivolidade. Fui a uma viagem a pé pelas Terras Altas escocesas no ano passado, e a Lake District no início deste ano. O exercício, a experiência e a companhia foram bons.

– O senhor lê?

– Sim. – Ele a encarou com um sorriso preguiçoso. – Está surpresa?

Não estava surpresa, nem deixava de estar. Sabia tão pouco sobre ele. E, é claro, deveria estar contente por deixar as coisas dessa forma.

– Suponho que os filhos de duques não tenham que trabalhar para viver – comentou Judith.

– Individualmente, somos todos tão ricos que chega a ser indecente, para não mencionar Bewcastle, que é dono de grande parte da Inglaterra e do País de Gales. Não, não precisamos trabalhar, embora, é claro, haja as tradicionais expectativas para os filhos mais novos. De Aidan, como segundo filho, era esperado que seguisse a carreira militar. Ele cumpriu seu dever sem reclamar. Apenas recentemente vendeu sua patente, após o casamento. Bewcastle esperava vê-lo general em um ou dois anos. Eu, como terceiro filho, deveria seguir a carreira religiosa. *Não* cumpri meu dever.

– Por que não? – perguntou Judith. – Sua fé não foi forte o bastante?

Ele ergueu as sobrancelhas.

– Raramente soube que a fé teve alguma coisa a ver com a decisão de um cavalheiro de seguir a carreira religiosa – retrucou.

– O senhor é um cínico, lorde Rannulf – afirmou ela.

Ele sorriu.

– Pode me imaginar subindo os degraus de um púlpito, em um domingo de manhã, segurando a batina acima dos tornozelos e fazendo um sermão apaixonado sobre moralidade, decoro e o fogo do inferno? – perguntou lorde Rannulf.

Judith não pôde evitar um sorriso. Detestaria vê-lo como um homem da Igreja: sóbrio, pio, virtuoso, crítico e sem alegria. Como o pai dela.

– Meu pai me imaginava usando a mitra de um bispo – continuou ele. – Talvez até mesmo arcebispo de Canterbury. Ficaria desapontado se estivesse vivo. Em vez disso, acabei desapontando meu irmão.

Havia um toque de amargura na voz dele?

– Sente-se culpado por não ter feito o que era esperado do senhor?

Lorde Rannulf deu de ombros.

– É a minha vida. Embora, às vezes, seja difícil não parar e pensar se há algum padrão, algum significado, algum objetivo. Você exige essas coisas de sua vida, Judith? Que padrão, significado ou objetivo existe no que aconteceu recentemente com sua família e, como resultado, com você?

Ela desviou os olhos.

– Não me faço esse tipo de pergunta. Vivo minha vida um dia de cada vez.

Mentirosa – acusou ele em um tom suave. – O que a aguarda aqui? Nada. Não se pergunta por quê? Ou qual o objetivo de seguir com a vida? Acho que faz isso, sim, todas as horas de todos os dias. Eu conheci a verdadeira Judith Law, lembra-se? Não estou certo, entende, se aquela mulher viva e apaixonada da estalagem era o personagem, e essa mulher quieta e disciplinada de Harewood é a real.

Judith ficou de pé, segurando o paletó ao redor do corpo.

– Já estou aqui há tempo demais. Sentirão minha falta e tia Louisa ficará irritada. Quer ir primeiro? Ou se… se viraria de costas enquanto me visto?

– Não vou espiar – prometeu ele, apoiando os punhos sobre os joelhos e abaixando a cabeça.

Ela deixou cair o paletó na grama ao lado dele.

– Acho que deve estar úmido na parte de dentro, sinto muito – falou.

Judith despiu a roupa de baixo ainda úmida o mais rápido que conseguiu e colocou o vestido. Então, prendeu os cabelos molhados em um nó e cobriu-os com a touca, amarrando as fitas com firmeza sob o queixo.

Os dentes batiam enquanto Judith se apressava em se tornar apresentável.

– Já estou vestida – avisou.

Lorde Rannulf ficou de pé em um movimento ágil e se virou na direção dela.

– Peço perdão se a aborreci.

– Não, não me aborreceu – assegurou ela. – Sou uma mulher, lorde Rannulf. Mulheres estão acostumadas ao tédio, a futuros que se estendem diante delas sem…

– Esperança?

– Sem nenhuma promessa de mudança ou empolgação – completou Judith. – A maior parte das mulheres suporta vidas tediosas, sejam casadas ou velhas solteironas, como será meu caso. *Essa* sou eu de verdade, lorde Rannulf. Está olhando para quem sou de verdade.

– Judith. – Ele caminhou na direção dela e segurou sua mão antes que pudesse pensar em retirá-la. – Eu…

Mas ele se deteve abruptamente, abaixou os olhos para o chão, suspirou alto e soltou a mão dela depois de apertá-la com tanta força que chegou a doer.

– Eu lhe peço perdão por deixá-la melancólica quando, pouco tempo atrás, a fiz rir. Devo voltar agora, Srta. Law. Acredito que minha avó já esteja pronta para irmos embora. Darei a volta na colina e chegarei ao gramado da frente pela lateral da casa. Subirá a colina pelos fundos?

– Sim – confirmou ela e o viu se afastar sem olhar uma vez sequer para trás.

Judith inspirou profundamente e soltou o ar devagar. Não queria começar a conhecê-lo como pessoa. Não queria descobrir nada nele de que pudesse gostar. As perspectivas da vida dela já eram sombrias o bastante, não precisaria acrescentar o arrependimento a elas.

*Arrependimento!* Então ela se arrependia da resposta que dera a lorde Rannulf três dias antes? Não, não se arrependia. Claro que não. Ele deixara claro o tipo de mulher que o satisfaria como noiva, e ela não se qualificava. Além do mais, quando lorde Rannulf se casasse, seria apenas com o propósito de produzir filhos que carregassem seu nome. Ele reservaria todo seu encanto e energia, toda sua paixão, para mulheres como a irreal Claire Campbell.

Não, ela não se arrependia da decisão que tomara…

Mas, quando se pôs a caminho de casa, os pés de Judith estavam tão pesados quanto seu coração.

# CAPÍTULO XI

Como sempre, Rannulf foi convidado a ir a Harewood na tarde seguinte. No entanto, bem cedo naquela manhã, uma verdadeira procissão de carruagens fora vista se aproximando de Grandmaison. O mordomo apareceu na sala de estar para alertar Lady Beamish, que escrevia cartas em sua escrivaninha, e Rannulf, que lia uma carta da irmã, Morgan.

Um criado fora mandado da carruagem para convidar lorde Rannulf Bedwyn para se juntar ao grupo de Harewood em uma excursão de um dia até uma cidade próxima, a 12 quilômetros de distância. Mas, quando o criado batera à porta, Rannulf já estava no hall, recebendo o convite, mais efusivo, da própria Srta. Effingham. Ela descera da carruagem junto com a Srta. Lilian Warren e com Sir Dudley Roy-Hill. Rannulf logo notou que Judith não estava entre os convidados.

Horace Effingham estava.

– Precisa vir conosco, lorde Rannulf – disse a Srta. Effingham, adiantando-se e estendendo as mãos para ele. – Vamos fazer compras e gastar todo nosso dinheiro. Então vamos tomar chá no White Hart. É muito elegante.

Rannulf segurou as mãos da moça nas suas e se inclinou em uma cortesia. Ela estava com uma aparência encantadora, com o vestido de viagem verde-primavera e uma touca de palha. Os grandes olhos azuis cintilavam em antecipação ao dia de aventura. Até onde Rannulf podia ver, a Sra. Hardinge, na quarta carruagem, era a única acompanhante do grupo.

– Vamos lhe dar dez minutos para ficar pronto, Bedwyn – disse Effingham em um tom animado. – Nem mais um minuto.

– Guardei um lugar para o senhor na minha carruagem – acrescentou a Srta. Effingham, sem a menor pressa de tirar as mãos das dele –, embora tanto o Sr. Webster quanto lorde Braithwaite estejam competindo por ele.

O dia se estendeu na mente de Rannulf: duas horas na carruagem – tanto de manhã, quanto na viagem de volta – todas bem próximo da futura noiva. Algumas horas fazendo compras com ela e tomando chá ao lado da moça na estalagem. E, sem dúvida, um retorno a Harewood, mais tarde, onde ele seria sentado ao lado dela no jantar e manobrado para ficar virando as páginas da pauta musical quando a Srta. Effingham estivesse ao piano, ou teria que ficar sentado ao lado dela, ou ainda sendo parceiro da moça em um jogo de cartas na sala de visitas.

A avó dele e a mãe dela ficariam extasiadas com o rápido progresso do relacionamento.

– Peço que me perdoe – Rannulf soltou as mãos da moça e se desculpou com um sorriso –, mas prometi passar o dia com minha avó, planejando o dia de amanhã.

No dia seguinte, seria a festa ao ar livre em Grandmaison, uma ocasião a que ele não dedicara um único pensamento até aquele instante. A expressão da Srta. Effingham ficou amuada e ela fez um lindo biquinho para ele.

– Mas *qualquer um* pode planejar uma festa ao ar livre. Estou certa de que sua avó o liberará do compromisso quando souber aonde vamos e que viemos todos até aqui só para convidá-lo.

– Fico honrado por terem feito isso – retrucou ele –, mas realmente não posso quebrar uma promessa. Tenham um ótimo dia.

– Eu mesma vou falar com Lady Beamish – ofereceu a Srta. Effingham, animando-se. – Ela o liberará do compromisso se *eu* pedir.

– Obrigado – disse Rannulf com firmeza –, mas não. Não tenho como sair hoje. Permita-me ajudá-la a subir na carruagem, Srta. Effingham.

Ela pareceu desalentada e ele sentiu uma pontada de remorso por um instante. Sem dúvida havia arruinado o dia da moça. Mas, no mesmo instante em que dava a mão a ele e o olhava com uma expressão que Rannulf não soube interpretar a princípio, a Srta. Effingham falou em voz alta, dirigindo-se ao outro extremo do terraço:

– Lorde Braithwaite, pode se sentar aqui comigo afinal. Me pareceu educado reservar um lugar para lorde Rannulf, mas ele não vai poder ir conosco.

Rannulf achou divertido observar, enquanto recuava após tê-la ajudado e esperava educadamente que o grupo retomasse viagem, que a Srta. Effingham não olhou para trás, para ele, nem uma vez. Em vez disso, a moça sorria para Braithwaite, a mão pousada sobre a manga do rapaz, engatando logo uma conversa animada com ele.

A mocinha tola e atrevida tentava deixá-lo com ciúmes, pensou Rannulf. A avó estava chegando ao hall.

– Rannulf? – disse ela. – Eles estão partindo sem você?

– Eles planejaram todo um dia de excursão – explicou ele, apressando-se na direção dela e tomando o braço da avó no seu. Ela não usaria uma bengala, mas Rannulf sabia que frequentemente precisava se apoiar em algo enquanto caminhava. – Não quis deixá-la por tanto tempo.

– Ah, que bobagem, meu rapaz – comentou a avó. – Como acha que me arranjo quando você não está aqui... o que significa a maior parte do tempo?

Ele a guiou na direção das escadas, imaginando que ela estivesse se recolhendo para os próprios aposentos. E reduziu o passo para acompanhar o da avó.

– Sou uma decepção para a senhora, vovó? – perguntou Rannulf. – Não tendo escolhido a igreja como carreira... Não vindo aqui com mais frequência, mesmo a senhora tendo me nomeado seu herdeiro há anos... Não mostrando interesse algum em minha futura herança...

A avó o encarou com atenção enquanto os dois subiam as escadas. Ele percebeu que ela precisava subir um degrau por vez, sempre levantando primeiro o pé esquerdo.

– O que lhe provocou essa crise de consciência?

Rannulf não tinha certeza. Talvez houvesse sido a conversa com Judith Law, na véspera. As coisas que dissera sobre a ociosidade dos cavalheiros, a própria admissão de que não cumprira seu dever, como Wulf e Aidan haviam feito. Ele se recusara a se tornar um clérigo, mas não fizera mais nada no lugar. Não era melhor do que tontos como Branwell Law, a não ser pelo fato de que tinha dinheiro para bancar sua vida de ócio. Tinha 28 anos, estava entediado e sem rumo. Toda a sabedoria que acumulara na vida o levava unicamente à cínica conclusão de que a vida não tinha sentido.

Mas ele tentou *dar* um sentido à vida?

Rannulf respondeu a pergunta da avó com outra pergunta.

– A senhora já desejou que eu viesse aqui com mais frequência, que tivesse interesse pela casa e pela propriedade, que aprendesse como as coisas funcionam por aqui, que administrasse o lugar, reduzindo suas reponsabilidades? Ou que conhecesse os vizinhos e me tornasse um membro ativo da comunidade?

A avó estava ligeiramente sem ar quando eles chegaram ao topo da escada. Rannulf parou para lhe dar tempo para que recuperasse o fôlego.

– A resposta é sim para todas suas perguntas, Rannulf – disse ela. – Agora se importaria de me explicar o que está acontecendo?

– Estou considerando o matrimônio, não estou? – retrucou ele.

– Sim, é claro. – A avó entrou na sala particular dos aposentos dela e, depois que ele a ajudou a sentar, indicou uma poltrona para que também se acomodasse. – E essa perspectiva está despertando seu senso latente de responsabilidade, como eu esperava que aconteceria. Ela é um doce de moça, não é? Um pouco mais caprichosa e leviana do que me lembrava, mas nada que o tempo e um pouco de maturidade não apaguem. Sente afeição pela Srta. Effingham, Rannulf?

Ele considerou a possibilidade de mentir. Mas afeição não era um pré-requisito para o casamento que prometera considerar.

– Isso virá com o tempo, vovó. Ela é tudo o que a senhora disse.

– E ainda assim – comentou ela, franzindo o cenho –, você acaba de rejeitar a oportunidade de passar o dia todo na companhia da moça.

– Em vez disso – explicou ele –, pensei que talvez pudesse procurar o administrador da propriedade, vovó, e ver se ele tem tempo para dar uma volta comigo pelos campos de cultivo e me explicar algumas coisas. Sou absolutamente ignorante nesses assuntos.

– O fim do mundo deve estar próximo. Nunca pensei que viveria para ver esse dia.

– Não vai me achar presunçoso, então? – perguntou Rannulf.

– Meu menino querido. – Ela se inclinou para a frente na cadeira. – Sonhei minha vida inteira não apenas em vê-lo casado e pai de seus filhos, mas também um homem adulto, maduro, feliz. Você tem sido desde sempre um menino adorável, mas tem 28 anos agora.

Ele ficou de pé.

– Vou me corrigir, então – garantiu ele, sorrindo para a avó –, e deixá-la descansar.

Havia um entusiasmo novo nos passos de Rannulf quando desceu as escadas. Estava surpreso por nunca ter pensado nessa possibilidade antes, mas estivera contente com sua vida de ócio e diversão.

Ainda assim, por anos soubera que um dia se tornaria um dono de terras. Havia muito a fazer e a aprender se, quando a hora chegasse, quisesse ser capaz de dar à terra, do mesmo modo que tomaria dela.

E tudo isso seria feito com Julianne Effingham a seu lado. Uma sombra pareceu dominar a mente dele diante da perspectiva. Pensaria nisso outra hora.

Judith teria gostado de se juntar à excursão de compras, principalmente porque Branwell lhe fizera um convite direto. Mas, quando tia Effingham interveio com firmeza, declarando que precisava da sobrinha em casa, Judith não fez objeções. Não tinha dinheiro algum para gastar mesmo... Além do mais, Horace estaria lá e, se fosse, teria que ficar vendo Julianne e lorde Rannulf Bedwyn conversando e rindo juntos o dia todo.

Judith não o *amava*, mas sentia-se solitária, deprimida e havia experimentado outro tipo de vida... com ele. Não conseguia evitar as lembranças. O *corpo* dela se lembrava, particularmente nos momentos em que suas defesas estavam mais baixas. Judith passara a acordar à noite, o corpo ansiando pelo que nunca mais poderia voltar a ter.

No fim, ficou bastante satisfeita por poder passar o dia escrevendo uma pilha de convites para o grande baile da semana seguinte, e entregando alguns, ela mesma, na cidade. Judith andara todo o caminho até lá e voltara, já que não lhe fora oferecida condução, então cortara flores no jardim dos fundos e as arrumara em buquês frescos em cada um dos cômodos usados durante o dia. Depois, passara uma hora na sala de visitas, arrumando a bolsa com linhas de bordar da tia. Judith separou as linhas pacientemente e as enrolou em meadas macias. Foi interrompida duas vezes na tarefa, uma para subir e pegar o lenço da avó, e outra para pegar um prato de bombons dos quais a avó gostava.

Mas a avó ao menos era boa companhia. Quando tia Effingham não estava, as duas conversavam animadamente sobre os mais diversos assuntos. A avó adorava contar histórias sobre o avô de Judith, que a neta não conhecera, embora já tivesse 7 anos quando ele morreu. As duas riam das histórias da casa de Judith, que a moça contava apenas para divertir a avó, como a vez em que toda a cidade se pusera em uma louca caçada a um porquinho fujão, passando pelo pátio da igreja e pelo jardim da casa paroquial, até o pai de Judith sair de seu escritório e encarar o pobre e apavorado animal com seu severo olhar de reverendo, detendo-o na mesma hora.

Então o mordomo as interrompeu.

– Perdão, madame – disse o homem, olhando de uma para a outra, parecendo não saber a qual das duas se dirigir –, mas há uma...*pessoa* no hall insistindo em falar com o Sr. Law. Ele se recusa a acreditar que o jovem cavalheiro não está aqui.

– Ele deseja falar com Branwell? – perguntou Judith. – Mas de quem se trata?

– É melhor trazê-lo até aqui, Gibbs – disse a avó. – Embora eu não consiga imaginar por que ele não acreditou em você.

– Não. – Judith ficou de pé. – Verei o que ele deseja.

O homem parado no hall mexia sem parar no chapéu, parecendo desconfortável. Sua idade e seu modo de vestir logo deixaram claro a Judith que não se tratava de nenhum amigo de Bran que estava por perto e resolvera fazer uma visita surpresa.

– Posso ajudá-lo? – perguntou ela ao homem. – O Sr. Law é meu irmão.

– É mesmo, senhorita? – O homem se inclinou em uma cortesia. – Mas preciso ver o cavalheiro em pessoa. Tenho algo para entregar a ele. Chame-o para mim, por favor.

– Ele não está – informou Judith. – Foi passar o dia fora. Mas acredito que o Sr. Gibbs já havia lhe dito isso.

– Eles sempre dizem isso. Não vou ser evitado, madame. Verei seu irmão mais cedo ou mais tarde. Esperarei até ele chegar.

Por que tamanha insistência? Como aquele homem descobrira Bran ali? Mas ela não era tola. E sentiu um arrepio de apreensão.

– Então deve esperar na cozinha – avisou Judith. – Se o Sr. Gibbs permitir que fique lá, é claro.

– Siga-me – disse o mordomo, olhando o visitante de cima a baixo, como se ele fosse um verme repugnante.

Judith os viu se afastar, o cenho franzido, e voltou para a sala de visitas. Mas logo ouviu o som de cavalos e carruagens se aproximando, antes mesmo que tivesse a chance de se sentar. Ela foi até a janela. Sim, eles haviam voltado, bem mais cedo do que se esperava.

– Já estão de volta? – A surpresa da avó ecoava a da própria Judith.

– Sim – confirmou Judith. – Foi um passeio rápido.

Ela se pegou aproximando-se mais da janela, para tentar ver quando quando lorde Rannulf descesse da carruagem. Mas foi lorde Braithwaite quem ajudou Julianne a descer, e eles foram seguidos pela Srta. Warren e por Sir Dudley Roy-Hill. Tia Effingham havia saído para recebê-los.

– O que aquele homem queria com Branwell? – perguntou a avó.

– Não tenho ideia – disse Judith. – O homem está esperando para ver Bran pessoalmente.

– Imagino que seja um amigo – arriscou a avó.

Judith não discordou. Um instante mais tarde, Julianne entrou apressada na sala, parecendo aborrecida, com a mãe em seus calcanhares. Tia Effingham fechou a porta depois de entrar. Ao que parecia, todos os hóspedes haviam ido para seus quartos, para se refrescarem depois de um dia fora.

– Ele não pôde ir – disse Julianne, a voz aguda e alta demais. – Havia prometido ficar com Lady Beamish, mas não me permitiu persuadi-la a liberá-lo do compromisso. Ele *não* foi. Não gosta de mim. Não vai me pedir em casamento. Ah, mamãe, o que farei? *Preciso* tê-lo. Vou morrer se tiver que me contentar com alguém inferior.

– Você voltou para casa muito cedo, Julianne – comentou a avó. – Qual foi o problema?

– Não havia lojas que valessem a pena olhar – respondeu a moça com petulância. – Todas as mercadorias eram horrorosas em comparação com o que se vê exposto em lojas menos elegantes de Londres. Ainda assim, todos queriam andar por toda parte e exclamavam encantados com tudo. Fiquei exausta depois da primeira hora. Quem afirma que White Heart é elegante, nunca esteve em nenhum lugar realmente requintado. Tivemos que esperar *dez* minutos por chá quente e uma fatia de bolo. E se Hannah e Theresa disserem que o chá delas estava quente e os bolos frescos, mamãe, estarão mentindo. Foi uma ideia estúpida ir até lá hoje. Tenho certeza de que teve um dia fantástico em comparação com o meu, Judith.

Judith sabia que fora a recusa de lorde Rannulf de se juntar ao grupo que levara ao fracasso do passeio. Por que ele se recusara a ir?

– É claro que ele gosta de você, querida – disse tia Effingham, em um tom tranquilizador. – Lady Beamish tem se empenhado em promover o casamento de vocês e lorde Rannulf tem sido muito atencioso. Se ele não foi com vocês hoje, pode estar certa de que tinha uma boa razão. Você não deve parecer aborrecida com ele. Amanhã é o dia da festa ao ar livre em Grandmaison, e você sabe que também fomos convidados para o jantar. Tudo correrá bem amanhã, você verá. Deve continuar sendo encantadora e bela como é, meu amor. Nenhum homem gosta de mulheres furiosas.

– Comprei dois chapéus, embora não tenha gostado de nenhum deles – comentou Julianne, parecendo mais apaziguada. – E o outro é de um estilo que não me favorece, eu acho. Também comprei alguns metros de fitas. Não consegui decidir de qual cor gostava mais, por isso trouxe uma medida de cada. Embora não tenha gostado de nenhuma das cores. – Ela deixou escapar um suspiro profundo. – Que dia insípido!

A avó decidiu, àquela altura, recolher-se para seus aposentos. Judith ajudou-a a ficar de pé e a acompanhou.

– Esses brincos beliscam o lóbulo de minha orelha – reclamou a avó, se encolhendo e puxando um dos brincos quando já se aproximavam do quarto dela. – Sempre esqueço qual deles faz isso. Mas tudo na minha caixa de joias está tão misturado que enfio a mão lá dentro e pego o que estiver mais perto. Preciso colocar esses brincos no fundo da caixa.

– Farei isso para a senhora, vovó – ofereceu-se Judith.

Mas, quando olhou dentro da grande caixa de madeira entalhada onde estava empilhada toda a considerável coleção de joias da avó, Judith viu que precisaria tomar uma atitude mais drástica.

– Gostaria que eu arrumasse isso tudo para a senhora? Veja, vovó, a caixa é dividida em compartimentos. Se usar um deles para seus anéis, outro para seus brincos, e os outros para broches, cordões e braceletes, então será muito mais fácil encontrar tudo.

A avó suspirou.

– Seu avô sempre me comprava joias, porque sabia que eu gostava muito. Mantenho as peças mais preciosas separadas, como pode ver. – Ela apontou para uma bolsa de veludo cor de vinho, fechada com cordões, que estava quase submersa sob o resto da bagunça. – Você *realmente* arrumaria tudo para mim? Que enorme gentileza de sua parte, Judith, meu amor. Nunca fui boa em manter as coisas organizadas.

– Vou levar a caixa para meu quarto – sugeriu Judith –, assim não a perturbarei enquanto a senhora descansa.

– Realmente preciso descansar – admitiu a avó. – Acho que peguei uma gripe quando estava sentada ao ar livre com Sarah, ontem. Achei que talvez o chá fosse ajudar, mas não adiantou. Tillie me dará uma dose de alguma coisa, imagino.

Judith levou a caixa pesada para o próprio quarto e virou todo o conteúdo na cama. O avô devia ser mesmo apaixonado pela avó, pensou, sorrindo, já que lhe dera uma quantidade tão grande de joias caras, muitas das peças cintilantes eram quase indistinguíveis umas das outras.

Ela estava arrumando os colares, a última pilha a ser ordenada, quando ouviu uma batida rápida na porta. Branwell entrou apressado, pálido como um fantasma.

– Jude – disse ele. – Preciso de sua ajuda.

– Qual é o problema? – De repente, ela se lembrou do visitante insistente. Provavelmente fora ele que perturbara Bran. – O que aquele homem queria?

– Ah. – Ele tentou sorrir. – Era apenas um mensageiro. Um terrível atrevimento na verdade. Um camarada deve a seu alfaiate e a seu sapateiro e precisa ser perseguido por metade do país, como se sua palavra não fosse suficiente.

– Ele era um alfaiate exigindo pagamento? – perguntou Judith, segurando um pesado colar de safiras suspenso em uma das mãos.

– Não era o alfaiate propriamente dito – explicou Branwell. – Eles contratam uns camaradas para fazer esse tipo de coisa, Jude. O homem me disse que tenho duas semanas para pagar.

– Que valor?

– Quinhentos guinéus – disse ele, com um sorriso apavorado. – Outros camaradas devem dez vezes mais do que isso, mas ninguém *os* persegue.

– Quinhentos…?

Por um instante, Judith pensou que fosse desmaiar. O colar caiu com um baque em seu colo.

– A questão é – continuou Branwell, andando até a janela – que papai terá que abrir mais os cordões da bolsa. Sei que é uma soma alta, e sei também que não posso fazer nada parecido de novo. Preciso me corrigir. No entanto, dessa vez está feito, entenda, e papai terá que me tirar dessa encrenca. Ele vai explodir se eu for pedir pessoalmente ou mesmo se escrever para ele. Escreva *você* para ele, por mim, Jude? Explique ao papai. Diga a ele…

– Bran – disse ela, a voz parecendo vir de muito longe –, não estou certa se papai tem toda essa quantia para lhe dar. E mesmo se tiver, não restará nada a ele. Ficará pobre. Assim como mamãe, Cass, Pamela e Hilary.

Ele ficou ainda mais pálido, se é que era possível. Até mesmo seus lábios estavam brancos.

– As coisas estão assim tão ruins? – perguntou Branwell.

– Por que você acha que estou aqui, Bran? – disse Judith em um tom suave. – Porque morar com tia Effingham é o sonho de minha vida?

– Santo Deus… – Ele olhou para ela com pena, o cenho franzido. – Lamento, Jude. Não queria acreditar nisso… É verdade, então? Foi culpa minha? Bem, não voltará a acontecer. Vou me reerguer, você verá. Pagarei minhas dívidas e restituirei a fortuna da família. Vou garantir que volte para casa e que haja o bastante para atrair maridos para todas vocês. Vou…

– *Como* Bran? – Longe de estar sensibilizada pela efusão de remorsos do irmão, Judith estava furiosa. – Fazendo apostas ainda mais altas nas corridas e nos clubes de cavalheiros? Ficaríamos todos muito mais felizes se você se acomodasse em alguma carreira respeitável e construísse uma vida decente para si mesmo.

– Pensarei em alguma coisa – disse ele. – *Pensarei*, Jude. Pensarei em alguma coisa… Vou me reerguer e sem apelar para papai. Bom Deus! – Os olhos dele encaravam distraídos a caixa de joias. – De quem é tudo isso? Da vovó?

– Estava tudo emaranhado – explicou ela –, a não ser pelas peças mais preciosas, que estão nesta bolsa. Me ofereci para arrumar tudo para ela.

– Deve haver uma *fortuna* aí.

– Ah, não, você não vai fazer isso, Bran – falou Judith em um tom severo. – Não apelará à vovó para pagar suas dívidas. Essas joias são lembranças da vida dela com nosso avô. Talvez *realmente* valham uma fortuna, mas são dela. Nunca sequer prestamos muita atenção na vovó ao longo de nossas vidas, porque papai sempre deu a impressão de que ela não era muito respeitável. Ela pode estar cansada de certo modo, sempre esquecendo as coisas em outros cômodos, sempre reclamando da saúde, embora tenha feito menos isso recentemente. Mas me tornei muito apegada a ela. Vovó é *divertida* e adora rir. Não acredito que tenha um pingo de maldade, algo que não posso afirmar sobre a filha dela ou… o filho.

Ela enrubesceu por ter dito algo tão desleal sobre o pai. Branwell suspirou.

– Não, é claro que não vou pedir ajuda à velhota. Para começar, seria muito humilhante ter que admitir para ela que estou em dificuldades. Mas, santo Deus, ela nem sequer sentiria falta de uma, duas ou até dez dessas peças, sentiria?

Judith o encarou com mais severidade.

– Eu estava *brincando*, Jude – falou ele. – Me conhece o bastante para saber que eu nunca consideraria a possibilidade de roubar minha própria avó! Eu estava *brincando*.

– Sei que estava, Bran. – Ela se levantou e deu um abraço no irmão. – Terá que encontrar seu próprio jeito de sair dessa dificuldade. Talvez, se procurar os comerciantes envolvidos, possa chegar a algum acordo com eles para pagá-los daqui a um mês ou...

Branwell deixou escapar uma risada melancólica.

– Eu não deveria ter perturbado você com meus problemas. Esqueça-os, Jude. Vou me reerguer. E quanto a você, não vejo por que não poderia atrair um marido decente mesmo vivendo aqui, sem fortuna. Mas não vai conseguir isso com essa aparência. Nunca entendi por que papai sempre insistiu com mamãe para que a fizesse usar toucas, quando as outras garotas não as usavam metade do tempo. Nunca entendi o que havia de tão terrível em relação a seus cabelos. Sempre achei mulheres de cabelos ruivos bastante atraentes.

– Obrigada, Bran. – Judith sorriu. – Agora preciso terminar aqui e levar essa caixa de volta para o quarto da vovó. Confesso que me deixa um tanto nervosa ter toda essa riqueza sob minha responsabilidade. Gostaria de poder ajudá-lo, mas não posso.

Ele sorriu e já parecia mais consigo mesmo.

– Não se preocupe – falou. – Outros camaradas passam por isso o tempo todo, mas sempre se recuperam. O mesmo acontecerá comigo.

Aquilo já se tornara uma frase feita para ele, percebeu Judith. *Ele iria se reerguer.* Mas ela não via como. Papai logo seria envolvido nisso, pensou Judith, assim como mamãe e as meninas. E ela ficaria presa para todo o sempre à tia Effingham. Não percebera até aquele momento como uma parte dela ainda tinha esperança de voltar para casa um dia.

# CAPÍTULO XII

O tempo colaborou para a festa ao ar livre em Grandmaison. Apesar da manhã nublada, a tarde chegou clara e ensolarada, quente na medida exata para não oprimir os sentidos. A sala de estar foi deixada em uso para qualquer um que se sentisse mais inclinado a descansar, mas a maior parte dos convidados preferiu ficar do lado de fora, caminhando pelas trilhas dos jardins, sentados sob o roseiral ou passeando pelos gramados, até o caminho do riacho. No terraço, longas mesas cobertas por toalhas muito brancas tinham sido postas com acepipes variados, além de cântaros com chá e grandes jarras de limonada e ponche.

Judith estava determinada a se divertir. Usava o que considerava ser seu vestido mais bonito, o de musselina verde-claro, embora, como a maiorias dos outros vestidos, esse também houvesse passado pelas alterações ordenadas pela tia. E usava uma de suas próprias toucas sob a touca que tia Louisa lhe dera. Não se sentia bonita, mas na verdade nunca tivera qualquer ilusão sobre sua aparência. No entanto, naquela tarde, Judith não se sentia tão diferente de vários outros convidados da vizinhança. A maior parte deles não parecia nem de perto tão elegante ou na moda como o grupo de Harewood. E Judith tinha a vantagem de ter conhecido alguns deles na véspera, quando entregara os convites para o baile.

Ela passou a primeira meia hora com a mulher e a filha do reverendo e acreditava que, com o tempo, talvez desenvolvesse uma amizade com elas. As duas, por sua vez, apresentaram-na a algumas outras pessoas, que cumprimentaram Judith educadamente e não a olharam com desdém ou agiram como se não estivesse ali. Depois de cerca de uma hora, Judith se juntou à avó na sala de estar, levando um prato de comida que pegara no terraço. Elas ficaram sentadas ali, satisfeitas por estarem juntas, até que Lady Beamish as encontrou e as levou para o roseiral, depois de convencer a avó de Judith de que o ar estava cálido e praticamente não havia brisa.

*Estava* aproveitando a festa, Judith disse a si mesma depois de deixar as duas amigas conversando. Ao redor, podia ouvir o som de risadas e animação. Parecia que os jovens todos se moviam em grupos, às vezes em casais, frescos e exuberantes, aproveitando a companhia uns dos outros. Até mesmo os convidados mais velhos pareciam ter *alguém* a quem pertenciam ou com quem se sentiam confortáveis... assim como ela, é claro. Afinal, tinha a avó.

Julianne estava cercada pelas amigas mais próximas e por alguns cavalheiros. Lorde Rannulf permanecia ao lado da moça, como estivera durante quase toda a tarde, e ela parecia cintilar apenas para ele, embora provavelmente tivesse dito algo para fazer o grupo todo rir.

Ele iria se casar com Julianne.

Judith subitamente ansiou por um pouco de solidão, pois acabara de descobrir que era possível sentir-se a pessoa mais solitária do mundo no meio de uma multidão. Ninguém prestava a menor atenção a ela naquele momento. Era quase certo que os fundos da residência estariam tranquilos. Judith pegou um caminho que dava a volta pela lateral da casa e encontrou os jardins dos fundos desertos, como esperava. No mesmo instante, respirou com mais facilidade.

Teria que superar aquilo, disse a si mesma com severidade. A sensação de deslocamento, a perda de toda a confiança em si, a pena de si mesma.

Os estábulos ficavam em um dos extremos em relação à casa, com um padoque entre eles. Judith caminhou até a área cercada, vendo os cavalos pastando, aliviada por não haver cavalariços por perto para vê-la e questionar o que estava fazendo longe da festa.

Mais além dos estábulos, o terreno se inclinava em uma ladeira gramada que levava a um bosque. Judith desceu quase correndo e se viu entre arbustos de rododendros, cercada pela fragrância pesada deles. Agora que descera, podia ver, adiante, um pequeno e lindo caramanchão e, mais além, um lago de nenúfares.

O caramanchão era hexagonal e completamente fechado sob o telhado pontudo, embora tivesse janelas de todos os lados. Ela experimentou a porta, que abriu para dentro, revelando um piso de cerâmica e bancos cobertos por couro encostados em todas as paredes. Era óbvio que o lugar costumava ser usado. Estava limpo, tinha alguns livros empilhados em um dos lados do banco. Mas com certeza não era o refúgio privado de ninguém. Não estava trancado.

Judith entrou, deixando a porta aberta para que pudesse sentir o perfume dos rododendros e ouvir o canto dos pássaros. Dali ela conseguia ver o lago de nenúfares, belo e bem-conservado, a água verde-escura sob o abrigo dos galhos das árvores contrastada pelos nenúfares de um branco impressionante.

Era como um pequeno paraíso na Terra, pensou Judith, afundando em um dos bancos, cruzando as mãos no colo e se permitindo relaxar pela primeira vez em toda a tarde. Ela deixou de lado a saudade de casa, a solidão e a tristeza. Não era de sua natureza cultivar sentimentos negativos por muito tempo, e esses sentimentos a vinham oprimindo havia muito. Ali havia paz e beleza para nutrir o espírito dela, e Judith aceitaria o presente abrindo-se para o que lhe era oferecido, dando àquele lugar uma chance de se infiltrar na alma dela.

Judith respirou fundo. Depois de alguns minutos, fechou os olhos, embora não dormisse. Sentia-se feliz e tinha consciência de estar sendo abençoada. Acabou perdendo a noção do tempo.

– Que linda imagem – disse uma voz suave vinda da porta. Judith se sobressaltou e voltou subitamente à desagradável realidade.

Horace estava diante dela, um dos ombros apoiados no batente da porta, os pés calçados com botas cruzados um sobre o outro.

– Ah, você me assustou. Estava dando uma caminhada, encontrei esse caramanchão e sentei para descansar um pouco. Preciso voltar.

Judith se levantou e se deu conta de que o caramanchão não era nada grande.

– Por quê? – perguntou ele sem se mover. – Porque a madrasta tem alguma tarefa para você fazer? Porque sua avó talvez precise que você lhe sirva mais bolos? A festa ao ar livre ainda continuará por algum tempo e nós, convidados de Harewood, permaneceremos depois que todos se forem, você sabe. Fomos convidados para o jantar. Relaxe. Não sentirão sua falta por algum tempo ainda.

Era exatamente disso que tinha medo.

– Aqui é tão lindo, não? – comentou Judith, animada.

*E muito afastado e isolado.*

– Muito – concordou Horace sem tirar os olhos dela. – E ficaria ainda mais sem essa touca.

Ela sorriu.

– Isso foi um elogio, Sr. Effingham? – perguntou Judith. – Obrigada. Vai ficar aqui por algum tempo? Ou voltará para casa comigo?

– Judith. – Ele sorriu para ela, mostrando os dentes perfeitos –, não há necessidade de ser arisca... ou de me chamar de *Sr. Effingham*. Vi que deixou a festa porque estava se sentindo sozinha e rejeitada. Não está sendo devidamente apreciada aqui, não é mesmo? Tudo porque a madrasta trata você como uma parente pobre e encoraja a impressão de que é uma mera acompanhante da avó. Sou o único homem aqui, a não ser pelo seu irmão, que teve o privilégio de ver de relance o que há além disso.

Judith se repreendeu por estar vestida com suas roupas bonitas no dia em que Horace chegara com Bran. O enteado de tia Effingham não teria mostrado nenhum interesse nela se a tivesse visto apenas como ela estava naquele momento. Judith não conseguia pensar em nenhuma resposta sensata às palavras do Sr. Effingham.

– Mas não são *todos* que não a estão apreciando devidamente.

Ela riu.

– Obrigada, mas agora realmente preciso ir. – Judith deu um passo à frente. Se desse outro, esbarraria nele. Mas, como fizera durante a caminhada no campo, Horace ficou onde estava e não se afastou para ela passar. – Me dê licença, por favor, Sr. Effingham.

– Acredito – comentou ele – que a senhorita tenha tido uma criação muito rígida, severa, na paróquia, não é mesmo? Um namorico pode ser muito divertido, sabe, principalmente quando a festa está tão tediosa.

– Não estou interessada em *namoricos* – retrucou ela com firmeza.

– Diz isso porque nunca experimentou – falou Horace. – Vamos corrigir essa falha na sua educação, Judith. E poderíamos pedir por um ambiente mais pitoresco para a primeira lição?

– Já basta! – disse Judith de maneira brusca. Estava sinceramente alarmada agora, já que ele parecia ser o tipo de homem que não aceitaria um não como resposta, mesmo que dito com firmeza. – Estou voltando para a festa. E o aconselho a não tentar me deter. Tio George e tia Louisa não ficariam nada satisfeitos.

Ele riu e pareceu achar a situação engraçada.

– Pequena inocente, acredita mesmo que eles colocariam a culpa em mim?

Ele deu um passo à frente e Judith recuou meio passo.

– Não quero fazer isso, Sr. Effingham – pediu ela. – Não seria nada cavalheiresco de sua parte se aproximar mais um centímetro sequer ou falar mais sobre um assunto que me desagrada por completo. Deixe-me ir agora.

Em vez de deixá-la sair, Horace ergueu uma das mãos, puxou as fitas da touca dela e jogou o objeto no banco atrás de Judith, antes de se adiantar mais. Parte dos cabelos dela caiu sobre os ombros e ela o ouviu inspirar de prazer.

Aquela foi a última coisa que Judith viu ou ouviu pelo que pareceu uma eternidade, ou talvez um minuto ou dois. Ela o atacou cegamente, batendo nele com os punhos, chutando-o, mordendo o que aparecesse perto de sua boca. Mas não gritou, percebeu depois. Nunca fora dada a gritos. Mas era estranho como, por mais fora de si que parecesse estar, uma parte dela houvesse recuado e observasse a cena quase friamente, enquanto lutava, em pânico, para se libertar de Horace, que a dominava quase sem esforço, rindo baixinho na maior parte do tempo, praguejando uma vez ou outra quando ela o acertava.

Então o corpo de Judith foi pressionado ao dele, ela sentiu seu vestido ser erguido, um dos joelhos de Horace entre os seus, as mãos dela presas contra o peito dele, a boca aberta do homem, horrível e úmida, procurando a dela. Foi nesse momento que voltou a ter plena consciência do que estava acontecendo. Horace pretendia violentá-la e ela estava impotente para detê-lo. Judith continuou a lutar, o pânico voltando, quando se deu conta de que não conseguia se soltar e apenas aumentava o divertimento e a excitação dele.

Então, de repente, sem aviso, ela *estava* livre, encarando apavorada e sem compreender o grande monstro que acabara de erguer o corpo de Horace, afastando-o dela e grunhindo ameaçador enquanto jogava o rapaz do lado de fora. O monstro logo revelou ser lorde Rannulf Bedwyn, que saiu atrás de Horace, ergueu o outro homem do chão com uma das mãos e o imprensou contra uma árvore.

Um pouco tonta, Judith buscou pelo parapeito mais próximo e se apoiou ali.

– Talvez não tenha percebido – disse lorde Rannulf, ainda em um tom que parecia um grunhido rouco – que a dama não o estava encorajando.

– Essa atitude é um tanto extrema, não, Bedwyn? – perguntou Horace, tentando sem sucesso se livrar das mãos que o seguravam pelas lapelas do paletó. – Ela não estava se negando. Ambos sabemos que... Ahhh!

Lorde Rannulf acertara o estômago de Horace com a mão livre.

– O que ambos sabemos – falou ele em uma voz que sugeria que seu maxilar estava contraído – é que chamá-lo de verme, Effingham, seria desonrar esses invertebrados.

– Se ela interessa a você... – Horace dobrou o corpo para a frente quando outro golpe acertou seu estômago, mas a mão esquerda de lorde Rannulf o manteve firme no lugar.

– Deve ser grato – avisou lorde Rannulf – por estarmos nas terras de minha avó, com uma festa ao ar livre em andamento. Caso contrário, me daria um imenso prazer pedir para a Srta. Law sair e dar a você a surra que merece. Garanto que terminaria inconsciente e ensanguentado, com essas suas feições rearranjadas de forma permanente.

Ele abaixou a mão e Horace, visivelmente trêmulo, se afastou da árvore e começou a arrumar o paletó e a camisa.

– Acha mesmo isso, Bedwyn? – perguntou Horace, com uma calma forçada. – Santo Deus, e tudo isso por causa de uma meretrizinha que quase implora pela atenção de qualquer coisa que use calções.

Lorde Rannulf se forçou a lembrar que o escândalo de uma briga arruinaria a festa ao ar livre de Lady Beamish. Nenhum de seus golpes foi no rosto de Horace. Todos foram direcionados a parte abaixo da cintura do corpo do outro. Judith segurou com mais firmeza no parapeito e observou, pouco ciente de que Horace, embora agitasse os punhos algumas poucas vezes, não acertara sequer um golpe. Não era uma briga, embora Horace estivesse livre para transformá-la em uma se desejasse. Era um castigo. E só terminou quando Horace estava de quatro, no chão, tendo ânsias de vômito sob a grama entre suas mãos.

– Talvez queira – disse lorde Rannulf, a voz apenas levemente ofegante – se desculpar por não ficar para o jantar, Effingham. Me deixaria *nauseado* vê-lo à mesa de minha avó. E, no futuro, fique longe da Srta. Law, está me ouvindo? Mesmo se eu não estiver por perto para vê-lo atrás dela. Eu o encontrarei e, da próxima vez, vou arrebentá-lo até que lhe reste apenas um sopro de vida... *se* tiver sorte. Agora saia da minha frente!

Horace ficou de pé com dificuldade, ainda curvado pelos golpes. Estava tão pálido que parecia quase esverdeado. Mas encarou lorde Rannulf antes de se virar e se afastar cambaleando.

– Vou acertar as contas com você por isso – falou. Então voltou os olhos para Judith. – E você também vai pagar.

Os olhos dele cintilavam de ódio.

Então, finalmente, ele se afastou, e Judith percebeu que os nós dos próprios dedos estavam brancos tamanha a força com que segurava o parapeito da janela. Além disso, sentia-se nauseada e com os joelhos bambos. Lorde Rannulf ajeitou as próprias roupas e virou-se para ela. Foi só então que Judith percebeu que deveria ter usado aquele tempo para também se arrumar, mas ainda não conseguia soltar o parapeito.

– Lamento que tenha sido testemunha dessa violência. Deveria tê-la mandado de volta para casa primeiro, mas você não gostaria de ser vista assim, para que todos soubessem ou imaginassem o que aconteceu.

Quando ela não respondeu, lorde Rannulf entrou no caramanchão.

– Você lutou com vontade – comentou ele. – Tem energia.

Ele tirou a mão dela do parapeito, soltando os dedos com gentileza e aquecendo-os entre as próprias mãos. Judith percebeu que os nós dos dedos dele estavam vermelhos.

– Não acontecerá de novo – disse lorde Rannulf. – Conheço homens como Effingham. Eles perseguem mulheres que não os adoram e idolatram e se acovardam com homens que os enfrentam. Asseguro a você que agora tem medo de mim e ficará atento ao meu aviso.

– Eu não o provoquei – explicou Judith, a voz trêmula, quase fora de controle. – Não vim até aqui com ele.

– Eu sei – tranquilizou-a lorde Rannulf. – Vi quando você deu a volta pela lateral da casa, então vi que ele veio atrás de você. Demorei alguns minutos para me livrar de quem me acompanhava e poder desaparecer sem ser notado. Peço perdão a você por ter chegado tão tarde.

Judith podia ver os próprios cabelos soltos ao redor do rosto. Quando olhou para baixo, viu que na luta o vestido que usava fora puxado e o decote modesto agora revelava parte de seus seios. Ela ergueu a mão para ajeitar a roupa, mas descobriu que a mão tremia tanto que não conseguia segurar o tecido.

– Venha cá. – Ele segurou-a pela mão e a fez se sentar em um banco. Então sentou-se ao lado de Judith, ainda com uma das mãos dela entre as suas, o braço passado ao redor de seus ombros para acalmá-la. – Não se importe com sua aparência por alguns minutos. Ninguém mais virá aqui. Apoie a cabeça no meu ombro se quiser. Respire a paz do cenário ao redor.

Judith fez o que ele dizia e os dois ficaram sentados ali por cinco, talvez dez minutos, em silêncio, sem se mexer. Como dois homens aparentemente parecidos podiam ser tão diferentes?, se perguntou ela. Lorde Rannulf havia feito um convite a ela, depois do acidente com a diligência, um convite dos mais impróprios por sinal. O que o tornava diferente de Horace? Mas Judith já havia respondido àquela pergunta. E ainda acreditava na própria resposta, talvez mais do que nunca. Lorde Rannulf teria seguido sozinho naquele dia se ela tivesse dito não. E a teria deixado na primeira estalagem caso houvesse se recusado a se mudar para a outra, perto da feira livre. E teria permitido que dormisse no banco, na sala de jantar particular, caso ela se recusasse a dormir com ele. Não, na verdade, lorde Rannulf teria deixado a cama para ela e dormido ele mesmo no banco. Judith *sabia* disso. Lorde Rannulf Bedwyn estava sempre pronto para flertar com uma mulher disposta a receber suas atenções e até mesmo levá-la para a cama, mas *nunca* teria forçado uma mulher que não o quisesse.

Ainda assim, desonraria os votos matrimoniais tendo amantes? Isso não combinava com o que os instintos de Judith lhe diziam. Mas ela estava – ah, é claro que estava – apaixonada por ele, por isso era natural que o idealizasse. Não devia começar a acreditar que o homem era perfeito.

Judith ergueu a cabeça, tirou a mão da dele e se afastou do apoio do ombro forte. E ficou grata porque lorde Rannulf não virou a cabeça enquanto ela ajeitava o vestido e, na falta de uma escova, alisava os cabelos o melhor que podia, prendendo-os atrás da cabeça com o máximo de grampos que conseguiu encontrar. Então Judith enfiou a massa de cabelos sob a touca.

– Estou pronta para voltar – disse ela, ficando de pé. – Obrigada, lorde Rannulf. Não sei como poderei retribuir o que fez. Parece que sempre estarei em dívida com o senhor.

Judith estendeu a mão direita para ele. E ficou orgulhosa ao ver a própria mão firme.

Ele pegou a mão dela entre as suas e também se levantou.

– Se quiser – ofereceu lorde Rannulf –, pode pedir licença e não ficar para o jantar, pode dizer que está indisposta. Cuidarei para que seja mandada para casa na carruagem de minha avó e mandarei até mesmo um criado para ficar com você lá, caso tenha medo de ser molestada. Basta dizer.

Ah, era tão tentador. Judith não sabia como seria capaz de sentar para jantar, manter a compostura e conversar com quem quer que estivesse sentado a seu lado. Não sabia como suportaria ver lorde Rannulf sentado ao lado de Julianne, como certamente aconteceria, conversando e rindo com a moça. Mas era uma dama, lembrou a si mesma. E embora fosse apenas um membro menor da família de tio George, ainda assim *era* um membro da família.

– Obrigada – disse –, mas vou ficar.

Ele sorriu de repente.

– Gosto do modo como ergue seu queixo, como se desafiasse o mundo a mostrar o que tem de pior. Acho que é nesses momentos que a verdadeira Judith Law sobe ao palco.

Ele levou a mão dela aos lábios e, por um momento, Judith poderia ter chorado tamanho prazer daquele gesto íntimo. Em vez disso, sorriu.

– Acho que *há* um pouco de Claire Campbell em Judith Law.

Ela não aceitou o braço que ele ofereceu. A ocasião os aproximara, sim, mas não havia mais futuro para a amizade deles além daquilo. Lorde Rannulf a salvara e a confortara porque era um cavalheiro. Não deveria interpretar mais nada além disso em relação ao comportamento dele. Não deveria se prender a ele. Judith segurou as saias e subiu a ladeira na direção dos estábulos.

– Vou voltar pelo mesmo caminho por onde vim – disse quando os dois chegaram ao topo. – Deve seguir por outro caminho, lorde Rannulf.

– Sim – concordou ele.

E se afastou dos estábulos, deixando-a com uma sensação inexplicável de desolação. Havia esperado que ele se recusasse?

Judith passou apressada pelo padoque e pelos jardins, estremecendo ao perceber que poderia estar voltando sob circunstâncias muito diferentes se lorde Rannulf não tivesse percebido que Horace a seguira.

Mas *por que* lorde Rannulf percebera? Ela estava certa de que havia escapado sem que ninguém a visse. Ainda assim, Horace a vira e lorde Rannulf também. Talvez, no fim das contas, ela não fosse assim tão invisível quanto começara a acreditar.

# CAPÍTULO XIII

Durante o jantar, Rannulf estava sentado entre Lady Effingham e a Sra. Hardinge. A avó fora mais discreta na disposição dos lugares à mesa do que costumava ser em Harewood. Foi um alívio para ele, embora uma das damas falasse apenas sobre como era trabalhoso ter seis filhas para apresentar à alta sociedade, quando tudo o que desejaria era permanecer em sua propriedade no campo durante todo o ano; enquanto a outra dava risadinhas e alegava estar com pena dele por ter que fazer companhia a duas matronas quando sem dúvida iria preferir estar sentado perto de alguém mais jovem e mais bonita.

– Talvez pudesse até dizer... – sugeriu Lady Effingham, com um olhar sugestivo – um alguém *em especial*?

Srta. Effingham, no outro extremo da mesa, no mesmo lado que Rannulf, conversava animadamente com Roy-Hill e Law, seus companheiros de mesa. Algumas poucas vezes, Lady Effingham se inclinou para a frente e quis saber a causa de um surto de riso em particular.

– Lorde Rannulf, eu e todos os demais estamos nos sentindo muito isolados de toda essa animação, querida – disse ela em uma dessas ocasiões.

Judith Law estava sentada do outro lado da mesa e conversava tranquilamente com o tio de um lado e com Richard Warren do outro. Olhando para ela agora, era impossível imaginar que havia passado por uma experiência tão terrível, apenas algumas horas antes. Era muito mais uma dama do que a tia, apesar da elegância e da aparente sofisticação da última. Assim como as outras damas de Harewood, ela se trocara em um quarto separado para esse fim, no andar de cima. Usava o mesmo vestido de seda creme e dourado que usara no Rum & Puncheon na segunda noite. Rannulf se lembrava dele por causa da simplicidade elegante que, na época, achou ter sido uma escolha delibera-da. Agora, no entanto, o vestido tinha faixas de um tecido creme mais escuro costuradas dos lados, outra faixa costurada ao decote de modo a mostrar o mínimo do colo dela, e a linha da cintura era quase inexistente. E ela usava uma touca fina, com barra de renda que, como era de se prever, cobria seus cabelos.

Será que os que estavam sentados ao redor da mesa, embora convives-sem com ela havia uma semana, imaginavam que Judith Law tinha menos de 30 anos? Ou sabiam a cor de seus cabelos… ou de seus olhos?

Uma coisa se tornara terrivelmente clara para ele no decorrer do dia: não poderia se casar com a jovem Effingham. E não apenas por ela ser tola e não ter nada na cabeça, mas por ser tão vaidosa e egocêntrica. A única razão para querer se comprometer com ele era por ser filho de um duque, além de ser um homem rico. A Srta. Effingham não fizera qualquer tentativa de conhecê-lo como pessoa. E provavelmente nunca faria. Talvez passasse cinquenta anos casado com uma mulher que nunca saberia ou se importaria com o fato de que ele passara os últimos dez anos negando a culpa que sentia por não ter cumprido seu dever e seguido uma carreira na igreja, como o pai havia planejado. Também não saberia que ele decidira dar um rumo à própria vida e que tinha a intenção de se tornar um dono de terras interessado, envolvido, responsável e talvez até mesmo moderno e compassivo.

A conversa à mesa de jantar não exigia muito do cérebro de Rannulf. Ele era capaz de pensar muito ao mesmo tempo.

Não poderia se casar com a Srta. Effingham.

Mas também não poderia desapontar a avó. Seria ele o único que con-seguia ver a rigidez da postura dela e as linhas fundas nos canto da boca, ambas indicações de dor reprimida? Ou o brilho dos olhos disfarçando a fraqueza dos ossos? Ainda assim, a festa ao ar livre e o jantar que se esten-dera para os convidados de Harewood foram ideia dela. Rannulf relanceou o olhar várias vezes para a avó com uma exasperação carinhosa.

E havia Judith Law. Ele se perguntou se ela percebia que dois homens ansiaram por ela naquela tarde. Para infinita vergonha de Rannulf, ele a desejara tão desesperadamente quanto Effingham. Pálida, desalinha-da, os cabelos à mostra, ela estava tão atraente que seu atordoamento trêmulo instigara a vontade de confortá-la de outras maneiras, além da que escolhera.

149

Ele se sentara ao lado de Judith no caramanchão, exercendo todo o seu autocontrole, concentrando toda a sua força de vontade em dar a ela o conforto de que precisava e censurando a si mesmo o tempo todo por não ser muito diferente de Effingham.

Sempre vira mulheres como criaturas feitas para o prazer e satisfação pessoal dele, para serem usadas, pagas e esquecidas. A não ser pelas irmãs dele, é claro, e algumas outras damas, todas mulheres virtuosas, e até mesmo algumas poucas de virtude questionável que disseram não a ele.

O problema para mulheres belas e voluptuosas como Judith Law devia ser que os homens quase sempre as olhavam com luxúria, e talvez nunca vissem a personalidade por trás da deusa.

A avó interrompeu as divagações dele ao se levantar e convidar as outras damas a acompanhá-la até a sala de visitas. Era tentador se acomodar, beber vinho e aproveitar a agradável conversa masculina por um tempo indefinido, principalmente quando ele suspeitava que Sir George Effingham e vários outros cavalheiros ficariam muito felizes de passar o resto da noite à mesa. No entanto, o dever chamava e Rannulf havia prometido a si mesmo que faria o papel de anfitrião e tiraria um pouco do fardo social dos ombros da avó. Ele se levantou depois de apenas vinte minutos e os cavalheiros o seguiram até a sala de visitas.

Rannulf não tinha a menor intenção de ver as mesmas jovens damas de sempre reunidas ao piano, com a Srta. Effingham monopolizando o instrumento, com ele virando as páginas da partitura.

– Vamos tomar chá e entreter uns aos outros. *Todos* nós que temos... deixe-me ver... todos que temos menos de 30 anos.

Houve um coro de protestos, a maior parte vindo dos homens, mas Rannulf ergueu uma das mãos e riu.

– Por que deveriam ser apenas as mulheres a exibir todos os seus talentos e habilidades? – perguntou ele. – Estou certo de que podemos entreter os outros em uma reunião dessa natureza.

– Ah, posso garantir que ninguém gostaria de me ouvir cantar, Bedwyn – lamentou lorde Braithwaite. – Quando me juntei ao coro da escola, o professor de canto me disse que a comparação mais bondosa que poderia pensar para minha voz era com uma buzina quebrada. E aquilo foi o fim dos meus dias de cantor.

Houve uma gargalhada geral.

– Não haverá exceções – disse Rannulf. – Há outras maneiras de entreter os outros do que cantando.

– O que *você* vai fazer, Bedwyn? – perguntou Peter Webster. – Ou vai se eximir com a desculpa de ser o mestre de cerimônias?

– Espere e verá! Podemos combinar dez minutos para o chá, antes de pedirmos para que a bandeja seja removida?

Rannulf foi o primeiro. Parecia o mais justo. Ele aprendera alguns truques de mágica ao longo dos anos e sempre gostara de entreter Morgan e a governanta com eles. Rannulf apresentou vários truques tolos como fazer uma moeda desaparecer da mão dele e aparecer na orelha direita da Srta. Cooke, ou no bolso do colete de Branwell Law. Depois, fez um lenço subitamente se transformar em um relógio de bolso, ou no leque de uma dama. Rannulf, é claro, teve a vantagem de planejar com antecedência. A audiência exclamou surpresa e encantada e aplaudiu com entusiasmo, como se ele fosse um mestre na arte da mágica.

Alguns poucos convidados tiveram que ser persuadidos, e um deles – Sir Dudley Roy-Hill – se recusou categoricamente a se fazer de idiota, como colocou. Mas foi incrível como, durante a hora seguinte, descobriu-se uma incrível quantidade de talentos impressionantes que ficaram ocultos durante a primeira metade do tempo na casa dos Effinghams.

Como era de se prever, as damas apresentaram músicas, a maior parte cantando ou tocando piano. Uma delas, a Srta. Hannah Warren, tocou a harpa que havia na sala de visitas e que Rannulf não se lembrava de ter ouvido antes. Law cantou uma balada triste, com uma voz agradável de tenor, e Warren cantou um dueto barro com uma das irmãs. Tanguay recitou "Kubla Khan", de Coleridge, com uma sensibilidade tão apaixonada que as damas irromperam em aplausos entusiasmados quase antes da última palavra sair da boca do rapaz. Webster fez uma imitação convincente de uma dança cossaca que vira em uma de suas viagens, os joelhos dobrados, os braços cruzados, chutando, abaixando-se, cantando a música de acompanhamento e conseguindo que a audiência o acompanhasse em gargalhadas incontroláveis, antes de cair no tapete. Braithwaite, talvez encorajado pela reação à história de sua entrada no coro, contou mais três histórias de seus tempos de escola, todas fazendo graça consigo mesmo, exagerando os detalhes com humor até que as damas e até mesmo alguns cavalheiros estivessem enxugando os olhos de tanto rir.

– Ah, acabou – disse Lady Effingham com um suspiro, quando Braithwaite se sentou. – Eu poderia continuar vendo e ouvindo por mais uma hora. Mas que ideia esplêndida, lorde Rannulf. Nos divertimos imensamente. Eu...

Mas Rannulf ergueu uma das mãos.

– Ainda não, madame. Falta a Srta. Law.

– Ah, não acredito que Judith vá querer fazer um espetáculo de si mesma – falou a tia bruscamente.

Rannulf a ignorou.

– Srta. Law?

Ela ergueu a cabeça de supetão e o encarou com os olhos arregalados e apavorados. Todo o esquema de Rannulf fora pensado tendo em mente aquele momento. Ele estava furioso por Judith ter sido transformada em uma mulher invisível, pouco mais do que uma criada, tudo porque aquele irmão mimado achava que podia viver acima de suas posses usando, para isso, toda a fortuna do pai. Ela precisava ser vista, mesmo que só por uma vez, enquanto todos os convidados ainda estivessem em Harewood, e em todo seu esplendor.

Foi uma aposta desde o início, é claro, mas fora planejado antes mesmo dos eventos terríveis daquela tarde. Durante toda a noite Rannulf brincara com a ideia de não deixá-la invisível.

– Mas não tenho nenhum talento em particular, milorde – protestou ela. – Não toco piano ou canto de forma mais do que tolerável.

– Talvez – disse ele, olhando-a diretamente nos olhos – a senhorita saiba de cor algum verso ou passagem da literatura ou da Bíblia?

– Eu...

Ela balançou a cabeça. Rannulf decidiu que não insistiria mais. Fizera a coisa errada. Acabara constrangendo-a e talvez a houvesse magoado.

– Talvez, Srta. Law – sugeriu a avó dele em um tom gentil –, estivesse disposta a *ler* um poema ou uma passagem da Bíblia se alguém pegasse um livro na biblioteca. Percebi quando conversávamos esta tarde que tem uma voz muito agradável. Mas apenas se estiver disposta. Rannulf não a incomodará se for muito tímida.

– Minha avó tem razão, Srta. Law. – Rannulf fez uma cortesia para Judith.

– Lerei, então, madame – disse ela, parecendo infeliz.

– Pode pegar alguma coisa na biblioteca, Rannulf? – perguntou a avó. – Algo de Milton, ou de Pope, talvez? Ou a Bíblia?

Então, tudo o que conseguira fora constrangê-la, pensou Rannulf, enquanto caminhava em direção à porta. Mas, antes que chegasse lá, a voz dela o deteve.

– Não, por favor – disse Judith, ficando de pé. – Pegar um livro e encontrar um trecho adequado apenas provocará mais demora. Vou... vou representar uma pequena cena que memorizei.

– Judith! – exclamou a tia, soando horrorizada. – Acho que um grupo como este dificilmente apreciará ser sujeito a apresentações teatrais escolares.

– Ah, sim, *sim*, Judith! – A Sra. Law se manifestou quase ao mesmo tempo, batendo as mãos cheias de anéis umas nas outras, os braceletes tilintando. – Seria *maravilhoso*, meu amor.

Judith caminhou lentamente e com óbvia relutância até a área aberta diante da lareira, onde os números não musicais foram apresentados. Ela ficou parada ali por alguns instantes, o punho contra os lábios, o olhar no chão. Rannulf sentia o coração bater descompassado e estava ciente do desconforto de alguns convidados. Imaginava que vários deles olhavam para Judith pela primeira vez. A aparência dela era de uma governanta sem graça e acima do peso.

Então Judith levantou os olhos, a timidez e o constrangimento ainda em seu rosto.

– Farei o discurso de Lady Macbeth na última parte da peça – disse ela, fuzilando Rannulf e então desviando o olhar novamente. – A cena de sonambulismo que todos conhecem, a cena em que ela tenta sem cessar lavar das mãos o sangue do rei Duncan, assassinado.

– Judith! – exclamou Lady Effingham. – Realmente devo pedir que sente-se. Está constrangendo a si mesma e a todos os outros.

– Shhh! – disse a Sra. Law. – Fique quieta, Louisa, e nos deixe assistir.

Pela expressão de surpresa no rosto de Lady Effingham, Rannulf imaginou que aquela era a primeira vez em muito tempo que a mãe a repreendia.

Mas ele não conseguia prestar atenção em outra coisa além de Judith Law, que parecia completamente inadequada para o papel que acabara de anunciar. E se ele houvesse cometido um erro terrível? E se ela ficasse totalmente intimidada pela ocasião e pela companhia?

Judith virou-se de costas para todos. Observando-a, Rannulf começou a relaxar. Ele podia ver, mesmo antes de tornar a se virar, que ela estava entrando no corpo, na mente e no espírito de outra mulher. Já a vira fazer a mesma coisa antes. Então, ela jogou a cabeça para a frente, retirou a touca e jogou-a no chão, seguida dos grampos que lhe prendiam os cabelos. A tia arquejou e Rannulf teve uma vaga noção de que alguns dos outros homens na sala se sentavam mais empertigados.

Então ela se virou.

Não era Judith Law de forma alguma. O vestido largo se tornara uma camisola. Os cabelos haviam se despenteado enquanto ela se debatia e se virava na cama tentando dormir e, depois, dormindo um sono inquieto. Os olhos estavam abertos, mas havia neles a expressão estranha e vazia de uma sonâmbula. E o rosto dela parecia tão cheio de horror e repulsa que não guardava nenhuma semelhança com o que antes fora o rosto de Judith Law.

Ela ergueu as mãos trêmulas diante do rosto, os dedos abertos, mais parecendo serpentes do que dedos. Tentou lavar as mãos, esfregando-as com desespero uma na outra, então levantou-as de novo, olhando intensamente para elas.

Na peça, havia dois outros personagens, um médico e uma mulher nobre, testemunhando e descrevendo o surgimento de Lady Macbeth e suas ações. As palavras não eram necessárias naquela noite. Ela sem sombra de dúvida era uma mulher atormentada, com os dois pés no inferno, antes mesmo de falar.

– "Aqui ainda há uma mancha" – disse, em um tom de voz baixo, morto, que ainda assim era ouvido no canto mais distante de uma sala, onde a plateia parecia prender a respiração.

Judith tocou a palma da mão com o dedo médio da outra mão, beliscou-a, arranhou-a, puxou a pele, os gestos cada vez mais frenéticos.

– "Saia, mancha *amaldiçoada*! Saia, estou mandando!"

Rannulf estava preso ao feitiço dela. Ficou perto da porta, sem ver ou ouvir mais nada que não ela... Lady Macbeth, a mulher ambiciosa, triste, horrorizada, arruinada pela culpa, que pensara ser forte o bastante para incitar e até mesmo cometer um assassinato. Uma mulher jovem, linda, desorientada e em última instância trágica, que provocava uma profunda piedade na alma de quem lhe assistia, pois era tarde demais para que pudesse voltar atrás e usar a sabedoria recém-adquirida em suas últimas decisões. Mas talvez *não* fosse tarde demais para aqueles ali que tinham sorte o bastante para ter cometido pecados menos irreversíveis, pensou Rannulf.

Então, finalmente, Lady Macbeth ouviu uma batida na porta do castelo e entrou em pânico diante da possibilidade de ser pega com sangue nas mãos por causa de um assassinato cometido muito tempo antes.

– "Vinde, vinde! Dai-me a mão" – disse ela a um Macbeth invisível, a mão agarrando com força o braço invisível dele. – "O que está feito não pode ser desfeito. Para o leito, para o leito, para o leito!"

Ela se virou e, mesmo dando apenas alguns passos no espaço estreito, parecia ter corrido uma longa distância, o pânico e o horror em cada passo. Judith terminou como começara, de costas para a audiência.

Houve um momento de absoluto silêncio... e logo uma salva de palmas sincera, alta e prolongada. Rannulf se sentiu fraco de alívio e percebeu, com certo espanto, que estava muito perto das lágrimas.

Roy-Hill assoviou. Lorde Braithwaite se levantou e gritou:

– Bravo! Ah, bravo, Srta. Law!

– Onde aprendeu a atuar *assim*, Jude? – perguntou o irmão. – Não tinha ideia.

Mas ela estava de joelhos no chão, ainda de costas para a sala, prendendo os cabelos e enfiando-os sob a touca. Rannulf atravessou a sala e lhe ofereceu a mão.

– Obrigado, Srta. Law – disse ele. – Foi uma apresentação magnífica e uma perfeita conclusão para os entretenimentos da noite. Não gostaria de estar no lugar da pessoa que fosse tentar se apresentar depois da senhorita.

Ela era Judith Law de novo, o rosto em fogo por causa do constrangimento. Ela aceitou a mão dele, mas permaneceu de cabeça baixa e se apressou a voltar para a cadeira que ocupava, ao lado da avó, sem olhar para ninguém.

Rannulf percebeu que a Sra. Law secava os olhos vermelhos com um lenço. Ela agarrou uma das mãos da neta e apertou-a com força, embora não dissesse nada.

Rannulf se afastou.

– Mas, minha querida Srta. Law – perguntou a avó dele –, por que, sendo tão jovem, mantém cobertos esses cabelos lindos?

Rannulf viu quando Judith encarou a avó dele com os olhos arregalados de surpresa. Ele percebeu no mesmo instante que a atenção de *todos* os cavalheiros da sala estava concentrada nela.

– Lindos, madame? – disse Judith. – Ah, acho que não. A cor do próprio demônio, foi o que meu pai sempre disse. Minha mãe sempre descreveu como cor de cenoura.

*A cor do próprio demônio!* O próprio pai dela dizia isso?

– Ora, eu compararia seus cabelos a um pôr do sol radiante tingido de ouro, Srta. Law. Mas estou constrangendo-a. Rannulf...

– Ficamos até muito tarde, Lady Beamish – disse Lady Effingham com firmeza, colocando-se de pé –, já que minha sobrinha decidiu prolongar o entretenimento e fazer de si mesma o centro das atenções. A senhora foi muito gentil com ela e agradeço em nome de Judith por essa concessão. Mas está na hora de partirmos.

As carruagens foram trazidas e toda a bagagem extra necessária à troca de roupas depois da festa ao ar livre foi guardada pelos valetes e pelas camareiras que vieram de Harewood. Em meia hora, todos os convidados haviam partido e Rannulf acompanhou a avó até o quarto dela. Ela estava muito pálida de cansaço, embora não fosse admitir.

– Foi tudo muito agradável. A Srta. Effingham estava especialmente bela de rosa, não achou?

Ela usara rosa? Rannulf não percebera.

– Mas ela tem muito pouca compostura – acrescentou a avó. – É claro, só tem tido a mãe como exemplo a seguir, e Lady Effingham tem uma infeliz tendência à vulgaridade. Durante todo o jantar, e depois também, a moça flertou com todos os cavalheiros a seu alcance, imagino que só porque você não estava ao lado dela, Rannulf. É um comportamento reprovável em uma jovem que ainda espero que seja sua noiva. Está satisfeito com ela?

– A Srta. Effingham tem apenas 18 anos, vovó. É uma criança. Amadurecerá com o tempo.

– Imagino que sim. – Ela suspirou quando eles chegaram ao topo da escada. – Lorde Braithwaite tem um enorme talento cômico. Pode arrancar riso das circunstâncias mais ordinárias e não tem medo de fazer graça de si mesmo. Mas a Srta. Law! Ela tem o tipo de talento que nos deixa humildes e honrados em sua presença.

– Sim – concordou Rannulf.

– Pobre dama. – A avó suspirou outra vez. – Ela é inacreditavelmente linda e não sabe disso. O pai deve ser o tipo de ministro da igreja puritano, sem alegria. Como é possível dizer coisas tão terríveis sobre aqueles cabelos lindos dela?

– Ouso dizer, vovó – disse Rannulf –, que ele viu alguns de seus paroquianos olhando na direção dela e concluiu que devia haver alguma coisa pecaminosa na aparência da filha.

– Homem tolo! É um terrível destino ser mulher e pobre, não? – comentou a avó. – E ser oferecida à caridade de alguém como Louisa Effingham? Mas ao menos a Srta. Law tem a avó. Gertrude está tentando separar um dote para a neta.

*O que está feito não pode ser desfeito.* Aquela fala que Judith dissera como Lady Macbeth não saiu da cabeça de Rannulf enquanto acompanhava a avó até o quarto.

Como aquilo era verdade. Não poderia voltar atrás e cavalgar sozinho para buscar ajuda depois de passar por uma diligência tombada. Não poderia devolver a virgindade dela. Não poderia apagar aquelas duas noites, quando os dois haviam conversado, rido, se amado, e ele se dispusera a segui-la para onde ela fosse.

Não poderia voltar e mudar nada disso.

De algum modo, se apaixonara por Claire Campbell, admitiu para si mesmo. Não fora apenas desejo. Também houvera sentimento da parte dele. Não estava apaixonado por Judith Law, mas havia alguma coisa… Não era piedade. Ele teria sido logo afastado por ela se não pudesse lhe dar mais do que piedade. Também não era desejo, embora, para seu próprio constrangimento, quisesse muito levá-la para a cama. Não era… Ele simplesmente não sabia o que era. Nunca fora uma pessoa de cultivar emoções profundas. Até onde conseguia se lembrar, colorira o próprio mundo com um cinismo tênue e entediado.

Como poderia definir seus sentimentos por Judith Law quando não tinha referência alguma? Mas subitamente Rannulf se lembrou de Aidan, o irmão mais velho, sempre cumpridor do dever, sempre correto, duro, calado, soturno até, que se tornara oficial da cavalaria aos 18 anos, como havia sido planejado a vida inteira. Aidan, que havia pouco tempo se casara sem contar a ninguém da família, nem mesmo a Bewcastle, e então, de repente, vendera a patente no exército para viver com a esposa, com quem se casara apenas para cumprir uma promessa que fizera a um oficial subalterno, morto no sul da França. Rannulf acompanhara Aidan de Londres até a propriedade da esposa dele, na primeira parte da viagem para ver a avó, e conhecera Lady Aidan e as duas crianças, filhas adotivas dela.

Rannulf observara, fascinado, do lado de fora da casa, quando as duas crianças vieram correndo ansiosas para encontrar Aidan, chamando-o de papai. O irmão erguera os dois no colo e lhes devotara a mais carinhosa atenção, como se fossem frutos amados de seu próprio sangue. Então, Aidan olhara para a mulher, a envolvera com o braço livre e a beijara.

Sim, pensou Rannulf, *aquilo* era uma referência. Exatamente aquele momento em que Aidan passara o braço ao redor de Eve e a beijara, parecendo jovem e exuberante, vulnerável e invencível, tudo ao mesmo tempo.

Só havia uma palavra para descrever o que presenciara.

Amor.

Rannulf caminhou até o quarto de vestir e pegou a capa que guardava ali. Então, remexeu no bolso interno até encontrar o que procurava. Pegou o pacote, desembrulhou o papel marrom que o envolvia e baixou os olhos para a pequena caixa de rapé barata, com a horrível cabeça de porco entalhada na tampa. Riu baixinho, fechou a mão sobre a caixa e sentiu uma tristeza quase insuportável.

# CAPÍTULO XIV

Judith voltou para casa na última carruagem com a avó, que demorara um pouco mais na hora de se preparar para partir e pedira duas vezes que ela voltasse correndo ao quarto para se certificar de que não haviam esquecido nada. Já era muito tarde quando chegaram a Harewood e todos os hóspedes tinham se recolhido para seus aposentos.

Tia Effingham aguardava no hall de entrada.

– Judith – disse em um tom terrível –, ajude mamãe a se recolher ao quarto dela e me encontre na sala de visitas.

– Eu também irei, Louisa – disse a mãe.

– Mamãe – Lady Effingham lançou um olhar duro para a velha dama, embora tentasse suavizar o tom de voz –, está tarde e a senhora está cansada. Judith vai levá-la para cima e chamar Tillie, que vai ajudá-la a se despir e levará uma xícara de chá e uma dose do seu remédio para dormir.

– Não quero minha cama ou uma xícara de chá – disse a mãe com firmeza. – Irei para a sala de visitas. Judith, meu amor, posso incomodá-la pedindo que me dê o braço novamente? Acho que fiquei sentada tempo demais no roseiral esta tarde. O vento deixou minhas juntas rígidas.

Judith já esperava pela repreensão que viria. Mal podia acreditar que tivera a temeridade de *atuar* diante de uma audiência. O pai com certeza a condenaria a passar uma semana inteira no quarto a pão e água se tivesse feito algo parecido em casa. Chegara até a soltar os cabelos. Atuara e *reagira* à audiência, que lhe dera uma atenção absoluta, concentrada, embora não tivesse consciência disso na hora. *Fora* Lady Macbeth. A plateia gostara, a aplaudira e elogiara. O que fizera, então, não poderia ter sido tão ruim. Todos haviam entretido o grupo, nem sempre com música. Ela era uma dama. E convidada de Lady Beamish, tanto quanto qualquer outra pessoa ali.

Lady Beamish dissera que os cabelos dela eram lindos e gloriosos. De que outra forma ela os descrevera também? Judith franziu o cenho tentando se lembrar enquanto subia as escadas com a avó, a tia atrás delas.

*Eu compararia seus cabelos a um pôr do sol radiante tingido de ouro.*

Judith desconfiava que Lady Beamish, embora tivesse modos perfeitos, não fosse dada a elogios frívolos. Seria possível que os cabelos dela pudessem ser vistos daquela maneira?

– Esses brincos beliscam minhas orelhas quase tanto quanto os outros – reclamou a avó, arrancando os brincos quando entraram na sala de visitas. – Embora eu os *tenha* usado durante toda a noite, é claro. Agora, onde posso colocá-los para que não se percam?

– Me dê os brincos, vovó – disse Judith, pegando-os e colocando-os em segurança em sua bolsinha. – Eu os devolverei à sua caixa de joias quando subirmos.

Judith viu de relance que Horace estava na sala, sentado em uma poltrona, com um copo contendo uma bebida escura qualquer na mão, balançando a perna de forma despreocupada e encarando Judith com malícia e insolência. Julianne também estava lá, secando os olhos com um lenço com barrado de renda.

– Está se sentindo melhor, Horace? – perguntou a avó. – É uma pena que estivesse indisposto e que tenha perdido o jantar e as brincadeiras na sala de visitas logo depois.

– Indisposto, vovó? – Horace riu. – Foi a indisposição do tédio. Sei por experiências passadas como as noites na casa de Lady Beamish podem ser insípidas.

Judith sentia o estômago apertado de repulsa e tentou não olhar para ele ou ouvir sua voz.

– Foi uma noite horrorosa – disse Julianne. – Fiquei sentada à meia mesa de distância de lorde Rannulf e ele nem sequer protestou sobre a disposição de lugares, embora estivéssemos na casa da avó dele. E eu *achei* que Lady Beamish estava apoiando um compromisso entre nós. Acho que lorde Rannulf persuadiu a avó a mantê-lo longe de mim. Ele não gosta de mim. Não vai me pedir em casamento. Lorde Rannulf nem aplaudiu minha performance ao piano com mais entusiasmo do que aplaudiu Lady

Margaret, embora eu tenha tocado *muito* melhor do que ela. E não me pediu para tocar de novo. Nunca fui tão humilhada na vida. Ou tão desprezada. Mamãe, eu o odeio, *odeio*.

– Calma, calma, querida – disse a mãe em tom tranquilizador. Mas, claramente, a mente de Lady Effingham estava em outras questões que não as angústias da filha. O colo dela pareceu dobrar de tamanho quando se virou empertigada para a sobrinha. – Agora, *Srta. Judith Law*, faça a gentileza de se explicar.

– Me explicar, tia? – perguntou Judith enquanto ajudava a avó a se sentar na poltrona habitual, perto do fogo. Não iria se acovardar, decidiu. Não fizera nada errado.

– *Qual* foi a intenção daquele espetáculo vulgar que fez de si mesma esta noite? – perguntou a tia. – Fiquei tão envergonhada que mal sabia como manter a compostura. Seu pobre tio estava sem palavras durante todo o caminho de volta para casa, na carruagem, e se fechou na biblioteca assim que voltamos.

– Ah, santo Deus! – disse Horace. – O que andou aprontando, prima?

Mas antes que Judith pudesse responder, a avó falou:

– Vulgar, Louisa? *Vulgar?* Judith cedeu à insistência de todos para entreter o grupo, como fizeram os outros jovens. Ela representou uma cena e todos testemunhamos uma fantástica atuação. Fiquei surpresa e encantada. Fui levada às lágrimas pela atuação dela. Foi de longe a melhor performance da noite e todos os outros, ou *quase* todos, concordaram comigo.

Judith encarou a avó, estupefata. A velha dama na verdade estava furiosa, percebeu. Seus olhos cintilavam e havia duas manchas vermelhas colorindo seu rosto.

– Mamãe – disse tia Louisa –, acho que seria melhor que ficasse fora disso. Uma *dama* não solta os cabelos em público nem chama a atenção de todos com tais… teatralidades.

– Tsc, tsc – comentou Horace, erguendo o copo na direção de Judith. – Você fez isso, prima?

– Uma dama solta, *sim*, os cabelos à noite – disse a avó. – Quando está sonâmbula, não tem tempo para prender os cabelos primeiro. Judith não era ela esta noite, Louisa. Era Lady *Macbeth*. Atuar é isto: imergir em um personagem e dar vida a ele diante de uma audiência. Mas eu não esperaria que você compreendesse.

Judith estava surpresa que a avó compreendesse.

– Lamento se a desagradei, tia Louisa – manifestou-se Judith. – Mas não posso me desculpar por proporcionar um pouco de entretenimento ao grupo, quando tanto lorde Rannulf quanto Lady Beamish insistiram para que eu fizesse isso. Teria sido falta de educação de minha parte recusar. Escolhi fazer o que achei que poderia fazer bem. Não entendo por que sente tanta aversão ao ato de representar. A senhora é como papai nesse ponto. Ninguém mais esta noite pareceu escandalizado. Ao contrário, na verdade.

A avó pegara uma das mãos de Judith entre as suas e a esfregava, como se estivesse fria.

– Judith, meu amor, acho que seu pai nunca lhe contou, não é? Nem ele, nem Louisa conseguiram perdoar completamente seu avô pelo que fez a eles, e os dois fugiram desse assunto durante toda a vida. Embora nenhum dos dois teria uma *vida* se seu avô não houvesse feito o que fez.

Judith baixou os olhos para a avó, sem compreender.

– Mamãe! – falou tia Louisa em uma voz firme. – Já basta! Julianne…

– Seu avô me conheceu nos bastidores do Covent Garden Theater, em Londres – explicou a velha dama. – Ele disse que se apaixonou por mim ainda antes disso, quando me viu atuando no palco, e sempre acreditei nele, embora todos os cavalheiros costumassem dizer a mesma coisa, ou algo similar… e havia muitos cavalheiros. Seu avô se casou comigo três meses mais tarde e passamos 32 anos felizes juntos.

– Vovó? – Julianne estava claramente horrorizada. – A senhora foi *atriz*? Ah, isso é intolerável. E se Lady Beamish descobrir a verdade, mamãe? E se *lorde Rannulf* descobrir? Vou morrer de vergonha. Juro que vou.

– Ora, ora – murmurou Horace baixinho.

A avó deu uma batidinha carinhosa na mão de Judith.

– Desde que era criança, eu soube que você era a mais parecida comigo, meu amor. Aqueles cabelos! Eles horrorizaram seu pobre pai e sua mãe também. Diziam que eram chamativos demais para uma criança da casa paroquial… além de sugerirem que você talvez pudesse ter herdado mais do que os cabelos de sua escandalosa avó. Quando a vi esta noite, foi como olhar para mim mesma há quase cinquenta anos. A não ser pelo fato de que você é mais linda do que eu jamais fui, e melhor atriz também.

– Ah, vovó! – disse Judith, apertando a mão roliça e cheia de anéis sob a sua. De repente, a vida de Judith fazia sentido de novo.

– Ora, não vou aturar isso, senhorita – avisou tia Louisa. – Você envergonhou a mim e à minha filha jovem e impressionável diante de hóspedes que selecionei da nata da sociedade e também diante de Lady Beamish e do filho de um *duque*, que está cortejando Julianne. Devo lembrar a você que foi trazida para cá pela bondade e caridade de seu tio. Permanecerá aqui pela próxima semana, quando ainda precisarei que cuide de sua avó. Amanhã escreverei a meu irmão para informar que estou muito insatisfeita com você. Imagino que ele não se surpreenderá. Vou me oferecer para receber alguma de suas irmãs no seu lugar. Desta vez, vou pedir especificamente que Hilary venha, pois é jovem o bastante para aprender o lugar dela. *Você voltará para casa em desgraça.*

– Tsc, tsc, prima... Depois de apenas uma semana...

Judith deveria estar se sentindo aliviada, até mesmo eufórica. Estava voltando para *casa*? Mas o pai saberia tudo sobre a representação dela na casa de Lady Beamish. E Hilary teria que ocupar seu lugar na casa dos Effinghams.

– Se Judith for, irei também – avisou a avó. – Venderei algumas de minhas joias, Judith. Você sabe que elas valem uma fortuna. Vamos comprar um chalezinho em algum lugar e viveremos juntas. Levaremos Tillie conosco.

Judith apertou a mão da velha dama.

– Venha, vovó. Está tarde e a senhora está aborrecida e cansada. Eu a ajudarei a chegar a seu quarto. Conversaremos pela manhã.

– Mamãe? – choramingou Julianne. – Não está prestando nenhuma atenção a *mim*! Acho que também não se importa comigo. O que vou fazer a respeito de lorde Rannulf? *Preciso* tê-lo. Ele praticamente me ignorou esta noite e agora pode acabar descobrindo que sou neta de uma *atriz*.

– Minha querida Julianne, há mais de uma maneira de agarrar um marido. Você será Lady Rannulf Bedwyn antes que o verão termine. Confie em mim.

Horace sorriu com maldade quando Judith passou pela cadeira dele, com a avó apoiada pesadamente em seus braços.

– Lembre-se do que eu lhe disse, *prima*.

Durante a semana seguinte, Rannulf passou as manhãs com o capataz da avó, aprendendo a complexa rotina de uma propriedade como aquela. Ele ficou surpreso ao descobrir que gostava de se debruçar sobre os livros de contabilidade e outros documentos de negócios quase tanto quanto gostava de cavalgar pelos campos de cultivo e pelas terras dos arrendatários, vendo tudo por si mesmo e conversando com vários trabalhadores do lugar. Rannulf se preocupava apenas com uma coisa.

– Não a estou ofendendo, vovó? – perguntou a ela, durante um café da manhã, pegando a mão fina, de pele quase translúcida, com veias azuis, e segurando-a com delicadeza. – Não estou lhe dando a impressão de que estou assumindo a situação como se fosse o dono aqui? Sabe que meu desejo era que a senhora vivesse por mais dez, vinte anos, mais ainda.

– Não estou certa de que tenho energia para atender a seu desejo – retrucou ela. – Mas você está iluminando meus últimos dias, Rannulf. Devo admitir que não esperava por isso, embora *esperasse* que você aprendesse rapidamente e que fizesse um belo trabalho aqui depois que eu me fosse. Você é um Bedwyn, afinal de contas, e os Bedwyns sempre levam seus deveres a sério, não importa o que mais se possa dizer sobre eles.

Ele levou a mão da avó aos lábios e a beijou.

– Se ao menos eu pudesse vê-lo casado... Mas será Julianne Effingham a moça certa para você? Tive tanta esperança de que fosse. É minha vizinha, a avó é uma das minhas amigas mais queridas, é jovem e bonita. O que *você* acha, Rannulf?

Rannulf tivera esperança de que a avó fosse mudar de ideia sobre pressioná-lo a casar. Ao mesmo tempo, sabia que ela ficaria amargamente desapontada se não se casasse logo.

– Acho que é melhor eu continuar indo a Harewood todos os dias. O grupo de visitantes irá embora daqui a uma semana. O dia do baile está quase chegando. Eu lhe prometi que consideraria seriamente a moça, vovó, e é o que farei.

Mas o problema era, conforme Rannulf descobriu no decorrer da semana, que ele não conseguia gostar nem um pouco da Srta. Effingham. A moça continuava a ficar amuada sempre que ele se negava a paparicá-la o tempo todo e ainda tentava puni-lo flertando com outros cavalheiros. Ela tagarelava sem parar sobre seus vários feitos e conquistas sempre que estavam juntos e ria como tola das lisonjas dele. A Srta. Effingham o entediava. E, é claro, a mãe dela fazia tudo o que estava a seu alcance para mantê-los juntos. Sempre se sentavam um ao lado do outro quando Rannulf ia jantar em Harewood. Sempre seguiam na mesma carruagem todas as vezes que saíam para as várias excursões a lugares interessantes. Rannulf era sempre chamado para virar as páginas das partituras dela.

Às vezes, Rannulf achava que talvez ainda fosse a Harewood menos pelo bem da avó e mais na esperança de dar uma palavra a sós com Judith Law. Ele temia, no fim das contas, ter cometido um terrível erro ao manobrar a situação para que ela representasse àquela noite, em Grandmaison. Judith nunca fora muito visível em Harewood, mas agora era ainda menos. Nunca estava na mesa de jantar, nem se juntava a nenhum dos passeios ou atividades ao ar livre. Nas poucas ocasiões em que aparecia na sala de visitas, se comportava mais como uma dama de companhia contratada para a Sra. Law e se retirava cedo com a avó.

Uma coisa logo ficou clara para Rannulf. Quando Tanguay a convidou para ser parceira dele em um jogo de cartas, Lady Effingham informou ao rapaz que a mãe dela estava indisposta e que precisava que a Srta. Law a ajudasse a se acomodar e lhe fizesse companhia. Quando Roy-Hill convidou Judith Law para se juntar ao grupo perto do piano, a Srta. Effingham alegou que a prima não tinha interesse em nada que se referisse à musica. Quando todos decidiram brincar de charadas uma noite e Braithwaite escolhera a Srta. Law para seu time, Lady Effingham disse que a sobrinha estava com dor de cabeça e que fora liberada de permanecer na sala por mais tempo.

Os cavalheiros convidados despertaram para a existência de Judith Law. E Lady Effingham a punia exatamente por isso. Sim, percebeu Rannulf, era ele o responsável por aquela situação infeliz. Fizera a coisa errada e acabara piorando a vida dela. Assim, não fez nenhuma tentativa de falar com Judith quando a tia ou a prima pudessem ver. Não queria tornar a situação ainda pior para Judith. Aguardaria o momento certo.

Um dia antes do baile, todos foram até a cidade, já que a maior parte das pessoas precisava fazer algumas compras para a ocasião. Rannulf havia declinado do convite para se juntar a eles. A avó decidira aproveitar a oportunidade para visitar a Sra. Law, aproveitando o momento de tranquilidade. Rannulf a acompanhou, embora a avó lhe assegurasse que não era necessário.

– Não vou me intrometer na sua visita, vovó. Vou dar uma caminhada depois de cumprimentar a Sra. Law.

Ele teve a esperança de poder convidar Judith Law para acompanhá-lo na caminhada, mas ela não estava na sala de visitas.

– Minha neta está no quarto dela, escrevendo cartas para as irmãs, eu acho – informou a Sra. Law a Rannulf quando ele perguntou pela saúde da moça. – Embora eu não veja necessidade, já que ela as verá logo.

– As irmãs da Srta. Law estão vindo para Harewood? – perguntou Lady Beamish. – Seria muito agradável para ela.

A Sra. Law suspirou.

– Uma delas virá – respondeu. – Judith vai voltar para casa.

– Lamento ouvir isso – comentou Lady Beamish. – Você sentirá falta dela, Gertrude?

– Sentirei – admitiu a Sra. Law. – Terrivelmente.

– A Srta. Law é uma jovem simpática – disse Lady Beamish. – E quando representou para nós algumas noites atrás, percebi o quanto também é bela e talentosa! Herdou isso de você, é claro.

Rannulf se desculpou e foi para o lado de fora da casa. Estava um dia frio e nublado, mas não chovia. Ele seguiu em direção à colina nos fundos da casa. Não esperava encontrar Judith Law ali, mas mais inconveniente seria subir até o quarto dela e bater à porta.

Ela estava no lago novamente, não nadando desta vez, mas sentada à frente do salgueiro, as mãos cruzadas no colo, olhando para a água. Os cabelos trançados em um coque elegante na nuca, a touca que ele comprara ao lado, na relva. Judith usava uma peliça de mangas compridas sobre o vestido.

Rannulf desceu a colina devagar, sem tentar disfarçar sua aproximação. Não queria surpreendê-la ou assustá-la. Judith o ouviu quando ele estava a meio caminho da colina e olhou por cima do ombro por um momento, antes de voltar à posição anterior.

– Parece que lhe devo um pedido de desculpas. Embora imagine que um simples pedido de desculpas seja completamente inadequado.

Rannulf ficou de pé atrás dela, o ombro apoiado contra o tronco da árvore.

– Não me deve nada – retrucou ela.

– Você está sendo mandada para casa.

– Isso dificilmente pode ser considerado um castigo, não é mesmo? – perguntou Judith.

– E uma de suas irmãs vai ficar em seu lugar, aqui.

Mesmo sob a sombra da árvore e com apenas nuvens pesadas acima deles, os cabelos dela cintilavam em dourado e vermelho.

– Sim.

Judith inclinou a cabeça para a frente até apoiar a testa nos joelhos, uma posição que ele começava a reconhecer como característica dela.

– Eu não deveria ter me intrometido – disse Rannulf em uma declaração óbvia. – Sabia que a pessoa mais talentosa da sala ainda não se apresentara e não pude resistir.

– Não precisa se sentir culpado por isso. Estou feliz que tenha acontecido. Estava sentada lá, sonhando em fazer exatamente o que *fiz*, quando você e Lady Beamish me persuadiram a contribuir para o entretenimento do grupo. Foi a primeira coisa livre que fiz desde que cheguei aqui. E me fez perceber como tenho sido abjeta. Venho sendo muito mais feliz durante os últimos dias, embora talvez isso não tenha ficado aparente nas poucas vezes em que me viu. Sabe, vovó e eu decidimos que o melhor para mim é me comportar como esperam que eu faça quando estivermos com outras pessoas, mas fazemos isso o mínimo possível. Quando estamos juntas, conversamos mais do que nunca, rimos e nos divertimos. Ela... – Judith ergueu a cabeça e riu baixinho. – Ela gosta de escovar meus cabelos por meia hora ou mais, várias vezes. Diz que é bom para as mãos dela... e para seu coração. Acho que assim ajudo vovó a não pensar tanto em todas as suas doenças imaginárias. Vovó está mais animada, mais alegre do que quando cheguei.

Rannulf teve uma súbita e vívida lembrança de quando se ajoelhou atrás dela, na cama, no Rum & Puncheon, escovando os cabelos de Claire Campbell, antes de fazerem amor.

– Ela sentirá sua falta quando você partir – comentou ele.

– Vovó quer vender algumas de suas joias e comprar um chalé em algum lugar, para que possamos viver juntas. Mas não sei se isso realmente vai acontecer. De qualquer modo, não deve se sentir culpado por ter sido a causa involuntária de tudo o que está acontecendo. Estou *feliz* que tenha acontecido, pois me deixou muito mais próxima de minha avó e me fez compreender melhor quem eu sou.

Ela não deu maiores explicações, mas Rannulf se lembrou do que fora dito pouco tempo antes.

– Minha avó diz que você herdou seu talento da Sra. Law.

– Ah, então Lady Beamish *realmente* sabe? – perguntou ela. – E você também? Minha tia e Julianne estão tão preocupadas com a possibilidade de vocês descobrirem a verdade.

– Sua avó foi atriz? – perguntou Rannulf, afastando-se da árvore e sentando-se ao lado dela na relva.

– Em Londres. – Ele notou que agora ela sorria. – Meu avô se apaixonou por ela quando vovó estava no palco, representando. Foi encontrá-la nos bastidores do Covent Garden Theater e se casou com ela três meses depois, para horror da própria família. Vovó era filha de um comerciante de tecidos. Fizera muito sucesso como atriz e fora muito cortejada por todos os cavalheiros elegantes. Deve ter sido muito linda, imagino, embora tivesse cabelos vermelhos como os meus.

Era difícil imaginar a Sra. Law jovem, linda, com cabelos ruivos e cortejada pelos belos e ricos de sua época. Mas não era impossível. Mesmo agora, idosa, rechonchuda e com os cabelos grisalhos, a Sra. Law possuía certo encanto e sua figura enfeitada de joias sugeria uma personalidade exuberante, que combinava bem com seu passado de atriz. Ela podia, sim, ter sido uma bela mulher em sua época.

– Vovó manteve o corpo esguio até meu avô morrer. Então começou a comer para se consolar e isso acabou se tornando um hábito. É triste, não é, que ela tenha tido um casamento tão feliz e, ainda assim, seus dois filhos, minha tia e meu pai, tenham vergonha da mãe e de seu passado? *Eu* não tenho vergonha dela.

Rannulf havia pegado uma das mãos dela antes que se desse conta.

– E por que deveria ter? Ela é a maior responsável por sua beleza, por seu talento e pela riqueza do seu caráter.

E, ainda assim, Rannulf pensou, os Bedwyn seriam os primeiros a evitar uma mulher com um passado tão manchado. Ele ficou surpreso que a avó, sabendo a verdade sobre a amiga, considerasse Julianne Effingham uma noiva adequada para ele, mesmo possuindo uma linhagem impecável. Bewcastle, no entanto, talvez tivesse ideias muito diferentes sobre o assunto.

– Me diga uma coisa – pediu Judith, arfante e agitada de repente. – E, por favor, seja sincero. Eu *sou* bonita?

Rannulf subitamente entendeu… por que ela fora ensinada a ver os cabelos vermelhos como vergonha e motivo de embaraço, por que fora encorajada a pensar em si mesma como uma moça feia. Todas as vezes que olhava para ela, o pai, o reverendo, devia se lembrar da mãe, que ainda poderia envergonhá-lo diante de seu rebanho e seus pares se descobrissem a verdade. A segunda filha deve ter sido sempre uma cruz pesada para carregar.

Com a mão livre, Rannulf segurou o queixo de Judith e virou o rosto dela em sua direção. Ela estava ruborizada de vergonha.

– Conheci muitas mulheres, Judith. Admirei as mais adoráveis, idolatrei umas poucas à distância, persegui outras com alguma determinação. Isso é o que homens ricos, ociosos e entediados como eu costumam fazer. Posso lhe dizer sinceramente que nunca conheci uma mulher cuja beleza chegasse aos pés da sua.

Seria verdade aquela declaração extravagante? Ela era mesmo tão linda? Ou a beleza era apenas um dos muitos atributos de Judith Law? Não importava. Havia muita verdade, afinal, naquele antigo clichê que dizia que a beleza era mais do que a aparência.

– Você é linda – disse Rannulf.

Então, baixou a cabeça e beijou-a delicadamente nos lábios.

– Sou? – Os olhos verdes dela estavam marejados quando levantou a cabeça. – Não sou vulgar? Não pareço vulgar?

– Como a beleza pode ser vulgar?

– Quando os homens olham para mim e realmente me veem, se tornam maliciosos.

– Isso acontece porque a beleza feminina é desejável para os homens – explicou Rannulf. – E onde não há autocontrole, nem galanteria, quando um homem não é também um cavalheiro, então há malícia. A beleza não é menos bela porque alguns homens se comportam mal em sua presença.

– Você não é malicioso.

Ele se sentiu profundamente envergonhado. Assim que pousara os olhos nela, a desejara e fora atrás do que queria. Sua motivação tinha sido puro desejo.

– Não? – retrucou ele.

Judith balançou a cabeça.

– Havia algo a mais em seus olhos, apesar de suas palavras e ações. Certo… humor, talvez? Não sei a palavra exata. Você não me fez estremecer de horror. Fez com que me sentisse… alegre.

Que Deus o ajudasse.

– Você fez com que eu me sentisse bonita – continuou. E sorriu lentamente para ele. – Pela primeira vez na vida. Obrigada.

Ele sentiu-se desconfortável e constrangido. Merecia ser chicoteado pelo que fizera com Judith, mas ela agradecia.

– É melhor voltarmos para casa – disse Judith, levantando os olhos quando ele retirou a mão do seu queixo. – Sinto que vai chover.

Eles levantaram, sacudiram a relva das roupas, e Judith arrumou a touca com cuidado sobre os cabelos, amarrando as fitas em um laço grande de um dos lados do queixo. Ela parecia linda e viva sem a touca.

– Vou subir a colina e dar a volta até a frente da casa novamente – avisou ela.

Mas Rannulf tivera outra ideia, embora não houvesse pensado a respeito, nem desejado pensar.

– Vamos juntos. Não há ninguém aqui para nos ver.

Ele ofereceu o braço a ela, que aceitou depois de um momento de hesitação, e os dois subiram a colina juntos, sentindo ocasionais gotas de chuva os atingirem.

– Imagino que esteja se sentindo muito entediado aqui no campo. Ainda assim, não se juntou às várias atividades que aconteceram entre os convidados esta semana – comentou Judith.

– Estou aprendendo sobre o cultivo e a administração da propriedade de minha avó – explicou Rannulf. – E me divertindo muito, sabia?

Ela virou a cabeça para encará-lo.

– *Se divertindo?* – Judith riu.

Ele riu também.

– Também foi uma surpresa para mim. Grandmaison será minha com o tempo, mas nunca me interessei por sua administração. Agora estou interessado. Imagine-me daqui a alguns anos, andando pela minha terra com um cão desalinhado em meus calcanhares, um casaco de corte ruim nas minhas costas e nada sobre o que conversar a não ser cultivo, drenagem e gado.

– É difícil imaginar. – Judith riu novamente. – Conte-me mais. O que aprendeu? O que viu? Planeja fazer alguma mudança quando a propriedade for sua?

A princípio, pensou que ela estava perguntando por mera educação, mas logo ficou claro que Judith realmente se interessara. Então ele começou a contar sobre todas as coisas que o teriam feito bocejar apenas uma semana ou dias antes, enquanto caminhavam.

As duas damas mais velhas ainda encontravam-se na sala de visitas, onde Rannulf as deixara. Judith teria tirado o braço do dele, entrado em casa e corrido para o próprio quarto, mas ele não deixou.

– São apenas nossas avós – argumentou Rannulf. – Mais ninguém voltou da cidade ainda.

Ele manteve o braço dela no dele quando os dois entraram na sala e as duas senhoras levantaram a cabeça.

– Encontrei a Srta. Law enquanto caminhava lá fora e estivemos aproveitando a companhia um do outro na última hora.

Ele percebeu que os olhos da avó imediatamente ficaram mais atentos.

– Srta. Law, está usando uma linda touca. O ar fresco acrescentou um belo rubor a seu rosto. Venha sentar-se a meu lado e me conte onde aprendeu a atuar tão bem.

Rannulf também se sentou, depois de puxar a corda do sino, a pedido da Sra. Law, para que ela pudesse pedir que trouxessem chá fresco.

# CAPÍTULO XV

Judith não estava certa se compareceria ao baile em Harewood, apesar de a avó dizer que deveria ir, mesmo que só para lhe fazer companhia.

– Embora ouse dizer que todos os jovens cavalheiros irão disputar pelo prazer de dançar com você – disse a Sra. Law. – Percebi como a atitude deles mudou durante a semana. E é muito justo. Você é tão minha neta quanto Julianne ou Branwell.

Judith tinha que admitir que era uma perspectiva tentadora: comparecer a um baile e ter parceiros de dança. Sempre se divertira muito nas festas comunitárias da cidade onde morava. Nunca lhe faltaram parceiros. Na época, Judith presumira que estivessem sendo gentis ao dançarem com ela, mas uma nova possibilidade começava a surgir em sua mente.

*Nunca conheci uma mulher cuja beleza chegasse aos pés da sua.*

Judith se sentia tentada a ir ao baile, mas tinha pavor de imaginar que lorde Rannulf pudesse escolher aquele ponto alto da temporada festiva em Harewood para anunciar seu noivado com Julianne. Não suportaria estar presente e ouvir isso ou ver a expressão de triunfo nos rostos da prima e de tia Effingham. Não aguentaria ver a expressão de resignação zombeteira no rosto dele... e estava certa de que essa seria a expressão dele.

Já havia quase decidido não comparecer ao baile até encontrar Branwell nas escadas, quando subia depois de tomar café da manhã.

– Bom dia, Jude. – Ele pousou uma das mãos no ombro da irmã e beijou seu rosto. – Levantou cedo, como sempre? É melhor ter um sono de beleza esta tarde. Todos os camaradas querem dançar com você esta noite e vêm *me* pedindo para persuadi-la, como se tivesse sido eu a proibi-la de participar de qualquer coisa nas duas últimas semanas. Suponho que tenha sido tia Louisa. É humilhante que minha própria irmã seja tratada como uma criada, só porque papai é ministro da Igreja...

– Não estou interessada em dançar, Bran – mentiu Judith.

– Conversa fiada! – retrucou ele. – Todas vocês, garotas, sempre adoraram as festas da cidade. Escute, Jude, assim que eu pagar a todos esses comerciantes impertinentes e inoportunos, vou me estabelecer em alguma carreira e fazer fortuna. Então poderá voltar para casa e, junto a nossas irmãs, terão possibilidade de encontrar maridos respeitáveis. Tudo ficará bem.

Judith não contara ao irmão que ela voltaria para casa... em desgraça. E Hilary ficaria em seu lugar.

– Mas como vai pagar suas dívidas, Bran? – perguntou Judith, com relutância.

Passara a semana tentando não pensar sobre essas dívidas. Em um momento humilhante, pensara até em pedir à avó... A expressão animada do irmão vacilou por um momento, mas logo ele sorria despreocupado de novo.

– Algo vai surgir. Tenho fé. Você não deve se preocupar com esse assunto. Em vez disso, pense no baile. Prometa-me que comparecerá.

– Ah, está bem – respondeu Judith impulsivamente, antes de continuar a subir as escadas. – Eu irei.

– Esplêndido!

Havia mais uma coisa a fazer antes de voltar para casa: ir ao baile. E iria como ela mesma, não como uma parente pobre que vivia escondida da vista dos outros. Dançaria com qualquer cavalheiro que a convidasse. Se não fosse convidada a dançar, então se sentaria com a avó e aproveitaria a festa da mesma forma. E se o noivado de Julianne fosse anunciado... A determinação de Judith falseou por um momento quando pousou a mão sobre a maçaneta da porta do quarto. Se o noivado da prima com lorde Rannulf fosse anunciado, ela ergueria o queixo, sorriria e se cobriria com toda a dignidade de uma dama que pudesse reunir.

Como era possível que aquele leve beijo nos lábios na véspera pudesse tê-la abalado com tanta intensidade quanto o contato sexual que tiveram poucas semanas antes? Talvez por antes ter sido apenas um encontro sexual, enquanto na véspera fora... o quê? Não amor. Ternura, talvez? Lorde

Rannulf dissera que ela era linda e a beijara. Mas não com desejo, embora talvez houvesse desejo também, para os dois. Houvera mais do que desejo. Houvera... sim, deve ter sido ternura.

Talvez, quando retornasse para casa e bloqueasse a imagem de lorde Rannulf casado com Julianne da mente, conseguisse recuperar seu sonho roubado e revivê-lo em seu coração.

– Minha primeira ideia quando soube do baile em Harewood foi que seria uma ocasião perfeita para o anúncio de seu noivado com Julianne Effingham – comentou Lady Beamish com o neto. – Isso passou por sua cabeça, Rannulf?

– Sim, passou – respondeu ele com sinceridade.

– E?

Ela estava sentada diante dele na sala de estar do primeiro andar, parecendo mais magra e frágil do que nunca, embora as costas permanecessem retas, percebeu Rannulf, sem contar com o apoio do encosto da cadeira.

– Ainda é o que mais deseja? – perguntou ele.

A avó o encarou, pensativa, antes de responder.

– O que mais desejo? Não, Rannulf, o que mais desejo é vê-lo feliz. Mesmo que, para isso, continue solteiro.

Ela o deixara livre... e pousara sobre os ombros dele o fardo do amor.

– Não – disse Rannulf. – Não acredito que vá permanecer solteiro, vovó. Quando nos envolvemos com a terra, compreendemos e apreciamos o eterno ciclo de nascimento e morte, renovação e reprodução. Assim como a senhora precisa da segurança de saber que esta terra passará para mim e para meus descendentes, eu preciso da segurança de saber que ela passará para um filho meu depois de minha morte... ou talvez para uma filha, ou um neto. Com certeza me casarei.

Ele não tinha formulado os pensamentos com clareza nem para si mesmo até aquele momento, mas sabia que eram a verdade.

– Julianne Effingham? – perguntou a avó.

Rannulf a encarou de volta, mas nem mesmo o amor deveria ameaçar a essência de quem ele era.

– Não a Srta. Effingham – respondeu ele com delicadeza. – Sinto muito, vovó. Não apenas não sinto afeição por ela, como também sinto uma real aversão.

– Fico aliviada por saber disso. – Ela o surpreendeu ao responder. – Foi uma tolice de minha parte, nascida do desejo egoísta de vê-lo casado antes que fosse tarde demais.

– Vovó...

Ela ergueu a mão para silenciá-lo.

– Sente afeição pela Srta. Law?

Ele ficou olhando para a avó e pigarreou.

– Srta. Law?

– Ela é muitas coisas que a prima não é.

– Mas é pobre – falou Rannulf bruscamente, se levantou e caminhou até as janelas francesas, que estavam fechadas àquela manhã para protegê-los do tempo frio e nublado, como na véspera. – Aquele inútil do irmão dela logo levará a família à ruína total. O pai é um cavalheiro cuja mãe é uma ex-atriz, filha de um comerciante de tecidos. A mãe provavelmente é uma Lady, embora também não devesse ser rica ou de grande proeminência social antes de se casar com o reverendo Law.

– Ah, você tem *vergonha* dela.

– Vergonha? – Ele olhou para a fonte do lado de fora, o cenho franzido. – Eu teria que ter algum sentimento pessoal por ela antes de sentir vergonha.

– E não tem?

Fora um plano impetuoso o da véspera, de tornar a avó ciente de Judith Law e de uma possível ligação entre ele e a moça. Mas a avó não comentara nada durante a viagem de volta para casa ou pelo resto do dia.

– Vovó, caminhei com a Srta. Law pelos jardins duas semanas atrás. Encorajei a moça a representar para nós uma semana atrás, quando quase todos os outros convidados haviam feito isso, menos ela. Encontrei a Srta. Law nos gramados de Harewood ontem e caminhamos e conversamos por uma hora. Por que eu teria sentimentos por ela?

– Seria estranho se não os tivesse – comentou a avó. – A Srta. Law é uma mulher de extraordinária beleza, depois que se vê além do disfarce, e o conheço bem para saber que admira lindas mulheres. Mas ela é mais do que linda. Pensa. Assim como você, quando se dá ao trabalho. Além de tudo isso, Rannulf, havia certa expressão em seu rosto ao voltar de sua caminhada.

– *Expressão?* – Ele franziu o cenho para a avó. – Está se referindo a uma expressão de paixão tola? Não sinto isso.

Ainda assim, Rannulf queria que a avó o contradissesse, que o encorajasse, o convencesse de que a ligação com Judith seria adequada.

– Não. Se fosse a expressão de tolice masculina, eu não a levaria em consideração, embora seja meu dever lembrá-lo de que ela é uma dama e é sobrinha de Sir George Effingham e neta de minha amiga mais querida.

Rannulf se sentiu terrivelmente culpado... de novo!

– Bewcastle nunca aprovaria um casamento desses.

– Ainda assim, Aidan acaba de se casar com a filha de um mineiro de carvão, e Bewcastle não apenas a recebeu, como até arranjou tudo para que fosse apresentada à rainha e deu um baile em homenagem a ela na Bedwyn House.

– Bewcastle se viu diante de um fato consumado – retrucou Rannulf. – Ele, então, fez o melhor que podia para amenizar o que deve considerar um desastre.

– Vou lhe pedir que me dê o braço enquanto subo para meus aposentos – disse ela. – Mas antes quero lhe deixar um conselho: se permitir que o orgulho e a vergonha escondam sentimentos mais ternos, vai perder a chance de fazer um casamento que suprirá todas suas necessidades, incluindo as do coração. Pare de colocar a culpa em Bewcastle.

– *Não* tenho vergonha dela! – declarou ele. – Muito pelo contrário. Estou...

Ele se calou subitamente e se apressou na direção da avó que ficara de pé.

– Acredito que a palavra correta seja *apaixonado* – comentou a avó, pousando a mão levemente sobre a manga do paletó dele. – Mas nenhum neto meu que se dê ao respeito poderia admitir um sentimento tão tolo, não é mesmo?

Aquilo não era verdade, pensou Rannulf. Ele estava, para sua vergonha, cheio de desejo por Judith Law. Gostava dela. Sentia-se atraído pela personalidade dela e se pegava pensando nela constantemente quando estava acordado. Sonhava com ela quando dormia. Descobrira que podia conversar com Judith como nunca fora capaz de conversar com qualquer outra mulher, talvez com exceção de Freyja. Mas, mesmo com a irmã, havia uma atitude de cinismo entediado a ser mantida. Rannulf não conseguia se imaginar conversando com entusiasmo sobre cultivo e administração de uma propriedade com Freyja. Com Judith Law, podia relaxar e ser ele mesmo, embora tivesse a sensação de que apenas nas duas últimas semanas houvesse começado a perceber quem realmente era.

A avó havia, na realidade, dado sua bênção para que cortejasse Judith Law. Bewcastle... Ora, Bewcastle não era o guardião dele.

Rannulf se perguntou se Judith teria a intenção de comparecer ao baile daquela noite. É claro, ela o recusara antes, havia apenas duas semanas. Mas talvez pudesse persuadi-la a mudar de ideia. Precisaria ser muito cauteloso, é claro, para não humilhar abertamente a Srta. Effingham. Por mais tola e vaidosa que fosse a moça, não merecia isso.

Judith costurou com determinação durante toda a manhã, imaginando que seria mantida ocupada ao longo da tarde com os preparativos para o baile. Não estava errada. A tia a fez correr de um lado para outro o tempo todo, levando mensagens e ordens para a governanta ou o mordomo, sendo que nenhum dos dois estava no lugar onde deveria estar. Também ficou encarregada da monumental tarefa de arrumar as flores que haviam sido colhidas para o salão de baile e de posicionar os arranjos nos lugares certos, em uma combinação agradável com as plantas já em vasos. Era um trabalho do qual Judith gostava, mas, quando estava no salão de baile, descobriu que os criados não paravam de consultá-la para resolver todos os problemas, mesmo os mais ínfimos.

Então ela foi mandada à cidade, para comprar fita para os cabelos de Julianne, já que a fita que a moça comprara na véspera fora declarada errada, tanto na cor quanto na largura, depois que já fora paga e levada para casa. Era uma longa caminhada de ida e de volta. Judith teria apreciado a oportunidade de sair e aproveitar o ar fresco, mesmo em um dia nublado. Mas tivera a esperança de conseguir lavar os cabelos e descansar um pouco antes da hora de se vestir para a noite. Ela se apressou a fazer o que era preciso de modo a conseguir algum tempo para si mesma depois.

A porta do quarto de vestir de Julianne estava entreaberta quando Judith voltou. Ela levantou a mão para bater, mas se deteve quando ouviu a risada de Horace lá dentro. Ele não a incomodara abertamente durante a última semana, embora nunca perdesse qualquer oportunidade de dizer alguma coisa maldosa ou sarcástica que só ela pudesse ouvir. Judith o evitava sempre que podia. E, naquele momento, resolveu que esperaria. Ou levaria a fita para o quarto de tia Effingham e fingiria que tinha esquecido que deveria levá-la para o de Julianne.

– Simplesmente preciso que ele seja meu – dizia Julianne, em sua típica voz petulante. – Ficarei mortificada se não me pedir em casamento antes de todos irem embora de Harewood. Todos *sabem* que ele está me cortejando. E *sabem* também que desencorajei as investidas de meus outros admiradores, até mesmo de lorde Braithwaite.

Judith se virou, pronta para se afastar.

– E você o terá, sua tolinha – disse Horace. – Não ouviu o que sua mãe acabou de dizer? Ele deve ser *forçado* a pedi-la em casamento. Tudo o que precisa fazer é se certificar de ser encontrada em uma situação comprometedora com o cavalheiro. Ele fará o que for decente. Conheço homens como Bedwyn. Ser um *cavalheiro* significa mais para eles do que a própria vida.

Àquela altura, Judith não pôde se impedir de continuar ouvindo.

– Horace está certo, querida – concordou tia Effingham. – E é correto que ele se case com você depois de brincar com seus sentimentos.

– Mas como eu *faço* isso? – perguntou Julianne.

– Deus! – exclamou Horace, parecendo entediado. – Você não tem imaginação, Julianne? Diga a ele que está prestes a desmaiar e faça com que a leve para um lugar isolado. Vá para a biblioteca. Ninguém vai lá a não ser papai, e até mesmo ele não estará lá esta noite porque achará que é seu dever permanecer no salão de baile. Aproxime-se de Bedwyn. Faça-o passar os braços ao seu redor e beijá-la. Então entrarei lá… com papai. Seu noivado será anunciado antes do fim do baile.

– Como vai convencer papai a ir para a biblioteca com você? – perguntou Julianne.

– Se não conseguir inventar um motivo para arrastá-lo para seu lugar favorito no mundo, sou capaz de comer meu chapéu – disse Horace. – O mais novo.

– Mamãe?

– Funcionaria muito bem – retrucou tia Effingham. – Você sabe, minha querida, que depois que for Lady Rannulf Bedwyn, deve devotar-se inteiramente a fazer com que lorde Rannulf compreenda que foi melhor assim. Enquanto isso, terá fortuna e posição social.

– E Grandmaison, depois que Lady Beamish morrer – acrescentou Julianne –, e uma casa em Londres, acredito. Vou convencê-lo a comprar uma casa lá. E serei cunhada do duque de Bewcastle! Poderei visitar a Bedwyn House. Na verdade, talvez até moremos lá, em vez de comprarmos nossa própria casa. Acho que passaremos os verões no campo, em Lindsey Hall. Vou...

Judith ergueu a mão e bateu à porta com firmeza, antes de abri-la e entregar a fita a Julianne.

– Espero que esta lhe agrade – falou. – Era o único tom de rosa na loja, mas acho uma cor encantadora, mais intensa e mais adequada a seu cabelo.

Julianne desembrulhou a fita, examinou-a distraidamente e jogou-a na mesa atrás dela.

– Acho que gosto mais da outra – disse. – Você demorou demais, Judith. Acho que deveria ter se apressado, já que estava resolvendo algo para sua própria prima.

– Talvez, prima, você devesse usar qualquer fita que Julianne decida *não* usar. Ah, mas que falta de tato de minha parte. Rosa não combina com *seu* cabelo, não é? *Alguma coisa* combina?

– Judith sem dúvida ficará mais confortável se permanecer em seu quarto esta noite – disse tia Effingham. – Vamos comparar essas fitas com mais cuidado, querida. Você não iria querer...?

Judith deixou o quarto da prima e se apressou em direção ao próprio.

Era verdade, então, que era improvável que lorde Rannulf pedisse Julianne em casamento se fosse deixado por sua própria conta? E Julianne e tia Effingham estariam assim tão desesperadas para fisgá-lo como marido a ponto de preparar uma armadilha para deixá-lo em uma situação comprometedora? Horace estava certo, pensou Judith. Lorde Rannulf Bedwyn *era* um cavalheiro e *realmente* pediria Julianne em casamento se acreditasse que comprometera a honra de uma dama.

Judith tivera uma prova disso.

O coração dela disparou quando entrou no quarto e fechou a porta. A perspectiva de lorde Rannulf se casar com Julianne por sua própria vontade já era difícil de suportar, mas fazer isso por causa de uma artimanha?

Judith jantara tranquilamente com a avó na sala de estar particular da velha dama, ambas sem vontade de se juntar aos outros convidados. Então, se separaram para se arrumar para o baile.

Judith estava mais nervosa do que gostaria de admitir. Usara o vestido de seda creme e dourado em dezenas de festas da cidade em que morava com os pais. Nunca estivera na última moda, nem era muito enfeitado. E é claro que o pai e a mãe sempre foram rígidos sobre usar trajes modestos, especialmente com ela. Mas ao menos o vestido sempre fora uma roupa elegante, que lhe caía bem. Judith gostava muito dele, até a criada de tia Louisa colocar faixas nas laterais do vestido e no decote.

Judith removera todos esses acréscimos durante a manhã e retornara o vestido à sua forma original, a não ser pela nova faixa na cintura, feita com uma fita de seda larga, cor de pêssego, que a avó dera a ela dias antes, por saber que nunca usaria o adereço que combinava tanto com o colorido da neta. Havia fita o bastante para que as pontas flutuassem quase até o chão depois de firmemente presas à cintura alta do modelo.

Não havia criada para ajudar Judith a se vestir, mas a moça já se acostumara a nunca precisar dos serviços da única criada da casa paroquial, já que a moça precisava atender às exigências da mãe de Judith e das três irmãs. Arrumava os próprios cabelos, mesmo para ocasiões elegantes. Tivera tempo para lavá-los e secá-los. Os cabelos tinham o brilho saudável de limpeza quando os escovou para trás, arrumou-os em duas tranças, enrolou-as e prendeu-as na nuca em um penteado elegante. Judith usou um espelho de mão para checar o resultado enquanto sentava-se diante do espelho da penteadeira.

O estilo parecia elegante, pensou. Com muito cuidado, para não arruinar o penteado, Judith soltou duas longas mechas nas laterais do rosto e enrolou-as com a escova. Os cabelos dela eram cacheados o bastante para caírem em ondas macias sobre as orelhas. Judith puxou mais dois cachos sobre as têmporas.

Ela não colocou touca, nem mesmo a bonita, de renda, que sempre usara nas festas da cidade ou em outras reuniões à noite.

*Nunca conheci uma mulher cuja beleza chegasse aos pés da sua.*

Judith encarou a própria imagem no espelho, levantando-se para que pudesse se ver de corpo inteiro. Ela tentou se ver através dos olhos de um homem que conseguia dizer aquelas palavras com honestidade. Confiava na honestidade de lorde Rannulf. Ele falara sério.

Ela era bonita. Pela primeira vez na vida, Judith conseguiu acreditar que havia alguma verdade naquela declaração aparentemente presunçosa.

*Sou bonita.*

Ela se apressou até o quarto da avó antes que perdesse a coragem. Bateu levemente à porta do quarto de vestir da velha dama e entrou.

A avó ainda estava sentada diante da penteadeira. Tillie encontrava-se atrás dela, prendendo três plumas no elaborado penteado que mantinha os cabelos grisalhos para cima. A velha dama usava um vestido de noite de um profundo tom de rubi, completamente ofuscado pela enorme quantidade de joias que cintilava no pescoço dela, no colo, em ambos os pulsos roliços, em cada dedo de ambas as mãos, à exceção dos polegares, e nas orelhas. Havia até mesmo um broche muito cheio de detalhes preso ao vestido, sob um ombro. Na penteadeira, aguardava um *lorgnon* adornado com pedras.

Dois círculos de ruge foram pintados nas maçãs do rosto dela.

Judith não teve mais do que alguns poucos instantes para digerir a aparência da avó. A velha dama encarou a neta através do espelho e se virou na banqueta com uma agilidade incomum, segurando as plumas, batendo palmas e fazendo as joias que usava tilintarem. Tillie deixou escapar uma exclamação de espanto pelo movimento brusco.

– *Judith!* – exclamou a avó. – Minha querida, meu amor, você está… Tillie, qual é a palavra que estou procurando?

– Linda? – sugeriu Tillie. – Está mesmo, senhorita.

– Ainda não é nem de perto a palavra mais adequada – disse a patroa, acenando com as mãos para dispensar a ajuda da criada. – Vire-se, Judith, vire-se. Deixe-me dar uma boa olhada em você.

Judith riu, levantou os braços ao lado do corpo, em uma pose elegante e fez uma pirueta, lentamente.

– Estou bem? – perguntou.

– Tillie, passe minhas pérolas. O fio longo e o curto, por favor. Nunca as uso, Judith, porque preciso de algo mais brilhante para distrair a atenção de minhas rugas e de outros lamentáveis atributos. – Ela riu com vontade. – Mas pérolas irão valorizar seu encanto sem ofuscá-lo.

As pérolas não estavam na cômoda. Tillie, que já havia prendido as plumas a seu gosto, pegou-as em um instante e as entregou para que fossem examinadas.

– Vão ficar ótimas na senhorita.

A avó de Judith se levantou e gesticulou para a banqueta.

– Sente-se, meu amor. Tillie irá arrumar o fio mais longo em seus cabelos sem desmanchar o penteado. Gosto das tranças enroladas assim. Quando eu tinha sua idade, gostava de ter mechas e cachos balançando por toda minha cabeça e não ficava nem de longe tão bela quanto você. Mas nunca fui famosa pelo meu bom gosto. Seu avô costumava implicar comigo por causa disso e insistia que me amava do jeito que eu era.

Dez minutos mais tarde, Judith usava o fio mais curto de pérolas no pescoço e descobriu que era do comprimento perfeito para o decote modesto do vestido. O fio mais longo não era visível de frente, mas Tillie lhe mostrara a parte de trás do penteado e, quando movia a cabeça, Judith podia sentir o peso das pérolas e ouvi-las batendo umas nas outras.

Ela sorriu e deixou escapar uma gargalhada.

Sim, ela estava realmente *linda*.

Não importava que fosse ser a dama menos na moda do baile, ou que fosse ofuscada por todas as outras convidadas. Não importava. Estava linda e, pela primeira vez na vida, se orgulhava da própria aparência.

A avó, rindo também, pegou o *lorgnon* em uma das mãos e inclinou a cabeça, balançando-a com vigor.

– Magnífica! Essa era a palavra que eu procurava. Você está *magnífica*, meu amor. – Ela bateu carinhosamente com o *lorgnon* no braço de Judith. – Vamos descer e roubar os corações de todos os homens do baile. Eu ficarei com os velhos e você pode ficar com os jovens.

Até Tillie riu dessa vez.

# CAPÍTULO XVI

Rannulf nunca esteve em um baile por escolha própria. No entanto, já havia comparecido a uma boa quantidade deles, já que a alta sociedade decretava que seus membros fossem forçados a se reunir. O baile em Harewood seria uma tolerável versão do evento adaptada ao campo. Grande parte do esforço fora despendido em decorar o salão de uma forma agradável, com grandes buquês de flores e plantas em vasos.

Rannulf olhou ao redor e achou divertido e previsível perceber que os hóspedes, todos arrumados com suas roupas de Londres, eram facilmente distinguíveis dos convidados da vizinhança, que usavam roupas de noite mais simples. A Srta. Effingham, por quem ele acabara de passar na fila de cumprimentos, estava resplandecente em um vestido de cetim rosa coberto de renda, a cintura alta e o decote baixo, como a moda pedia. Os cabelos louros foram penteados para o alto em cachos elaborados e trançados com uma fita rosa e pedras. Rannulf, é claro, fora manobrado de modo a se ver obrigado a pedir que ela entrasse de mãos dadas com ele para abrir a sequência de quadrilhas.

Então ele avistou Judith Law, que desviava os olhos dele e inclinava-se para dizer alguma coisa para a avó. Rannulf inspirou devagar. A aparência dela lembrava muito a que tinha na primeira vez em que a vira: voluptuosa e elegante, a simplicidade do modelo apenas enfatizando as curvas femininas e a beleza vibrante da mulher que o usava. Os cabelos estavam penteados para trás, mas ela fizera algo intricado com eles. Estava delicadamente enfeitado com pérolas.

Rannulf sentiu uma onda de algo que não era desejo. Percebeu, então, que estivera esperando o dia todo por aquele momento e temendo que ela talvez não aparecesse.

A Sra. Law ergueu o braço cintilante de joias e acenou com o *lorgnon* também enfeitado.

– Ah, lá está Gertrude – disse a avó dele. – Vou me sentar com ela e observar a diversão, Rannulf.

Ele acompanhou a avó até o outro lado do salão e logo percebeu que Judith não estava isolada, como costumava estar na sala de visitas e na maioria das outras atividades durante as últimas duas semanas. Roy-Hill e Braithwaite estavam parados perto dela.

Cumprimentos foram trocados e a avó dele se sentou ao lado da Sra. Law.

– Está com uma aparência adorável esta noite, Srta. Law – disse ela. – Espero que pretenda dançar.

– Obrigada, madame. – Judith enrubesceu e sorriu, algo que Rannulf a vira fazer poucas vezes nas duas últimas semanas. – Sim, lorde Braithwaite foi gentil o bastante para se oferecer para dançar a primeira sequência de quadrilhas comigo, e Sir Dudley pediu a segunda dança.

– Imagino, então – continuou Lady Beamish – que qualquer cavalheiro que deseje dançar com a senhorita esta noite deva se apressar a pedir logo.

– Ah... – Judith riu.

– Srta. Law. – Rannulf fez uma cortesia. – Me dará a honra de guardar a terceira dança para mim?

Ela o encarou diretamente, os lindos olhos verdes arregalados, os cabelos ruivos cintilando sob a luz dos candelabros acima de sua cabeça. Talvez tenha sido naquele momento que percebeu como fora reticente na última semana em dar nome ao que sentia. Não era desejo, ternura, afeto ou companheirismo o que sentia por Judith Law, embora tudo isso estivesse incluído naquele sentimento que relutara tanto em denominar.

Ele a amava.

– Obrigada, lorde Rannulf. – Ela fez uma leve cortesia. – Será um prazer.

Um burburinho ao redor deles naquele momento desviou a atenção de Rannulf. Lady Effingham havia entrado no salão e se dirigido ao tablado onde a orquestra estava. Sir George aproximou-se dela, de braço dado com a filha. Rannulf notou que eles haviam esperado pela chegada tardia dele para começar o baile. Rannulf se adiantou para se juntar à sua parceira, que estava ruborizada, sorridente e realmente muito bonita.

– Dizem, lorde Rannulf – disse a Srta. Effingham quando os dois ocuparam lugares opostos na ponta das fileiras de damas e cavalheiros –, que as regras da aristocracia não se aplicam aos bailes do campo e que um cavalheiro pode convidar uma dama para dançar com ele quantas vezes desejar. Mas ainda temo que possa ser interpretado como deselegância dançar mais de duas vezes com o mesmo parceiro. O que acha?

– Talvez seja ainda mais elegante escolher um parceiro diferente para cada dança, principalmente quando o evento é tão grande, como o desta noite.

Ele, é claro, dera a resposta errada... de propósito.

– Mas às vezes – disse a Srta. Effingham, dando uma risadinha – maneiras elegantes podem ser tão cansativas, não é mesmo?

– Concordo.

Braithwaite se posicionara ao lado dele e Judith ao lado da Srta. Effingham.

– Até mesmo os modos elegantes da aristocracia permitem que um cavalheiro dance com a mesma parceira duas vezes, sem incorrer em nenhuma censura – insistiu a Srta. Effingham. – Em todos os bailes a que compareci durante a temporada social em Londres, estava o tempo todo sendo convidada para dançar duas vezes com o mesmo cavalheiro, e ninguém me acusou de ser deselegante quando aceitava, embora vários outros cavalheiros reclamassem por eu não ter danças livres para eles.

– Alguém pode culpá-los por isso? – perguntou Rannulf.

Ela deu mais risadinhas.

– A quarta dança é uma valsa – disse. – Não tive permissão para valsar até a metade da temporada social, quando Lady Jersey finalmente acenou para mim, dando sua aprovação. Acho que fez isso porque muitos cavalheiros haviam reclamado por não terem conseguido dançar comigo. Suponho que muitos dos convidados desta noite não saibam os passos, mas implorei à mamãe que incluísse uma valsa. Suponho que o *senhor* saiba os passos, não, lorde Rannulf?

– Já valsei algumas vezes sem pisar nos dedos de minhas parceiras – admitiu Rannulf.

Ela riu, animada.

– Ah – comentou. – Estou certa de que não chegou nem perto disso, que está apenas zombando de mim. Tenho certeza de que não pisaria nos *meus* pés. Ah, o senhor *estava* me convidando para a valsa, não estava? Vou morrer de vergonha se não estivesse.

Ele deu um breve sorriso, achando divertido mesmo contra a vontade.

— Não posso permitir que desmaie no meio de seu próprio baile, Srta. Effingham – disse ele. – Vamos mostrar a todos os convidados como seus talentos para valsar são superiores.

— Ah, não apenas os meus – falou ela, com modéstia. – Os seus também, lorde Rannulf. Você valsa, Judith? Imagino que o tio nunca tenha permitido que aprendesse os passos, não é? Dizem que é uma dança escandalosa, mas é absolutamente divina. Meu professor de dança disse que a valsa deve ter sido criada para mim, tão delicada e leve que sou. Era muito tolo. Acho que estava apaixonado por mim.

A orquestra começou a tocar as primeiras notas da quadrilha, o que evitou que Judith precisasse responder. Mas, é claro, as perguntas haviam sido retóricas. Rannulf concentrou a atenção na parceira, como exigiam as boas maneiras, embora estivesse consciente o tempo todo de seu amor, movendo-se graciosamente ao lado da prima.

Judith estava ofegante quando lorde Braithwaite a levou de volta para a avó. Fora uma dança vigorosa e ela aproveitara muito, apesar de ter que suportar ficar tão perto de lorde Rannulf e Julianne o tempo todo. Mas o fato tivera compensações. Judith percebera, pelo modo como lorde Rannulf respondera a todos os esforços da prima para forçá-lo a flertar e fazer elogios, que ele não estava se comportando como um homem prestes a se declarar. E mais importante, talvez, ouvira quando Julianne o manipulara para concordar em valsar com ela na quarta dança. Aquela seria a hora em que Judith observaria os dois com mais cuidado, embora não tivesse ideia do que faria para salvar lorde Rannulf da armadilha combinada. Não poderia apenas avisá-lo. Soaria tola demais.

— Talvez, Srta. Law – disse lorde Braithwaite –, seu pai *tenha* permitido que aprendesse os passos de valsa? E talvez me desse a honra de dançar comigo?

Ele a encarara com clara admiração durante a dança. Fora muito lisonjeiro. Era um jovem bonito e simpático.

— Meu pai não teve chance de proibir ou permitir aulas de valsa – explicou Judith. – A dança não chegou à nossa cidade ainda. Vou apreciar vê-lo dançando com outra pessoa, milorde.

Judith percebeu que a avó, cujas plumas balançavam em consonância com as de Lady Beamish enquanto conversavam e comentavam o que viam, estava tirando os brincos e se encolhendo de dor. Pobre vovó, pensou Judith, nunca entenderia que *não havia* brincos que lhe fossem confortáveis?

– Vovó... – Judith inclinou-se, solícita, na direção dela. – Quer que eu leve seus brincos lá para cima e os guarde?

– Oh, você *faria* isso, meu amor? – perguntou a avó. – Mas vai acabar perdendo sua dança com Sir Dudley.

– Não perderei, não – disse Judith. – Levarei apenas um minuto.

– Ficaria muito grata – falou a avó, colocando as joias nas mãos da neta. – Poderia me trazer os brincos em formato de estrela se não for muito trabalho?

– É claro que posso.

Judith saiu apressada do salão de baile e subiu as escadas até o quarto da avó. Logo encontrou a grande caixa de joias, guardou os brincos no saco de veludo e procurou os outros na caixa que havia arrumado. Mas não conseguiu encontrá-los. Judith procurou entre os colares e braceletes sem sucesso. Estava prestes a escolher outro par, quando se lembrou de que os brincos em formato de estrela foram os mesmos que pegara das mãos da avó na noite em Grandmaison. Ainda deviam estar dentro da bolsinha que levara àquela noite.

Judith fechou a caixa e colocou-a de lado, então se apressou até o próprio quarto e ficou aliviada ao descobrir que os brincos estavam exatamente onde previra. Quando saía correndo do quarto, quase colidiu com uma camareira que passava. As duas deram um gritinho de susto. Judith riu, desculpou-se pela pressa e desceu as escadas ainda correndo.

Ela viu da porta do salão de baile que a quadrilha já tinha sido formada, mas a sorte não estava de seu lado e acabou esbarrando em Horace quando seguia na direção da pista de dança. Judith parou abruptamente, ruborizada e ofegante.

– Vai a algum lugar com tanta pressa, prima? – perguntou ele, bloqueando o caminho quando Judith tentou passar. – Ou devo dizer que está *vindo* de algum lugar com tanta pressa? Algum encontro secreto, talvez?

– Fui pegar outro par de brincos para a vovó. Me dê licença, por favor, Horace. Prometi essa dança a Sir Dudley.

Para alívio de Judith, ele se afastou para o lado e gesticulou para que passasse, com um movimento exagerado dos braços. Judith entregou os brincos para a avó e foi encontrar o parceiro de dança, desculpando-se pelo atraso.

Foi uma delícia dançar novamente tão pouco tempo depois da última dança. Sir Dudley Roy-Hill puxou conversa com ela conforme os passos da quadrilha permitiam, e Judith se viu alvo de olhares de admiração sem disfarce de vários outros cavalheiros. Em casa, teria se sentido um tanto perturbada, imaginando que deveria ter feito alguma coisa errada para provocar aquele tipo de olhar atravessado. Mas *olhar atravessado* era uma expressão do pai dela. Naquela noite, com a recém-encontrada crença na própria beleza, Judith podia ver que os olhares eram apenas de admiração. Ela se pegou rindo cada vez mais.

Ainda assim, o tempo todo Judith estava consciente de que a próxima dança fora prometida a lorde Rannulf Bedwyn. Ela sabia que ele não tivera escolha. As palavras de Lady Beamish sobre qualquer cavalheiro ter que se apressar se quisesse dançar com ela praticamente o forçara a ser galante. Mas Judith não se importava. Em duas ocasiões, ambas no lago, lorde Rannulf passara um bom tempo com ela, quando poderia ter evitado os encontros. Que dançasse com ela agora. E Judith não se importava com o que tia Effingham diria a respeito pela manhã, embora sem dúvida fosse falar muito. Logo estaria de volta à casa dos pais, onde ao menos não esperariam que se comportasse como uma criada.

Judith mal podia esperar que a próxima dança começasse. Se ao menos pudesse durar a noite toda. Ou para sempre...

Se ao menos aquele momento pudesse durar a noite toda, ou para sempre... pensou Rannulf.

Judith dançava os passos lentos e marcados do minueto à moda antiga com graça e elegância. Ela não olhou diretamente nos olhos dele, a não ser uma ou duas vezes, muito rapidamente, mas a expressão em seu rosto era de constrangimento e... felicidade.

A atenção de Rannulf estava concentrada nela, enquanto ao redor deles uma variedade de cores de vestidos e paletós girava devagar em compasso com a música, e a luz das velas acima deles fazia cintilar joias, enquanto os perfumes das colônias e centenas de flores se misturavam no ar cálido.

Como era diferente o modo como ele a via naquele momento. Embora tivessem conversado e rido juntos, ela fora pouco mais do que um corpo desejável a ser levado para a cama. Agora ela era...

Ora, agora ela era Judith.

– Está gostando do baile? – perguntou Rannulf, quando as mãos juntas os levaram mais perto um do outro por um momento.

– Muito – respondeu ela e sabia que estava sendo sincera.

Ele também estava gostando. Do baile, o que acontecera poucas vezes antes, e do lento minueto, o que *nunca* acontecera antes.

Havia algo entre eles, pensou Rannulf, como uma forte corrente de energia, unindo-os e, ao mesmo tempo, isolando-os de todos os outros no salão. Não estava inventando aquilo. Com certeza Judith sentia a mesma coisa. Não era apenas desejo.

– Você valsa? – perguntou ele.

Judith balançou a cabeça.

*Um dia, eu lhe ensinarei*, pensou ele.

Ela ergueu os olhos, encontrou os de Rannulf e sorriu como se houvesse escutado o pensamento dele. Rannulf sabia que estava com ciúmes de todos os homens no salão. E se perguntava se Judith tinha consciência da comoção que causava naquela noite, se percebera o olhar azedo da tia em sua direção.

– Talvez, caso já não tenha prometido todas as suas danças, pudesse reservar mais uma para mim. A última?

Ela levantou os olhos para ele e, por alguns instantes, não conseguiu responder.

– Obrigada.

Aquela foi praticamente a soma total da conversa entre os dois durante todo o tempo em que dançaram. Mas havia aquela sensação de estarem conectados, compartilhando corações e emoções.

As palavras eram desnecessárias.

Talvez até o final da noite ela estivesse cansada de dançar e os dois pudessem se sentar juntos em algum lugar. Um local adequadamente à vista dos outros convidados, mas onde pudessem ter uma conversa particular. Talvez Rannulf pudesse investigar se os sentimentos de Judith em relação a ele, assim como o pedido de casamento que lhe fizera, haviam sofrido alguma mudança durante as últimas duas semanas.

Poderia pedi-la em casamento naquela noite, embora acreditasse que iria preferir fazer isso na manhã seguinte, ao ar livre, onde pudessem ter total privacidade. Rannulf pediria permissão ao tio dela, a levaria até o pequeno lago e se declararia.

Havia algo em relação aos modos de Judith... Rannulf estava certo de que não era imaginação dele... que o encorajava a ter esperanças de que ela aceitaria seu pedido.

Ele se distraiu com esses planos e ideias enquanto a observava dançar, com aquele suave brilho de felicidade no rosto.

Então a música chegou ao seu fim inevitável.

– Obrigado – disse Rannulf, oferecendo o braço para acompanhar Judith de volta até onde estava a avó dela.

Judith virou a cabeça e sorriu para ele.

– Vocês dançam juntos com muita elegância – comentou a avó de Rannulf, quando se aproximaram.

Rannulf viu que Lady Effingham estava atrás da cadeira da mãe.

– Judith, querida – disse ela, a voz exageradamente doce –, espero que tenha agradecido a lorde Rannulf por sua gentil condescendência em acompanhá-la. Mamãe parece muito cansada. Estou certa de que não se incomodará de acompanhá-la até o quarto e de permanecer lá com ela.

Mas a Sra. Law deixou o ar escapar com força, como um balão de ar esvaziando, as joias tilintando e cintilando sempre.

– Como toda certeza não estou cansada, Louisa. Que ideia! Pensar que eu perderia o restante do baile e deixaria minha querida Sarah sentada aqui, sozinha! Além do mais, Judith prometeu a dança após a valsa ao Sr. Tanguay. Seria falta de educação da parte dela desaparecer.

Lady Effingham ergueu as sobrancelhas, mas não teria como dizer muito mais na presença de Rannulf e da mãe dele.

A dança seguinte foi a valsa, que Rannulf fora absolutamente forçado a dançar com a Srta. Effingham. A valsa foi minimamente divertida, pensou ele, enquanto fazia uma cortesia e se afastava para encontrá-la. Ainda teria a última dança pela qual esperar. E também a manhã do dia seguinte, embora não devesse ficar confiante demais a esse respeito. Judith Law precisaria desejar se casar com ele. Não o faria apenas por ele ser quem era ou por ter o dinheiro que tinha.

Teria que amá-lo para aceitar seu pedido.

*Será* que ela o amava?

Insegurança, dúvida e ansiedade eram emoções totalmente novas para um homem que cultivara o tédio e o cinismo por toda a vida adulta.

Judith percebeu que a prima parecia mais ruborizada e com os olhos mais brilhantes do que estivera durante toda a noite. Aquela expressão poderia ser atribuída ao fato de a moça estar dançando de novo com lorde Rannulf. Era uma reação com a qual a própria Judith conseguia se identificar.

Mais sinistro era o fato de Horace ter se aproximado de tio George e o afastado um pouco do grupo de cavalheiros mais velhos com o qual ele estivera conversando. Judith recusara o convite para valsar com o Sr. Warren, que também não valsara e saíra em busca de uma limonada. Ela precisava ficar no salão de baile. Judith observou, o coração aos pulos. Com certeza a terrível armadilha planejada no quarto de vestir de Julianne naquela tarde não poderia ser a sério. Quem iria querer se casar daquela forma?

Mas Judith sabia que Julianne queria desesperadamente se casar com lorde Rannulf Bedwyn. E tia Effingham compartilhava do desespero da filha.

Horace também ficaria muito feliz com a perspectiva de se vingar do que lorde Rannulf fizera a ele do lado de fora do caramanchão, em Grandmaison, uma semana antes.

Judith estava consciente apenas em parte da natureza chocante e eletrizante da valsa, na qual damas e cavalheiros dançavam como casais, tocando uns aos outros com ambas as mãos, girando na pista de dança, uns nos braços dos outros. Sob qualquer outra circunstância, ela talvez houvesse sentido inveja dos que sabiam os passos.

Surpresa, Judith percebeu que Branwell sabia valsar. Ele dançava com a Srta. Warren, que já tinha certa idade, e ria com ela como se não tivesse uma única preocupação no mundo.

Aquela pequena distração, observar o irmão, quase se provou fatal para a vigilância de Judith. Quando procurou novamente lorde Rannulf e Julianne, os dois tinham parado de dançar e ele estava com a cabeça inclinada para ouvir o que a parceira de dança dizia. Julianne esfregava um dos pulsos, falando rápido, parecendo aflita por algum motivo. Ela apontou na direção da porta.

Enquanto isso, Horace ainda conversava com o pai.

Judith não esperou mais. Talvez aquilo não significasse nada, mas parecia muito com o começo da armadilha que os ouvira combinar. Talvez, depois que ela saíra do quarto de Julianne, eles tivessem mudado o lugar combinado. Mas, quanto a isso, Judith teria que arriscar.

Saiu do salão o mais sorrateiramente possível, desceu correndo as escadas e se certificou, com alívio, de que não havia nenhum criado por perto para vê-la e ficar imaginando para onde iria. Então, entrou na biblioteca, o domínio do tio, local que nunca entrara antes.

O cômodo estava um completo breu, mas Judith conseguiu ver o bastante para achar o caminho até a janela e abrir as pesadas cortinas. Era uma noite enluarada e estrelada, já que as nuvens do dia se dissiparam em algum momento durante a noite. Havia luz o bastante na biblioteca para que ela conseguisse ver o que precisava: duas paredes de estantes cheias de livros, do chão ao teto. Judith se apressou na direção de uma delas, que ficava atrás da porta e de um sofá pesado.

Os minutos seguintes pareceram eternos. E se estivesse no lugar errado? E se Julianne tivesse arrastado lorde Rannulf para outro lugar, a fim de que ele fosse descoberto beijando-a ou fazendo mais comprometedor?

Então a porta foi aberta.

– *Tem* que estar aqui. – Era a voz de Julianne, aguda e ansiosa. – Papai me deu para que usasse no meu baile de debutante e ficará terrivelmente contrariado comigo se o tiver perdido.

Judith não conseguia imaginar tio George magoado ou mesmo aborrecido.

– Se você sabe que deixou aqui – disse lorde Rannulf, parecendo calmo, até mesmo divertido –, então vamos recuperá-lo e valsaremos novamente em dois minutos.

Ele atravessou a biblioteca sem uma vela, e Judith viu Julianne fechar a porta com um chute de calcanhar.

– Oh, Deus – comentou –, essa porta sempre fecha assim. – Julianne foi correndo na direção de lorde Rannulf e logo exclamou em triunfo. – Ah, *aqui* está! Eu *sabia* que a havia deixado aqui quando entrei para descansar mais cedo, mas é claro que fiquei com muito medo de estar errada e de tê-la perdido. Lorde Rannulf, como posso agradecer-lhe por sacrificar parte de nossa dança e vir comigo até aqui antes que papai percebesse?

– Colocando isso no pulso – retrucou ele –, para que possa levá-la de volta ao salão de baile antes que sintam sua falta.

– Ah, esse fecho... – reclamou Julianne. – Não há luz o bastante. Poderia me ajudar?

Lorde Rannulf se inclinou sobre ela, que levantou o pulso, passou o braço livre ao redor da nuca dele e se inclinou em sua direção.

– Estou mesmo muito grata.

A porta voltou a se abrir, como se seguindo uma deixa, e Horace levantou a vela que trazia, praguejou e tentou bloquear a vista do pai.

– Talvez afinal não seja uma ideia tão boa assim vir até aqui para se afastar do barulho – disse Horace em voz alta e sentida. – Vamos, papai...

Mas tio George, como planejado, já farejara o proverbial rato. Ele afastou Horace para o lado com um dos braços e entrou pisando firme na biblioteca. Julianne deu um gritinho agudo, um pulo para trás e lutou para ajeitar o decote que de algum modo descera e estava muito perto de revelar tudo.

Estava na hora de começar o plano de emergência.

– Ah, *aqui* está – disse Judith, se adiantando com um livro grande aberto nas mãos. – E aqui estão também tio George e Horace para me ajudarem a julgar o vencedor. E lamento dizer que é Julianne, lorde Rannulf. *Foi* um corvo que Noé mandou a primeira vez, da arca, para ver se as águas do dilúvio haviam baixado. *Depois* ele mandou uma pomba. Ela foi mandada três vezes, na verdade, até que não retornou e Noé soube que devia haver terra seca novamente. No entanto, ainda assim, o corvo foi o primeiro.

O modo como os quatro se viraram para ela boquiabertos teria feito justiça a qualquer comédia. Judith fechou o livro com um floreio.

– Foi tolice discutir a respeito – disse ela – e mais tolice ainda vir até aqui, durante o baile, para buscar a resposta. Mas Julianne estava certa, lorde Rannulf.

– Ora – adiantou-se ele, com um suspiro audível –, suponho que devo aceitar a derrota, então. De qualquer modo, é melhor assim. Teria sido pouco cavalheiresco de minha parte me vangloriar às custas de uma dama, caso estivesse certo. Embora ainda seja da opinião de que, na *minha* Bíblia, é uma pomba.

– Que diabo… – Horace começou a dizer.

– Julianne – Judith o interrompeu, pousando o livro –, *ainda* está lutando com o fecho desse bracelete? Não conseguiu fechá-lo, lorde Rannulf? Deixe-me tentar.

– Humpf – reclamou tio George. – Desço para ter um momento de paz e descubro que minha biblioteca foi invadida. Sua mãe sabe que você está usando o bracelete dela, Julianne? Imagino que saiba. Um conselho, Bedwyn: nunca discuta com uma dama. Elas estão sempre certas.

Se fosse possível pintar um trovão de uma forma visível, pensou Judith, com certeza teria uma grande semelhança com a expressão no rosto de Horace. Ela o encarou por um instante e viu intenções assassinas nos olhos dele.

– Vou manter isso em mente – concordou lorde Rannulf. – Essa com certeza foi a última vez em que discuti sobre corvos e pombas.

Julianne, que estava com o rosto muito pálido, afastou o braço de Judith com um rompante, lutou com o fecho do bracelete, não conseguiu fechá-lo, então arrancou-o e jogou de volta na mesa onde o encontrara.

– Horace, leve-me até a mamãe. Acho que vou desmaiar.

– Acho melhor voltar a meus deveres – falou tio George com um suspiro.

Um momento depois, os três haviam saído, levando a vela com eles e deixando a porta aberta.

– Que livro *era* aquele? – perguntou lorde Rannulf depois de alguns momentos de silêncio.

– Não tenho ideia – retrucou Judith. – Estava escuro demais para que eu conseguisse distinguir um título do outro.

– Você tem *certeza* de que o primeiro pássaro a voar da arca foi um corvo? – perguntou ele, de novo. – Eu apostaria em uma pomba.

– E perderia. Sou filha de um reverendo.

– Suponho que foi uma armadilha para que Sir George Effingham acreditasse que eu estava comprometendo a filha dele – comentou ele.

– Sim.

– Que descuido de minha parte… Quase funcionou. Achei que a garota atrevida era tola e tediosa, mas inofensiva.

– Horace não é – lembrou ela. – Nem tia Louisa.

– Judith – Lorde Rannulf estava caminhando na direção dela –, você me salvou de ser condenado a uma vida miserável. Como posso lhe agradecer?

– Estamos quites – disse Judith. – Você me salvou na semana passada, no caramanchão. Eu o salvei esta semana.

– Sim.

As mãos dele estavam sobre os ombros dela, quentes, sólidas. Quando começara a chamá-la pelo primeiro nome? Já havia feito isso antes? Judith fixou o olhar no elaborado nó da gravata dele, mas apenas por um momento. Logo o rosto de Rannulf ocupou o campo de visão dela e, então, sua boca capturou a de Judith.

Foi um beijo profundo, embora as mãos dele não se afastassem dos ombros delicados, e as dela não fizessem mais do que agarrar as lapelas do paletó de noite dele. Ele brincou com os lábios dela até abri-los com os dele. A língua de Rannulf entrou na boca de Judith, preencheu-a, possuiu-a, e ela a recebeu, aprofundando ainda mais o beijo.

Judith se sentia como alguém que estava morrendo de fome e, subitamente, se visse diante de um banquete. Nunca conseguiria se saciar dele. Podia sentir o cheiro familiar da colônia que ele usava.

Então a boca de Rannulf se afastou da dela. Ele a observava na biblioteca iluminada pela luz do luar.

– Temos que voltar lá para cima, antes que alguém note sua ausência. Obrigado, Judith. O tempo entre agora e a última dança irá parecer muito tedioso, na verdade.

Ela tentou não levar a sério demais as palavras de Rannulf. Ele estava aliviado por ter escapado por pouco da armadilha. Estava grato a ela. Havia lembrado do tempo que passaram juntos, quando pensara que ela era Claire Campbell, atriz e cortesã experiente. Era só isso.

# CAPÍTULO XVII

Judith teve muito pouco tempo para reorganizar seus pensamentos e emoções.

Poucas pessoas repararam em seu retorno ao salão de baile de braço dado com lorde Rannulf, mas tia Effingham com certeza reparou, e a expressão em seu rosto não prenunciava boas coisas para a sobrinha mais tarde. Julianne havia, de algum modo, se cercado de cavalheiros, já que a valsa acabara de terminar, e ria e se agitava no meio deles. Tio George estava de volta a seu grupo de cavalheiros mais velhos, retomando a conversa. De Horace, não havia sinal.

– Mas onde estava, Rannulf? – perguntou Lady Beamish quando ele acompanhou Judith até o lado da avó dela. – Em um instante, o vi valsando, no instante seguinte tinha sumido.

– Srta. Effingham subitamente deu falta do bracelete que usava – explicou ele –, e a Srta. Law foi gentil o bastante para nos ajudar a procurá-lo. Felizmente, o descobrimos no exato lugar em que a Srta. Effingham imaginara tê-lo deixado.

A avó de Judith sorriu, mas Lady Beamish olhou de um para outro com uma expressão atenta. É claro, pensou Judith, que a avó de Rannulf devia estar ansiosa para promover o casamento entre o neto e Julianne. Ela provavelmente ficara desapontada por a corte não estar evoluindo mais rápido.

Então, lorde Rannulf se afastou para convidar uma jovem dama para dançar. Pelo que Judith sabia, a moça dançara apenas uma vez durante a noite, e o Sr. Tanguay chegou para chamar Judith para a dança que haviam combinado.

Judith sorriu e dirigiu sua atenção a ele, mas foi muito difícil fazer isso, quando seu coração ainda martelava no peito por causa das tensões dos últimos quinze minutos.

Ela estava rindo quando a dança terminou. Fora uma dança vigorosa, com passos e padrões intrincados. Mas o Sr. Tanguay não teve a oportunidade de acompanhar Judith de volta ao lugar em que estava a avó dela. Antes disso, Branwell apareceu diante deles e pegou o braço da irmã.

– Com licença, por favor, Tanguay. Preciso conversar com minha irmã por um minuto.

Ela encarou Branwell, surpresa. Embora houvesse trocado olhares e sorrisos com ela e houvesse até lhe dado uma piscadela divertida ao longo da noite, estivera ocupado demais se divertindo com outras jovens damas para ir atrás da irmã com intuito de conversar. Branwell ainda sorria, mas havia certa rigidez em seus lábios. Estava mais pálido do que o normal e seus dedos apertavam quase dolorosamente o braço da irmã.

– Jude – disse Branwell quando os dois já se encontravam do lado de fora do salão de baile, depois de se certificar de que não poderiam ser ouvidos –, só queria que soubesse que estou indo embora. Agora. Esta noite.

– Do baile? – Ela o encarou sem compreender.

– De Harewood.

Ele sorriu e acenou com a cabeça para Beatrice Hardinge, que passava de braço dado com um jovem desconhecido.

– De Harewood? – Judith estava ainda mais perplexa. – Esta noite?

– Effingham acaba de ter uma conversa comigo – explicou Branwell. – Parece que mais alguém esteve aqui uns dois dias atrás exigindo que eu pagasse alguma conta insignificante. Effingham pagou ao homem sem sequer me informar. Agora ele quer o dinheiro de volta, assim como as 30 libras que lhe devo pela viagem até aqui. É claro que pretendo pagar a Horace, mas não posso fazer isso agora. Ele foi muito maldoso sobre toda a história e me disse algumas coisas bastante ofensivas, não apenas sobre mim, mas sobre você também. Eu teria acertado um belo golpe no nariz dele, ou até mesmo o desafiado, mas como poderia fazer isso, Jude? Estou aqui como convidado de tio George, e estamos cercados por outros convidados. Seria de profundo mau gosto fazer isso. Tenho que partir, isso é tudo.

– Mas esta noite, Bran? – Ela agarrou a mão do irmão. Ah, sabia muito bem o motivo de tudo aquilo. Como Horace ousava descontar toda sua raiva e frustração no irmão dela? – Por que não esperar ao menos até de manhã?

– Não posso – teimou Branwell. – Tenho que ir agora. Assim que trocar de roupa. Há um motivo.

– Mas no meio da noite? Ah, Bran, o que vai fazer?

– Não se preocupe comigo – disse ele, agitado, soltando a mão dela. – Tenho um… esquema. Conseguirei fazer minha fortuna em pouco tempo, prometo a você. Pagarei a papai todo o dinheiro extra que gastou comigo ultimamente e vocês, meninas, ficarão em segurança. Tenho que ir, Jude. Não devo me demorar mais.

– Deixe-me ao menos subir com você.

– Não, não. – Ele olhou ao redor, obviamente ansioso para partir. – Fique aqui, Jude. Quero desaparecer sem ser percebido. Pagarei o que devo a Effingham assim que puder, então acertarei outras contas com ele, pelo que disse a seu respeito.

Branwell inclinou a cabeça e deu um beijo no rosto da irmã. Ela o observou se afastar com certo desalento e uma forte sensação de mau presságio. Branwell devia uma grande quantidade de dinheiro a muitas pessoas e agora essas pessoas incluíam Horace…

Ele se esgueirava no meio da noite, convencido de que encontrara um modo de fazer fortuna rapidamente e, assim, se livrar das dívidas. Branwell com certeza só estava se afundando ainda mais.

E, no processo, arruinaria a família por completo.

Foi com o coração pesado que Judith voltou ao salão. Nem mesmo a perspectiva da última dança com lorde Rannulf Bedwyn conseguiu animá-la.

E Judith estava prestes a se desapontar ainda mais em poucos minutos.

– Judith – disse a avó, pegando a mão dela e apertando-a –, minha querida Sarah não está se sentindo nada bem. Está frio demais aqui, com as portas e janelas abertas, eu acho, e também muito barulhento. Talvez você devesse chamar lorde Rannulf.

– Não há mesmo necessidade de tanta preocupação, Gertrude – falou Lady Beamish. – Já me sinto melhor desde que você abanou meu rosto.

Mas, olhando para ela, Judith percebeu que a velha senhora, de compleição sempre pálida, tinha a pele de um tom acinzentado e sua postura sempre tão aprumada estava um tanto decaída.

– A senhora está exausta, madame – disse Judith – e não é de se estranhar. Já passa da meia-noite. Com certeza devo buscar lorde Rannulf.

Não foi necessário. Ele logo apareceu. Rannulf se inclinou sobre a cadeira da avó e pegou uma das mãos dela.

– Está cansada, vovó? – perguntou ele, com tamanha gentileza no rosto e na voz que Judith sentiu o coração apertado. – Devo confessar que também estou. Vou pedir para que tragam a carruagem imediatamente.

– Que bobagem! Nunca saí cedo de um baile em toda minha vida. Além do mais, ainda restam duas danças, e duas jovens damas com as quais você comprometeu seu tempo.

– Não estou comprometido com ninguém para a próxima dança – retrucou Rannulf – e a Srta. Law seria minha parceira para a última dança. Estou certo de que ela me perdoará.

– É claro que sim. – Judith assegurou a ambos.

Lady Beamish encarou Judith, o olhar ainda agudo apesar da fraqueza óbvia.

– Obrigada, Srta. Law – disse ela. – É tão graciosa quanto é gentil. Muito bem, então, Rannulf, você pode chamar a carruagem. Gertrude, minha querida, terei que abandoná-la.

A avó de Judith riu.

– Eu mal consegui manter os olhos abertos durante a última meia hora. Assim que a próxima dança acabar, pedirei a Judith para me ajudar a subir para meu quarto. Então Judith poderá retornar para a última dança se quiser. Foi uma noite muito agradável, não foi?

– Srta. Law – chamou lorde Rannulf –, se incomodaria de me ajudar a encontrar um criado que leve um recado aos estábulos?

Alguém da importância dele não teria a menor dificuldade de encontrar um criado e atrair sua atenção, é claro. O recado foi rapidamente mandado e Judith aproveitou a oportunidade para pedir ao mesmo rapaz que mandasse Tillie ao quarto da avó. Mas lorde Rannulf quisera conversar com ela em particular. Eles ficaram parados do lado de fora do salão de baile, quase no mesmo lugar onde Judith conversara com Branwell pouco tempo antes. Lorde Rannulf cruzou as mãos nas costas e se inclinou um pouco na direção de Judith.

– Lamento muito pela última dança.

– Não somos crianças para fazer pirraça quando somos privados de um prazer aguardado.

– Talvez você seja uma santa, Judith – comentou lorde Rannulf, os olhos semicerrados mostrando a antiga expressão zombeteira. – Eu não sou. Poderia ter um ataque de pirraça agora mesmo, no meio do salão, me deitar de costas e ficar batendo os pés no chão, agitando os punhos e praguejando vilmente.

Ela deu uma gargalhada animada e ele inclinou a cabeça para o lado, com um leve sorriso nos lábios.

– Você foi criada para o riso e para a felicidade – comentou. – Posso visitá-la amanhã?

Para quê?

– Estou certa de que todos ficariam encantados – respondeu Judith.

Lorde Rannulf a encarou com firmeza, uma ponta de zombaria no fundo do olhar.

– Está sendo obtusa. Perguntei se poderia visitar *você*, Judith.

Ele só poderia ter uma intenção, mas lorde Rannulf já pedira antes, de um modo que Judith achara ofensivo, e ela respondera com firmeza que não. Isso fora duas semanas antes e muita coisa acontecera nesse meio-tempo. Muita coisa mudara, embora talvez nada tenha mudado mais do que a opinião que Judith tinha dele. Será que a opinião de lorde Rannulf sobre ela poderia ter mudado também? Ela ainda era a filha pobre de um clérigo. Pior, agora estava realmente pobre, enquanto lorde Rannulf era filho de um duque e o segundo na linha de sucessão ao título.

– Se quiser.

Judith percebeu que respondera em um sussurro, mas ele ouvira.

Lorde Rannulf inclinou-se em uma profunda cortesia, então os dois voltaram juntos para o salão de baile. Ele ajudou a avó a ficar de pé, passou o braço dela com carinho pelo dele e guiou-a na direção de tia Effingham, cujas plumas nos cabelos balançavam com graciosidade ao se despedir dos dois.

Judith sentou-se na cadeira de onde Lady Beamish acabara de levantar e se perguntou se o resto da noite seria longa o bastante para que ela digerisse o que acontecera até ali.

– Não se preocupe, Judith, meu amor – disse a avó, pousando a mão gorducha sobre as mãos da neta, que estavam no colo, e dando um tapinha carinhoso nelas. – Não tenho a intenção de deixar o salão de baile antes que a última nota musical morra. Mas não queria que Sarah se preocupasse por me abandonar. Temo que esteja muito doente já há algum tempo, embora minha amiga nunca comente sobre sua saúde.

Assim, Judith esteve presente à última dança e teve como parceiro lorde Braithwaite, novamente, embora tivesse preferido já ter se retirado para o próprio quarto. A preocupação com Branwell se misturava com a ansiedade e a euforia que sentia ao pensar na visita do dia seguinte, e ela ainda precisava, ao mesmo tempo, sorrir e responder à conversa com um leve tom de flerte de lorde Braithwaite.

Um baile longo era um evento raro no campo. Muitos dos convidados que não estavam hospedados na casa partiram antes mesmo que a última dança terminasse. Nenhum convidado se demorou muito além disso nem a orquestra. Apenas a família, os hóspedes da casa e alguns criados ainda se encontravam no salão quando uma pequena comoção foi ouvida do lado de fora das portas.

A voz de Tillie podia ser ouvida acima do tom mais baixo e arrogante do mordomo.

– Mas eu preciso falar com ela *agora* – dizia Tillie, perturbada com alguma coisa. – Já esperei muito tempo. Talvez tempo demais.

O mordomo argumentou, mas a avó de Judith, que acabara de se levantar, apoiada no braço da neta, olhou na direção das portas um tanto surpresa.

– Tillie, qual é o problema? Entre aqui, venha.

Todos pararam para ver e ouvir enquanto Tillie entrava apressada no salão de baile, torcendo as mãos, o rosto tenso.

– São suas joias, madame.

– O que houve com elas? – perguntou tio George, adiantando-se.

– Sumiram! – anunciou Tillie em um tom que teria feito inveja a uma heroína trágica. – Todas sumiram. Quando entrei em seu quarto, a caixa estava aberta, virada de cabeça para baixo no chão e não havia sinal de uma única peça, a não ser as que a senhora está usando.

– Bobagem, Tillie – disse Horace, colocando-se ao lado do pai. – Imagino que as joias estivessem espalhadas mais cedo, na pressa de vovó em ficar pronta a tempo para o baile, e você deve tê-las colocado em uma gaveta qualquer para serem arrumadas direito mais tarde. Deve ter se esquecido disso.

Tillie retrucou com toda a dignidade que tinha:

– Eu não teria feito uma coisa dessas, senhor. Não virei a caixa e, se o *tivesse* feito, teria recolhido cada peça e colocado tudo em seu devido lugar.

A patroa de Tillie, enquanto isso, apertava a mão de Judith com tanta força que os vários anéis se cravavam dolorosamente na pele da neta.

– Sumiram, Tillie? *Roubadas?*

Foi como se todos no salão estivessem esperando apenas por essa palavra para começarem a falar. O burburinho e a agitação foram crescendo.

– Não há ladrões nesta casa – disse tia Effingham, de forma ríspida. – Que ideia! Você precisa procurar com mais cuidado, Tillie. Elas devem estar em *algum lugar.*

– Já procurei por toda parte, madame – retrucou Tillie. – *Três vezes.*

– Havia várias pessoas de fora aqui, hoje – comentou a Sra. Hardinge –, e alguns de seus criados.

– *Nós* também somos todos de fora. – O Sr. Webster a lembrou.

– Não podemos de modo algum suspeitar de nenhum de nossos convidados – disse tio George.

– *Alguém* roubou as joias de mamãe – falou tia Louisa ao marido. – Elas obviamente não desapareceram sozinhas.

– Mas quem teria um motivo? – perguntou a avó de Judith.

*Branwell*, pensou Judith, sentindo-se envergonhada no mesmo instante. Bran não roubaria. Será? Da própria avó? Mas não seria por isso mesmo que havia justificado seu ato como empréstimo e não roubo? Quem mais teria feito isso? Bran fora acuado naquela noite. E deixara Harewood no meio da noite. Estava agitado demais. Não quisera que Judith subisse com ele ou que o visse partir. Branwell. Com certeza fora Bran. E logo todos perceberiam isso. Judith sentiu-se tonta e teve que se concentrar para não desmaiar.

– Quem está com o dinheiro curto? – perguntou Horace. – E quem teve a oportunidade? Quem sabia onde vovó guardava suas joias e teria sido ousado o bastante para entrar lá e pegá-las?

As palavras dele pairaram no ar como uma obscenidade. Ninguém respondeu. *Branwell.* Judith tinha a sensação de que o nome gritava a si mesmo no silêncio.

– Talvez não tenha sido um convidado de fora – continuou Horace. – A menos que fosse um homem muito ousado, ou que tivesse um cúmplice na casa. Como alguém poderia saber o cômodo certo? Como daria cabo da tarefa sem ser descoberto? Ou sem que sentissem sua falta no salão de baile? Alguém ficou longe do salão de baile por algum tempo?

*Branwell.*

Todos pareceram falar ao mesmo tempo. Cada um tinha uma opinião, uma sugestão ou um comentário sobre o possível ladrão. Judith inclinou a cabeça para falar com a avó.

– Vamos sentar, vovó? A senhora está tremendo.

As duas se sentaram e Judith esfregou as mãos da velha dama.

– Elas serão encontradas. Não se preocupe.

Mas quão longe Branwell já estaria àquela altura? E para onde partiria? O que faria com as joias? Será que as empenharia ou venderia? Ainda devia lhe restar alguma honra. Branwell faria tudo de forma a conseguir recuperar as joias. Mas como seriam resgatadas?

– Não é tanto pelo valor das joias – disse a avó –, mas pelo fato de ter sido seu avô quem as deu de presente. Quem poderia me odiar tanto, Judith? Um ladrão entrou *em meu quarto*. Como poderei entrar lá e me sentir segura?

A voz da velha dama estava trêmula e ofegante.

Tio George e Horace voltaram a assumir o controle da situação. Mandaram o mordomo reunir todos os criados, para que pudessem ser interrogados. Judith quis levar a avó para cima, mesmo que fosse para o próprio quarto, onde a senhora poderia ficar quieta e Tillie levar uma xícara de chá para ela. Mas a avó não quis.

Era um longo e tedioso processo, que não levaria a lugar algum, pensou Judith durante a meia hora seguinte. O que mais a espantava era que mais ninguém dera falta de Branwell. Tio George perguntou a cada criado se estivera no andar dos quartos depois que o baile começara. Três deles haviam, incluindo a camareira em quem Judith esbarrara no caminho para o quarto. Todos tinham uma boa razão para estar onde estavam e todos trabalhavam em Harewood tempo o suficiente para serem julgados confiáveis.

– E mais ninguém subiu lá? – perguntou tio George com um suspiro.

– Se me der licença, senhor – disse a camareira. – A Srta. Law subiu.

Todos os olhos se voltaram na direção de Judith e ela se sentiu ruborizar.

203

– Fui trocar os brincos da vovó. Os outros a machucavam. Mas a caixa de joias estava no lugar de costume quando estive lá, com todas as joias dentro dela. Eu troquei os brincos e desci. O roubo deve ter acontecido depois disso. Foi... deixe-me lembrar. Foi entre a primeira e a segunda dança.

– Mas estava saindo do *seu* quarto, senhorita – continuou a criada. – Estava correndo e esbarramos uma na outra. Lembra-se?

– É verdade – confirmou Judith. – Os brincos que vovó queria estavam na minha bolsinha de noite, onde eu os deixara desde que estivemos em Grandmaison.

– Deve ter sido quando estava voltando para o salão de baile que quase esbarrou em mim, prima – comentou Horace. – Você parecia bastante ofegante, quase em pânico. Mas, sim, posso confirmar que isso foi entre a primeira e a segunda dança.

– Judith, meu amor. – A avó estava muito próxima das lágrimas. – Eu a mandei lá para cima e poderia tê-la mandado para a morte. E se tivesse esbarrado com o ladrão? Poderia ter levado um golpe na cabeça.

– Isso não aconteceu, vovó – disse Judith em um tom tranquilizador. Ela desejava *ter* esbarrado com Bran. Teria evitado todo aquele pesadelo.

– Ora, vamos ter que começar a procurar, isso é tudo.

– Que desagradável – falou tio George. – Não podemos revistar os quartos das pessoas. E o ladrão dificilmente esconderia as joias em algum dos cômodos de uso comum.

– Bem, por mim, não faço objeção que revistem *meu* quarto – ofereceu Horace. – Na verdade, papai, insisto que seja o primeiro a ser revistado.

– Se me permite a ousadia, Sir George – adiantou-se o mordomo –, ofereço meu próprio quarto para ser revistado, assim como os dos outros criados também, a menos que alguém faça objeção. Se for esse o caso, falem agora.

Os criados não se manifestaram. Qual deles, afinal, se recusaria a ter o quarto revistado quando isso acabaria atraindo suspeitas sobre eles mesmos?

Lorde Braithwaite pigarreou.

– Pode revistar meu quarto também, senhor.

Houve murmúrios de assentimento por parte de todos os hóspedes, embora Judith imaginasse que alguns estivessem, no fundo, relutantes. Seria como uma violação revistar o quarto de alguém. Mesmo que por alguns minutos, aquela pessoa teria a sensação de ser suspeita de roubo. Mas ela manteve a boca fechada.

– Gostaria de ir para seu quarto, vovó? – perguntou Judith, após tio George, Horace, o mordomo e Tillie terem deixado o salão de baile. – Ou para o meu se preferir?

– Não. – A avó parecia desanimada. – Ficarei aqui. E torço para que *não* encontrem as joias. Não é uma tolice? Eu preferiria nunca mais vê-las de novo a saber que alguém nesta casa as roubou. Por que, seja quem for que fez isso, simplesmente não me *pediu*? Tenho tantas joias. Teria dado a qualquer parente, amigo ou criado em necessidade. Mas acho que as pessoas são orgulhosas demais para pedir, não é mesmo?

Julianne soluçava nos braços da mãe e parecia especialmente bela.

– Essa acabou se tornando uma noite horrorosa. Detestei cada momento, estou certa de que todos vão lembrar do baile como um desastre e nunca mais aceitarão outro convite nosso na vida.

Os criados permaneceram em silêncio. Os hóspedes se juntaram em pequenos grupos, todos constrangidos, falando em voz baixa. Outra meia hora se passou antes que a equipe de busca retornasse, todos parecendo muito sérios.

– Isso foi encontrado – disse tio George, no silêncio que caíra sobre o salão de baile. – Tillie as reconheceu. São da caixa de joias da minha sogra.

Ele ergueu a bolsa de veludo cor de vinho que costumava conter as joias mais valiosas. Estava vazia. Também ergueu um único brinco de diamante entre os dedos da outra mão.

O pequeno burburinho que se elevara morreu no mesmo instante.

– Alguém deseja dizer alguma coisa sobre esses itens? – perguntou tio George. – Eles foram encontrados no mesmo quarto.

*No quarto de Branwell.* Judith sentia-se nauseada.

Ao que parecia, ninguém desejava dizer nada.

– Judith – falou tio George, a voz baixa e sem expressão –, a bolsa foi encontrada no fundo de uma das gavetas de sua cômoda. O brinco estava no chão, quase fora de vista, atrás da porta.

Judith sentiu como se estivesse olhando para um túnel longo e escuro. Era como se a mente dela ainda estivesse se esforçando para decodificar os sons que haviam acabado de ser pronunciados, como se tentasse tirar algum sentido deles.

– Onde escondeu o resto, Judith? – perguntou ele, a voz ainda sem expressão. – Não estão em seu quarto.

– O quê?

Judith não tinha certeza de que algum som saíra de sua boca. Não sabia se seus lábios haviam formado palavras.

– Não adianta fingir que houve algum mal-entendido – continuou tio George. – Você roubou joias valiosas de sua avó, Judith.

– Ah, sua garota ingrata e perversa! – gritou tia Effingham em uma voz estridente. – Depois de tudo o que fiz por você e por sua família inútil. Você será punida, acredite em mim. Criminosos já foram enforcados por menos do que isso.

– Devemos chamar o condestável, papai – disse Horace. – Peço perdão a todos por termos que lavar a roupa suja da família assim em público. Se ao menos tivéssemos desconfiado que fora Judith, teríamos nos apressado a subir e esperado até que todos estivessem na cama, antes de investigarmos. Mas como saberíamos?

Judith se pôs de pé sem se dar conta do que fazia.

– Eu não peguei nada!

– É claro que não pegou – falou a avó, pegando a mão de Judith. – Com certeza houve algum mal-entendido, George. Judith seria a última pessoa que me roubaria.

– Mas ela não tem um tostão para chamar de seu, vovó – disse Julianne em um tom zombeteiro. – Tem, Judith?

– E o irmão dela está afundado em dívidas – revelou Horace. – Devo confessar que suspeitei *dele* quando Tillie apareceu aqui falando do sumiço das joias. Alguém percebeu que ele desapareceu no meio do baile? Temo que tenha sido porque lembrei a ele de uma dívida insignificante que tem comigo. Realmente achei que havia feito algo tolo, embora odeie dizer isso em voz alta. Mas parece que foi Judith.

– Ou Judith em conluio com Branwell – sugeriu tia Effingham. – Foi isso, garota má? Por isso as joias não estão em seu quarto? Seu irmão fugiu com elas?

– Não, não, não! – gritou a avó. – Judith não fez nada de errado. Aquela bolsa... eu dei para Judith guardar algumas de suas próprias coisas. E o brinco. Judith sempre os guarda para mim quando machucam minhas orelhas, exatamente como fez com os que estou usando agora. Ela deve ter deixado cair um quando os trouxe de volta para mim e não percebemos.

– Não foi nem uma boa tentativa, minha sogra – disse tio George na mesma voz sem expressão. – Acho que devemos ir todos para a cama agora e tentar dormir. Judith enfrentará a questão de manhã. Ninguém terá que sofrer o constrangimento de vê-la de novo. Creio que o melhor a fazer é mandá-la para casa, para que o pai lide com ela. Enquanto isso, teremos que mandar alguém procurar Branwell.

– Papai – falou Horace –, ainda acho que um homem da lei deveria...

– Não faremos com que Judith seja jogada em uma cela, para criar um escândalo sórdido que fará a fofoca se espalhar por todo o campo – retrucou tio George com firmeza.

Judith levou ambas as mãos à boca. Aquilo era terrível demais até para ser um pesadelo.

– Espero que meu irmão use o chicote em você – disse tia Effingham –, como já deveria ter feito anos atrás. Aliás, vou escrever para ele dando essa sugestão. E espero que a tranque no quarto esta noite, Effingham, para que não nos roube tudo enquanto dormimos.

– Não sejamos melodramáticos – declarou tio George. – Judith, vá para seu quarto agora e fique lá até ser chamada de manhã.

– Vovó...

Judith se virou e estendeu as mãos, mas a avó tinha as próprias mãos cruzadas com força no colo e não levantou os olhos.

– Branwell está com dívidas – disse a avó tão baixo que ninguém a não ser Judith ouviu – e você não me contou. Eu teria *dado* a ele algumas de minhas joias se houvessem me pedido. Não sabia disso?

A avó acreditava neles. Acreditava que Judith conspirara com Bran para roubá-la. Aquilo foi o pior de tudo.

– Eu não fiz isso, vovó – sussurrou Judith e viu uma lágrima pingar nas mãos da velha dama.

Mais tarde, não saberia dizer como saiu do salão de baile e subiu para o próprio quarto. Mas ficou de pé contra a porta fechada, depois de entrar, por um longo tempo, as mãos agarrando com força a maçaneta às suas costas, como se o peso de seu corpo fosse tudo o que restara entre ela e o universo que desmoronava ao seu redor.

# CAPÍTULO XVIII

Sem dúvida era cedo demais para fazer uma visita social, pensou Rannulf, enquanto cavalgava pelo longo caminho que levava a Harewood Grange, ainda mais na manhã seguinte a um baile. Mas desde o amanhecer andara de um lado para o outro no quarto, como um urso enjaulado. Mesmo depois de descer, Rannulf permaneceu incapaz de se concentrar em qualquer coisa, embora tivesse cartas para responder e outro livro de contas para examinar.

Então, fora cedo para Harewood, na esperança de encontrar Sir George Effingham já de pé e confiante de que Judith não estaria mais na cama. Será que ela também tivera dificuldade para dormir na noite passada? Judith não poderia ter entendido errado as claras intenções dele. Como ela se sentia? Que resposta planejava lhe dar?

Se negasse mais uma vez, ele teria que aceitar a derrota.

Era uma perspectiva sombria, mas Rannulf se agarrou à esperança de que não havia imaginado aquela atração magnética entre os dois. *Com certeza* não fora imaginação dele. Mas seu coração batia acelerado, com uma ansiedade fora do comum, quando entrou no pátio do estábulo, deixou Bucephalus sob os cuidados de um cavalariço e caminhou na direção da casa.

– Pergunte a Sir George se posso dar uma palavra em particular com ele – disse Rannulf para o criado que abriu a porta.

Um minuto mais tarde, foi levado à biblioteca, a mesma onde quase encontrara um destino cruel na noite da véspera. Sir George estava sentado diante de uma grande mesa de carvalho, aborrecido. Raramente tinha outra expressão, pensou Rannulf. Era a imagem de um homem descontente com seu círculo familiar, ainda que também não se sentisse contente na própria companhia.

– Bom dia, senhor – disse Rannulf. – Acredito que todos tenham dormido bem depois da diversão da noite passada?

Sir George grunhiu.

– Você chegou cedo, Bedwyn. Não tenho certeza se Julianne e os outros já se levantaram. Mas seu assunto é comigo, certo?

– Sim, senhor – explicou Rannulf. – Gostaria de sua permissão para ter uma conversa em particular com sua sobrinha.

– Com Judith?

Sir George franziu o cenho e a mão alcançou uma pena de escrever com a qual ficou brincando.

– Pensei que talvez pudesse acompanhá-la em uma caminhada ao ar livre – continuou Rannulf. – Com sua permissão, é claro, e se for da vontade dela.

Sir George pousou a pena de volta.

– Você chegou tarde. Ela já partiu.

– *Partiu?*

Rannulf sabia que Judith seria mandada para casa, mas assim, tão de repente? Teria sido por causa do modo como ela frustrara o esquema de casamento da prima?

Sir George deixou escapar um profundo suspiro, recostou-se e indicou a cadeira diante da mesa para que o convidado se sentasse.

– Suponho que não adiantará nada esconder o que aconteceu de você ou de Lady Beamish, embora esperasse manter os detalhes sórdidos longe dos ouvidos de nossos vizinhos. As joias de minha sogra foram roubadas em algum momento durante a noite passada e encontramos no quarto de Judith evidências claras e incontestáveis de que foi ela a culpada. Judith também foi vista saindo apressada do próprio quarto durante o baile, quando não tinha razão para estar lá e, logo depois disso, Branwell Law desapareceu. Deixou Harewood sem dizer uma palavra a ninguém.

Rannulf permaneceu sentado, muito quieto.

– Judith passou a noite confinada no próprio quarto – continuou Sir George –, embora eu tenha me recusado a trancá-la ou a manter alguém de guarda. Parecia aviltante para toda a família tratá-la como uma prisioneira. Eu tinha a intenção de mandá-la para casa em minha própria carruagem esta manhã, levando uma carta para o pai. *Esta* carta. – Ele deu um tapinha em um papel dobrado e lacrado na mesa. – Mas, quando bati à porta do

209

quarto dela, não houve resposta. O quarto estava vazio. A maior parte dos pertences de Judith ainda está lá, mas Judith fugiu.

– O senhor acha que ela voltou para casa? – perguntou Rannulf.

– Duvido – respondeu Sir George. – Meu cunhado é um homem rígido. Não é do tipo para o qual uma mulher na situação embaraçosa dela correria voluntariamente. Para mim, o irmão e ela tinham planos de se encontrar em algum lugar e dividir o produto do roubo. Aquelas joias devem valer uma enorme fortuna, embora minha sogra tenha me permitido colocar as mais valiosas em um lugar seguro.

– O que planeja fazer agora?

– Eu gostaria de não fazer nada – confessou Sir George com franqueza. – Eles são sobrinhos de Lady Effingham e netos de minha sogra. Mas as joias precisam ao menos ser recuperadas. É tarde demais para tratar a questão com discrição. Acredito que os dois terão que ser levados à justiça e que passarão algum tempo na cadeia. Não é uma perspectiva agradável.

Sir George suspirou.

– Vamos manter o assunto em sigilo o máximo de tempo que pudermos, embora com uma casa cheia de criados e hóspedes eu ouse dizer que é mais fácil tentar amordaçar o vento. Meu filho irá atrás deles amanhã de manhã, depois que nossos hóspedes partirem. Ele acredita que o destino mais provável dos dois seja Londres, já que estão carregando joias. Horace os perseguirá e os deterá se tiver sorte... se *todos nós* tivermos sorte. No entanto, é mais provável que precise usar os serviços da força policial de Londres.

Eles ficaram sentados por mais algum tempo, em silêncio, então Rannulf se levantou abruptamente.

– Já o incomodei demais, senhor. Fique descansado que ninguém, à exceção de minha avó, saberá sobre esse assunto.

– É muito decente da sua parte. – Sir George também se levantou. – É uma história repulsiva.

Rannulf desceu o caminho da casa ainda mais rápido do que subira. Deveria ter imaginado que algo desse tipo pudesse acontecer. Ele mesmo chegara muito perto de cair em uma armadilha que o obrigaria a se casar com a Srta. Effingham e nem era o inimigo principal no que dizia respeito a Horace. Fora por Judith que o homem fora mais humilhado. Foi a ela que ele puniu seriamente.

E fora um castigo sujo.

A avó de Rannulf estava em sua sala particular, escrevendo uma carta. Ela sorriu para ele e pousou a pena quando o neto pediu para entrar.

– Que delícia ver o sol brilhando, não? Anima a alma.

Rannulf atravessou o quarto na direção dela e pegou a mão da avó

– Vovó, devo partir por alguns dias.

– Ah... – Ela continuou a sorrir, mas algo havia se apagado em seus olhos. – Sim, é claro, você está inquieto, eu compreendo.

Ele levou a mão dela aos lábios.

– Alguém roubou as joias da Sra. Law ontem à noite, durante o baile – explicou Rannulf –, e a culpa recaiu em Judith Law. Foram encontradas evidências no quarto dela.

– Ah, não, Rannulf, não é possível.

– Judith Law fugiu em algum momento durante a noite, se fazendo parecer, eu suponho, ainda mais culpada.

A avó o encarou.

– Jamais acreditaria em uma coisa assim da Srta. Law. Mas pobre Gertrude. Aquelas joias têm grande valor sentimental para ela.

– Também não acredito que tenha sido Judith – disse Rannulf. – Vou atrás dela.

– Ela é Judith para você, então, Rannulf?

– Fui até Harewood esta manhã para pedi-la em casamento.

– Bem. – A vivacidade usual estava de volta à voz dela. – Nesse caso, é melhor não se demorar.

Quinze minutos mais tarde, ela estava de pé no terraço, a postura muito reta, sem se apoiar em nada, acenando, enquanto o neto saía a cavalo do pátio do estábulo.

Judith deveria estar assustada, mas não permitia que sua mente se concentrasse no apuro em que se encontrava. Estava sozinha, levando apenas uma pequena bolsa com seus pertences essenciais, a caminho de Londres, onde esperava chegar depois de caminhar por uma semana, talvez duas. Não tinha ideia de quanto tempo levaria. Não possuía dinheiro para comprar uma passagem para a diligência ou uma noite em uma estalagem. Mesmo que chegasse a Londres, não sabia como encontraria Branwell, ou se seria tarde demais para recuperar as joias e levá-las de volta para a avó.

Enquanto isso, havia a possibilidade de estar sendo perseguida. Por tio George, algum homem da lei ou, pior de tudo, Horace. Como fugira de Harewood, provavelmente não teria mais a opção de voltar para casa do pai. Pensando bem, a prisão seria uma alternativa melhor. Como poderia encarar o pai quando era impossível provar sua inocência?

Não, fora exatamente a ideia de encarar a terrível desgraça de voltar para casa e de ver Bran ser derrubado do pedestal que sempre ocupara que convencera Judith, na primeira luz do dia, a fugir. Ficara surpresa por ter sido tão fácil, já que esperava encontrar alguém de guarda do lado de fora, ou ao menos no hall do andar de baixo.

Judith se recusou a sucumbir ao medo. Afinal, de que adiantaria? Seguiu andando com dificuldade pela estrada, em uma tarde que ficava mais quente a cada minuto, concentrando-se em colocar um pé diante do outro e em viver um momento de cada vez. É claro que era mais fácil falar do que fazer. Ela seguira por 3 ou 4 quilômetros na carroça de um fazendeiro que fora gentil o bastante para compartilhar com ela o pão seco e duro que levava. Desde então, Judith bebera apenas água em um pequeno riacho e começava a sentir o estômago roncar de fome e a cabeça um pouco tonta. Os pés estavam inchados e provavelmente se enchiam de bolhas. A bolsa parecia pesar uma tonelada.

Era difícil não sucumbir ao medo, que agora provocava um arrepio na espinha quando ouviu o som de cascos atrás de si. Era um único cavalo, não uma carruagem. Acontecera o mesmo várias vezes durante o dia, mas ela se escondera atrás de um arbusto até a estrada estar livre de novo. Judith esperou pelo alívio de ver um cavaleiro desconhecido passar por ela.

Mas esse cavalo não seguiu direto. Começou a andar a passo quando chegou perto de Judith e então seguiu por algum tempo ao lado dela. Ela rezava para estar imaginando aquilo. Não olharia, pensou Judith, preparando-se para... o quê? Chicote? Correntes? Um corpo se jogando em cima dela e prendendo-a no chão? O coração ecoava em seus ouvidos.

– Está dando um passeio à tarde? – perguntou uma voz conhecida.

Judith virou o corpo e levantou os olhos para lorde Rannulf Bedwyn, enorme e levemente ameaçador, montado a cavalo. Ele detivera o animal e olhava muito sério para ela, apesar da zombaria em suas palavras.

– Não é problema seu, lorde Rannulf – retrucou Judith. – Pode seguir viagem.

Mas para onde ele estava indo? De volta para casa?

– Você não compareceu a nosso compromisso esta manhã, então fui forçado a cavalgar atrás de você.

*O compromisso deles.* Ela esquecera completamente.

– Não me diga que se esqueceu? Isso seria muito desprezo de sua parte.

– Talvez eles não tenham lhe contado…

– Contaram, sim.

– Ora, então, pode cavalgar adiante, ou voltar, lorde Rannulf, como achar melhor. Não iria querer se associar a uma ladra.

– É isso o que você é? – perguntou ele.

Foi terrivelmente doloroso ouvi-lo fazer aquela pergunta.

– As evidências são esmagadoras.

– Eu sei, mas você é uma ladra particularmente sem talento, Judith. Afinal, deixou evidências do roubo em seu quarto, quando deveria ter imaginado que, mais cedo ou mais tarde, seria revistado.

Judith ainda não conseguia entender por que Bran pusera a bolsa no quarto dela. Ela *conseguia* entender o brinco. Em pânico, provavelmente deixara o enfeite cair sem perceber. O piso era coberto por um tapete. O brinco não faria barulho ao cair. Mas a bolsa… A única explicação em que Judith conseguia pensar era que Bran imaginara que seria suspeito desde o primeiro instante, mas não pensara que o quarto da irmã seria revistado. Ele escondera a bolsa na cômoda, como uma espécie de confissão de culpa particular, para Judith, e um recado de que devolveria o que pegara assim que pudesse. Não era uma explicação muito satisfatória, mas ela não conseguia pensar em mais nenhuma.

– Não sou uma ladra.

– Eu sei.

Ele *sabia*? Acreditava nela? Ninguém mais acreditara.

– Para onde está indo? – perguntou Rannulf.

Ela o encarou.

– Para Londres, imagino. Uma longa caminhada…

– Não é problema seu – retrucou Judith. – Volte para Grandmaison, lorde Rannulf.

Mas ele se inclinou na sela e estendeu a mão para ela. Judith teve uma forte lembrança da última vez em que essa mesma cena acontecera e da primeira impressão que tivera na época: seu corpo sólido, os cabelos claros e ondulados sob o chapéu, mais longos do que a moda ditava. O rosto moreno, as sobrancelhas escuras, o nariz grande, os olhos azuis... Não era de forma alguma um homem bonito, mas era inegavelmente atraente... Agora ele era apenas Rannulf e, pela primeira vez naquele dia, ela sentiu vontade de chorar.

– Pegue minha mão e pouse o pé sobre minha bota.

Judith balançou a cabeça, negando.

– Você sabe quanto tempo levará para caminhar até Londres?

– Não caminharei por todo o caminho – retrucou Judith. – E como sabe que Londres é meu destino?

– Você tem algum dinheiro? Não? Eu a levarei até Londres, Judith. E a ajudarei a encontrar seu irmão.

– Como sabe...?

– Me dê sua mão – repetiu Rannulf.

Ela se curvou à derrota. Ao mesmo tempo, se sentiu estranhamente confortada pelo fato de Rannulf saber o que acontecera, por sua insistência para que cavalgasse com ele. Judith seguiu a orientação dele e, em poucos instantes, estava novamente sentada diante do homem na sela, protegida pelos braços e pernas de Rannulf.

Como Judith desejava que o tempo pudesse voltar, que aquela aventura que vivera três semanas antes pudesse ser vivida de novo e que o que se seguira pudesse ser mudado.

– O que vai fazer quando encontrarmos Branwell? – perguntou ela. – Entregá-lo às autoridades? Mandá-lo para a prisão? Ele poderia ser...

Judith não completou a ideia assustadora.

– Ele é culpado, então? – perguntou Rannulf.

– Meu irmão está afundado em dívidas e seus credores o seguiram até Harewood, pressionando-o a pagar.

– Todos os homens com dívidas roubam as joias das avós?

– Ele sabia das joias. Viu que ficavam na caixa. E brincou sobre como poderiam ajudá-lo a sair das dificuldades em que se encontrava. Na época, achei que fosse uma brincadeira. Então, na noite passada, Branwell me procurou no meio do baile para dizer que estava partindo, mas que, muito em breve, pagaria suas dívidas e faria fortuna. Parecia muito agitado. E não parava de olhar ao redor, como se esperasse que alguém o atacasse e o detivesse.

– As evidências são esmagadoras – comentou Rannulf.

– Sim.

– No seu caso também, não?

Ela virou a cabeça rapidamente para encará-lo.

– Então você *acredita* que eu sou culpada! – exclamou. – Por favor, me deixe descer. *Me deixe descer.*

– Meu argumento é que as evidências às vezes mentem. Como no seu caso.

Ela olhou para ele.

– Então considera que Branwell seja *inocente*?

– Quem mais poderia ter pegado as joias? – perguntou ele. – Quem tinha um motivo?

– Ninguém – respondeu Judith, franzindo o cenho. – Nenhum dos convidados precisa de dinheiro.

– Exatamente – disse Rannulf. – Quem teria um motivo para arruinar você e seu irmão?

– Ninguém. – Ela franziu ainda mais o cenho. – Todos amam o charme e a natureza solar de Bran. Quanto a mim, ninguém…

– Existe ao menos uma possibilidade, não é mesmo? – sugeriu Rannulf quando os olhos dela se arregalaram.

– *Horace?*

A ideia era muito atraente, pois afastaria a culpa de Branwell.

– Ele tinha um plano terrível para mim – Rannulf a lembrou.

Mas Judith não poderia acreditar nessa teoria apenas porque era o que queria acreditar… A não ser pelo fato de que a bolsa de veludo em sua cômoda e o brinco no chão fariam muito mais sentido se Horace fosse o culpado.

– De qualquer modo, preciso encontrar Bran. Nem que seja apenas para alertá-lo. Preciso descobrir a verdade.

– Sim – concordou Rannulf –, você precisa. Quando foi a última vez que comeu alguma coisa?

– Esta manhã – respondeu Judith. – Não estou com fome.

– Mentirosa! Claire Campbell tentou essa mesma tática comigo. Você sabe que poderia muito bem morrer de fome por puro orgulho. Dormiu esta noite?

Ela balançou a cabeça, negando.

– Percebe-se. Se eu estivesse vendo-a pela primeira vez, poderia me enganar achando que era uma mulher apenas levemente adorável.

Judith riu, mesmo contra a vontade, e teve que levar a mão várias vezes à boca para evitar bocejar.

Uma das mãos de Rannulf soltou os laços da touca que ela usava. Ele tirou a touca, a que dera a ela, e a prendeu na sela. Então, puxou Judith para junto do próprio corpo e apoiou a cabeça dela contra o ombro.

– Não quero ouvir mais nem uma palavra sua até que consiga encontrar uma estalagem respeitável na qual eu possa alimentá-la.

Ela não deveria ter se sentido tão confortável. Subitamente sentia-se cansada demais para saber. Sentia os músculos fortes e firmes dos ombros e do peito dele, e podia sentir o perfume da colônia de Rannulf. O chapéu proporcionava uma sombra bem-vinda. Ela se deixou entrar em um agradável estado entre o sono e a vigília e fantasiou estar segura no fundo de um barco viking, enquanto ele permanecia de pé, forte e protetor, na proa. Ou parado ao lado dela, no topo de um penhasco, enquanto seus cachos e a túnica saxã que usava oscilavam na brisa. Judith sabia que ele enfrentaria qualquer guerreiro que ousasse invadir suas terras e os derrotaria com as próprias mãos. Parecia um sonho, mas Judith sabia que estava consciente e tinha a habilidade de dirigi-lo para onde quisesse.

Ela queria pensar em Rannulf como o eterno herói de um conto de fadas.

# CAPÍTULO XIX

Rannulf deixou passar uma estalagem. Judith cochilava em seu ombro e necessitava de sono tanto quanto precisava de comida. Ao chegar à estalagem seguinte, no entanto, acordou-a e insistiu para que comesse toda a comida que fosse colocada à sua frente.

Já era fim de tarde. Não chegariam a Londres naquela noite. Rannulf cogitou brevemente a possibilidade de contratar uma carruagem de aluguel e chegar até Ringwood Manor, em Oxfordshire. Aidan contara a ele uma vez, enquanto esperava o negócio da venda de sua patente, que Eve tinha uma forte tendência a acolher todo tipo de pessoas carentes e acabava empregando a maioria delas. Ela aceitaria Judith, mesmo se Aidan bisbilhotasse e a visse com desconfiança. Eve talvez conseguisse oferecer um pouco da tranquilidade de que Judith precisava.

No entanto, essa tranquilidade só viria parcialmente quando encontrasse o irmão e se convencesse de que ele não tivera participação no roubo das joias da avó. Sua paz de espírito só estaria completa quando as joias e o ladrão fossem encontrados e ela e o irmão fossem totalmente inocentados.

– É melhor irmos – disse ela, pousando a faca e o garfo sobre o prato vazio. – A que horas chegaremos a Londres? Você acha que Bran estará na hospedaria em que vem morando?

– Judith – argumentou Rannulf –, você está quase desmaiando de cansada.

– Preciso achá-lo – insistiu Judith. – Se foi ele mesmo quem pegou as joias, é preciso encontrá-lo antes que se desfaça delas.

– Não chegaremos lá esta noite.

Ela o encarou sem parecer compreender.

– E mesmo se conseguíssemos chegar, você estaria tão arrasada que não adiantaria muito. Estaria dormindo em pé. É quase o que está acontecendo agora.

– Continuo achando que vou acordar e descobrir que tudo não passou de um pesadelo. *Tudo* isso, as extravagâncias de Bran, a carta de minha tia convidando uma de nós para morar em Harewood, tudo o que aconteceu desde então.

*Incluindo o que acontecera durante a viagem dela para a casa da tia?* Rannulf a encarou em silêncio por alguns instantes. Seria possível que, ainda na noite passada, estivesse convencido de que Judith aceitaria feliz o pedido de casamento que ele pretendera fazer?

– É melhor ficarmos aqui esta noite – insistiu ele. – Você pode descansar e estará pronta para partir amanhã cedo.

Judith cobriu o rosto com as mãos e balançou a cabeça, mas, quando levantou os olhos para ele, sua expressão era de cansaço e resignação.

– Por que você veio atrás de mim?

Rannulf deu um leve sorriso.

– Considerando o quase desastre com a Srta. Effingham na noite passada, talvez precisasse de uma desculpa para evitar futuras visitas a Harewood Grange. Talvez estivesse cansado de ficar encarcerado no campo. Talvez não tenha apreciado a ideia de Horace Effingham ser o único a vir atrás de você.

– *Horace* está vindo atrás de mim?

– Você está a salvo comigo, mas prefiro que fiquemos no mesmo quarto esta noite. Repito... você está *segura* comigo. Não a forçarei a nada.

– Você nunca forçou. Estou cansada demais para me levantar desta cadeira. Talvez eu simplesmente passe a noite aqui.

Judith deu um sorriso fraco.

Rannulf levantou e foi procurar o estalajadeiro. Então, pediu um quarto em nome do Sr. e da Sra. Bedard e voltou para a sala de refeições, onde Judith ainda estava sentada, os cotovelos pousados na mesa, o queixo apoiado nas mãos.

– Venha – disse ele, pousando a mão sobre os ombros dela e massageando levemente seus músculos tensos. Rannulf pegou a bolsa dela com a outra mão.

Judith ficou de pé sem dizer uma palavra e seguiu na frente dele pelas escadas, até o quarto indicado.

– Já vão trazer água quente – avisou Rannulf. – Você tem tudo de que precisa?

Ela assentiu.

– Durma – orientou Rannulf. – Vou descer e ficar mais algum tempo lá embaixo para não perturbá-la. Dormirei no chão quando voltar.

Ambos encaravam o chão de madeira.

– Não há necessidade.

Havia toda a necessidade. Nunca forçara nenhuma mulher a ter relações sexuais com ele. Seu apetite sexual, embora saudável, nunca foi incontrolável. Mas ele era humano. Mesmo cansada, empoeirada e desalinhada, Judith era um banquete para seus olhos.

– Durma – repetiu Rannulf – e não se preocupe com nada.

Era mais fácil dizer do que fazer, admitiu para si mesmo quando deixou o quarto e desceu para a taverna, onde se posicionou estrategicamente, a fim de poder ver a entrada para o pátio do estábulo. Mesmo se conseguissem encontrar o irmão de Judith e o rapaz alegasse inocência, como Rannulf tinha quase certeza de que aconteceria, ainda haveria o enorme problema de prová-la para o resto do mundo. E mesmo se *conseguissem* fazer isso, o irmão ainda seria um perdulário, tão afundado em dívidas que arruinaria a própria família.

Rannulf se perguntou se *ele* mesmo teria sido tão fútil e gastador se não tivesse uma fortuna pessoal para financiar seus maus hábitos. E não tinha plena certeza da resposta...

Judith se lavou da cabeça aos pés com água quente e sabonete e vestiu a camisola que colocara na bolsa. Então, deitou na cama, quase zonza de cansaço, certa de que iria adormecer assim que encostasse a cabeça no travesseiro.

Não foi o que aconteceu.

Milhares de pensamentos e imagens, todos muito deprimentes, não paravam de girar em sua mente. Por duas horas, Judith se virou de um lado para o outro na cama, inquieta. Estava quase chorando de exaustão e de necessidade de encontrar algo que a distraísse quando jogou as cobertas de lado e se levantou. Afastou os cabelos do rosto e ficou parada diante da janela, as mãos apoiadas no parapeito. Estava escurecendo. Se tivessem continuado a viagem, àquela altura estariam duas horas mais perto de Londres.

*Bran, onde está você?*

Será que ele *pegara* as joias? Seria agora um ladrão? Ela encontraria um modo de salvar o irmão? Ou aquela busca era pura perda de tempo?

Mas se *fora* Branwell, por que ele colocaria aquela bolsa de veludo na cômoda de Judith? Realmente faria mais sentido ter sido Horace a fazer isso... Mas como ela seria capaz de provar uma coisa dessas?

Então, ela teve uma ideia animadora, que não lhe ocorrera antes. Se Bran *realmente* houvesse decidido resolver os problemas de suas dívidas roubando a avó, com certeza não teria levado todas as joias. Teria pegado apenas algumas poucas peças, na esperança de que ninguém sentiria falta delas, ou ao menos, que a falta demoraria a ser notada e, assim, a suspeita não recairia sobre ele. Bran não teria feito nada que o incriminasse tão abertamente, certo?

Mas a culpa talvez o tivesse obrigado a fugir, em vez de pensar racionalmente, como faria um ladrão de sangue frio.

Judith encostou a cabeça no vidro da janela e suspirou, bem no momento em que a porta se abria silenciosamente atrás dela. Judith se virou com certo alarme, mas era apenas Rannulf parado ali, o cenho franzido para ela.

– Não consigo dormir – disse Judith em tom de desculpas.

Ele gastara dinheiro alugando o quarto apenas para que ela pudesse ter uma noite de sono e nem deitada na cama estava. Rannulf fechou a porta com firmeza e atravessou o quarto na direção dela.

– Você está cansada e ansiosa demais. Tudo vai ficar bem, eu lhe prometo.

– Como pode prometer?

– Porque eu decidi que vai ficar – retrucou ele, sorrindo. – E sempre consigo que as coisas sejam feitas à minha maneira.

– Sempre?

Judith sorriu.

– Sempre. Venha cá.

Ele a pegou pelos ombros e a puxou contra o próprio corpo. Ela virou a cabeça, descansou o rosto contra o ombro dele e suspirou alto. Judith passou os braços pela cintura de Rannulf e se abandonou ao prazer intenso de sentir as mãos dele acariciando suas costas, os dedos pressionando os músculos tensos, fazendo-a relaxar.

Tudo vai ficar bem...

Ela já estava meio adormecida quando percebeu que estava sendo carregada até a cama.

– Hummm.

Judith o encarou sonolenta. Ele estava rindo de novo.

– Sob outras circunstâncias, eu talvez ficasse mortalmente ofendido se uma mulher adormecesse assim que eu passasse meus braços ao redor dela.

Ele se inclinou sobre ela para pegar o outro travesseiro.

– Não durma no chão.

Ela mal percebeu quando um ou dois minutos depois um peso extra afundou o outro lado do colchão. Mantas foram colocadas ao redor de seus ombros, fazendo-a perceber que, sim, estava mesmo com frio. O braço que erguera as mantas foi pousado ao redor de sua cintura em um gesto protetor e a puxou contra o corpo, garantindo o calor gostoso. Então, Judith deslizou de vez para um sono delicioso, profundo e sem sonhos.

Rannulf acordou quando a aurora começava clarear o quarto. Ainda dormindo, Judith acabara de se virar de frente para ele, roçando o corpo contra o dele. Rannulf reparou nos cabelos dela, desalinhados, espalhados sobre o rosto e os ombros.

Santo Deus, quem o estava fazendo passar por aquele teste tão doloroso? Não se davam conta de que ele era *humano*?

Era cedo demais para se levantar e preparar a partida. Judith já devia ter dormido umas boas cinco ou seis horas, pelos cálculos dele, mas precisava de mais.

Rannulf podia sentir os seios dela contra seu peito nu, as coxas dela contra as dele. Judith estava quente e relaxada, mas ele já não tinha mais o deleite de vê-la como Claire Campbell, atriz e mulher experiente nas questões sexuais. Ela era Judith Law.

E, por acaso, também era o amor da vida dele.

Rannulf tentou com determinação listar as imperfeições de Judith. Cabelos de cenoura. Os cabelos dela eram cor de cenoura, como na descrição da mãe dela. Sardas. Se houvesse apenas um pouco mais de luz entrando no quarto, ele poderia vê-las. E uma covinha no lado direito da boca... não, grande erro. A covinha não era uma imperfeição. O que mais? Que Deus o ajudasse, não havia nada mais.

Então Judith abriu os olhos, sonolentos e com longos cílios. Também não havia defeito ali.

– Achei que estava sonhando – disse ela na voz rouca que Claire Campbell usara.

– Não.

Eles ficaram se encarando sob a luz do amanhecer, ela com os olhos sonolentos, ele se sentindo como um homem que se afogava e continuava a tentar se convencer de que estava apenas imerso em um copo de água. Rannulf desejou que houvesse um pouco mais de espaço entre eles. A qualquer momento, Judith tomaria consciência da perfídia dele, apesar dos calções que Rannulf usava e que mantivera em nome da decência.

Então ela passou os dedos levemente sobre os lábios dele.

– Você é um homem muito gentil. Me prometeu na noite passada que tudo ficaria bem e falou sério.

Ele também prometera que ela estaria segura ao seu lado. E não tinha certeza se conseguiria manter nenhuma das duas promessas.

– Estava falando sério.

Judith afastou a mão e a substituiu pelos lábios.

– Obrigada. Uma noite de sono fez toda a diferença. Estou me sentindo segura agora.

– Se ao menos você soubesse o perigo que está correndo – falou Rannulf –, começaria a correr pela estrada, ainda de camisola.

Então ela sorriu para ele… mostrando a covinha.

– Não estava me referindo a esse tipo de segurança – falou e tocou os lábios dele com os dela novamente.

– Judith – avisou Rannulf –, não sou feito de pedra.

– Nem eu – retrucou ela. – Você não tem ideia de como eu precisava ser abraçada e… bem, amada.

Rannulf não tinha certeza, mesmo ela tendo dito isso, se não era pouco galante da parte dele fazer o que tinha vontade, se não estaria simplesmente tirando vantagem da vulnerabilidade dela. Mas ele não era um super-herói sem sangue nas veias. Que Deus o ajudasse, era um homem.

Rannulf a abraçou com mais força e abriu a boca sobre a dela, pressionando a língua contra o calor que encontrou lá dentro. Judith deixou escapar um murmúrio rouco de prazer e passou um dos braços ao redor dele. Rannulf soube que estava perdido.

Ele a virou de costas, lutou com os botões dos próprios calções, abriu-os sem se dar ao trabalho de tirá-los e levantou a camisola dela até a cintura.

– Judith – sussurrou Rannulf, descendo o corpo sobre o dela –, está certa de que quer isso? Detenha-me se não quiser.

– Rannulf – sussurrou ela de volta. – Oh, Rannulf.

Não era uma ocasião que pedisse carícias preliminares. Judith obviamente estava tão pronta quanto ele. Rannulf passou as mãos por baixo do corpo dela, erguendo-a um pouco do colchão, e a penetrou fundo.

Curiosamente, a sensação foi de voltar para casa. Rannulf retirou as mãos de debaixo de Judith, apoiou-se nos antebraços e olhou para ela. Os lábios de Judith estavam entreabertos, os olhos pesados de sono e de desejo, os cabelos espalhados ao redor dela, sobre o travesseiro e o lençol.

– Tentei com todas as minhas forças.

– Eu sei. – Judith sorriu novamente. – Nunca o culparei. Por nada.

Rannulf pegou as mãos dela e cruzou-as acima da cabeça. Entrelaçou os dedos com os dela e abaixou o peso sobre o corpo de Judith. Ele a penetrou cada vez mais fundo, em arremetidas ritmadas, deleitando-se com o calor úmido e macio que o envolvia, grato por Judith estar relaxada desde o início e grato ainda pelo modo como ela acompanhava o ritmo dele, pulsando ao redor do membro dele com seus músculos internos, arrastando-o na direção do que seria um clímax poderoso e satisfatório.

Rannulf levantou a cabeça e a beijou.

– Venha comigo.

– Sim.

Ele percebeu que aquela era a primeira vez que aquilo acontecia em sua vida, ele e a parceira se erguendo juntos na onda da paixão, gritando juntos, e terminando saciados e em paz... juntos. Rannulf se sentiu abençoado além das palavras.

Ele saiu de cima de Judith, pegou a mão dela e cochilou por alguns minutos. Quando abriu os olhos de novo, viu que Judith estava com a cabeça virada em sua direção e o observava com um meio sorriso. Parecia ruborizada, satisfeita e muito linda.

– Bem, isso define uma coisa – disse ele, apertando a mão dela. – Depois que toda essa história estiver resolvida e terminada, vamos nos casar.

– Não – retrucou Judith. – Isso não foi uma armadilha, Rannulf.
Ele franziu o cenho.

– O que *foi* exatamente?

– Não estou certa – disse ela. – Tem havido alguma… loucura entre nós nos últimos dias. Não posso ter certeza do motivo pelo qual desejava me visitar na manhã de ontem, mas imagino. Teria sido um erro terrível. Eu poderia ter aceitado, você entende.

Que diabo…?

– Dizer sim teria sido um erro?

– Sim. – Judith assentiu. – Olhe para nós, Rannulf. Estamos tão distantes na escala social que até nas melhores circunstâncias um casamento entre nós seria visto com desagrado. Mas essas não são as melhores circunstâncias. Mesmo se Branwell não tivesse roubado todas aquelas joias, mesmo se ele e eu formos eximidos de toda a culpa, meu irmão ainda está em desgraça e ainda seremos pobres. Cresci em uma casa paroquial no campo; você, na mansão de um duque. Não me encaixaria em seu mundo e você nunca desceria até o meu.

– Não acredita no amor como um grande nivelador? – perguntou Rannulf.

Mal podia acreditar que ele, Rannulf Bedwyn, estava fazendo uma pergunta daquelas.

– Não. – Judith balançou a cabeça. – Além do mais, não é amor de verdade. Apenas gostar, eu acredito, e um pouco de… desejo.

O olhar dela sustentou o dele.

– Foi esse o motivo do que acaba de acontecer? – perguntou ele. – Foi apenas desejo?

Por um breve instante, o olhar dela vacilou.

– E gostar – disse Judith. – Nós *realmente* gostamos um do outro, não é mesmo?

Rannulf se sentou na beira da cama e abotoou os calções.

– Não costumo levar mulheres para a cama apenas porque gosto delas.

– Mas também há o desejo – argumentou ela. – Desejo mútuo. Rannulf, você achou difícil se deitar na cama comigo sem me tocar. Eu também achei. Não são apenas os homens que sentem desejo.

Ele não sabia se ficava muito furioso ou se ria. Se algum dia houvesse imaginado uma conversa como aquela, teria sido com os papéis invertidos. Teria sido *ele* que cuidadosamente se desviaria de qualquer sugestão de que o que havia acontecido fora um encontro de amor e não apenas sexo.

– Acredito que não vamos mais dormir – disse ele, ficando de pé. – Vista-se, Judith, enquanto cuido de contratar uma carruagem para o resto de nossa viagem. E *não* fuja dessa vez.

Já era fim da tarde quando chegaram a Londres. Os dois não trocaram mais do que uma dúzia de frases durante todo o dia. Mais um problema para Judith acrescentar a todas suas preocupações.

Não poderia se casar com ele. Quase se deixara seduzir pela loucura dessa ideia dois dias antes. Momentaneamente parecia um sonho possível. Mas já não era mais. No entanto, estava feliz porque os acontecimentos da última semana ao menos haviam feito com que gostasse dele, que passasse a admirar as qualidades mais nobres de Rannulf, que eram muitas. Sentia-se feliz pelo que acontecera naquela manhã. E feliz por amá-lo. Seu sonho roubado lhe fora devolvido e com certeza a acalentaria pelo resto da vida, depois que o sofrimento passasse.

Mas ela sabia que haveria sofrimento.

Judith nunca tinha ido a Londres. Sabia que era uma cidade grande, mas jamais poderia sonhar que qualquer área urbana seria tão grande. Parecia não ter fim. Todas as ruas tinham prédios e estavam cheias de pessoas, veículos e barulhos de rodas, cavalos e pessoas gritando. Qualquer prazer que pudesse ter sentido foi abafado pelo terror.

Como encontraria Branwell?

Judith ingenuamente esperava parar em alguma estalagem ou prédio público, pedir orientações para chegar ao lugar onde o irmão morava e segui-las sem problema algum... e tudo isso poucos minutos depois de chegarem a Londres.

– Esta cidade termina? – perguntou Judith.

– Londres? – perguntou ele. – Não é meu lugar favorito no mundo. Infelizmente vemos o pior da cidade primeiro. Você achará Mayfair uma região mais tranquila, limpa e espaçosa do que isso.

– É nessa área que Branwell mora? Acha que vamos encontrá-lo na hospedaria?

– Provavelmente não – respondeu ele. – Cavalheiros não costumam passar muito tempo em seus aposentos.

– Espero que volte para a hospedaria em algum momento – comentou ela, sentindo toda a ansiedade da véspera voltar com força total. – O que farei se ele não aparecer? Você acha que o senhorio de Branwell permitiria que eu esperasse em seus aposentos?

– O homem provavelmente teria um ataque se você sequer sugerisse isso – retrucou Rannulf. – Não é adequado que jovens damas visitem jovens cavalheiros, acompanhadas apenas por outro cavalheiro, entende?

Judith olhou para Rannulf espantada.

– Mas sou irmã dele.

– Ouso dizer – comentou ele – que senhorios conhecem muitas *irmãs*.

Ela o encarou, sem saber o que dizer.

– O que farei se não conseguir ver Branwell hoje? – perguntou Judith. – Não posso lhe pedir que fique sentado a noite toda dentro carruagem, do lado da hospedaria em que ele está. Eu...

– Não a levarei à hospedaria onde seu irmão fica – disse Rannulf. – Irei até lá sozinho alguma outra hora.

– O quê?

Ela o encarou sem compreender.

– Estou levando-a para a casa de meu irmão – informou ele. – Para a Bedwyn House.

– *Para a casa do duque de Bewcastle?*

Judith continuou a encará-lo, horrorizada.

– Bewcastle e Alleyne devem ser os únicos em casa – disse Rannulf. – Se for esse o caso, terei que encontrar outro lugar para hospedá-la... a casa da minha tia Rochester provavelmente, embora ela lembre muito um dragão e você correria o risco de ter a cabeça devorada no café da manhã caso a enfrentasse.

– Não irei para a casa do duque de Bewcastle – informou Judith, contrariada. – Vim até aqui para encontrar Branwell.

– E vamos encontrá-lo, se ele realmente veio para Londres – disse Rannulf. – Mas agora você está *em Londres*, Judith. E é o cúmulo da falta de decoro estarmos juntos em uma carruagem, sozinhos, sem uma criada ou acompanhante. Mas será a última deselegância que cometerei enquanto estiver aqui. Tenho minha reputação a levar em conta, você sabe.

– Que absurdo – retrucou ela. – Completamente absurdo. Se não vai me levar até Bran, então deixe-me aqui e encontrarei um jeito de resolver a situação.

Ele parecia estranhamente tranquilo. Estava reclinado no assento, uma perna apoiada no assento do lado oposto. E ainda teve a insolência de sorrir para ela.

– Você está com medo – acusou Rannulf. – Com medo de encarar Bewcastle.

– *Não* estou, não.

Sim, estava apavorada.

– Mentirosa.

A carruagem parou subitamente quando Judith se preparava para retrucar. Ela olhou pela janela e percebeu que já estavam em uma parte mais tranquila e majestosa de Londres. Havia construções altas e grandiosas do lado dela da carruagem, um pequeno parque do outro, e mais prédios. Devia ser uma das praças de Londres! A porta da carruagem foi aberta e o cocheiro se apressou a colocar os degraus para que descessem.

– Essa é a *Bedwyn House*? – perguntou Judith.

Rannulf apenas sorriu para ela, saiu da carruagem e estendeu a mão para ajudá-la a descer.

Judith usava um vestido de algodão sem forma que estivera dobrado dentro da bolsa durante todo o dia anterior e fora amassado pela viagem de um dia inteiro na carruagem. Ela não escovara ou arrumara os cabelos desde aquela manhã. Ficaram todo o tempo amassados sob a touca. Devia ser uma visão medonha. Além de tudo isso, era Judith Law, da casa paroquial de Beaconsfield, fugitiva e suspeita de roubo, a caminho de encontrar um duque.

A porta da casa foi aberta no momento em que Judith desceu da carruagem. Um instante depois, um mordomo de aparência muito altiva informava a Rannulf que Sua Graça realmente estava em casa, na sala de visitas. Ele os guiou até uma grande escadaria. Judith achou que seus joelhos cederiam se Rannulf não houvesse acabado de chamá-la de mentirosa e se sua mão não estivesse sob o cotovelo dela.

Um criado abriu um conjunto de enormes portas duplas quando Judith e Rannulf surgiram no topo da escada e o mordomo se adiantou entre eles.

– Lorde Rannulf Bedwyn, Sua Graça – anunciou ele.

O mordomo pousou os olhos em Judith por um breve momento, ainda no andar de baixo, mas não a olhara mais desde então.

Quando entraram na sala, Judith viu, para horror dos horrores, que havia mais de uma pessoa ali. Na verdade, havia quatro: dois homens e duas mulheres.

– Ralf, velho camarada – disse um dos homens, ficando de pé no mesmo instante –, já está de volta? Conseguiu escapar intacto das garras de vovó?

Ele parou ao ver Judith. Era um jovem alto, esguio, extremamente belo, e apenas o nariz proeminente o identificava como irmão de Rannulf. Uma das damas, muito jovem e bela, se parecia bastante com o rapaz. A outra dama tinha os cabelos claros, como Rannulf, longos e cacheados, e os usava soltos. Como o irmão, a pele dela era morena, com sobrancelhas escuras e o nariz grande.

Essas foram suas primeiras impressões, mas Judith estava determinada a não olhar para o outro homem, que acabara de se levantar. Mesmo sem olhar para ele, podia sentir que era o duque.

– Rannulf? – disse o homem com uma arrogância discreta, fazendo com que Judith sentisse um arrepio de apreensão.

Ela olhou para ele e descobriu que o duque a encarava diretamente, as sobrancelhas erguidas, com o monóculo que a mão de dedos longos segurava já a meio caminho dos olhos. Era moreno e esguio como o irmão mais novo, tinha o nariz da família e os olhos de um cinza pálido que seria mais acurado descrever como prateados. O rosto era frio e esnobe, aparentemente sem qualquer humanidade. Ele, na verdade, tinha a aparência exata que Judith imaginava. Era, afinal, o duque de Bewcastle.

– Tenho a honra de apresentar a Srta. Judith Law – disse Rannulf, a mão dele mais firme no cotovelo dela. – Minhas irmãs, Freyja e Morgan. E meus irmãos, Bewcastle e Alleyne.

As damas a olharam com um desdém altivo, pensou Judith, enquanto fazia uma cortesia. O irmão mais jovem a examinava com um sorriso nos lábios, a apreciação óbvia em seus olhos.

– Srta. Law, é um prazer.

– Madame. – Foi a vez do duque, bem mais distante. Os olhos dele se desviaram para os irmãos. – Sem dúvida você deixou a criada da Srta. Law lá embaixo, certo, Rannulf?

– Não há criada alguma – falou Rannulf, soltando o braço de Judith. – A Srta. Law fugiu de Harewood Grange, propriedade próxima a Grandmaison, após ser acusada de roubar a avó. Temos que encontrar o irmão dela, que talvez esteja com as joias, mas provavelmente não está. Nesse meio-tempo, ela deve ficar aqui. Estou encantado por ver que Freyja e Morgan vieram de Lindsey Hall, assim não terei que levar a Srta. Law para a casa de tia Rochester.

– Ah, entendo… – disse lorde Alleyne. – Uma trama de mistério e intriga, Ralf? Que esplêndido!

– Srta. Law – disse o duque de Bewcastle, a voz tão baixa e fria que Judith ficou surpresa quando não viu o ar se congelar em estalactites sobre a cabeça dele –, seja bem-vinda à Bedwyn House.

# CAPÍTULO XX

— Com certeza, Rannulf – falou Wulfric, duque de Bewcastle, uma das mãos elegantemente pousada sobre o copo de conhaque, a outra segurando o monóculo –, você está pronto para explicar por que estou hospedando uma suspeita de ser ladra de joias, que, por acaso, é jovem e está desacompanhada?

— E também é bem acima da média no que se refere à aparência – acrescentou Alleyne, sorrindo. – Talvez isso já explique tudo, Wulf.

Bewcastle convidara Rannulf a acompanhá-lo até a biblioteca depois que a governanta foi chamada para mostrar o quarto de hóspedes a Judith. Esse tipo de convite do duque raramente era feito apenas por razões sociais. Alleyne também os acompanhara, mesmo sem ser convidado. O irmão mais velho ignorou o comentário de Alleyne e concentrou sua atenção lânguida em Rannulf, embora a pose fosse enganosa. Os olhos dele estavam, como sempre, muito atentos.

— Ela é Judith Law, sobrinha de Sir George Effingham, vizinho de minha avó – explicou Rannulf. – Estava vivendo em Harewood Grange como uma espécie de dama de companhia da mãe de Lady Effingham, a própria avó da Srta. Law. A casa recebeu hóspedes para uma temporada festiva durante as duas últimas semanas. O irmão da Srta. Law foi como convidado... um jovem arrogante que vive uma vida de ociosidade cara, muito acima das possibilidades do pai, um reverendo do interior. Meu palpite é que a família está muito próxima da ruína.

— A Srta. Law, então – comentou Wulfric, depois de dar um gole no conhaque –, era uma parente pobre em Harewood. O irmão dela está afundando em dívidas. E a avó deles possui, ou possuía, joias valiosas.

– As joias desapareceram durante um baile, assim como Branwell Law. Um brinco e a bolsa de veludo vazia, na qual as joias mais valiosas eram guardadas, foram encontrados no quarto da Srta. Law.

– Realmente incriminador – falou Wulfric em voz baixa, erguendo as sobrancelhas.

– Incriminador demais – acrescentou Rannulf. – Até o mais amador dos amadores teria feito melhor.

– Ah, eu diria que alguém colocou as provas incriminadoras no quarto como uma armadilha – sugeriu Alleyne, em tom animado. – Algum vilão covarde. Tem ideia de quem seja, Rannulf?

O duque se virou para o rapaz, o monóculo a meio caminho dos olhos.

– Por favor, Alleyne, não vamos transformar essa história em um melodrama ridículo.

– Mas ele está quase certo. Horace Effingham, filho de Sir George, tentou forçar suas atenções sobre a Srta. Law durante uma festa ao ar livre em Grandmaison, uma semana atrás. Teria sido bem-sucedido se eu não aparecesse na hora, por acaso, e lhe desse uma boa surra. Na noite do baile, o mesmo Horace tentou se vingar, quase me fazendo cair em uma armadilha que me deixaria em situação comprometedora com a irmã dele e me forçaria a pedi-la em casamento… A Srta. Law me salvou desse destino. Foi durante o mesmo baile que o jovem Law partiu abruptamente de Harewood e as joias da Sra. Law desapareceram.

– Que história esplêndida – disse Alleyne. – E enquanto toda essa agitação acontecia em Leicestershire, eu estava enfiado aqui, levando Morgan para ver todos os pontos turísticos da cidade.

Wulfric soltou o monóculo, esfregou a extensão do nariz com os dedos, os olhos fechados.

– Então a Srta. Law fugiu e você foi atrás dela – concluiu ele. – Quando foi isso, Rannulf?

– Ontem – respondeu o irmão.

– Ah. – Wulfric retirou a mão do nariz e abriu os olhos. – E posso perguntar onde passaram a última noite?

– Em uma estalagem. – Rannulf estreitou os olhos. – Escute, Wulf, se isso é um interrogatório sobre minha…

O duque ergueu a mão e Rannulf ficou em silêncio. As pessoas tendiam a ter essa reação no que se referia a Wulf, pensou Rannulf, irritado consigo mesmo. Bastava um único gesto, até mesmo um simples erguer de sobrancelha, e Bewcastle comandava o mundo.

– Você não considerou a possibilidade de uma armadilha inteligente, Rannulf? Que talvez a dama seja pobre *e* ambiciosa?

– Se tiver alguma outra observação dessa natureza – disse Rannulf, inclinando-se para a frente na cadeira, as mãos apoiadas nos braços do móvel –, é melhor mantê-la para si mesmo, Wulf, se não quiser perder um dente.

– Ah, bravo! – exclamou Alleyne em tom de admiração.

Wulf apenas curvou levemente os dedos sobre o cabo de seu monóculo e ergueu as sobrancelhas.

– Entendo que você está enamorado da dama? A filha de um reverendo do campo, pobre, e que logo estará arruinado? Cabelos vermelhos e certos... atributos generosos viraram sua cabeça? A paixão tende a cegar a mente racional, Rannulf. Você é capaz de me certificar de que não está cego de paixão?

– Horace Effingham se ofereceu para sair em perseguição aos Laws até Londres – informou Rannulf. – Meu palpite é de que pegar os dois não será bom o bastante para ele. Horace irá querer encontrar evidências que provem acima de qualquer dúvida que os irmãos são ladrões.

– Se ele pretende plantar as joias como provas, vamos impedi-lo – disse Alleyne. – Conheço o camarada de vista, Ralf. É um sujeitinho escorregadio, que vive exibindo os dentes, certo? Fico encantado por descobrir que não passa de um patife. Devo dizer que a vida ficou bem mais animada desde o início da manhã.

Wulfric esfregava o nariz novamente. Rannulf disse:

– O que preciso fazer é encontrar Branwell Law. Duvido que esteja em sua hospedaria a essa hora do dia. É mais provável que esteja em algum lugar tentando fazer fortuna com uma mão de cartas. De qualquer modo, irei até onde ele mora para me certificar.

– É para isso que servem os criados – manifestou-se Wulfric. – Já está quase na hora do jantar, Rannulf. A Srta. Law se sentirá ainda mais constrangida se você não estiver à mesa. Vou mandar um criado até a casa do rapaz e, se ele estiver lá, você pode ir encontrá-lo mais tarde.

– Ela está determinada a ir lá ela mesma – avisou Rannulf.

– Então deve ser dissuadida – disse Wulfric. – Como está nossa avó?

Rannulf se recostou na cadeira.

– Morrendo.

Os dois irmãos lhe deram plena atenção.

– Mas se recusa a falar a respeito – explicou Rannulf. – Está elegante, independente e ativa como sempre. Mas é evidente que está muito doente.

– Você não falou com o médico dela? – quis saber Wulfric.

Rannulf balançou a cabeça.

– Isso teria sido invadir a privacidade dela.

– Pobre vovó – comentou Alleyne. – Sempre pareceu imortal.

– Essa questão com a Srta. Law, então, precisa ser esclarecida sem demora. Nossa avó vai precisar de você em Grandmaison, Rannulf. E quero vê-la mais uma vez. A noiva que ela havia escolhido para você talvez seja a Srta. Effingham a quem se referiu? A família é de uma linhagem respeitável, embora não brilhante.

– Ela mudou de ideia – disse Rannulf. – E sabia que eu estava indo atrás de Judith.

– *Judith?* – repetiu o duque em voz baixa, erguendo as sobrancelhas. – Nossa avó a aprova? Costumo ter grande respeito pela capacidade de julgamento dela.

Mas não pela capacidade de julgamento do próprio irmão?, pensou Rannulf, melancólico. Ele se levantou.

– Vou mandar um criado à casa de Law – disse ele.

Judith levantou cedo na manhã seguinte, embora tivesse dormido surpreendentemente bem durante a noite. O quarto de hóspedes era de um esplendor opulento. Possuía até mesmo um quarto de vestir anexo. A enorme cama com dossel era macia, confortável e tinha o aroma suave de lavanda. Mesmo assim, não esperara conseguir dormir.

Estar na Bedwyn House sem dúvida era a experiência mais constrangedora pela qual já passara na vida. Os irmãos de lorde Rannulf foram todos extremamente educados durante o jantar e na hora que haviam passado na sala de visitas, depois disso. Mas ela se sentira muito deslocada. A ideia de deixar o quarto naquela manhã era intimidante.

Branwell não fora encontrado. Um criado foi enviado aos arredores do apartamento dele na noite da véspera, mas o irmão não aparecera. Quando

Judith avisara que iria ela mesma na manhã seguinte, o duque de Bewcastle levara o monóculo ao olho, lorde Rannulf dissera que isso não aconteceria de forma alguma e lorde Alleyne sorrira para ela e a aconselhara a deixar tudo nas mãos de Rannulf. Não havia sido isso que ela fora fazer em Londres. Mas, se a ideia de deixar o quarto era intimidante, a ideia de deixar a Bedwyn House era ainda mais.

Quinze minutos depois de se levantar da cama, Judith descia as escadas para a sala onde estava sendo servido o café da manhã. Usava um vestido que uma das criadas passara durante a noite. Ela se preparou para encontrar toda a família outra vez, mas descobriu com grande alívio que a sala estava vazia, a não ser pelo mordomo, que sugeriu que Judith se servisse do que quisesse. Assim que ela se sentou, o mordomo colocou uma xícara de café diante dela.

Era um alívio estar sozinha, mas teria que ir em busca de lorde Rannulf depois do café da manhã. Precisava que a orientasse sobre como chegar ao apartamento de Branwell. Judith tinha a esperança de que ele a acompanhasse até lá.

Ela não ficou sozinha por muito tempo. Antes que pudesse comer mais do que alguns poucos bocados da comida, a porta foi aberta e entraram Lady Freyja e Lady Morgan, ambas usando elegantes roupas de montaria. Judith morria de medo das duas... e se desprezava por sentir-se intimidada pela arrogância da aristocracia.

– Bom dia.

As duas responderam ao cumprimento e se ocuparam em se servir.

– Estavam cavalgando? – perguntou Judith educadamente quando as duas se sentaram.

– No Hyde Park – respondeu Freyja. – É um exercício sem graça, depois de termos tido todo o parque de Lindsey Hall para galopar até alguns dias atrás.

– Foi você que insistiu em vir para a cidade, Freyja – comentou Morgan –, mesmo eu tendo protestado.

– Porque eu queria ver um pouco da cidade – retrucou Lady Freyja – e resgatá-la da sala de estudos e das garras da Srta. Cowper por uma semana ou duas.

– Bobagem! Sei que não foi *essa* a razão. Srta. Law, eu *realmente* desejaria ter a cor de seus cabelos. A senhorita deve ser motivo de inveja de todas as suas conhecidas.

– Obrigada – retrucou Judith, surpresa. Havia se sentido constrangida por não ter uma touca para usar. – Lorde Rannulf saiu para cavalgar com vocês? Estou esperando que ele me acompanhe até onde mora meu irmão. Espero poder começar a viagem de volta para casa ainda esta tarde.

– Ah, sim – disse Lady Freyja. – Pediram para informá-la de que não deve se preocupar com nada. Ralf cuidará de tudo.

Judith ficou de pé em um rompante, esbarrando na cadeira com a parte de trás dos joelhos.

– Mas Branwell é *meu* irmão. Encontrá-lo não é um problema de lorde Rannulf. *Não* ficarei aqui como uma garota boazinha, sem preocupar minha cabecinha vazia de mulher, deixando que um *homem* tome conta de minha vida. Vou sair para encontrar Bran de qualquer modo, não importa se alguém aqui vai me ajudar ou não. E não me *importo* que não seja próprio de uma dama ir procurar sozinha por um cavalheiro em Londres. Isso é um absurdo! Me deem licença, por favor.

Judith não era dada a explosões de temperamento, mas a sensação de impotência que se abatera sobre ela desde que chegara a Harewood, quase três semanas antes, finalmente fizera com ela chegasse a seu limite.

– Ah, fantástico! – exclamou Lady Freyja, encarando Judith com uma expressão que misturava surpresa e aprovação. – Não lhe fiz justiça, Srta. Law… ou ao menos espero sinceramente não ter lhe feito justiça. Eu a tomei por uma parasita desprezível. Mas vejo que é uma mulher das minhas. Os homens podem ser as criaturas mais ridículas, principalmente os *cavalheiros*, com suas noções arcaicas de galantaria para com as damas. Irei com a senhorita!

– Eu também – disse Lady Morgan, animada.

A irmã franziu o cenho para ela.

– É melhor você não ir, Morgan. Wulf cortaria minha cabeça. Já é ruim o bastante que eu a tenha trazido para Londres sem consultá-lo. A voz dele era tão baixa quando me convocou à biblioteca que parecia um sussurro. *Odeio* quando ele faz isso, ainda mais quando não consigo me conter e respondo aos gritos. O que me coloca em *imensa* desvantagem… como ele bem sabe. Não, você precisa ficar em casa.

– Não há necessidade de nenhuma das duas ir comigo – disse Judith, irritada. – Não preciso de acompanhantes.

– Ah, mas nunca me privaria da diversão de visitar um cavalheiro em seu apartamento – assegurou Lady Freyja, pousando o guardanapo ao lado do prato meio vazio e levantando-se. – Ainda mais quando há joias roubadas e uma perseguição emocionante para aumentar a diversão.

– Wulf provavelmente pedirá sua cabeça de qualquer modo, Free – previu Lady Morgan.

Judith e Lady Freyja saíram da Bedwyn House pouco tempo depois. Caminharam até estarem bem longe da praça, então Lady Freyja chamou uma carruagem de aluguel e deu ao motorista o endereço de Branwell.

Judith se pegou intrigada com a companheira. Lady Freyja Bedwyn usava um elegante vestido de passeio, os cabelos claros presos para cima sob uma touca também elegante que, Judith imaginou, devia estar na última moda. Era uma mulher pequena e deveria ser feia com as sobrancelhas escuras demais, a compleição morena e o nariz proeminente. Mas havia algo que impedia que ela pudesse ser considerada feia… uma arrogância inconsciente, certa força de caráter. Talvez quase pudesse ser chamada de bela.

Judith sentia-se mais animada sabendo que estava prestes a ver Bran, que poderia ouvir o lado dele da história. Esperava ardentemente que o irmão pudesse negar ter qualquer conhecimento sobre o roubo das joias da avó. Se não fosse esse o caso, talvez conseguisse convencê-lo a devolver as joias e implorar o perdão da avó, por mais inadequado que pudesse ser. Mas Judith sabia que o tempo era um fator essencial. Sentia-se muito grata por Rannulf ter ido atrás dela e a levado para Londres tão depressa.

Por que Horace decidira esperar um dia inteiro antes de sair em perseguição a ela? Se ele tinha a esperança de encontrar Bran com a mão na massa, antes de se desfazer das joias, não teria sido melhor partir no mesmo dia? Será que Horace esperara porque sabia que não havia pressa? Porque sabia que não havia joias das quais Bran pudesse se desfazer?

Tanta especulação inútil fazia a cabeça de Judith girar.

A saída acabou se provando inútil. Branwell não estava em casa e o senhorio não tinha ideia de quando ele poderia aparecer.

– Embora o mundo todo tivesse procurando por ele na noite de ontem e agora de manhã – falou o homem. – E agora duas mulheres. *Isso* é o melhor de tudo.

– O Sr. Law é meu irmão – explicou Judith. – Preciso falar com ele sobre… um negócio de família.

– Ah… – retrucou o homem, olhando atravessado para as duas e revelando uma larga fileira de dentes estragados. – Achei mesmo que ao menos uma de vocês fosse irmã dele.

– É mesmo, meu senhor? – Lady Freyja adiantou-se, encarando com o grande nariz empinado o homem. – E também achou que consideraríamos divertido esse seu comentário impertinente? Quem mais esteve procurando pelo Sr. Law?

O homem perdeu a pose e se mostrou mais respeitoso.

– Agora… bem… peço perdão, madame, mas é confidencial.

– É claro que é – disse Lady Freyja, abrindo a bolsinha que carregava. – E o senhor, obviamente, é a encarnação da integridade. *Quem?*

Os olhos de Judith se arregalaram quando viu que a companheira tirara uma nota de 5 libras da bolsinha e a segurava entre os dedos.

O senhorio umedeceu os lábios, já pronto para esticar uma das mãos.

– O criado de algum nobre veio aqui ontem à noite. Dois outros cavalheiros apareceram hoje de manhã e um comerciante também, logo depois deles. Conheço o homem… Sr. Cooke. Acho que o Sr. Branwell está devendo dinheiro ao sapateiro outra vez. Não conhecia os demais cavalheiros e não perguntei, mas os dois pareciam nobres de verdade. Então apareceu mais um cavalheiro pouco antes de vocês. Não perguntei quem era também. E não estou perguntando quem são vocês.

Lady Freyja estendeu o dinheiro do suborno, embora tivesse conseguido pouca informação que valesse a pena por uma quantia tão grande. Judith olhou ao redor, horrorizada. Os credores de Bran ainda estavam atrás dele. Quem seriam os três cavalheiros? Lorde Rannulf e dois outros? Ou lorde Rannulf, um dos irmãos e *um* outro?

Horace?

Onde diabo estava Bran? Teria apenas saído de manhã? Estaria vendendo ou penhorando as joias? Ou partira de Londres?

Judith sentia-se nauseada.

– Venha, acho que não vamos conseguir mais nenhuma informação aqui. – Lady Freyja se dirigiu ao motorista da carruagem de aluguel. – Leve-nos ao Gunter's.

– Lamento tanto. Não tenho dinheiro para reembolsá-la. Deixei Leicestershire com tanta pressa que esqueci de trazer dinheiro. Terei que pagar em outra ocasião.

— Bobagem — retrucou Lady Freyja com um gesto indicando que não tinha importância. — Aquilo não foi nada. Mas gostaria que tivéssemos sido melhor recepcionadas. Não acredita que seu irmão seja o ladrão, certo? Prefiro a ideia de ser o Sr. Effingham. Já o vi umas duas vezes. Sempre me provocou arrepios, embora se mostre cheio de si e acredite ser muito desejado pelas mulheres.

— Eu *realmente* espero — disse Judith com fervor — que o Sr. Effingham seja o culpado. Mas como vou conseguir provar isso?

Ela descobriu que o Gunter's vendia sorvetes. Que luxo indescritível! E ainda de manhã! Ela e Lady Freyja se sentaram a uma das mesas e Judith saboreou pequenas colheradas de cada vez, deixando o sorvete derreter em sua língua antes de engolir. Parecia estranha tamanha indulgência aos sentidos quando o desastre pairava em cada esquina.

O que faria agora? Não poderia continuar na Bedwyn House, muito menos contar com Rannulf para lutar batalhas que não eram dele. Mas também não seria possível entrar nos aposentos de Branwell e esperar pelo retorno dele.

*O que faria?*

O duque de Bewcastle retornou para casa ao amanhecer, após ter passado a noite com a amante, a tempo de sair para o habitual passeio a cavalo com os irmãos. Depois disso, fora tomar café da manhã no White's, mas não seguiu para a Câmara dos Lordes, já que a sessão da primavera havia terminado, dois dias antes. Na verdade, se as irmãs não houvessem chegado do campo, provavelmente estaria em casa, em Lindsey Park, para passar o resto do verão.

Bewcastle voltou para casa depois do White's e se recolheu à biblioteca pelo resto da manhã, para cuidar da correspondência. Meia hora depois, no entanto, levantou os olhos ao ouvir o mordomo bater à porta e abri-la.

— Há um Sr. Effingham esperando no hall para vê-lo, Sua Graça. Devo dizer a ele que o senhor não está em casa?

— Effingham? Não, faça-o entrar, Fleming.

O duque franziu o cenho. Todo o melodrama que cercava a volta de Rannulf para Londres era algo que preferia ignorar. Mas a questão precisava ser esclarecida. Ele precisava ir a Grandmaison antes que fosse tarde demais para ver a avó.

Horace Effingham era um desconhecido para o duque de Bewcastle, mas entrou pisando firme na biblioteca, sorridente e confiante, como se os dois fossem irmãos de sangue. O duque não se levantou. Effingham foi até a escrivaninha e inclinou o corpo sobre ela, o braço estendido.

– É muito gentil de sua parte me receber, Bewcastle.

Sua Graça levantou o monóculo e olhou brevemente para a mão estendida, antes de deixar o acessório cair e ficar pendurado pela fita.

– Effingham, não é? O que posso fazer por você?

O outro homem abriu um sorriso ainda mais largo enquanto recolhia a mão. Olhou ao redor em busca de uma cadeira e, como não encontrou nenhuma que estivesse próxima à escrivaninha, permaneceu de pé.

– Entendo que seu irmão está aqui nesta residência.

– É mesmo? – retrucou Sua Graça. – Tenho certeza de que meu mordomo informará ao cozinheiro. Mas tenho, é claro, três irmãos...

Effingham riu.

– Estou me referindo a lorde Rannulf Bedwyn.

– Ah, sim – falou o duque.

Houve um curto silêncio durante o qual Effingham pareceu desconcertado.

– Devo perguntar a Sua Graça se lorde Rannulf trouxe alguma dama com ele? Alguma Srta. Judith Law?

– Você *deve* perguntar?

O duque ergueu as sobrancelhas. Effingham pousou as duas mãos sobre a escrivaninha e se inclinou um pouco sobre ela.

– Talvez não saiba, mas o senhor pode estar abrigando uma criminosa e fugitiva. E isso também é um crime, Sua Graça, embora eu esteja certo de que o senhor não continuaria a abrigá-la ao saber da verdade.

– É um alívio saber que ocupo um lugar tão elevado em sua estima – retrucou Sua Graça, pegando novamente o monóculo.

Effingham riu com vontade.

– A Srta. Law *está* aqui, Bewcastle? – perguntou de novo.

– Pelo que sei, estupro também é crime. Quando a acusação é apenas de *tentativa* de estupro, é claro, a condenação é menos garantida. Mas a palavra de duas pessoas contra uma pode ter algum peso diante do juiz e de um júri, principalmente se uma dessas pessoas for irmão de um duque. Consegue achar a saída sozinho ou devo chamar meu mordomo?

Effingham endireitou o corpo, já sem nenhum traço de amabilidade fingida.

– Estou a caminho da polícia. Tenho a intenção de persegui-los até os confins da Terra, tanto Judith quanto Branwell Law. E pretendo recuperar as joias da mãe de minha madrasta. Imagino que vá haver um pequeno escândalo cercando o julgamento e a sentença. Se fosse o senhor, Sua Graça, me distanciaria desse assunto e aconselharia seu irmão a fazer o mesmo.

– Sinto-me infinitamente grato que sua estima por mim seja tão grande a ponto de vir até a Bedwyn House para me aconselhar. Pode fechar a porta sem fazer barulho quando sair?

Effingham parecia um pouco pálido. Ele assentiu lentamente antes de se virar para sair. E bateu a porta com toda a força ao passar.

Olhando para a porta pela qual o outro homem saíra, Sua Graça refletia.

# CAPÍTULO XXI

Rannulf olhou para Judith com certa exasperação. Ela parecia viva e linda com os cabelos descobertos, bem diferente da sombra quase invisível que fora em Harewood. Também saíra naquela manhã, aventurando-se por uma área de Londres que damas respeitáveis não frequentavam e arrastando Freyja com ela. Não, isso era no mínimo injusto. Freyja não precisaria ser arrastada.

Não havia por que ela ter ido até lá. Judith sabia que ele checaria se o irmão dela estava em casa. Branwell Law não se encontrava no local e todas as perguntas que Alleyne e ele tinham feito nos vários lugares prováveis para o rapaz aparecer se mostraram inúteis. Vários homens conheciam Law, mas nenhum sabia onde ele poderia estar.

Bewcastle entrara na sala antes que Rannulf pudesse tirar satisfações com Freyja. Judith com certeza acabaria testemunhando uma briga de família. Wulf sugeriu, em seu tom baixo e enganosamente lânguido, que talvez fosse do interesse de todos que se redobrassem os esforços para encontrar Branwell Law.

— Acabo de receber uma fascinante visita do Sr. Effingham — disse Wulf. — Ele tem a estranha ilusão de que estou abrigando fugitivos da justiça na Bedwyn House. Como não recebeu nenhuma satisfação aqui, sem dúvida irá procurar por um fugitivo que não tenha a sorte de encontrar um refúgio. Suponho que você não tenha achado o Sr. Law em casa esta manhã, certo, Rannulf?

Rannulf negou com a cabeça.

— No entanto, mais alguém esteve procurando por ele — comentou Freyja, atraindo um olhar demorado e silencioso dos olhos cor de prata de Wulf.

Mas Freyja não era de se deixar intimidar. Simplesmente encarou o irmão de volta e contou a ele o que Judith e ela já haviam contado a Rannulf e Alleyne. Ela acrescentou ainda que subornara o senhorio para conseguir informações sobre os outros visitantes.

Os olhos de Wulf, ainda colados na irmã, se estreitaram. Mas, em vez da repreensão severa que Rannulf achava quase certa, as palavras de Bewcastle foram dirigidas a ele.

– É melhor você voltar lá, Rannulf. Sinto um proverbial cheiro de rato. Irei com você.

– Também vou – avisou Judith.

– Judith…

– *Também vou.*

Ela olhou nos olhos de Rannulf com uma determinação tempestuosa e, pela primeira vez, ele se perguntou se não haveria alguma verdade no antigo clichê sobre ruivas e temperamento difícil. Tudo o que Rannulf queria era resolver aquela confusão para Judith, para que ela pudesse ter paz e, desse modo, ele pudesse voltar à missão de cortejá-la. E *dessa* vez ele faria tudo da forma adequada. Ele a faria sua dama…

– Nesse caso – disse Bewcastle com um suspiro –, é melhor Freyja vir também. Será um verdadeiro passeio em família.

Eles foram em uma das carruagens particulares de Bewcastle, uma bem simples, que usava sempre que não queria atrair muita atenção. Logo estavam de volta à pensão de Law. Rannulf não conseguia ver nenhum motivo em particular para voltarem ali, mas Wulf estava em um de seus humores incomunicáveis.

O senhorio levantou os olhos para o céu quando abriu uma fresta da porta à batida do cocheiro e viu todos reunidos nos degraus de entrada.

– Deus amado! Lá vamos nós de novo.

– Exatamente – disse Bewcastle, acabando com o atrevimento do homem com um simples olhar gelado, que fez com que o senhorio abaixasse a cabeça respeitosamente e abrisse de vez a porta. *Como* Wulf conseguia fazer aquilo, mesmo com estranhos? – Imagino que o Sr. Branwell Law esteja muito popular nos últimos dias.

– Isso mesmo, senhor – retrucou o homem. – Está sendo uma manhã e tanto.

– E não pôde dar a nenhuma das pessoas que passaram por aqui qualquer informação sobre o Sr. Law? – perguntou Bewcastle. – Ele esteve aqui nos últimos dias? Quando o viu pela última vez?

– Não dou informações pessoais sobre meus pensionistas.

O homem se empertigou no máximo de sua altura.

– Você precisa ser condecorado – comentou Bewcastle. – Alguns homens em sua posição talvez tentassem conseguir um dinheiro extra, recebendo suborno em troca de informação.

Os olhos do senhorio se desviaram, com uma expressão inquieta, na direção de Freyja.

– Quando viu Branwell Law pela última vez? – Bewcastle quis saber.

O homem engoliu em seco.

– Na noite passada, senhor, depois que o criado veio aqui. E esta manhã.

– *O quê?* – exclamou Judith.

– Ele chegou depois que a senhorita partiu – explicou-se o homem.

– Mas o senhor poderia ter me dito que ele esteve aqui na *noite passada*. Deixei bem claro que Branwell era meu irmão. Disse que era uma emergência de família.

Bewcastle levantou a mão em um gesto sutil e Rannulf pousou a mão dele sobre a dela. Judith tremia… de raiva.

– O cavalheiro que veio sozinho esta manhã – interferiu Bewcastle. – Descreva-o, por favor.

– Cabelos louros, olhos azuis – disse o senhorio. Rannulf percebeu que a expressão nos olhos dele se tornara evasiva. – Baixo. Mancava.

– Ah – disse Wulf. – Sim, com certeza.

Não fora Effingham, então, pensou Rannulf com certo desapontamento. Mas com certeza ele logo estaria ali. Afinal, estava em Londres, já fora até a Bedwyn House.

– Isso é tudo que posso lhe dizer, senhor – completou o senhorio, fazendo menção de fechar a porta.

Bewcastle impediu o gesto com a bengala.

– Imagino que o senhor não tenha deixado esse cavalheiro baixo, de cabelos louros, olhos azuis e manco entrar nos aposentos dos Sr. Law, certo?

O homem se retraiu, chochado.

– Deixá-lo entrar, senhor? Eu, não. Não mesmo.

– Imagino quanto ele pagou…

Os olhos do homem se arregalaram.

– Não aceito…

– Ah, aceita, sim – afirmou Bewcastle em um tom gentil. – Não lhe pagarei um único tostão. Não gosto de subornos. Mas vou avisá-lo de que, se algum crime foi cometido nos aposentos de Branwell Law esta manhã e se você aceitou dinheiro do criminoso para deixá-lo entrar nesses mesmos aposentos, então é cúmplice de um crime e pagará o preço em uma das famosas prisões de Londres.

O senhorio arquejou, os olhos redondos como pires, subitamente muito pálido.

– Crime? Ele era *amigo* do Sr. Law. Eu já o vi antes. Só precisava entrar por um minuto para pegar alguma coisa que esqueceu da última vez em que esteve aqui.

– E que magnânimo de sua parte deixá-lo entrar – comentou Bewcastle, enquanto a mão de Judith apertava com força o braço de Rannulf. – E ele entrou sozinho, presumo? Ou estava acompanhado por um homem de cabelos *escuros*?

Os olhos do senhorio voltaram a mostrar uma expressão evasiva.

– Talvez ele tenha lhe pagado muito bem para que você o descrevesse como fez, para permitir que entrasse desacompanhado e, principalmente, para dizer que o Sr. Law esteve aqui tanto na noite passada quanto nesta manhã.

– Não muito bem – murmurou o homem após um longo silêncio.

– Então você é mais tolo do que ele – falou Bewcastle, parecendo entediado.

– Seu canalha! – Rannulf soltou o braço de Judith e deu um passo à frente. – Eu deveria apertar seu pescoço até quase matá-lo. O que ele levou dos aposentos de Branwell Law? Ou, mais importante, o que deixou lá?

O senhorio deu um passo para trás, apavorado, e levantou as mãos.

– Eu não sabia que ele estava mal-intencionado. Juro que não sabia.

– Guarde essas juras patéticas para um juiz – disse Rannulf. – Leve-nos imediatamente até os aposentos de Branwell!

– Acho que talvez seja preferível procedermos com mais calma – adiantou-se Wulf, em um tom calmo. – Estou certo de que esse bom homem tem um lugar com certo conforto tolerável em que possamos esperar. Acredito também que, a partir de agora, será escrupuloso em contar a verdade a quem quer que lhe pergunte alguma coisa. Isso deve salvar o pescoço dele, ou ao menos deve lhe garantir alguns anos de liberdade.

Rannulf franziu o cenho. *Esperar?* Enquanto Effingham e Branwell estavam por aí? Enquanto o bom nome e a liberdade de Judith ainda estavam em perigo? Enquanto provavelmente havia provas plantadas nos aposentos de Law?

– Se não estou muito enganado, essa casa logo receberá outra visita. Se não estiver equivocado, o senhor também concordou em não reconhecer o mesmo cavalheiro de cabelos *escuros* quando ele voltar com um policial, certo?

O pomo de adão do homem se destacou quando, mais uma vez, engoliu em seco e olhou de Bewcastle para Rannulf.

– Mostre-nos um quarto que fique bem perto da porta.

Era um quarto pequeno e lúgubre, com a mobília velha. Os quatro foram levados até lá e deixados a sós, com a porta aberta.

Freyja riu baixinho.

– Às vezes, Wulf, não posso evitar admirá-lo. Como desconfiou?

– Ainda criança, Freyja – respondeu ele –, aprendi que dois mais dois sempre somam quatro.

– Mas e se não for esse o caso, agora? – perguntou Judith. – E se não houver nada nos aposentos de Bran? Por que não nos deixa conferir, Sua Graça?

– Agora o senhorio dirá a verdade – explicou Wulfric. – E será melhor, Srta. Law, se ele puder dizer com toda a honestidade que ninguém esteve nos aposentos de seu irmão desde que Effingham saiu de lá esta manhã.

– Então Bran não esteve aqui nem na noite passada, nem esta manhã, certo? – concluiu ela. – Onde ele está?

Essas eram apenas perguntas retóricas. Judith não esperava respostas. Rannulf pegou suas mãos e apertou-as com força, não se importando com o que Wulf e Freyja poderiam pensar.

– Vamos encontrá-lo – disse ele a Judith. – E se a desconfiança de Wulf estiver correta, e aposto que está, o nome dele já estará limpo quando o encontrarmos. Pare de se preocupar.

Se o irmão estivera desesperado o bastante para deixar Harewood no meio da noite, também estaria desesperado para fazer apostas muito altas para tentar recuperar sua fortuna.

– Não se preocupe – disse ele mais uma vez, levando uma das mãos dela aos lábios e mantendo-a ali por algum tempo até Judith olhar nos olhos dele e dar um meio sorriso.

Rannulf reparou que Freyja se sentara e os encarava com uma expressão indecifrável nos olhos. Bewcastle estava parado de um dos lados da janela, olhando para a rua.

– Ah, bem na hora.

⁂

Judith estava com muito medo do que estava prestes a acontecer, medo do que poderia ser encontrado nos aposentos de Branwell, medo do que talvez *não* fosse encontrado. Preocupava-se com Bran e com a imagem que passava para aquela família orgulhosa, altiva e poderosa que lutava as batalhas dela por ela.

Mais do que tudo, no entanto, tinha receio da expressão nos olhos de Rannulf, da gentileza firme das mãos dele, do calor bondoso do beijo que dera em uma delas.

*Ele* não *compreendia?*

Ouviu o senhorio abrindo a porta. Todos ficaram imóveis. Judith reconheceu a voz de Horace e outra voz, profunda e brusca.

– Estou com a polícia de Londres investigando um grande roubo de joias. Devo insistir para que nos deixe entrar nos aposentos do Sr. Branwell Law.

– Suponho que não haja problema, então – disse o senhorio.

– Estou *torcendo* para que não encontremos nada, Witley, embora tema o pior. Afinal, Branwell Law é sobrinho de minha madrasta. Mas não imagino quem mais poderia ter roubado as joias da avó dele que não Branwell e a irmã. Os dois fugiram na mesma noite. Rezo para que seja uma pista falsa e que, lá em Harewood, já tenham descoberto que o culpado foi algum vagabundo que invadiu a casa durante o baile.

– É pouco provável, senhor – disse o policial.

Eles ouviram o som de botas subindo as escadas e logo o tilintar de chaves e o ranger de uma porta sendo aberta no andar de cima.

– Wulf e eu vamos subir – disse Rannulf. – Judith, fique aqui com Freyja. Freyja bufou.

– Também vou subir – avisou Judith. – Essa situação diz respeito tanto a mim quanto a Branwell.

Havia uma porta aberta no topo do primeiro lance de escadas, provavelmente levando aos aposentos de Branwell. Judith pôde ver o senhorio parado logo na entrada. Ele se voltou com uma expressão preocupada, quando o grupo apareceu na porta. Horace estava parado no meio do quarto, de costas para a porta, os braços cruzados sobre o peito. O policial, um homem baixo, rotundo e careca, saía de um dos cômodos, talvez do quarto, trazendo uma pilha cintilante, que deviam ser as joias da avó dela.

– Ele nem sequer se deu ao trabalho de escondê-las com cuidado – disse o homem, com alguma satisfação.

– E *isso*, se não estou enganado – disse Horace apontando para uma cadeira que estava bem na linha de visão de Judith –, é uma das toucas de Judith Law. Ah, minha pobre Judith, que descuido de sua parte. Estava torcendo para que pudesse ser deixada fora disso.

– Mas ela muito provavelmente é cúmplice do crime, não é, senhor? – comentou o policial, colocando as joias com barulho em uma pequena mesa e pegando a touca que Judith tanto detestara.

Ela não sabia o que os outros esperavam para agir.

– Você é um vilão mentiroso, Horace! – gritou Judith, entrando no quarto e chamando para si a atenção perplexa dos dois homens. – Plantou a evidência em meu quarto, em Harewood, e plantou provas aqui também. É uma vingança perversa e covarde, principalmente contra Branwell, que não fez nada para ofendê-lo.

– Ora, minha querida prima em pessoa – disse Horace. – Já tem um dos ladrões para prender sem precisar procurar, Witley.

Então os olhos dele foram além de Judith e a expressão zombeteira pareceu congelar em seu rosto.

– É bom deixar de lado esse ar de arrogância – falou Rannulf em voz baixa.

– Esses são os Bedwyn, Witley – apresentou Horace, sem tirar os olhos de Rannulf. – Com o duque de Bewcastle em pessoa. Uma família poderosa, como você sem dúvida deve saber. Mas espero que sua integridade, policial, esteja acima do medo de tamanho poder. Lorde Rannulf Bedwyn tem um carinho especial por Judith.

– O jogo acabou, Effingham – avisou Rannulf. – O senhorio que acaba de deixá-lo entrar nesses aposentos poderá atestar que Branwell Law não vem aqui há pelo menos duas semanas... antes do roubo, portanto. Ele também atestará que, esta manhã, recebeu um substancial suborno para permitir que você, Horace, entrasse nesses aposentos sem estar acompanhado e também para que contasse algumas mentiras caso fosse interrogado, incluindo dizer que Law estivera aqui ontem e hoje. Além disso, atesto que vi essa touca em Harewood, na semana passada, e que não a vi sequer uma vez no tempo em que acompanhei a Srta. Law até Londres. Ela também não esteve sozinha, sem a companhia de algum membro de minha família desde que chegamos, ontem à tarde. Se essas são *todas* as joias que podem ser encontradas nesses aposentos, eu diria que deve haver muitas mais em algum outro lugar. Judith, você saberia melhor do que eu. Há mais joias?

– Muitas mais – confirmou ela.

– A pergunta agora é: será que Effingham teria sido arrogante o suficiente para mantê-las em *seus* aposentos, presumindo que ninguém sonharia em procurá-las ali?

O policial pigarreou.

– Está fazendo acusações muito sérias, milorde.

– São mesmo muito sérias – concordou Rannulf. – Talvez, já que estamos em uma caça ao tesouro, devêssemos nos convidar a visitar os aposentos de Effingham e dar uma olhada por lá.

Observando Horace de perto, Judith soube que ele estava derrotado. *Fora* tolo o bastante para manter as joias em seus aposentos. E agora se incriminava ainda mais ao ficar ruborizado. Estava tão acovardado naquele momento quanto estivera do lado de fora do caramanchão em Grandmaison.

Judith levou as mãos ao rosto por um instante e parou de ouvir o que acontecia ao redor. Tudo aquilo acontecera porque ela usara, em Harewood, no dia da chegada de Horace, um de seus vestidos que não havia sido alargado e *não* colocara uma touca. Ele a desejara, como os homens vinham fazendo desde que ela se transformara em uma moça, e tudo se desenrolara a partir daquele momento.

Era tudo culpa dela.

Judith viu que Freyja continuava sentada em uma das cadeiras do quarto, as pernas cruzadas, balançando um dos pés. Assistia a tudo com um leve ar divertido. O duque ainda estava do lado de fora do quarto, de costas, as mãos cruzadas para trás, sem participar da ação.

– Eu *estive* aqui mais cedo e descobri tudo… *todas* as joias. – Horace tentava se explicar – Levei a maior parte delas comigo para mantê-las a salvo e deixei o resto apenas para que pudesse trazê-lo aqui comigo, Witley, como testemunha.

– Acredito, senhor, que é melhor irmos a seus aposentos e pegar o restante das joias. Então, acho que terei que prendê-lo.

Judith levou a mão à boca e fechou os olhos. Prisões levavam a julgamentos, testemunhas, exposição pública e um terrível sofrimento para as famílias envolvidas. Levavam também a punições, muitas vezes bastante duras. Ela se ouviu gemer e Rannulf passou os braços por trás dela, segurando-a pelos cotovelos.

– Witley, certo? – manifestou-se o duque, finalmente entrando no quarto com aparente desprezo. – Talvez prefira deixar que lorde Rannulf Bedwyn e eu lidemos com a questão. Não queremos um escândalo público.

O policial pareceu em dúvida e Horace o encarou com certo desalento, talvez imaginando qual sorte seria pior.

– Não sei se devo fazer isso, Sua Graça. Vai contra o que é correto permitir que um homem escape de uma punição justa e legal apenas porque é um cavalheiro.

– Ah, mas posso lhe assegurar que ele será punido – afirmou o duque, a voz tão fria e baixa que Judith estremeceu.

– Srta. Law – disse Freyja, levantando-se –, acredito que esse seja o momento em que logo nos dirão para sair daqui. É melhor sairmos voluntariamente.

O dia parecia surreal para Judith. E, de repente, se tornou ainda mais. Quando Freyja e ela já se viravam na direção da porta aberta, alguém entrou.

– Posso saber que diabo está acontecendo aqui? – perguntou uma voz familiar.

– *Bran!*

Judith se jogou nos braços do irmão.

– Jude? Effingham? Bedwyn?

– Você não pegou as joias, não é? – perguntou Judith, levantando a cabeça e encarando o rosto pálido e de cenho franzido do irmão. – Lamento por ter desconfiado de você, Bran. Foi terrível de minha parte e imploro que me perdoe.

– *Que* joias? – Ele quis saber, as sobrancelhas muito erguidas. – O mundo enlouqueceu?

– As joias da vovó desapareceram logo depois que você foi embora no meio do baile e a bolsa de veludo vazia e um brinco foram encontrados no meu quarto. Horace plantou as joias naquela mesa, esta manhã, junto com uma touca que tia Effingham me fez usar em Harewood, e trouxe um policial até aqui para encontrá-las. Mas o duque de Bewcastle desconfiou de todo o esquema e chegamos a tempo de pegar Horace. Agora, Lady Freyja e eu estávamos prestes a deixar o quarto, porque acho que lorde Rannulf dará uma surra em Horace.

Ela enterrou o rosto no ombro do irmão e desatou em lágrimas.

– Ora, ora, isso explica tudo. – Judith ouviu Branwell dizer enquanto tentava se controlar. – Foi *esse* o motivo de você ser tão desagradável durante o baile, Effingham, e de sugerir que eu fosse até a casa de Darnley, onde um grupo de cavalheiros se reunia para jogar a semana inteira, a fim de tentar ganhar dinheiro o bastante para lhe pagar.

– E *quanto* você ganhou, Law?

Até naquele momento Horace tinha a insolência de ser debochado.

– Na verdade, 30 libras – respondeu Branwell. – Ah, obrigado, Bedwyn.

Ele pegou algo das mãos de Rannulf e entregou a Judith. Era um lenço. Ela saiu do quarto, secou os olhos e assoou o nariz.

– Estava prestes a apostar as 30 libras quando recuperei o bom senso – explicou Branwell. – Com certeza teria perdido o que ganhara e mais. Mas com as trinta libras, acredito que posso devolver o dinheiro que gastou com minha viagem, Effingham, e pagarei quando puder todas as outras dívidas. Deixei a reunião um dia mais cedo e voltei para a cidade bem a tempo. Agora também tenho uma surra a dar.

Judith sentiu uma mão pousar em seu ombro.

– As damas sempre acabam perdendo o melhor da diversão – comentou Freyja, com um suspiro. – Venha, vamos para casa.

– *Diversão!*

Judith levantou os olhos para a outra mulher com certa indignação. O mundo dela havia desmoronado e Lady Freyja pensava em *diversão*?

Mas Judith não resistiu à pressão da mão em seu ombro. Para ser sincera, queria ir embora correndo dali. Sentia-se terrivelmente envergonhada, mesmo ignorando todo seu sofrimento pessoal. Que horror a família de lorde Rannulf ter que ser testemunha de ações tão sórdidas envolvendo a família *dela*! Saberem tudo sobre Bran e as extravagâncias tolas do rapaz! Saberem o quanto era perverso o enteado da tia dela! Terem que presenciar o descontrole dela, chorando como se seu coração estivesse se partindo! E pensar que apenas alguns dias antes estivera dançando com lorde Rannulf e fantasiando que talvez fosse possível aceitar o pedido de casamento dele.

Deveria ficar muito grata por tudo aquilo ter acontecido para lhe devolver o bom senso.

Apropriado para o espírito do dia, o clima do lado de fora estava úmido. Chuviscava e elas tiveram que correr até a carruagem.

– Argh! – disse Lady Freyja, sacudindo o vestido depois que as duas se sentaram e o veículo partiu. – Vou ficar feliz por chegar em casa, embora tivesse preferido ficar para assistir ao que vai acontecer.

*Casa*. Aquela foi a única palavra que Judith ouviu.

– Lady Freyja, posso pedir um enorme favor?

A outra mulher a encarou, curiosa.

– Poderia me emprestar... Não, não posso pedir um empréstimo. Duvido que algum dia vá ser capaz de lhe devolver o dinheiro, embora prometa tentar. Poderia me *dar* o dinheiro da passagem de uma diligência que vá para Wiltshire? Sei que é um terrível atrevimento de minha parte...

– Por quê? – perguntou Lady Freyja.

– Não tenho razão para ficar aqui mais tempo – explicou-se Judith. – E não posso mais abusar da hospitalidade do duque de Bewcastle. Quero ir para casa.

– Sem se despedir de Ralf?

Judith fechou os olhos por um instante. O silêncio se estendeu por algum tempo na carruagem.

– Muitas mulheres fariam de tudo para serem olhadas por um homem do modo como Ralf a olhava naquele quarto, enquanto esperávamos.

Judith engoliu em seco.

– Não pode fingir que não viu a impropriedade de tal relação no momento em que pôs os olhos em mim ontem, ou que seus irmãos também não viram. Hoje a senhorita deve ter tido ainda mais consciência dessa impropriedade. Vou partir assim que pegar minha bolsa na Bedwyn House, com ou sem sua ajuda. Imaginei que a senhorita ficaria feliz em dispor do dinheiro de minha passagem, já que isso significaria me ver fora da vida de lorde Rannulf.

– A senhorita sabe muito pouco sobre nós, Bedwyns – comentou Lady Freyja.

– Não vai me ajudar, então?

– Ah, sim, vou.

Sem lógica alguma, Judith sentiu uma tristeza ainda maior se abater sobre ela, como se isso fosse possível. Ficara parada do lado de fora do quarto, assoando o nariz, sem sequer olhar ao redor. Não se virara para olhar uma última vez para ele. Tudo o que tinha para se lembrar dele era o lenço ainda amassado em uma das mãos... e a touca.

– Obrigada – disse Judith.

# CAPÍTULO XXII

Algumas horas se passaram até Horace Effingham ser levado para fora dos aposentos de Branwell Law, acompanhado por dois homens corpulentos que Bewcastle conseguira recrutar. Effingham passaria a noite em seus próprios aposentos, vigiado, e então seria escoltado de volta a Harewood Grange, para que seu pai lidasse com a questão, provavelmente consultando a Sra. Law, que sofrera a maior ofensa.

Effingham saiu com o nariz vermelho e inchado e um olho que estaria fechado e roxo pela manhã, ambos cortesia de Branwell Law, minutos depois que as damas e o policial saíram.

Rannulf não encostara a mão em Effingham para nada mais violento do que levantá-lo do chão pelo colarinho algumas vezes, quando ele insistia em ser teimoso e insolente. Rannulf teria adorado transformar o desgraçado em uma poça de sangue, mas a presença fria e silenciosa de Bewcastle teve um efeito calmante sobre ele. Afinal, o que a violência provava, a não ser que um era mais forte do que o outro? Uma demonstração física de força fora totalmente apropriada do lado de fora do caramanchão, na casa da avó de Rannulf. Ali teria sido apenas autoindulgência.

Law pegara pena, tinta e papel e Effingham fora instruído a sentar-se diante da mesa e escrever uma carta de confissão com pedidos de desculpas para a Sra. Law, para Sir George Effingham e uma terceira para o reverendo Jeremiah Law. A tarefa levara quase duas horas, principalmente porque Rannulf não gostara da maior parte. Antes que conseguissem três cartas aceitáveis, tanto para Rannulf quanto para Branwell Law, já estavam cercados por centenas de folhas de papel amassadas que haviam sido jogadas no chão.

As cartas foram enviadas com o lacre de Bewcastle. Detalhadas, desprezíveis e abjetas, chegariam às mãos da Sra. Law e de Sir George antes do próprio culpado. Só isso já seria castigo o bastante, pensou Rannulf, embora de certo modo parecesse menos satisfatório do que teria sido dar uma boa surra no patife. Mas a humilhação pública era uma coisa terrível para um homem. O rosto de Effingham, quando ele partiu, inchado e feio, cheio de ódio e frustração, era a prova disso. Não seria fácil para ele voltar a Harewood e encarar o pai e a madrasta.

As joias seriam devolvidas a Harewood por um mensageiro especial.

– Então é isso – disse Branwell, afundando em uma cadeira, quando Effingham e os homens que o escoltariam finalmente partiram. O rapaz apoiou a cabeça contra o encosto e cobriu os olhos com as costas da mão. – Que coisa terrível de se fazer. E pensar que já considerei Effingham meu amigo. Até mesmo o admirava. – Ele pareceu se lembrar de quem estava presente e endireitou-se na cadeira. – Não sei o que teria feito sem sua ajuda, Sua Graça, e a sua, Bedwyn. Não tenho palavras para lhes agradecer. Estou falando sério. Agradeço em nome de Jude também, ela não merecia isso.

– Não – concordou Rannulf –, ela não merecia.

Law sorriu sem jeito e olhou de um irmão para o outro, envergonhado.

– Quero saber a extensão de suas dívidas – disse Rannulf, permanecendo de pé e cruzando as mãos nas costas.

– Que absurdo! – Law enrubesceu. – É uma quantia insignificante. Nada com que eu não possa lidar.

Rannulf se aproximou mais um passo do rapaz.

– Quero saber o valor total de suas dívidas… até o último tostão. – Ele indicou a mesa, ainda com papel, tinta e uma pena sem uso. – Escreva tudo, até a quantia mais irrisória.

– Com certeza não farei uma coisa dessas, Bedwyn. Não é problema seu…

Rannulf estendeu a mão, pegou o jovem pelo colarinho e colocou-o de pé.

– Pois estou dizendo que agora é problema meu. Quero saber tudo o que deve… *tudo*, entendeu? Vou pagar suas dívidas.

– Não posso permitir que faça isso por mim. Vou conseguir…

– Não estou fazendo isso por *você* – falou Rannulf.

Law respirou fundo mais uma vez e fechou a boca. Então franziu o cenho.

– Por Jude?

– Você não fez nada além de empobrecer sua família. E está prestes a completar o processo. A Srta. Judith Law foi mandada para a casa de parentes ricos, que a tratavam como uma criada de luxo. Uma de suas outras irmãs está prestes a sofrer o mesmo destino. E há mais duas delas, assim como sua mãe, ainda em casa. Um jovem tem direito a fazer algumas besteiras na vida, por mais cansativo que isso possa se tornar para todos que o conhecem. Mas ele *não* tem o direito de levar a família inteira à ruína e à infelicidade. *Você* não tem o direito de fazer a Srta. Judith Law infeliz. Comece a escrever. Leve o tempo que precisar e não se esqueça de nada. Suas dívidas serão pagas, você receberá dinheiro para pagar seu aluguel e para as despesas pelo próximo mês. Depois, terá que arrumar um meio de ganhar a vida ou morrerá de fome. Mas uma coisa vai me dar sua palavra de cavalheiro de que não irá mais acontecer: nunca mais usará um tostão do dinheiro de seu pai.

Branwell estava muito pálido.

– Você faria tudo isso por *Judith*?

Rannulf apenas estreitou os olhos e apontou para a mesa. Law se sentou, pegou a pena e mergulhou a ponta na tinta. Rannulf relanceou o olhar para Bewcastle, que estava sentado do outro lado da sala, uma perna cruzada elegantemente sobre a outra, os cotovelos apoiados nos braços da cadeira, os dedos entrelaçados. Ele ergueu as sobrancelhas quando encontrou os olhos do irmão, mas não fez nenhum comentário.

A meia hora seguinte passou em silêncio, a não ser pelo barulho da pena de Law, arranhando o papel, e de alguns sussurros enquanto somava valores. O rapaz se levantou duas vezes, entrou no quarto, e voltou com uma conta na mão.

– Pronto – disse por fim, secando a tinta e entregando a folha de papel para Rannulf. – Está tudo aqui. Temo que seja uma quantia considerável. – O rosto dele estava vermelho de vergonha.

Para Rannulf, a soma não parecia tão grande, mas para um homem que não tinha meios de pagar sequer uma libra das dívidas, parecia mesmo um valor astronômico.

– Um conselho: apostar pode ser uma atividade prazerosa se o homem em questão tem dinheiro para perder e determina limites em relação à quantia que está disposto a gastar. Mas é uma forma infeliz e maldita de tentar recuperar fortunas que não existem.

– Aprendi minha lição – comentou Law com fervor. – Nunca mais farei outra aposta na vida.

Rannulf ergueu as sobrancelhas.

– Agora, Sr. Law – manifestou-se Bewcastle, quebrando um longo silêncio –, me diga que tipo de carreira acha que mais combina com o senhor. Serviço diplomático? As leis? Carreira militar? A Igreja?

Os dois homens se viraram para encará-lo.

– A Igreja, não. Não consigo imaginar nada mais tedioso. Nem a carreira militar. Ou as leis.

– Serviço diplomático, então?

– Sempre achei que gostaria de fazer alguma coisa relacionada ao comércio – confessou Law. – Gostaria de ir para a Índia ou para outro lugar além-mar. Mas meu pai sempre disse que era indigno de um cavalheiro.

– Não é o caso de certas posições – esclareceu Bewcastle. – Embora, é claro, um iniciante não possa esperar ocupar um dos cargos mais importantes em qualquer empresa antes de trabalhar duro em tarefas mais humildes e provar seu valor.

– Estou pronto para trabalhar arduamente – prometeu Law. – Para dizer a verdade, estou enjoado da minha vida atual. Não há prazer algum nela se não temos o dinheiro que nossos camaradas têm.

– Exatamente – concordou Bewcastle. – O senhor pode passar para me visitar amanhã, às dez horas. Verei o que posso fazer.

– O senhor me ajudaria a começar uma *carreira*? – perguntou Law. – Faria isso por mim, Sua Graça?

Bewcastle não se dignou a responder. Levantou-se e pegou o chapéu e a bengala. Então acenou brevemente com a cabeça na direção de Branwell, em despedida.

– Receio que Freyja tenha voltado de carruagem, Rannulf. Teremos que chamar uma carruagem de aluguel.

Ela havia feito isso. E foi uma boa ideia, já que chovia muito. Rannulf deixou Bewcastle entrar e se acomodou no banco em frente com um suspiro. Sentia-se exausto. Tudo o que queria era voltar para casa e ver Judith, tomá-la nos braços – e não se importaria nem um pouco se todos os seus irmãos e irmãs estivessem em fila para vê-lo fazer isso – e assegurar que a provação havia terminado, que tudo estava bem, que não precisavam fazer mais nada além de valsar juntos em direção ao final feliz deles.

256

– Foi muito decente o que fez, Wulf – comentou Rannulf quando a porta foi fechada e a carruagem posta em movimento. – A única chance que Law tem de consertar a vida é se estabelecer em uma carreira sólida. Mas sem a ajuda de alguém influente, as escolhas dele seriam muito limitadas.

– Está planejando se casar com a Srta. Law? – perguntou o irmão.

– Estou.

Rannulf o encarou com cautela.

– Ela é extraordinariamente bela, apesar do vestido muito simples e da severidade do penteado. Você sempre teve um bom olho para mulheres assim.

– Não há ninguém que se compare a Judith Law – afirmou Rannulf. – Mas se pensa que não vi nada além da beleza física dela, Wulf, está enganado.

– Ela estava no papel da donzela em perigo. Acredito que a ânsia galante de cavalgar para salvá-la às vezes possa ser confundida com amor.

– Judith nunca se comportou como vítima – assegurou Rannulf. – E não estou confundindo nada. Se estiver prestes a recitar todas as formas pelas quais ela *não* é uma noiva adequada para mim, pode poupar seu fôlego. Sei de todas e elas não fazem a menor diferença no que sinto por Judith. Tenho posição, dinheiro e perspectivas o bastante para não precisar de uma noiva rica.

O irmão não fez nenhum comentário.

– Deduzo, então – disse Rannulf, depois de alguns momentos de silêncio –, que não terei sua bênção, Wulf?

– Ela é importante para você?

Rannulf pensou por um momento.

– Sim, é importante. Você me enfurece com frequência, Wulf, e nunca permitirei que me domine, mas eu o respeito talvez mais do que a qualquer outra pessoa que conheço. Sempre cumpriu seu dever e, às vezes, vai além dele por cada um de nós, mesmo que seja desagradável ou tedioso para você. Como quando, um ou dois meses atrás, foi até Oxfordshire para ajudar Eve e Aidan a recuperar a custódia dos filhos adotivos dela… E como o que fez por mim, hoje. Sim, sua bênção é importante para mim, mas me casarei com Judith com ou sem ela.

– Você a tem – disse Wulf em voz baixa. – Não estaria cumprindo com meu dever se não lhe apontasse todas as possíveis futuras fontes de insatisfação, assim que a empolgação com o romance murchar. Casamento é um compromisso para a vida inteira e nós, Bedwyns, sempre somos fiéis a nossos cônjuges. Mas a escolha é sua, Rannulf. Já tem idade o suficiente e será você que terá que conviver com ela pelo resto da vida.

Era por isso que Bewcastle nunca havia se casado?, se perguntou Rannulf. Em seu jeito frio e calculista, o duque sempre levava em conta as possíveis "fontes de futura insatisfação"? O irmão mais velho nunca mostrara sequer o mais leve interesse por qualquer dama, apesar de ser um dos melhores partidos da Inglaterra. Ele mantinha a mesma amante havia anos, mas não tivera nenhum romance que pudesse levar ao casamento.

– Não estou esperando o "felizes para sempre", Wulf. Mas espero ser feliz mesmo depois que a rosa em botão da empolgação murchar. Como você acaba de dizer, casamento é um compromisso para a vida inteira.

Eles não conversaram mais e, assim que a carruagem parou diante das portas da Bedwyn House, Rannulf desceu, entrou correndo em casa e subiu as escadas até a sala de visitas. Alleyne, Freyja e Morgan estavam lá, mas Judith não.

– Ah, finalmente – disse Alleyne. – Venha nos contar o resto da história, Ralf. Aparentemente, Free e a Srta. Law foram banidas no momento mais interessante. Deixe-me ver os nós de seus dedos.

– Onde está Judith? – perguntou Rannulf.

– No quarto dela, suponho – respondeu Alleyne. – Sem dúvida exausta com todos os acontecimentos do dia. Effingham começou uma briga? Se fez isso, não acertou seu rosto, mesmo com o enorme alvo que é o nariz dos Bedwyns.

Ele sorriu.

– A Srta. Law não está lá – revelou Morgan. – Ela foi embora.

Rannulf a encarou com severidade e logo desviou o olhar para Freyja, que estava sentada mais quieta do que de hábito e não havia exigido um relatório do que acontecera depois que ela deixara os aposentos de Law.

– Ela foi para casa, em uma diligência – explicou Freyja.

– Para casa?

Rannulf encarou a irmã sem compreender.

– Beaconsfield, em Wiltshire. Para a casa paroquial, o lugar aonde a Srta. Law acredita pertencer.

Ele continuou a olhar para a irmã, perplexo.

– Maldição!

Choveu durante a maior parte da noite, o que tornou mais lento o avanço da diligência e, por umas duas vezes, o estômago de Judith se apertou de medo quando a carruagem derrapou em poças de lama particularmente ruins. Mas pela manhã o céu havia clareado, o sol brilhava e havia rostos familiares sorrindo para ela e cumprimentando-a, quando desceu diante da estalagem em Beaconsfield.

Isso, entretanto, não era tranquilizador. Enquanto descia a rua com dificuldade na direção da casa paroquial que ficava no outro extremo da cidade, sentia como se pisasse no próprio coração. Nem sequer olhara uma última vez para ele. Pior: ficara em pânico durante todo o interminável caminho de volta, como uma tola, por não conseguir visualizar o rosto dele na mente.

A história dela tivera um final feliz. Judith não parava de repetir isso para si mesma. Tanto ela quanto Bran foram inocentados e o verdadeiro culpado fora descoberto. As joias da avó haviam sido recuperadas – ao menos ela presumia que tivessem sido recuperadas, já que Horace não negara estar com o restante delas em seus aposentos.

Agora ela voltava para casa. Com certeza tia Effingham não iria querê-la em Harewood. Era pouco provável que a tia fosse querer qualquer uma delas, assim Hilary talvez estivesse livre da infelicidade de ter que viver lá.

Mas ela não sentia que era um final feliz. Sentia o coração apertado e que, talvez, demorasse uma eternidade para melhorar.

Além do mais, mesmo se ignorasse o estado de seu coração, estava longe de um final completamente feliz. Muito pelo contrário. Nada fora resolvido para a família dela. Bran estava cheio de dívidas e parecia que o único modo que ele encontrava para pagá-las era apostar ou pedir ajuda ao pai. Ele seria forçado a optar pela última opção e a família desceria ao nível da pobreza. Parecia muito possível que o último destino de Bran fosse a prisão. Talvez para o pai deles também.

Não, aquela era uma manhã infeliz de todas as maneiras possíveis. Mas, enquanto estava imersa nesses pensamentos lúgubres, a porta da casa paroquial se abriu e Pamela e Hilary saíram de lá em disparada. Hilary deu um gritinho.

– Jude! – exclamou a moça. – Jude, você veio para casa!

Judith pousou a mala na estrada, perto do portão do jardim e, apesar de tudo, sorriu, enquanto as irmãs se jogavam em seus braços e a apertavam até lhe tirar o ar. Cassandra veio atrás das outras duas, sorrindo calorosamente e estendo os braços.

– Judith – disse, abraçando a irmã também. – Oh, Jude, tivemos tanto medo de que você não viesse para casa e que nunca mais a víssemos de novo. – Os olhos dela estavam marejados. – *Sei* que deve haver uma explicação. Tenho certeza. Onde está Bran?

Mas, antes que Judith pudesse responder, ela se deu conta da figura silenciosa e severa do pai, na porta. Foi como se os dedos invisíveis de um destino cruel a envolvessem.

– Judith – disse ele sem erguer a voz, usando o tom do púlpito –, venha ao meu escritório, por favor.

Obviamente eles já haviam recebido alguma notícia de Harewood.

– Acabo de chegar de Londres, papai – disse ela. – Todas as joias da vovó foram recuperadas. Foi Horace Effingham quem as roubou com o único propósito de nos incriminar, Branwell e eu. Mas ele foi descoberto e confessou. Houve mais testemunhas, o duque de Bewcastle entre elas. Acredito que tudo será explicado à vovó e ao tio George nos próximos dias.

– Ah, Jude. – Cassandra chorava abertamente. – Eu sabia. Sabia, sabia. Nunca duvidei, nem por um momento.

A mãe entrou no estúdio, afastando o pai com o cotovelo e abrindo caminho para dar um abraço caloroso em Judith.

– Eu estava na cozinha! – exclamou ela. – Meninas, por que não me chamaram? Judith, meu amor! E Branwell também foi inocentado? Aquele menino é um problema para seu pobre pai, mas não é um ladrão, assim como você também não. Você veio na diligência? – Ela afastou um cacho de cabelo que se soltara da touca de Judith. – Está exausta, criança. Venha tomar um café e vou colocá-la na cama.

Ao menos daquela vez, o pai foi sobrepujado por suas mulheres. Ele ficou de pé, perturbado e com o cenho franzido, mas não fez mais nenhuma tentativa de puxar Judith para o lado a fim de puni-la de algum modo pelo que ouvira de Harewood. E ninguém, percebeu Judith, havia comentado a menção que fizera ao duque de Bewcastle.

Depois de ser levada para a cozinha, Judith não viu o pai até depois do meio-dia. Ela não se deitara como havia sido pressionada a fazer. Preferiu passar a manhã com a mãe e as irmãs na sala de visitas. Enquanto as outras se ocupavam costurando, Judith escrevera duas cartas: uma para o duque de Bewcastle e outra para lorde Rannulf. Sabia que tinha um profundo débito de gratidão com ambos e, ainda assim, fora embora da Bedwyn House sem dizer uma palavra a qualquer um dos dois. Havia acabado de encerrar a longa e difícil tarefa quando o pai entrou na sala, o cenho franzido como de hábito, com uma carta aberta nas mãos.

– Acabo de receber esta carta de Horace Effingham – falou ele. – Ela confirma o que você me contou esta manhã, Judith. É uma confissão completa, não apenas do roubo e da tentativa de incriminar você e Branwell, como também diz os motivos que o levaram a isso. Effingham tentou forçá-la a receber as atenções dele em Harewood, Judith, e você o repeliu da forma mais decorosa. O esquema dele foi uma tentativa de se vingar de você. De acordo com a carta de Effingham, ele também escreveu para minha mãe e para Sir George.

Judith fechou os olhos. Sabia que todos haviam acreditado nela naquela manhã, até mesmo o pai. Mas que alívio se ver inocentada. Horace nunca teria escrito uma carta daquelas por iniciativa própria, é claro, principalmente a parte humilhante de ela ter rejeitado os avanços dele e do consequente desejo de vingança. Horace fora forçado a escrever a carta... por lorde Rannulf. Tudo aquilo acontecera mesmo ainda na véspera? Parecia ter sido há um século...

Rannulf fizera tudo aquilo pelo bem dela.

– Seu nome está limpo, Judith – disse o pai. – Mas por que Horace Effingham teria acreditado que você poderia estar disposta a ceder aos avanços impróprios dele? E onde está sua touca?

Era a velha história de novo. Os homens olhavam para ela com desejo e o pai a culpava. A única diferença era que ela agora sabia que não era feia.

*Posso lhe dizer sinceramente que nunca conheci uma mulher cuja beleza chegasse aos pés da sua.*

Judith tentou se lembrar do som da voz de lorde Rannulf quando ele dissera aquelas palavras para ela no lago atrás de Harewood.

– Não quero mais usá-la, papai.

Para sua surpresa, o pai não a repreendeu ou ordenou que ela fosse até o quarto pegar uma touca. Em vez disso, estendeu a Judith outra carta, ainda com lacre.

– Essa chegou para você ontem. É da sua avó.

Judith sentiu o estômago queimar. Não queria ler a carta. A avó acreditara que ela era uma ladra. E ainda acreditava quando escreveu a carta. Judith ficou de pé mesmo assim e pegou a correspondência das mãos do pai. Mas, de repente, não conseguiu mais aguentar ficar presa em casa, cercada por toda a normalidade confortável da vida familiar. Nada estava normal.

Nada estaria normal.

– Lerei a carta no jardim.

Ela não parou para pegar a touca. Saiu pela porta dos fundos e reparou que as flores de verão da mãe tinham desabrochado em uma profusão de cores. Mas não conseguia apreciar tanta beleza.

Nem se virara para olhá-lo uma última vez.

O jardim era perto demais da casa e, por isso, Judith ainda se sentia sufocada. Olhou desejosa para as colinas que se estendiam além da cerca dos fundos. Ansiava por seu refúgio sempre que queria ficar só. As mesmas colinas onde passeava e se sentava para ler quando era menina, onde aprendera a atuar.

Ela abriu o portão e subiu, parando apenas quando chegou a uma rocha conhecida, grande e plana, que ficava a dois terços do caminho até o topo da colina mais próxima. Dali ela podia ver o vale, a cidade abaixo e as sebes que cercavam as fazendas. Judith ficou sentada na pedra por talvez meia hora antes de pegar a carta da avó no bolso.

Era uma carta repleta de tristeza. Em uma hora de fraqueza, escrevera a velha dama, ela acreditara na maldita evidência. Dizia ainda que naquelas duas semanas passara a amar Judith como não amava ninguém desde que o avô morrera, mas *acreditara*.

Apenas por uma hora.

Então, passara a noite arrasada pelo remorso e, assim que chegou uma hora decente, se apressou a ir aos aposentos de Judith para pedir perdão à neta... apoiada em seus velhos joelhos se fosse necessário. Mas Judith havia partido. E ela não sabia se algum dia conseguiria se perdoar por ter duvidado da neta mesmo que por apenas uma hora. Judith conseguiria perdoá-la?

Judith não conseguiria. Ela amassou a carta e olhou para o vale mais abaixo com os olhos cheios de lágrimas. Não conseguiria perdoar a avó.

Mas então lembrou-se de como havia suspeitado de Branwell... por muito mais do que uma hora. Na verdade, não tivera certeza da inocência dele até a prova lhe ser finalmente apresentada. Em que era diferente da avó, que nem sequer tivera alguma prova da inocência da neta quando escrevera a carta?

– Vovó – sussurrou Judith, segurando a carta contra os lábios. – Ah, vovó...

Ela permaneceu sentada por um longo tempo, alisando a carta, dobrando-a cuidadosamente e colocando-a de volta no bolso do vestido, os joelhos puxados contra o corpo, os braços passados ao redor deles, o olhar perdido nas colinas, aproveitando o calor do sol e o frescor da brisa, revirando por dentro a infelicidade que sentia e encarando-a sem medo.

Tinha uma família que a amava. A vida se tornaria cada vez mais difícil para eles, mas *eram* uma família e o pai ainda tinha seu meio de ganhar o pão de cada dia. Eles com certeza não ficariam desamparados. Que egoísmo da parte dela ficar com medo de ser pobre. Milhares de pessoas pobres sobreviviam e levavam suas vidas com dignidade e valor. E Judith tinha a avó que talvez a amasse mais do que qualquer um no mundo. Que bênção ser tão amada! Ela não teria o *homem* que amava, mas coração partido não era sentença de morte. Tinha 22 anos, ainda era nova. Nunca se casaria, mas uma vida sem casamento não significava uma vida sem objetivo ou felicidade.

Ela faria a própria felicidade. *Faria*. Não teria expectativas absurdas para si mesma. Se permitiria algum tempo para sofrer, mas não chafurdaria na própria tristeza. Não se atolaria em autopiedade.

Faria mais do que existir nos anos que lhe restavam. *Viveria!*

– Estava começando a achar – disse uma voz familiar – que teria que escalar até o topo dessa colina antes de encontrá-la.

Judith se virou depressa, protegendo os olhos contra o sol.

Havia esquecido, pensou da forma mais tola, o quanto ele era atraente.

# CAPÍTULO XXIII

Ela estava sentada em uma rocha grande e plana, em tamanho esplendor de beleza iluminada pelo sol que seu coração ficou apertado. Não usava a touca. Parecia alguém que subira para a liberdade, longe de todos que poderiam ter lhe imposto padrões de beleza e decoro.

– O que está fazendo aqui? – perguntou Judith.

– Olhando para você – disse ele. – Parece que não a vejo há uma semana, não apenas 25 ou 26 horas. Você tem a mania de fugir de mim.

– Lorde Rannulf – falou ela, retirando a mão que protegia os olhos e puxando de novo os joelhos junto ao corpo, como se tentasse se proteger –, por que veio até aqui? É porque parti sem lhe dizer nada? Eu *escrevi* uma carta, tanto para você quanto para o duque de Bewcastle. As cartas estão prontas para serem enviadas.

– Essa é a minha?

Ele ergueu a folha com lacre endereçada a ele na letra elegante de Judith.

– Você esteve na casa?

Os olhos dela se arregalaram.

– É claro que estive na casa paroquial – confirmou Rannulf. – Sua governanta me levou até a sala de estar, onde conheci sua mãe e suas três irmãs. São todas encantadoras. Pude distinguir facilmente a que você me descreveu como sendo a beldade da família. Mas você estava errada, sabe? A beleza dela não chega nem perto da sua.

Judith apenas abraçou os joelhos com mais força.

– Sua mãe me deu isso – disse ele, indicando a carta.

Rannulf rompeu o lacre com o polegar. Judith começou a estender a mão para detê-lo, mas optou, enfim, por abaixar a cabeça e descansar a testa sobre os joelhos.

– "Caro lorde Rannulf" – leu ele em voz alta –, "não sei nem como começar a lhe agradecer por toda a gentileza que teve para comigo desde que deixei Harewood Grange, até ontem." – Rannulf levantou os olhos para a cabeça abaixada dela. – *Gentileza*, Judith?

– Você *foi* gentil – insistiu ela. – Absurdamente gentil.

Ele relanceou o olhar pelo resto da curta missiva, que continuava no mesmo estilo que começava.

– "Respeitosamente sua." – Ele leu em voz alta outra vez, quando chegou ao fim. – E isso é tudo o que tinha para me dizer?

– Sim. – Ela levantou os olhos para ele. Rannulf dobrou a carta e guardou-a no bolso do paletó. – Lamento não ter ficado para lhe dizer tudo em pessoa, mas a essa altura já deve saber que sou uma covarde no que se refere a despedidas.

– Por que precisa dizer adeus? – perguntou Rannulf.

Ele sentou na pedra, ao lado dela. Estava quente do calor do sol. Judith suspirou.

– Não é óbvio?

Tão óbvio quanto o nariz no rosto dele... Ela era uma mulher orgulhosa e obstinada, embora, por mais paradoxal que pudesse parecer, tivesse muito pouca confiança em si mesma. Toda a autoconfiança fora esmagada por pais repressores, que sem dúvida tinham boas intenções, mas fizeram um grande mal à filha que era o cisne entre os outros patos.

– O duque de Bewcastle é meu irmão e é um aristocrata presunçoso, tão arrogante quanto qualquer monarca. Ele só precisa erguer um dedo para conseguir o que quer. Freyja, Morgan e Alleyne são meus irmãos, vestem-se com ostentação, comportam-se de forma altiva e como se estivessem um ou dois degraus acima dos meros mortais. A Bedwyn House é uma das casas de minha família e é uma mansão rica e esplêndida. Apenas Bewcastle e Aidan estão entre mim e o ducado, com fabulosas e ricas propriedades espalhadas por vastas áreas na Inglaterra e no País de Gales. Cheguei perto de descrever metade do que é óbvio?

– Sim.

Judith não olhou para ele, apenas desviou os olhos para as montanhas.

– O reverendo Jeremiah Law é seu pai – continuou ele. – É um cavalheiro

265

de posses moderadas e pastor de uma paróquia pouco proeminente. Tem quatro filhas para sustentar com uma renda que foi severamente dilapidada pelas extravagâncias de um filho que ainda não se estabeleceu para ganhar a própria vida. O reverendo ainda carrega o embaraço de ser neto de um comerciante de tecidos pelo lado materno e filho de uma atriz. Descrevi a outra metade do que é óbvio?

– Sim. – Mas ela não estava mais olhando para a colina. Rannulf percebeu com certa satisfação que Judith o encarava com raiva. Preferiria sua fúria à passividade, em qualquer dia da semana. – Sim, é exatamente isso, lorde Rannulf. Mas não tenho vergonha de minha avó. Eu *não* tenho. Amo-a demais.

– Também poderia imaginar isso – comentou ele. – Ela é louca por você, Judith.

– Não serei sua amante – afirmou Judith.

– Santo Deus! – Rannulf a encarou, horrorizado. – É *isso* que acha que estou lhe oferecendo?

– Nunca poderia haver nada além disso entre nós. Não consegue ver? Você *realmente* não enxerga? Até mesmo os criados da Bedwyn House eram mais distintos do que eu. Todos lá foram muito corteses comigo e Lady Freyja e o duque de Bewcastle foram incrivelmente gentis em seus esforços para me ajudar. Mas eles devem ter ficado horrorizados quando apareci.

– Seria preciso muito mais do que isso para chocar qualquer um dos Bedwyns – afirmou Rannulf. – Além do mais, Judith, não estou pedindo para viver na Bedwyn House, ou com qualquer um dos meus irmãos. Estou pedindo para morar *comigo*, provavelmente em Grandmaison, como minha mulher. Não acredito que minha avó permitiria que eu a levasse para lá como amante. Ela é um pouco rigorosa nessas questões...

Judith ficou de pé, embora não se afastasse de imediato.

– Você não pode querer se casar comigo.

– Não posso? – perguntou Rannulf. – Por que não?

– Não daria certo – argumentou ela. – Não *poderia* dar certo.

– Por que não? – perguntou ele outra vez.

Judith se virou e se afastou, optando por subir a colina em vez de descer. Rannulf se levantou e foi atrás dela, atravessando a relva baixa e muito verde por causa da chuva recente.

– É porque acha que posso estar esperando um bebê? – perguntou Judith.

– Quase torço para que esteja – disse Rannulf. – Não porque queira prendê-la a um casamento contra a sua vontade, mas porque realizaria o último sonho de minha avó. Vovó está morrendo, entende? Seu último desejo era que eu me casasse e que minha esposa e eu a presenteássemos com um bisneto enquanto estivesse viva.

Judith havia parado de caminhar.

– É por *isso* que deseja se casar comigo?

Rannulf ergueu o queixo dela com o dedo.

– Essa pergunta não é digna de resposta. Não me conhece, Judith?

– Não, eu não conheço. – Ela afastou a mão dele e voltou a subir. A encosta ficava cada vez mais íngreme, mas os passos dela continuavam acelerados. Rannulf tirou o chapéu e passou a carregá-lo na mão. – Você mesmo me disse que casamento era apenas para obter riqueza e posição social, que conseguiria seus verdadeiros prazeres fora do casamento.

– Santo Deus, eu disse isso? – Mas Rannulf sabia que tinha dito. Lembrava-se de dizer aquilo ou algo similar. Mesmo se na época não estivesse falando sério e pretendesse apenas chocá-la. – Você sabia que os Bedwyns não têm permissão para ter atividades paralelas fora dos leitos matrimoniais? Há alguma regra nos arquivos da família, eu acho. Qualquer um que a transgrida é banido pelo resto da eternidade.

A declaração só fez com que ela acelerasse ainda mais o passo.

– Depois que eu me casar, Judith – disse Rannulf, percebendo que ela não estava com humor para brincadeiras –, minha esposa contará com devoção absoluta, dentro e fora do leito matrimonial. Isso seria verdade mesmo que, por alguma razão, eu fosse persuadido a me casar com uma mulher que não fosse da minha escolha… como quase aconteceu nas últimas semanas. Você é a noiva da minha escolha, o amor do meu coração, pelo resto da minha vida.

Rannulf ouviu as próprias palavras como se houvesse um espectador nele, que não estivesse envolvido em suas emoções, em seu medo de que não houvesse modo de persuadi-la. Esse espectador estava muito consciente de que, apenas poucas semanas antes, teria achado a extravagância das próprias palavras terrivelmente embaraçosa…

*A noiva da minha escolha, o amor do meu coração?*

Judith estava com a cabeça baixa agora, e ele percebeu que chorava. Rannulf não comentou o fato, nem disse mais nada. Apenas manteve o passo. Estava quase no topo da colina.

– Você não pode se casar comigo – disse Judith, por fim. – Logo minha família e eu estaremos arruinados. Não houve final feliz depois do que aconteceu nos aposentos de Bran, ontem. Ele ainda está afundado em dívidas. Meu irmão terminará na prisão para devedores ou terá que apelar para papai... Você *não pode* se ligar a uma família assim.

Judith parou de repente. Não havia mais para onde ir, a não ser descer pelo outro lado da montanha, para uma espécie de terra de ninguém até a colina seguinte começar.

– Seu irmão já não tem mais dívidas – contou Rannulf a ela – e tenho esperança de que jamais voltará a ter.

Ela o encarou com os olhos arregalados.

– O duque de Bewcastle não... – Judith não completou o pensamento.

– Não, Judith – disse Rannulf. – Não foi Wulf.

– Você? – Ela levou uma das mãos ao pescoço. – *Você* pagou as dívidas dele? Como vamos conseguir devolver esse dinheiro algum dia?

Ele pegou a mão dela, afastando-a do pescoço.

– Judith – falou Rannulf –, essa é uma questão de família. E tenho uma enorme esperança de que Branwell Law vá fazer parte de minha família. Não existe a questão de devolver o dinheiro. Sempre farei tudo o que estiver em meu poder para mantê-la a salvo de qualquer mal, de qualquer infelicidade. – Ele tentou sorrir, mas não teve grande sucesso. – Mesmo que signifique me retirar de sua vida e nunca mais vê-la novamente.

– Rannulf – disse Judith –, você pagou as dívidas dele? Por mim? Mas papai não permitirá uma coisa dessas.

Não fora fácil. O reverendo Jeremiah Law era um homem severo e orgulhoso, que não se curvava facilmente à amabilidade. Também era um homem correto e honesto, que amava os filhos. Incluindo Judith, cujo espírito havia tentado esmagar com tanta determinação ao longo dos anos.

– Seu pai aceitou o fato de que é correto que seu futuro genro dê alguma ajuda ao filho dele. Estou aqui com a permissão dele.

Ela voltou a arregalar os olhos.

– O *seu* futuro cunhado também ajudou – contou Rannulf. – Ele usou a influência que tem e conseguiu um cargo na Companhia das Índias Orientais para seu irmão. Com trabalho duro, Branwell será capaz de subir muito na carreira. Como se costuma dizer, o céu é o limite para ele.

– O duque de Bewcastle? Oh. – Judith mordeu o lábio. – Por que ele fez tanto por nós quando deve nos desprezar profundamente?

– Estou aqui com a bênção dele também, Judith – disse Rannulf, levando a mão dela aos lábios.

– Oh – repetiu Judith.

– Você parece estar em minoria, é a única que considera um casamento comigo inadequado...

– Rannulf...

Os olhos dela estavam marejados de novo, tornando-os mais verdes do que nunca. O espectador em Rannulf ficou impressionado ao se ver ajoelhar-se sobre um dos joelhos, na relva, diante de Judith, enquanto pegava a outra mão dela.

– Judith – disse ele, levantando os olhos para o rosto assustado e surpreso dela –, você me daria a grande honra de se casar comigo? Faço esse pedido com apenas uma única razão em mente. Porque a adoro, meu amor, e não consigo imaginar felicidade maior do que passar o resto de minha vida fazendo *você* feliz e compartilhando companheirismo, amor e paixão com você. Vai se casar comigo?

Ele teve a impressão de que ela levou uma eternidade para responder. Quando Judith soltou as mãos das dele, Rannulf achou que seu coração havia ido parar na sola de suas botas. Mas, então, sentiu as mãos dela tocarem muito de leve o topo de sua cabeça, desarrumando carinhosamente seus cabelos. Rannulf percebeu que Judith se inclinava e beijava sua cabeça.

– Rannulf – disse ela baixinho. – Ah, Rannulf, meu amor tão querido.

Ele ficou de pé depressa, pegou-a pela cintura e girou-a no ar duas vezes, enquanto ela jogava a cabeça para trás e ria.

– Olhe o que você fez – disse Judith, ainda rindo, quando ele a recolocava no chão.

Um dos lados dos cabelos dela havia se soltado do penteado e a trança estava desfeita. Judith levantou os braços, soltou o outro lado também e enfiou os grampos no bolso. Ela sacudiu a cabeça, mas Rannulf cruzou a pequena distância entre eles.

– Permita-me – pediu.

Ele passou os dedos pelos cabelos dela, soltando o que restava da trança e deixando-os cair em mechas brilhantes sobre os ombros e pelas costas.

Rannulf olhou dentro dos olhos felizes, brilhantes e sorridentes de Judith e a abraçou e beijou, puxando-a junto a seu corpo, como se os dois houvessem se fundido em um só, lá no alto da colina.

Eles sorriram um para o outro. Não havia necessidade de palavras, nem vontade de se soltarem. Ela era seu maior tesouro, seu amor.

Soprava uma brisa forte que fazia o vestido de Judith ondular para trás, colando-se à frente do corpo dela. A mesma brisa erguia os cabelos ruivos em uma nuvem vermelho-dourada atrás dela. Rannulf sabia que, apenas algumas semanas antes, Judith teria ficado profundamente envergonhada por ser vista daquela maneira, em toda a sua glória viva e voluptuosa. Mas naquele dia, ela o encarou de volta, a cabeça erguida com orgulho, um leve sorriso nos lábios, o rosto enrubescido.

Era linda, mulher e deusa, de tirar o fôlego, e finalmente se aceitara como era.

– Posso deduzir que sua resposta é sim? – perguntou ele.

– Sim, é claro – disse ela, rindo. – Eu ainda não disse? Ah, *sim*, Rannulf!

Ele a pegou nos braços outra vez e girou com ela até os dois ficarem tontos.

# CAPÍTULO XXIV

O pequeno quarto de vestir estava tão cheio de gente que Tillie mal conseguiu colocar a grinalda na cabeça de Judith, sem desarrumar os cachos macios e brilhantes de seu penteado.

– Você está *linda*, Jude – disse Pamela, os olhos cintilando de lágrimas. – Eu sempre disse que você era a mais bela de todas nós.

– Lorde Rannulf vai ficar arrebatado – comentou Hilary, levando as mãos ao peito.

– Judith – chamou Cassandra, examinando a irmã. Sempre fora a amiga mais próxima de Judith. As palavras lhe faltaram. – Ah, Judith.

A mãe delas fez mais do que apenas olhar. Ela estendeu a mão para o véu acima da grinalda e abaixou-o sobre o rosto da filha.

– Parece que esperei uma eternidade para ver uma das minhas filhas se casar, feliz. Prometa-me que será feliz, Judith.

Embora os modos dela fossem bruscos, era óbvio que estava à beira das lágrimas.

– Eu prometo, mamãe – respondeu Judith.

A avó dela, usando um vestido fúcsia cintilante e certamente todas as joias da bolsa de veludo, brilhava e tilintava enquanto cruzava e descruzava as mãos e sorria para a neta favorita. Não reclamara de nada naquele dia, nem comera nada no café da manhã além de sua costumeira xícara de chocolate quente. Estava animada demais, dissera.

– Judith, meu amor – disse a avó, agora –, gostaria… ah, *como* eu gostaria que seu avô estivesse aqui para compartilhar de meu orgulho e de minha alegria. Mas ele não está, portanto terei que ficar duplamente orgulhosa e alegre.

Elas ouviram uma batida na porta e outro corpo se espremeu para dentro do pequeno quarto de vestir de Judith.

– Nossa! – exclamou Branwell. – Você está bela como uma moeda de cinco cêntimos, Jude! Tio George me mandou avisar que as carruagens já estão prontas para levar todos à igreja, à exceção de Jude e papai.

O burburinho aumentou e os últimos elogios chorosos e palavras de sabedoria foram trocados, antes que o quarto esvaziasse, deixando Judith sozinha com Tillie.

Ela estava em um novo quarto, maior do que o que ocupara antes, em Harewood Grange. Era o dia de seu casamento. Houvera muita discussão sobre o lugar mais adequado para a cerimônia. O pai de Judith queria que fosse na casa deles, em Beaconsfield, e Rannulf chegara bem perto de concordar. Mas havia alguns problemas. Onde ficariam os membros da família dele? Não seria muito longe para que as duas avós comparecessem, principalmente Lady Beamish, que estava doente?

Foi sugerido que se fizesse o casamento em Londres, mas a ideia logo fora rejeitada porque seria uma viagem igualmente longa para as damas mais idosas. Leicestershire talvez fosse a melhor possibilidade, já que tanto Judith quanto Rannulf tinham parentes por lá e as casas eram grandes o bastante para acomodar as duas famílias. Ainda assim, a princípio, pareceu impossível. Como Judith e a família dela se convidariam para Harewood Grange depois dos eventos recentes?

O problema fora resolvido com a chegada à casa paroquial de uma carta muito gentil de Sir George Effingham, que acabara de ser informado do noivado pela sogra. A carta dizia que o cunhado seria muito bem-vindo com a família em Harewood, se as núpcias fossem acontecer perto dali. Na mesma carta, Sir George mencionava que o filho havia embarcado em um navio para a América e que a Sra. e a Srta. Effingham estavam fazendo uma longa visita à casa dos pais do Sr. Peter Webster, provável futuro marido de Julianne.

Rannulf passara o último mês em Grandmaison, enquanto corriam os proclamas. Seus irmãos e irmãs também passaram a maior parte desse tempo lá, levados não apenas pela notícia do casamento, como pela saúde debilitada de Lady Beamish. A própria Judith só chegara na véspera e tivera apenas um breve encontro com Rannulf, que fora vê-la, com lorde Alleyne, depois do jantar. Toda a família estivera presente e ele ficara apenas por meia hora.

Mas finalmente, seis semanas depois da surpresa de vê-lo na colina acima da reitoria, chegara o dia do casamento deles.

– Está linda como uma pintura, senhorita – elogiou Tillie.

– Obrigada.

Judith se virou para se olhar no espelho. Optara pela simplicidade, embora o pai insistisse para que não fizesse economia. O vestido de seda cor de marfim tinha o decote baixo e a cintura alta que estavam na moda, as mangas eram curtas e a bainha fora enfeitada com bordados dourados. A principal característica do modelo era moldar os contornos da parte superior do corpo de Judith, sem constrangimentos, para então cair em pregas macias sobre seus quadris e descer pelas longas pernas.

A grinalda e as longas luvas tinham a mesma cor do vestido, embora existisse um detalhe na grinalda, uma única pluma, que era dourado, combinando com os sapatos. Ao redor do pescoço, Judith usava uma delicada corrente dupla de ouro, um presente de casamento que Rannulf lhe entregara na véspera.

Sim, pensou Judith, tinha a aparência que desejara. Mas o frio na barriga, que surgira no instante em que acordara e permanecera até a hora de ela começar a se arrumar, estava de volta com força total. Judith não acreditara plenamente na realidade daquele dia até o momento. E mesmo assim...

– Seu pai está esperando, senhorita – avisou Tillie.

– Sim.

Judith se afastou do espelho, determinada, e saiu do quarto de vestir. À porta, uma Tillie sorridente lhe fez uma cortesia.

O pai esperava por ela na base das escadas, rígido e formal em seu paletó e calções pretos. Examinou a aparência da filha enquanto ela descia as escadas, o cenho muito franzido. Judith se preparou para algum comentário crítico, determinada a não permitir que o reverendo estragasse seu humor.

– Ora, Judith – disse ele –, durante anos eu tive muito medo de que toda essa beleza fosse ser arrebatada por um homem que não conseguisse ver abaixo da superfície. Mas acho que você conseguiu evitar esse destino tão comum a mulheres extraordinariamente belas. Está adorável hoje.

Judith mal conseguia acreditar nos próprios ouvidos. O pai sempre a achara bela? Por que não lhe dissera isso ao menos uma vez ao longo da vida, até agora? Por que não explicara... Mas os pais, ela supunha, não eram os pináculos da perfeição que os filhos esperavam que fossem. Eram seres humanos que costumavam fazer o melhor que podiam, mas que, com frequência, faziam escolhas erradas.

– Obrigada, papai.

O reverendo ofereceu o braço à filha e a levou para fora, até a carruagem que os aguardava.

A igreja da cidade, com suas antigas paredes de pedra e janelas de vitrais, era pequena, mas pitoresca. Esse detalhe não importava muito, já que a lista de convidados para o casamento da Srta. Judith Law com lorde Rannulf Bedwyn era restrita às duas famílias.

Rannulf sentia-se nervoso como se estivesse em um casamento espetacular da monarquia na Catedral de St. George, em Hanover Square, em Londres. Quase desejava ter feito com Judith o que Aidan fizera. O irmão levara Eve para Londres, se casara com ela através de uma licença especial, tendo apenas a tia-avó dela e o valete dele como testemunhas, e depois a levara para casa, em Oxfordshire, sem avisar sequer a Bewcastle do evento.

Rannulf esperava perto do altar, com Alleyne a seu lado, no papel de padrinho. Bewcastle estava sentado no segundo banco, a avó perto dele, Freyja e Morgan ao lado dela. Aidan estava no banco seguinte com Eve e os dois filhos adotivos deles – embora nenhum dos dois se referisse às crianças de outra forma a não ser *filhos* deles. Atrás estavam o marquês e a marquesa de Rochester, tio e tia de Rannulf. A mãe de Judith sentava-se no segundo banco do outro lado da nave, entre o filho e a sogra. As três irmãs da noiva estavam sentadas no banco de trás com Sir George Effingham. Alguns criados de Grandmaison e de Harewood sentavam-se mais atrás na igreja.

O último mês parecera interminável para Rannulf, mesmo estando com todos os irmãos a seu lado, com exceção de Aidan, que chegara apenas uma semana antes. Todos os dias esperava receber uma carta de Judith rompendo o noivado deles por alguma razão tola. Rannulf temia que a autoconfiança dela ainda fosse muito frágil. Mas a carta não viera e, quando fora até Harewood na véspera, ficara feliz ao descobrir que ela já chegara, como planejado.

Ainda não acreditava que estava prestes a se casar.

Mas então ouviu o burburinho no interior da igreja e viu a porta se abrir. Alleyne tocou seu cotovelo para lembrá-lo de que estava na hora de se levantar. O pároco fez sinal ao organista e a música começou.

A beleza dela estava de tirar o fôlego. Não apenas por causa do corpo sedutor, cujos dotes o vestido de casamento realçava, dos gloriosos cabelos ou do rosto adorável sombreado pelo véu.

Mas porque era Judith. Sua Judith.

Ela não estava sorrindo, percebeu Rannulf quando a noiva chegou mais perto, de braços dados com o pai. Judith parecia apavorada. Mas então ela concentrou o olhar nele e subitamente pareceu transformada pela alegria.

Rannulf sorriu para ela. E acreditou.

– Damas e cavalheiros... – começou o vigário, poucos momentos depois.

Era estranho, pois parecia que o tempo passava mais lentamente, o oposto do que temera que aconteceria. Ela ouviu e saboreou cada palavra da cerimônia que a uniu a Rannulf no sagrado matrimônio para o resto das vidas deles. Ouviu o pai entregar sua mão em casamento, se virou e percebeu um brilho pouco comum nos olhos do reverendo...

Judith viu lorde Alleyne, belo, elegante e sorridente. Ouviu o burburinho das pessoas atrás dela, a avó fungando e alguém pedindo silêncio a uma criança que perguntava se aquela agora seria a nova tia dela. Judith sentiu o aroma das rosas, arrumadas em dois grandes vasos de cada lado do altar.

Sentira uma saudade imensa de Rannulf durante o último mês, mas, daquele dia em diante, estariam juntos pelo resto da vida. Ele cortara os cabelos, embora ainda parecesse um guerreiro saxão, e estava muito atraente em um paletó marrom, ajustado, com um colete dourado, calções cor de creme, meias brancas, de linho e renda, e sapatos pretos. A mão dele, grande, firme e cálida, segurava a dela e os dedos se mantiveram firmes quando deslizaram a aliança pelo dedo de Judith. Os olhos azuis não paravam de se encontrar com os dela.

– Eu vos declaro marido e mulher. Em nome do Pai, do Filho e do Espírito Santo. Amém.

Judith se perguntou como era possível sentir uma felicidade tão intensa que quase chegava a ser dolorosa.

– Minha esposa – sussurrou Rannulf apenas para ela, então levantou o véu que lhe cobria o rosto e a encarou com os olhos cintilantes, uma expressão intensa. Por um instante, Judith se assustou achando que ele iria beijá-la bem ali, na frente de toda a igreja e sob o olhar do vigário e de ambas as famílias.

Eles assinaram o livro de registro, oficializando o casamento, e saíram juntos da igreja. Era setembro. O calor do verão já se fora, mas o outono ainda não chegara. O sol brilhava no céu limpo.

– Meu amor – disse Rannulf assim que desceram os degraus da igreja.

Ele envolveu a cintura da esposa com um dos braços e abaixou a cabeça para beijá-la. O casal ouviu risos e aplausos da multidão reunida perto do portão, no fim do caminho de pedras que circundava o pátio da igreja. Todos os moradores dos arredores estavam ali para vê-los.

– Vamos fugir? – perguntou ele.

Judith viu que a carruagem que os aguardava fora decorada com grandes laços. Ela deu a mão a Rannulf, levantou a frente do vestido com a mão livre e os dois correram juntos para a carruagem. Ao longo dos últimos metros, a multidão atirou pétalas de rosas sobre eles, que se viram cercados por risadas e gritos de felicidades. Rannulf pegou uma bolsa cheia, que estava no canto do assento, e jogou punhados de moedas para a multidão.

– Judith, meu amor. Você está feliz?

– Quase feliz demais – retrucou ela. – Parece que a felicidade quer explodir dentro de mim, pois não acha um modo de sair.

– Vamos encontrar um modo – disse ele, abaixando a cabeça para beijá-la novamente. – Esta noite. Eu prometo.

– Sim, mas primeiro temos o café da manhã de núpcias.

– Primeiro o café da manhã de núpcias – concordou ele.

– Estou tão feliz por nossas famílias estarem aqui para celebrar conosco – disse Judith. – Acho que só hoje me dei conta de como as famílias são preciosas.

Rannulf apertou a mão da esposa com as suas.

A família era realmente um bem inestimável. E as duas famílias – os Bedwyns e os Laws – não pareciam tão constrangidos uns com os outros como Rannulf temera. Bewcastle relaxou o suficiente para se mostrar agradável com cada um dos Laws a que foi apresentado e se envolveu em uma conversa com o reverendo Jeremiah Law durante o café da manhã... parecia que falavam sobre teologia.

O marquês de Rochester conversou longamente com Sir George Effingham sobre política. Tia Rochester, a mais arrogante das aristocratas, se permitiu participar de uma conversa animada com a mãe e com a avó de Judith. Alleyne deu um jeito de se sentar entre Hilary e Pamela Law diante da mesa. Morgan, sentada à frente deles, conversava com Branwell Law. Eve, sorridente e encantadora, conversava com todos, sempre com os filhos ao lado, a não ser quando a garotinha finalmente se cansou da animação do dia e Aidan a embalou no colo.

O tio e a tia Rochester foram simpáticos com Judith quando Rannulf a apresentou a eles.

– Se você capturou o coração de Rannulf, deve ter algo fora do comum, além de sua bela aparência – comentou a tia em sua habitual abordagem direta, o *lorgnon* pronto para uso em uma das mãos. – Bewcastle me disse o quanto você era bonita.

– Obrigada, madame. – Judith sorriu e fez uma cortesia.

Morgan e Freyja deram um beijo no rosto de Judith quando chegaram da igreja. Eve, que nunca a havia encontrado antes, a abraçou com força.

– Rannulf veio para Grandmaison dois meses atrás determinado a resistir a todas as tentativas de fazerem dele um homem casado – comentou ela com um brilho travesso nos olhos e relanceando o olhar para Rannulf. – Estou muito feliz por você tê-lo feito mudar de ideia.

Aidan – alto, moreno e austero  fez uma cortesia para Judith, quase forçando-a a concluir que ele era ainda mais rígido e frio do que Bewcastle. Mas então Aidan a segurou pelos ombros, inclinou a cabeça para lhe dar um beijo no rosto e sorriu para ela.

– Seja bem-vinda à nossa família, Judith – disse ele. – Somos um grupo difícil. É necessário uma mulher de coragem para se unir a um de nós.

Eve riu e pousou a mão sobre a cabeça do menino a seu lado.

– Posso ver que Judith é tão intrépida quanto eu – acrescentou ela.

Freyja foi de grupo em grupo, mostrando-se absolutamente civilizada. Ainda assim, parecia a pessoa mais deslocada no cenário alegre da celebração, pensou Rannulf. Ele puxou a irmã para o lado, enquanto Judith estava com a avó, que acabara de declarar no ouvido de Rannulf que já encharcara três lencinhos, mas que ainda tinha outros três secos em sua bolsinha.

– Sentindo-se sentimental, Free? – perguntou ele.

– É claro que não – disse ela bruscamente. – Estou feliz por você, Ralf. Devo confessar que fiquei um pouco estarrecida quando chegou à Bedwyn House com Judith, mas ela não é nem uma moça sem sal nem uma interesseira, não é verdade? Arrisco dizer que você será feliz.

– Sim, arrisco dizer que serei. – Ele inclinou a cabeça para um dos lados e olhou mais detidamente para a irmã. – Voltará para Lindsey Hall, amanhã, com Wulf e os outros?

– Não! – retrucou ela com energia. – Não, vou para Bath. Charlotte Holt-Barron está lá com a mãe e me convidou para me juntar a elas.

– Para Bath, Free? – Ele franziu o cenho. – Lá não é um lugar onde terá grande possibilidade de encontrar companhia jovem ou diversão agradável, não é mesmo?

– É o que me convém – disse ela.

– Isso não tem nada a ver com Kit, tem? – perguntou Rannulf. – Ou com o fato de que a esposa dele está prestes a dar à luz?

Kit Butler, visconde Ravensberg, antigo pretendente de Freyja, infelizmente vivia perto de Lindsey Hall. E Lady Ravensberg estava prestes a dar à luz.

– É claro que não! – retrucou Freyja com excessiva veemência. – Que tolice, Ralf.

O nascimento iminente e o casamento de um irmão deviam ser difíceis para Freyja encarar.

– Sinto *muito*, Free – disse Rannulf. – Mas haverá outra pessoa, você sabe disso, e então ficará feliz por ter esperado.

– Deixe esse assunto tolo para lá – ordenou ela. – Se não quiser levar um soco no nariz, Ralf.

Ele sorriu e deu um beijo no rosto da irmã, algo que raramente fazia.

– Divirta-se em Bath.

– É o que pretendo fazer – retrucou ela. Freyja olhou por cima do ombro dele. – Vovó, como está se sentindo?

Rannulf se virou e passou os braços com carinho ao redor da velha dama.

– Vovó!

– Você me fez muito, muito feliz hoje, Rannulf – declarou Lady Beamish.

Ele sorriu para ela. Ter os netos por perto durante o último mês parecia ter feito algum bem à saúde da avó. Embora, é claro, no caso de Lady Beamish, fosse difícil ter certeza. A própria saúde era um assunto que ela nunca discutia.

– Também estou feliz – disse Rannulf.

– Eu sei. – Ela deu um tapinha carinhoso no braço do neto. – E é *por isso* que eu estou feliz.

Finalmente apareceu uma oportunidade de ficar a sós com Judith. Eles passariam a noite de núpcias na pequena casa que ficava à entrada da propriedade e que fora aberta, limpa e arrumada para a ocasião. Mas a maior parte do resto do dia seria passada em Grandmaison com as famílias deles. Foi um momento roubado, então, no meio da tarde, quando saíram de casa juntos e foram passeando até o roseiral. O lugar não estava cheio de flores, como no início do verão, mas ainda assim era isolado e encantador, os platôs banhados pela luz do sol do fim da tarde, o rio correndo sobre as pedras em seu leito.

Eles se sentaram juntos no mesmo banco em que Judith ficara na primeira vez que fora a Grandmaison, o dia em que Rannulf a pedira em casamento pela primeira vez. Ele entrelaçou os dedos aos dela.

– Correndo o risco de soar insensível, fico feliz por ter chovido naquele dia e por não ter prestado atenção aos avisos para não seguirmos viagem. Fico feliz por a diligência ter tombado naquele fosso. Como nossas vidas seriam diferentes hoje se essas coisas não tivessem acontecido.

– Ou se eu tivesse dito não quando você se ofereceu para me levar a cavalo – completou Judith. – O não estava na ponta da língua. Nunca havia feito nada tão impróprio antes. Mas resolvi roubar um pequeno sonho para mim, que acabou se tornando o sonho do resto da minha vida. Rannulf, amo tanto, tanto, você. Gostaria que existissem palavras adequadas para descrever esse sentimento.

– Não há – disse ele, beijando a mão dela. – Mesmo quando fizermos amor esta noite, isso não expressará adequadamente o amor em si, não é mesmo? Essa foi a grande surpresa desses últimos dois meses: o amor não é físico, mental ou emocional. É maior do que qualquer uma dessas coisas. É a verdadeira essência da própria vida, não concorda? Esse grande mistério que não se pode expressar, que passamos a compreender melhor através da descoberta do ser amado. Ajude-me com isso, Judith. Estou falando tolices?

– Não. – Ela riu. – Eu o compreendo perfeitamente.

Ela baixou a cabeça e os dedos de sua mão livre brincaram com os dele.

– Rannulf? Lembra-se de quando estávamos no alto da colina, na casa dos meus pais, seis semanas atrás, e você disse que *quase* desejava que algo fosse verdade?

– Sobre… – Rannulf olhou para os cachos brilhantes na nuca da esposa, sentindo a boca seca.

– É verdade – disse ela em voz baixa e ergueu a cabeça para olhar nos olhos do marido. – Estou esperando um bebê. Ou pelo menos estou quase certa de que devo estar.

Ele a encarou, atônito.

– Está muito aborrecido? – perguntou Judith.

Rannulf se inclinou para ela, soltou a mão que segurava e passou um braço ao redor dos ombros da esposa, ao mesmo tempo em que passava o outro por baixo dos joelhos dela, a erguia no colo e girava com ela.

– Vou ser *pai*! – disse Rannulf para o céu azul acima deles, jogando a cabeça para trás. – Vamos ter um *filho*!

Ele gritou e beijou-a. Judith tinha os olhos brilhantes e sorria.

– Acho que não está muito aborrecido.

– Judith – disse ele, os lábios tocando os dela. – Minha mulher, meu amor, meu coração. Estou falando tolices outra vez?

– Provavelmente – retrucou ela, ainda rindo e passando os braços ao redor do pescoço do marido. – Mas só eu posso ouvi-lo. Fale mais tolices para mim.

Mas como ele poderia? A esposa acabara de capturar sua boca em um beijo apaixonado.

LEIA UM TRECHO DO PRÓXIMO LIVRO DA SÉRIE

LIGEIRAMENTE ESCANDALOSOS

# CAPÍTULO I

Lady Freyja Bedwyn estava com o pior humor possível quando foi se deitar. A cama extra estava arrumada e a camareira preparada para dormir nela, mas ela optou por dispensar a criada. Alice roncava e Freyja não estava com a menor disposição de ficar com a cabeça embaixo de um travesseiro, pressionando-o contra as orelhas, apenas para cumprir as regras do decoro.

– Mas Sua Graça deu instruções específicas, milady – lembrou a camareira timidamente.

– Para quem você trabalha? – perguntou Freyja, em uma voz autoritária. – Para o duque de Bewcastle ou para mim?

Alice olhou para ela com uma expressão ansiosa, como se desconfiasse de que a pergunta fosse uma armadilha... Bem, poderia ser. Embora trabalhasse como camareira de Freyja, era o duque de Bewcastle, o irmão mais velho dela, quem pagava seu salário. E ele *dera* instruções para que a moça não saísse do lado da patroa nem por um segundo, não importando se fosse dia ou noite, durante a viagem de Grandmaison Park até a casa onde estava Lady Holt-Barron, em Bath. Bewcastle não gostava da ideia das irmãs viajando sozinhas.

– Para a senhora, milady – respondeu Alice.

– Então saia.

Freyja apontou para a porta. Alice a encarou ainda em dúvida.

– Não há tranca na porta, milady – alertou.

– E se surgir algum intruso à noite, *você* vai me proteger do perigo? – perguntou Freyja em tom de deboche. – Seria mais provável o contrário.

Alice parecia angustiada, mas não teve outra escolha.

Então Freyja foi deixada sozinha em um quarto chinfrim, em uma estalagem de segunda classe, sem criada para atendê-la... e sem tranca na porta. E também com um terrível mau humor.

Bath não era um destino que inspirasse qualquer animação ou expectativa positiva. Já tinha sido um excelente spa e atraído a nata da sociedade inglesa, mas isso era passado. Agora era um refinado ponto de encontro para idosos, enfermos e pessoas que não tinham lugar melhor para ir... como ela. Freyja havia aceitado o convite para passar um ou dois meses com Lady Holt-Barron e a filha, Charlotte, que era sua amiga, mas de modo algum a mais especial. Sob circunstâncias normais, Freyja teria declinado o convite de maneira educada.

Aquelas não eram circunstâncias normais.

Ela acabara de sair de Leicestershire, onde visitara a avó doente e comparecera ao casamento do irmão, Rannulf, com Judith Law. Deveria voltar para Hampshire com Wulfric, Alleyne e Morgan, mas a perspectiva de estar em Lindsey Hall naquele momento em particular havia se provado intolerável e ela acabara dando a única desculpa que tinha para *não* voltar para casa.

Era mesmo uma vergonha ter medo de voltar para seu próprio lar. Freyja cerrou os dentes enquanto subia na cama e apagava a vela. Não*, medo*, não. Ela não tinha medo de nada nem de ninguém. Apenas rejeitava a ideia de estar lá quando *aquilo* acontecesse, só isso.

No ano anterior, Wulfric e o conde de Redfield haviam sugerido casamento entre Lady Freyja Bedwyn e Kit Butler, o filho do conde, o visconde Ravensberg. Os dois jovens se conheciam a vida inteira e tinham se apaixonado perdidamente quatro anos antes, durante um verão em que Kit estava em casa, de licença do regimento dele na Guerra da Península.

Na época, Freyja estava quase noiva de Jerome, irmão mais velho de Kit, e se permitiu ser persuadida a fazer a coisa certa, a cumprir seu dever: deixou que Wulfric anunciasse seu noivado com Jerome. Kit voltou para a Guerra da Península dominado por uma fúria mortal. Jerome, por sua vez, morrera antes que as núpcias acontecessem.

A morte de Jerome fez de Kit o filho mais velho e herdeiro do conde de Redfield. De repente, um casamento entre Freyja e ele passou a ser não só possível como desejável. Ao menos foi isso o que as duas famílias pensaram...

Mas não Kit.

Não ocorrera a Freyja que ele estivesse determinado a se vingar. Quando voltou para casa, ele trouxera uma noiva... a tão adequada, adorável e apagada Lauren Edgeworth. E depois de Freyja ter tido a ousadia de desafiá-lo a seguir adiante com a farsa, Kit se casara com Lauren.

Agora a nova Lady Ravensberg estava prestes a dar à luz o primeiro filho dos dois. Como esposa sem graça e cumpridora dos deveres que era, sem dúvida teria um filho homem. O conde e a condessa ficariam em êxtase e toda a vizinhança sem dúvida irromperia em comemorações animadas.

Freyja preferiu não estar em nenhum lugar próximo a Alvesley quando isso acontecesse... incluindo Lindsey Hall. Daí a viagem a Bath e a perspectiva de ter que se distrair por um mês ou mais lá.

Ela não fechara as cortinas no quarto da estalagem. Assim, com a lua e as estrelas cintilando no céu – além das várias lanternas da estalagem acesas no pátio abaixo –, o quarto parecia inundado pela luz do dia. Mesmo assim, Freyja não se levantou e preferiu puxar as cobertas sobre a cabeça.

Wulfric havia alugado uma carruagem particular e uma procissão de cavaleiros corpulentos, todos com instruções estritas de proteger Freyja de qualquer perigo ou inconveniência. Eles haviam recebido ordens de onde parar para passar a noite – em um estabelecimento de classe superior, adequado à filha de um duque, mesmo que ela estivesse viajando sozinha.

Infelizmente, uma feira de outono na cidade sugerida atraíra muitas pessoas e não havia um mísero aposento na melhor estalagem do lugar ou em qualquer outra por perto. Eles se viram forçados a seguir viagem e então pararam *ali*.

Os cavaleiros propuseram fazer turnos de guarda do lado de fora do quarto dela, principalmente depois que souberam que não havia tranca em nenhuma das portas. Freyja os dissuadira da ideia com tamanha firmeza que não deixara espaço para discussão. Não era prisioneira de ninguém e não se sentiria dessa forma. Agora Alice também se fora.

Freyja suspirou e se acomodou para dormir. O colchão era um tanto incômodo. O travesseiro pior ainda. Havia um barulho constante vindo do pátio abaixo e da própria estalagem. As cobertas que colocara sobre a cabeça não impediam a entrada de toda a luz. Para piorar, ainda havia a perspectiva de Bath no dia seguinte. Tudo porque ir para casa se tornara quase impossível. A vida poderia ficar mais desagradável?

Em algum momento, pensou Freyja antes de sucumbir ao sono, ela realmente teria que começar a olhar com atenção para todos os cavalheiros – e havia muitos deles, apesar de ela agora ter 25 anos e sempre ter sido feia – que saltariam como cães amestrados se ela meramente sugerisse que o casamento poderia ser o prêmio.

Ser solteira em uma idade tão avançada realmente não era divertido para uma dama. O problema era que Freyja não estava plenamente convencida de que ser casada seria melhor. E receava descobrir que, na verdade, não havia nenhum benefício em ser casada... depois que se casasse. Os irmãos dela gostavam de dizer que o casamento era uma sentença de prisão perpétua, mas dois deles sucumbiram àquela sentença nos últimos meses.

Freyja acordou sobressaltada algum tempo depois, quando a porta do quarto foi aberta subitamente e fechada com um clique. Ela não estava certa se estava sonhando até abrir os olhos e ver um homem parado dentro do quarto, vestindo uma camisa branca, aberta no colarinho, calça escura, um casaco jogado sobre um dos braços e um par de botas na mão.

Freyja saltou da cama como se tivesse sido ejetada por um canhão e apontou com determinação para a porta.

– Saia!

O homem abriu um sorriso para ela, que era visível demais no quarto bem-iluminado.

– Não posso, querida – retrucou ele. – O caminho por onde vim guarda sem dúvida um destino cruel. Devo sair pela janela ou me esconder em algum lugar aqui.

– *Saia!* – Freyja não abaixou o braço... nem o queixo. – Não dou abrigo a malfeitores ou qualquer tipo de criatura do sexo masculino. Saia daqui!

Em algum lugar no andar de baixo ouviu-se uma comoção na forma de vozes agitadas e passos. Os sons chegavam cada vez mais perto.

– Não sou nenhum malfeitor, querida – disse o homem. – Apenas um inocente que estará muito encrencado se não desaparecer rápido. O guarda-roupa está vazio?

A raiva e a indignação de Freyja só aumentavam.

– Saia! – ordenou mais uma vez.

Mas o homem atravessou o quarto em disparada até o guarda-roupa, abriu a porta e, ao constatar que estava vazio, entrou nele.

– Me dê cobertura, querida – pediu ele, antes de fechar a porta pelo lado de dentro –, e me salve de um destino pior do que a morte.

Quase no mesmo instante, Freyja ouviu a batida insistente à porta. Ela não sabia se deveria ir primeiro na direção da porta ou do guarda-roupa. Mas a decisão foi tirada de suas mãos quando a porta foi aberta, revelando o estalajadeiro segurando uma vela, um cavalheiro baixo e robusto, de cabelos grisalhos, e um indivíduo careca e corpulento com a barba por fazer.

– Fora! – exigiu Freyja, irada.

Lidaria com o homem dentro do guarda-roupa depois que resolvesse aquele novo ultraje. *Ninguém* entrava no quarto de Lady Freyja Bedwyn sem ser convidado, não importava se o quarto ficasse em Lindsey Hall, na Bedwyn House ou em uma estalagem caindo aos pedaços.

– Peço perdão, madame, por perturbá-la – disse o cavalheiro de cabelos grisalhos, estufando o peito e olhando ao redor em vez de encarar Freyja –, mas acredito que um cavalheiro acaba de entrar correndo aqui.

Se o homem grisalho tivesse esperado e se dirigido a ela com a deferência adequada, Freyja talvez houvesse entregado o esconderijo do fugitivo sem receio. Mas ele cometera o erro de invadir o quarto e depois tratá-la como se ela não existisse a não ser para dar informação a ele... O indivíduo que precisava se barbear, por outro lado, não fizera nada além de olhar para ela... com uma expressão lasciva e tola nos olhos. E o estalajadeiro demostrava uma lamentável ausência de preocupação com a privacidade de seus hóspedes.

– Realmente acredita nisso? – perguntou Freyja em um tom arrogante. – Está *vendo* esse cavalheiro que procura? Se não está, sugiro que feche a porta silenciosamente quando sair e permita que eu e os outros hóspedes deste estabelecimento voltemos a dormir.

– Se não se incomodar, madame – disse o cavalheiro, olhando primeiro para a janela fechada e então para a cama e para o guarda-roupa –, gostaria de fazer uma busca no quarto. Para sua própria proteção. O homem está em uma fuga desesperada e não é seguro para uma dama ficar perto dele.

– *Uma busca no meu quarto?* – Freyja respirou fundo, lentamente, empinou o proeminente e levemente adunco nariz Bedwyn e o encarou com tamanha frieza e arrogância que o cavalheiro finalmente a encarou... – Uma busca no meu *quarto?* – Ela voltou os olhos para o estalajadeiro, ainda em silêncio, que se encolheu atrás da vela. – É *essa* a hospitalidade que este lugar oferece? A mesma de que se gabou com tanta eloquência quando cheguei aqui? Meu irmão, o duque de Bewcastle, saberá disso. E ficará muito interessado em saber que o senhor permitiu que outro hóspede, se é que esse cavalheiro é um hóspede, batesse à porta da irmã dele no meio da noite e entrasse no quarto dela sem esperar que ela abrisse, simplesmente porque *acredita* que outro cavalheiro entrou aqui. O duque também vai gostar de saber que o senhor ficou parado sem dizer uma palavra de protesto enquanto esse mesmo cavalheiro fez a sugestão insolente e afrontosa de que eu permita que faça uma busca no meu quarto.

– O senhor obviamente está enganado – disse o estalajadeiro, meio escondido atrás do batente da porta, embora a luz da vela ainda iluminasse dentro do quarto. – Ele deve ter escapado por outro caminho ou se escondido em outro lugar. Peço que me perdoe, madame... milady, na verdade. Permiti que viessem até aqui porque temi por sua segurança, achei que o duque iria querer que eu a protegesse a todo custo.

– Saiam! – falou Freyja mais uma vez, o braço esticado imperiosamente na direção da porta e dos três homens parados. – Vão embora!

O cavalheiro de cabelos grisalhos relanceou o olhar uma última vez pelo quarto. O indivíduo rude, com a barba por fazer, a encarou com luxúria uma última vez e o estalajadeiro se inclinou na frente deles e fechou a porta.

Freyja ficou olhando para a porta fechada, as narinas dilatadas, o braço ainda esticado, o dedo ainda apontando. Como *ousavam*? Jamais fora tão insultada na vida. Se o cavalheiro grisalho tivesse dito mais uma palavra sequer, ou o camponês atrevido houvesse dado mais um olhar lúbrico, ela teria batido com a cabeça de um na do outro com força o bastante para os dois verem estrelas durante uma semana!

Ela com certeza não recomendaria *aquela* estalagem a nenhum de seus conhecidos.

Freyja quase se esquecera do homem no guarda-roupa até que a porta do armário foi aberta com um rangido e ele saiu do espaço apertado. Sob a luz forte da janela, ela percebeu que era um homem jovem e alto. E muito louro. Provavelmente tinha olhos azuis também, embora fosse difícil afirmar com exatidão, devido à luz. Mas ela podia ver o bastante dele para imaginar que o homem era bonito demais para o próprio bem. Também parecia muito animado, o que era absolutamente inadequado.

– Foi um desempenho magnífico – comentou ele, pousando as botas e jogando o casaco sobre a cama extra. – Você é *realmente* irmã do duque de Bewcastle?

Sob o risco de parecer tediosa e repetitiva, Freyja apontou mais uma vez para a porta.

– Saia! – ordenou.

Mas ele apenas sorriu e se aproximou mais um pouco dela.

– Acho que não é... – disse o homem. – Por que a irmã do duque estaria hospedada neste estabelecimento? E sem uma criada ou acompanhante para tomar conta dela? Mesmo assim, foi uma atuação fantástica.

– Consigo viver sem a sua aprovação – observou Freyja, em um tom frio. – Não sei o que fez e *não* quero saber. Quero que saia deste quarto *agora*! Encontre outro lugar para se encolher de medo.

– De medo? – Ele riu e levou a mão ao coração. – Você me magoou, meu amor.

O homem estava perto demais, o bastante para que Freyja notasse que o topo da cabeça dela mal alcançava o queixo dele. Mas ela sempre fora baixa. Estava acostumada a governar o próprio mundo de uma altura abaixo do nível onde acontecia grande parte da ação.

– Não sou sua querida nem seu amor – disse ela. – Vou contar até três. *Um.*

– Com que propósito?

Ele pousou as mãos ao redor da cintura dela.

– *Dois.*

O homem baixou a cabeça e a beijou. Direto nos lábios, os dele levemente abertos, o que tornou o toque íntimo, úmido, quente. Freyja respirou fundo, jogou o braço para trás e acertou o homem com força no nariz.

– Ai! – disse ele, segurando o nariz entre os dedos com cuidado. Quando o homem retirou a mão do rosto, Freyja teve o prazer de ver que tirara sangue dele. Ninguém lhe ensinou que, em circunstâncias escandalosas, qualquer dama teria dado um tapa no rosto do homem, e não um soco no nariz?

– Não sou qualquer dama – retrucou Freyja, em um tom determinado.

# CONHEÇA OS LIVROS DE MARY BALOGH

## Os Bedwyns

Ligeiramente casados
Ligeiramente maliciosos
Ligeiramente escandalosos
Ligeiramente seduzidos
Ligeiramente pecaminosos
Ligeiramente perigosos

## Clube Dos Sobreviventes

Uma proposta e nada mais
Um acordo e nada mais
Uma loucura e nada mais
Uma paixão e nada mais
Uma promessa e nada mais
Um beijo e nada mais
Um amor e nada mais

Para saber mais sobre os títulos e autores da Editora Arqueiro,
visite o nosso site e siga as nossas redes sociais.
Além de informações sobre os próximos lançamentos,
você terá acesso a conteúdos exclusivos
e poderá participar de promoções e sorteios.

**editoraarqueiro.com.br**